译文纪实

AMERICAN KINGPIN

Nick Bilton

[美] 尼克·比尔顿 著   符金宇 译

暗网毒枭

上海译文出版社

献给我的妻子克丽斯塔和我们的儿子萨默塞特和埃莫森，在这个大大的世界里，我爱你们三个，胜过一切！

一个人如果长期戴着面具，对自己是一个样，对公众却是另一个样，那么到了最后，这个人肯定会被弄糊涂，分不清到底哪个才是自己的真正面孔。

——纳撒尼尔·霍桑，《红字》

　　我干这个，是为了我自己。

　　因为我喜欢干这个。

　　也很在行。

　　我是真的……真的感觉活着。

——沃尔特·怀特（又名：海森堡），《绝命毒师》

目　录

作者说明

我的母亲是2015年过世的。她特别喜欢看书，提到看书，母亲还有一个怪癖。不管哪本书，她都习惯先看最后一页，然后再回到开头。对她来说，每一本小说都是从结尾开始的。

之所以提到这件事，是因为我决定把本书的开头也就是传统意义上的前言，即作者解释怎么写这本书的那些话放到书的末尾去。

我会在"报道说明"中跟大家解释我是怎么做新闻报道的，又是怎么写出诸位接下来读到的这本书的。我会说明每一个细节，讲清楚我接触到的数以百万字的资料和研究报告，照片和录像，以及数千小时的报道。（其中包括乔西·比尔曼和约书亚·戴维斯的研究，两位都是了不起的新闻记者。）正是有了这些素材，我才能够把这本书写出来。既然我把这些讲清楚了，就不会再去写故事的结局。当然，我希望这些和报道工作有关的记叙不会扫了你的兴致，让你放弃这个跌宕起伏、扣人心弦的故事。不过，如果一个人连整间屋子转上一圈的机会都没有，就去跟他解释屋子是怎么建起来的，好像也没有什么必要。

你在书中将看到"丝绸之路"的主谋和网站雇员之间的对话节选。我把他们的谈话一字不漏地摘录下来。除了一些无法辨识的笔误以外，所有拼写错误以及特别之处都被原封不动地保留下来，旨在保证对话的真实可信。

　　做到了这一点，我敢保证故事的结局到最后自然水落石出。所有的故事都是这样，不是吗？

人物介绍

"丝绸之路"

"可怕的海盗罗伯茨"（罗斯·乌布里特）

"鉴酒师琼斯"，顾问兼导师（罗杰·托马斯·克拉克）

"挪伯"，毒贩、心腹（卡尔·福斯，缉毒局）

"慢性疼痛"，论坛版主（柯蒂斯·格林，犹他州西班牙福克市）

理查德·贝茨，朋友、程序员

"丝绸之路"上的其他雇员

"同中有异"，"利伯塔斯"，"依尼戈"，"史沫特莱"

执法部门

芝加哥国土安全部

贾里德·德耶吉安（"丝绸之路"上化名"希露丝"，卧底）

"马可·波罗行动小组"

卡尔·福斯，巴尔的摩缉毒局（"丝绸之路"上化名"挪伯"）

麦克·麦克法兰，巴尔的摩缉毒局

肖恩·布里奇斯，巴尔的摩特工处

纽约市联邦调查局

克里斯·塔贝尔

托姆·基尔南

尹日焕

纽约市国税局

加里·阿尔福德

纽约市美国检察官办公室

赛林·特纳，副检察官

第一部分

第一章
粉色药片

粉色。

这是一粒粉色的药片，正反两面都刻着一个松鼠图案。贾里德·德耶吉安的双眼紧紧盯着药片，一刻也没有离开。

贾里德正站在一间没有窗子的收发室里，脖子上挂着的国土安全部徽章被头顶的卤素灯照得闪闪发亮。屋外，空中每隔三十秒就会传来飞机呼啸而过的轰鸣声。贾里德看上去像一个青春期的少年，一身宽松的大码衣裤，寸头，一双诚恳的淡褐色眼睛。"一个星期下来，这东西我们发现了好几个。"说话的是贾里德的同事麦克。麦克是海关和边境保护局的警官，长得五大三粗，边说边把一个邮包递给了贾里德，里头装的就是刚刚拿到的那种药片。

这是一个白色包裹，四四方方，右上角贴了一张单孔邮票。封口处写着 HIER OFFNEN，下面几个字是对应的英语翻译 OPEN HERE（由此开封）。收件人的名字用黑色油墨打印，叫"戴维"。包裹是寄往芝加哥西纽波特大道一户人家的。

贾里德从 6 月份一直等到现在的就是这个。

包裹是荷兰皇家航空公司的 611 号航班运来的。飞机从荷兰起飞，经过 4 000 英里的长途飞行，几个小时前刚刚降落在奥黑尔国际机场。机上的乘客们一脸倦容，纷纷起身，舒展手脚活动筋骨。此时此刻，就在他们脚下 20 英尺①的地方，行李搬运工们已经开始从这架波音 747 的大肚子里卸货了。各式各样的行李箱被运往一个方向，四十来个蓝色的大桶被运往另一个方向，里面满满的全是国际邮件。

机场工作人员给这些蓝色大桶起了个外号，叫"矮子"。这些蓝色大桶会被运到停机坪的另一头，那里有一个巨大的邮件存储分类中心，开车过去大约十五分钟。桶内的所有东西，从写给亲人的信件到商务公函，还有那个装着粉色药片的白色正方形邮包，都要经过那栋大楼，先过海关，再进入美国邮政庞大的物流渠道。如果一切顺利，符合规矩——绝大多数时候都不会出什么岔子——这个装着毒品的小小邮包，连同许多一模一样的包裹从人们眼皮底下不知不觉地溜过去。

只是，今天不行，2011 年 10 月 5 日这一天不行。

麦克·温特勒是海关和边境保护局的警官，每到下午 5 点就会开始一天的例行工作：先倒上一杯足够提神的咖啡，再啪啪几下，一一打开那些蓝色的"矮子"，看看里头有没有"异乎寻常"的东西，比如某个包裹上微微凸起一小块，或者某个回信地址一看就是假的，或是某纸包里传来塑料袋的响声，总之一切可疑的东西都得看个究竟。这事和科学压根就扯不上关系。既没有高科技扫描仪，也没有拭子检测残留物。这年头电子邮件大行其道，纸邮淘汰的日子过了十来年，邮局预算经费早已只剩下十之其一。用那些花里胡哨的高科技设备检查大型包裹成了一件稀罕事。芝加哥邮局养了两条缉毒犬，一条

---

① 英尺（foot），英制长度单位，1 英尺约等于 0.3048 米，20 英尺约有 6 米高。——译者

叫"影子",另一条叫"捣蛋鬼",一个月来那么一两回。事实上不管是谁,要想在这些"矮子"里找出点名堂,都会直接伸手进去,至于接下来能不能找出些什么,一切全凭手感直觉。

麦克例行公事地翻了差不多三十分钟,一眼就看到那个白色的正方形邮包。

他把邮包举过头顶,对着灯光仔细看了看。封皮正面的地址是打印上去的,不是手写。这在海关缉私人员看来通常是一个信号,说明里头有猫腻。麦克清楚,一般只有商务信函的地址才是打印的,私人邮件不会这样。考虑到包裹是从荷兰寄来的,上面还有一个小小的凸起,自然让人不得不起疑心。麦克伸手拿了一个装证物的密封袋和一张6051S扣押表。有了这张表格,他就可以合理合法地打开邮件了。他把裁纸刀插进包裹下面,像剖鱼一样划开,倒出一个小塑料袋,里头装着一颗粉色的摇头丸。

麦克在海关干了两年,心里完全清楚,一般情况下联邦政府不会有人为了一粒小小的药片大费周章。但凡在芝加哥政府部门干活的人都懂得一条不成文的规矩:毒品若非在1 000颗以上,缉毒组的人绝不会立案调查。美国联邦检察官办公室也对这种案子不屑一顾,认为是小题大做。他们要查的都是大案要案。

不过,这一次有人早就给麦克明确打了招呼,对方一直等的就是这样一粒药片,那个人就是国土安全部的贾里德·德耶吉安。

话说还是几个月前,当时麦克查到另一份违法邮寄品,跟这个差不多,是寄往明尼阿波利斯的。他拿起电话,打给了美国移民和海关执法局设在奥黑尔国际机场的国土安全调查处。麦克心想自己也许会被人笑话,没准被立马挂掉电话。当时贾里德入职才刚刚两个月,说实话,还不懂里头的套路。"我总不能因为一粒药片,就坐飞机到明尼阿波利斯去找人问情况吧,"贾里德对麦克说,"你要是在我这边、在芝加哥查到点什么，就给我电话。这样我可以过去，上门跟那帮家伙谈谈。"

四个月后，麦克终于查到一粒寄往芝加哥的药片，贾里德立马赶了过去，看个究竟。"你为什么对这个这么感兴趣？"麦克问贾里德，"其他人都说不管。这么多年，大家对冰毒和海洛因早就没了兴趣。你为什么还会对一粒小药片这么来劲？"

贾里德当然知道结果可能一无所获。也许这只是住在荷兰的某个傻小子给死党寄的一点摇头丸。不过，贾里德同样想搞清楚，为什么会有人千里迢迢寄一粒药片，以及，寄这么一小包毒品的人究竟是怎么认识收货人的。总感觉有些什么地方不对劲。"也许另有玄机。"贾里德接过包裹，跟麦克解释道。他要把这个邮包拿去给他的"监护人"看一看。

每一位新来国土安全部的探员入职头一年都会被分配一名培训官。那名警官更有经验，更懂得如何办事，这样才能保证新手不会招惹太多麻烦，当然也常常会让你觉得自己像个彻头彻尾的废物。每天早上贾里德都得给这位"监护人"打电话，告诉对方自己今天要做些什么。只有一件事会让你觉得自己不是一个学前班的孩子，那就是得随身带上一把枪。

毫不奇怪，贾里德的培训官压根就不觉得这一小粒药片有什么值得着急的。一个星期前他还答应陪这位小同事去"敲门谈话"，去那个可能收到药片的人家里，敲敲房门，运气好的话，进去跟对方好好谈一谈。

到了那天，贾里德开着公家分配的福特维多利亚皇冠轿车，在芝加哥北区转来转去。他的钥匙链上吊着一个小魔方，随着车子拐动摇来晃去。贾里德把车内的收音机调到体育频道："小熊"和"白袜"队已经在杯赛中被淘汰出局，不过"熊"队正准备和"雄狮"队在联赛里一较高下。贾里德一面听着收音机沙沙作响，一面拐进了西纽波特大道。道路两旁是一列长长的两层楼房子，都是石灰岩砌的，上下两层被分开作为公寓。贾里德对于这个工人居住的街区了如指掌。还是孩子的时候，他就在离这不远的瑞格利球场每天守着看棒球比赛。不过，现在这里成了一个时髦地段，到处都是花里胡哨的咖啡馆和别致精巧的餐厅，还有贾里德刚刚才知道的某个家伙就住在这里，等着毒品从荷兰寄过来。

贾里德完全清楚自己的举动在那位头发花白的培训官眼中是多么荒唐。他俩此时正行驶在这座城市最安全的商业区，却要为了一颗摇头丸去找某人问长问短。不过，贾里德并不在乎上司怎么看自己，他只是隐约有种预感，这次的案子可不止一粒药片那样无足轻重。他只是还不清楚这件案子到底会有多大——至少这个时候他还不知道。

贾里德找到包裹上的地址，靠边停了车。"监护人"紧紧跟在身后。两个人一前一后沿着台阶走了上去。这里是一号公寓，贾里德在玻璃门上轻轻拍了两下。"敲门"这个环节固然简单，可是要让对方开口说话就是另一码事了。收件人完全可以轻易否认这是自己的包裹。这样一来，游戏结束。

过了大约二十秒，门锁咔嗒一声开了，一个瘦瘦的年轻男子朝外瞥了一眼。年轻男人穿着牛仔裤和 T 恤。贾里德晃了晃警徽，做了自我介绍，说是国土安全调查处的，问那个男人戴维也就是白色包裹上印着名字的那位是否在家。

"他出去上班了，"年轻男人一边说一边把门打开了一点点，"我是跟他合住的。"

"我们能够进去吗？"贾里德问道，"只是问几个问题。"合租的男人没法子，只好乖乖站到一旁。贾里德他们直接朝着厨房走去。贾里德拉过一把椅子，坐了下来，掏出笔和笔记本，开口问道："和你同屋的那个人平时收到的包裹多不多？"

"多，经常寄过来。"

"好。"贾里德边说边瞟了一眼培训官，只见他坐在角落，双手抱在胸前，一言不发。"我们发现这个包裹是寄给他的，里面有一些毒品。"

"是吗，这个我知道。"同屋的男人面无表情地说道。贾里德吃了一惊，没想到这个年轻人对于承认收到毒品表现得如此毫不在意。贾里德继续问他毒品是从哪里来的。

"从一个网站寄来的。"

"什么网站？"

"'丝绸之路'。"同屋的男人答道。

贾里德盯着眼前这个男人，有些不大明白。"丝绸之路"？他从来没有听过这个名字。事实上，贾里德从来没有听说过有人可以在网上购买毒品。他寻思要么因为自己是新手，没有线索，要么就是现如今，时髦地段都是这样购买毒品的。

"什么'丝绸之路'？"虽然贾里德想让自己尽量听起来不那么心虚，可一开口还是露了马脚。

同屋的瘦个子男人开始解释"丝绸之路"是一个什么网站，说话快得像放连珠炮，就跟奥黑尔机场降落的飞机一样。"你想买什么毒品，那个网站上都有得卖。"瘦个子男人说他和室友都试着买过一些，有大麻、冰毒，还有这种小小的粉色摇头丸。摇头丸每星期都会跟着荷兰皇家航空的 611 航班寄过来。贾里德一边在笔记本上飞快做着记录，一边听同屋的男人滔滔不绝地讲故事。那小子说得越来越利索：你可以用网上的数字货币买毒品，叫比特币，买东西的话要用一种匿名浏览器，叫"洋葱路由器"（Tor）。"丝绸之路"网站任何人都可以登录，上头有好几百种不同毒品任你挑选，只要出钱就行。过不了几天，美国邮政局就会把毒品寄到你的邮箱。接下来你闻也行，吸也行，一口吞也行，兑水喝也行，打进去也行，怎么快活怎么来。"就跟亚马逊网站一样，"同屋的男人说道，"只不过卖的是毒品。"

贾里德着实吃惊不小，甚至产生了一丝怀疑：这个虚拟市场真的存在于网络最暗不见光的地方吗？"这个网站应该一周之内就会被查封吧。"贾里德心里暗自想着。他接着又问了几个问题，然后跟同屋的男人道了谢，感谢对方花了这么多时间，接着便和同事走了出去——后者从头至尾没有说过一句话。

"这个'丝绸之路'你听过没有？"贾里德和培训官一边朝着各自的车走去，一边问道。

"哦，听过，"培训官冷冷地回了一句，"人人都知道'丝绸之路'。应该还有好几百个案子没有结案吧。"

贾里德想起刚刚承认对"丝绸之路"一无所知，感到有些面上无光。不过，他可不会被唬住。"管他呢，我先查一查，看能不能查出点名堂。"贾里德说道。年长的培训官耸了耸肩，径直开车走了。

一个小时后，贾里德走进他那间没有窗户的办公室。办公室里摆着一台戴尔电脑，是上头配发的。每次等这台老古董开机，感觉像要等上一千年。贾里德开始在国土安全部的数据库里找寻和"丝绸之路"有关的调查数据，没想到居然连一个结果也没有。贾里德吃了一惊，又试了试其他关键词，还把和网站有关的其他拼写也输了进去，结果仍然一无所获。要不换一个输入框？仍然什么也没有。这下贾里德可被弄糊涂了。根本就不像培训官说的那样，根本就没有什么和"丝绸之路"有关的"好几百个案子没有结案"。什么都没有。

贾里德琢磨了一会儿，决定换一种新技术——这是任何一位有经验的政府工作人员在查找重要资料时都会用到的备用招数——谷歌浏览器①。出来的头几个搜索结果都是和历史有关的网站，显示的是连接中国和地中海的那条古代商路。不过，页面往下滚动到一半的地方，贾里德看到了一条链接。那是今年6月的一篇帖子，发布在一个叫掴客网（Gawker）的八卦新闻网站上。按照帖子上的说法，"丝绸之路"是"一个地下网站，你可以在上面买到任何想买的毒品"。博文上还配了一张网页截图，截图一角画着一个绿色的骆驼标记。上面还有大量的毒品图片。"商品"一共有340件，包括阿富汗大麻、G13酸性大麻、LSD致幻剂、摇头丸，八分之一盎司剂量的可卡因和黑焦油海洛因。卖家遍布全球，买家同样来自世界各地。"这他妈的不是要我吗？"贾里德暗自吃惊，"难道现在这么容易就能在网上买到毒品？"这一天接下来的全部时间以及晚上的大部分时间，贾里德都在找寻和"丝绸之路"有关的资料，要好好研究研究。

周末到了，贾里德开车带妻子和年幼的儿子去芝加哥附近的古董交易会逛逛（这是他每周必去的地方），一路上满脑子几乎都在想这个毒品网站。贾里德知道，只要有任何一个人能够在"丝绸之路"上买到毒品，那么不管是住在芝加哥北区的中年雅皮士，还是在城中区长大的毛头小子，都有可能去买。既然这个网站现在能够卖毒品，谁又敢保证下一个卖的不是其他违禁品呢？没准是枪支，炸弹，或者毒药。贾里德甚至担心恐怖分子也许能够利用"丝绸之路"发动下一场"9·11"恐怖袭击。他一边想，一边看着后视镜里熟睡的儿子，心里阵阵发毛。

可是，这是互联网，一个完全不知道对方姓甚名谁的世界，到底该从哪里入手呢？

---

① 谷歌（Google），1998年成立的美国跨国科技企业，全球最大搜索引擎公司，该公司早在2000年便开始开发中文主站界面，其中文译名谷歌于2006年4月正式发布。——译者

好不容易周末快熬到头，贾里德想出了一个查案子的方法。他知道这样做肯定劳神费力，而且一时半会难有结果，不过总归会有机会出现，也许能够让他找出那位建立"丝绸之路"的幕后黑手。

　　不过，要想凭着这么一小粒粉色药片，就能说服"监护人"放手让自己查案，和这个比起来，找毒品和毒贩，甚至是"丝绸之路"创始人都要简单得多。贾里德就算有本事说服顶头上司，还得费尽口舌才能让美国检察官办公室支持自己把罪犯告上法庭。管他是什么，就凭这一粒小小的药片，就算你走遍整个美国，也找不到任何一个检察官会接手这样的案子。更加尴尬的是，贾里德今年刚满三十，还嫩得很。绝对不会有人把一个新手的话当回事，绝对不会！

　　贾里德需要找到一个办法去说服其他人，让别人相信这个案子可不止一粒粉色小药片这么简单。

　　周一一大早，贾里德已经想出了方案。他只是希望自己的方案不会被上司丢到一旁，置之不理。贾里德深吸一口气，走进上司的办公室，坐了下来。"您有时间吗?"贾里德把那个白色包裹扔在办公桌上，"有样东西很重要，我得给您看看。"

五年前

第二章
罗斯·乌布里特

"罗斯，快给我从悬崖上跳下来！"

罗斯·乌布里特站在高高的悬崖上，眼睛沿着崖边往下瞄，脸上的表情愣愣的，有一点不知所措。他的身下是奥斯汀的佩斯本德湖。湖水打着转，卷起层层浪花，形成了一个 45 英尺的落差，下头是冰冷的湖水。

"什么？"罗斯笑得有点傻。他举起双手，指着自己宽阔的胸膛："凭什么是我？"

"要你跳，你就跳！"凯莉是罗斯的姐姐，她一边说，一边指着那些岩石。罗斯今年二十四岁，比姐姐要高 1 英尺。他脖子微微往下弯，脑子里琢磨着姐姐的命令。就这样没有任何前奏，耸了耸肩，大喊一声"OK"，便从悬崖上冲了出去。空中传来罗斯的尖叫声，接着只听见扑通一声巨响，水花四溅——他一头扎进了水里。

摄像机停了。

这只是漫长一天的开始。姐弟二人在拍一个试映带，是为一个电视真人秀节目准备的。姐弟俩在母亲琳的帮助下，写了好几个星期的剧本。按照剧本设计，故事一开头是一幕悬崖的场景，接着就从悬崖上跳下去。姐姐会首先出场，先对乌布里特姐弟做一番介绍，重点在于强调姐弟俩"只要能够在《极速前进》① 拿到冠军，做任何事情都心甘情愿，哪怕从悬崖上跳下来也行"。按照剧情设计，从悬崖上高高兴兴跳下来之后，姐弟俩还要在奥斯汀绕上一圈，拍一出最抢眼的戏，这样才能让真人秀制作人相信，凯莉和罗斯这对乌布里特姐弟一定会是这个节目最好的参赛选手。

罗斯从水里露出了脑袋，仰头看着姐姐，还有刚刚跳下来的那块岩石。看得出来，这个小伙子暑假不在学校待着，可不想就这样打发这个夏天。

罗斯的脑袋里其实有一部电影，那是一个完全不同的暑假。在罗斯的电影里，他用攒下来的钱买了一枚戒指，向那个来自得克萨斯的完美女孩求婚。罗斯的剧本早就写在了脑袋里：剧本里的那个姑娘说了"我愿意"（她当然会说这三个字）。这对甜蜜的恋人接着从达拉斯的得克萨斯大学双双毕业，罗斯会拿到物理学学位，然后再花好几个月好好安排他俩的婚礼。两人都找到了称心如意的工作。罗斯成了一名研究员，要么当一个理论物理学家也行。他俩生了好几个孩子，每年都给孩子们庆祝生日，还会参加孩子们的婚礼，直到白头偕老。永远过着幸福的生活。剧终！

可惜，罗斯·乌布里特畅想的美好生活就连开头第一幕都没有演完。罗斯的确用积蓄买了戒指，也用戒指求了婚，可当他浪漫地要女友把手递给自己并答应嫁给他的时候，（说我愿意，亲爱的，说我愿意。）女友却告诉罗斯说必须向他坦白。（好吧，这句话听起来可不是什么好事。）女友居然在这个时候承认欺骗了他，在过去差不多一年多的时间里和好几个不同的男人有关系。（好几个？也就是说不止一

---

① 《极速前进》（*the Amazing Race*），美国 CBS 电视台从 2001 年开播的一档真人秀电视节目。各对参赛选手按照摄制组设计的路线，在全球多个国家展开竞速比赛，获胜者可以获得百万美元的大奖。——译者

个？没错，就是这个意思。好几个就是好几个。）更令人心碎的是，其中一个还是罗斯最好的哥们。

画面渐渐变黑。

悬崖底下，罗斯从水里吃力地爬上了岸，乌布里特姐弟又朝着下一个外景地出发了。待到摄像机的灯重新闪烁起来，罗斯和姐姐身后已经换成了奥斯汀市的天际线。姐弟二人轮流做着介绍。姐姐先把弟弟夸了一番，说罗斯才是这场表演的"大脑"，接着又夸弟弟不仅专业是物理学和材料科学，还创造了世界上最纯净的晶体，拿过国际大奖。

罗斯一边听着姐姐说话，一边呆呆地看着远方，脑海里思绪涌动，犹如困兽正在迷宫中找寻出路。看得出来，这个男人对于此刻在做的事情感觉不大对劲，只是不清楚到底哪里出了问题，为什么会变成这样。

罗斯出生在奥斯汀市。早在他张口说话，喊出妈妈和爸爸之前，琳和丈夫科克就发现儿子有不少地方明显异于普通孩子。还在蹒跚学步的时候，罗斯就已经懂得思考问题，明白那些明显超出年龄范围的事情。从来没有人跟罗斯说过"不要跑到马路上去！"，可罗斯就是知道不能跑到马路上去，这个孩子的世界里仿佛有一本别人没有的行动指南。罗斯小小年纪就知道如何解答数学难题，那些题目难到就连爸妈也猜不出答案。虽说，十几岁的时候他也会干普通孩子常干的事情，比如在公园里运动，一下棋就是一整天，遇见漂亮姑娘色眯眯地看个不停，不过这孩子更喜欢看书，要么是一些政治理论、存在主义的书，要么就和量子力学有关。

罗斯并非只是天生聪颖这么简单，他还有一份发自内心的善良，小时候救过动物，长大后又多了一份"爱人之心"。没错，罗斯就是那种人，会在聊天的时候突然停下来，一个箭步飞奔过去帮助老奶奶过马路，一边帮她拎包，一边让车都停下来，好让老奶奶一步步慢慢走过人行横道。

有些人初次接触罗斯，会认为罗斯表现得这么无私，纯粹是在演戏。"哪会有人这么好心？"这些人总是这么说。可是，罗斯的善良是真实的。这些人用不了多久就会知道罗斯有多么包容。这一点只要听他开口说话就能体会到。他总是喜欢用"天啊""上帝""糟糕"这样的词，听起来感觉总是那么友好。如果非得骂上两句，也总是用"切"，而不是"操"。

当然，罗斯也有恶习。才十几岁就迷上了嗑药，至少是药性没那么强的那种。他会拉上几个玩伴，一头扎进附近的小林子，点燃一卷大麻，然后把上身的衣服脱干净，爬到树上。高中毕业舞会的时候，大伙儿找了一处宅子开派对。罗斯啤酒喝多了，结果被女友发现躺在充气筏子上睡着了，在屋主的游泳池上漂着，身上穿着礼服和运动鞋（罗斯没有出席正式场合的皮鞋，只好穿了一双旧网球鞋参加舞会），头上还戴着一副太阳眼镜。

罗斯属于那种不管放到哪里都是最聪明的家伙。可是，这又如何？此时此刻他还不得站在奥斯汀的公园里，和姐姐一起挖空心思想要赢得机会上电视真人秀？

可是，罗斯又能有什么选择？难道去西部的硅谷，在初创企业找份活干？泡沫都破了好几年，那些公司当年创立的时候就是一场不切实际的空想，随着梦想破灭，人们憧憬的美好退休生活也成为泡影，旧金山简直就是一个活脱脱的"禁飞区"，谁去那里都得一头栽下来。要不，去东部试试？华尔街这种地方对于罗斯这样聪明绝顶的人来说，会不会意味着有机会大展宏图？没门。房地产市场崩盘意味着银行也一蹶不振。罗斯肯定无法安居乐业，和女友过上幸福的生活。梦想中的美好婚姻，连同那白色的尖桩篱笆①早就被别人碾得稀巴烂。

---

① 白色的尖桩篱笆（a white picket fence）是一句美国习语，代表了美国人理想中典型的家，意味着"安居乐业"。——译者

要么研究生毕业，要么就从悬崖上跳下去。

罗斯幻想着能够上电视真人秀一夜成名，赚个盆满钵满，这样就能够"曲线救国"，权当在通往更加伟大人生成就的路上兜了一个小圈子。他清楚自己有着更加伟大的人生目标，只是不清楚那个"更加伟大的目标"到底是什么。没准有一天他会弄明白的。

只不过，不是今天。

天色渐暗，这场为《极速前进》准备的拍摄活动也要告一段落了。罗斯和姐姐两人对着镜头，沿奥斯汀的大街小巷边走边拍。罗斯换上了一条颜色略显灰暗的运动裤和一件厚点的黑毛衣，这样晚上就不会那么冷。

"罗斯，"姐姐问他，"你要是赢了，会用 50 万奖金做什么？"

罗斯假装思考了一下，开口说道："哦，我想我会把钱都摊在地上，在上面打滚。"

"太好了，"凯莉举起手来，和弟弟击掌相庆，"《极速前进》，我们一定赢！"

摄像机的灯又一次黑了。罗斯一边把拍摄器材塞进车里，一边幻想着即将到来的人生转机，还有那 50 万美元巨奖——他一定会赢得这 50 万！罗斯并不知道这个机会永远不会落到自己头上。他永远不会被选中参加电视真人秀——这是他日后不少挫折中的头一桩。还有一件事情罗斯也不知道——就在他跳进车里，坐在姐姐身旁的时候，完全没有想到自己会在短短五年后挣到这么多钱，就在一夜之间。

第三章
茱莉亚·薇

刚进大学的头一个星期恐怕是茱莉亚·薇一生中最难熬的七天——至少到现在这个时候是最难过的。茱莉亚刚进宾夕法尼亚州立大学的时候还是一个十八岁的少女，性格腼腆，身边一个朋友也没有，对于今后的去向更是茫然。更惨的是，还没等到她找到机会开始适应，人生的重心就垮了。那一天，她正在寝室里收拾东西，打开行李箱，把衣服一件件塞进抽屉，再把心仪的小说摆在书架上。就在这个时候，电话来了——得癌症的妈妈去世了。

葬礼结束，茱莉亚依旧没有缓过来。她回到宾州大学，试着恢复正常生活，想着要是能够找一个男友，也许一切就会正常了。她想要找个人来关心自己，用爱呵护自己，甚至能为自己做几顿丰盛的晚餐，好好宠一宠自己。

只是没有想到，她遇见的是罗斯·乌布里特。

这完全是一场意外，一场天大的意外。那段日子，茱莉亚一直都在校园里转悠，一边想着妈妈，一边漫无目的地走来走去。那一天，她碰巧走到肖特里奇路，那条路上有不少高大的校舍楼。茱莉亚进了其中一栋大楼，慢慢走过古老的大堂，突然听见邦戈鼓的声音。那是一种非洲乐器，拍击起来会发出砰砰的声音，声响很大。茱莉亚随着鼓点走了过去，轻轻推开一扇教室的门。只见教室里一群男生围成一个半圆，用手指敲打着杰姆贝鼓，发出阵阵有节奏的鼓声。周围还围着六七个女生，正和着鼓点，前后跳来跳去。

茱莉亚轻手轻脚地走到教室后面。她完全被这个新发现给吸引住了。茱莉亚很快打听到这是宾州大学的非洲手鼓协会，叫"诺姆鼓俱乐部"。茱莉亚看着他们打鼓，余光突然瞄到一个年轻男子朝着自己走来。小伙子虽然蓬头垢面，却带着几分自信，伸出手，自我介绍名叫罗斯。茱莉亚上下打量了一番，发现对方竟然连皮鞋都没有穿，衬衣和短裤也都开了口子，上面还有不少污渍，心想这也许是一个流浪汉吧。眼前这个男人看上去应该好几个月都没有刮过胡子了。

身旁的鼓声还在响着，茱莉亚却按捺不住内心的冲动——这个年纪轻轻、看上去无家可归的小伙一下子就把她吸引住了。是啊，怎会叫人不喜欢呢？这是一个温柔帅气的小伙子，让人过目难忘：浅棕色的皮肤，脖子上留着点点雀斑，眼睛大大的，睫毛长长的，扑闪扑闪。其实茱莉亚看起来也有点像外国人——一半像非洲裔美国人，一半像其他国家的人。茱莉亚颇有礼貌地做了自我介绍，说自己名叫茱莉亚，接着便不再搭理对方——她可没有兴趣和一个看上去好几个星期都没有洗澡的家伙聊天。

茱莉亚原以为就这样结束了，没想到一个星期后竟然又碰见了这个叫"罗斯"的男人。不过，这一回好像有些不一样。这一次罗斯不仅刮掉了胡子，套上了长裤——一条真正的长裤——还穿上了皮鞋。

两个人就这样聊了起来，聊着聊着茱莉亚也产生了兴趣。这个男人不仅风趣幽默，长得可爱，而且聪明有才——应该说是太太太有才了。罗斯告诉茱莉亚自己是宾州大学的研究生，在材料科学与工程学院读书。茉莉亚问这个学院是做哪方面研究的，罗斯说他研究证明晶体物质具有某种稀有特性，正在做磁电子学和铁材料方面的实验。学院还给他每个星期发几百美元补贴，资助研究。

一个星期不到，这位刚刚入学的大一女生就和罗斯共进晚餐了。两人去了 35 号公路旁的一家寿司店。几天后，茉莉亚又去了罗斯的公寓。罗斯在沙发上解开茉莉亚的上衣，茉莉亚也帮罗斯脱去了上衣。虽然，此时茉莉亚对于眼前这个要和自己上床的男人了解不多，但她很快就会知道对方的为人。罗斯脱得差不多了，正赤条条地压在茉莉亚身上，只听前门吱呀一声突然开了，几个室友闯了进来。"去我的房间吧。"两人一边咯咯笑着，一边赶紧从客厅跑了出去。

罗斯牵着茉莉亚下了楼梯，进入地下室。地下室只开了几扇小窗，光从狭窄的窗格里漏进来，显得阴沉沉的。

对于茉莉亚来说，这个地方闻起来有点像湿水泥，还带着一股霉味，要么就是两者混杂的味道。"这就是你的卧室?"茉莉亚赤着双脚，踩在冰冷的水泥地面上，简直难以置信。

"是啊!"罗斯骄傲地答道，"我就住这下面，不要钱。"茉莉亚扬起了眉毛，站在地下室中间，四下扫视着这个古怪的地方。紧靠着小型取暖器的地方摆了一张床。地上到处堆着纸盒子，像孩子的城堡一样。整个地方看起来就像一间牢房。

其实早在头一次约会去寿司餐厅的时候茉莉亚就猜到罗斯比较节俭。罗斯那天开的是一辆皮卡，车子摇摇晃晃，感觉岁数比茉莉亚还要大。等到第二次约会，茉莉亚又发现罗斯根本就不看重物质的东西——罗斯那天出现的时候看上去像一个西雅图垃圾摇滚乐队的贝斯手，穿一条破破烂烂的短裤，T恤脏兮兮的，鞋子应该是之前老人院的某位老人家的。不过，当茉莉亚坐在地下室的床上，看着四面墙上贴着的夹板不仅裂开了缝，连刷都没有刷过，这个时候她才终于明白，原来罗斯真的真的没什么钱，真的真的不在乎那些大多数人穷尽一生追求的物质财富。

"告诉我，你为什么要住在这下面？"茱莉亚和罗斯躺在床上。罗斯正想去把刚刚落在沙发上的东西捡回来，茱莉亚开口说话了。

罗斯想了一下，解释说想生活得节俭一点，以此证明自己可以做到。既然不用花一分钱，就能住在这样一个满是霉菌的城堡里，为什么还要花钱去租房子呢？茱莉亚听着罗斯的辩解，狠狠瞪着他。罗斯继续解释说这样做不只是为了省钱。之所以选择这种生活方式，同样是考验内心实验的一部分，要看看自己到底能够忍受怎样的极限，做到无欲无求。比如说，他最近就决定一个月不洗热水澡，好测一测适应能力。（"洗冷水嘛，过一会儿就适应了。"罗斯不无得意地说着。）这还没完。罗斯骄傲地告诉茱莉亚，在刚刚过去的这个暑假，他靠一罐豆子和一袋米过了整整一个星期。

"你连咖啡都不喝？"茱莉亚问道。

"我不喝那玩意。"

"你可真够抠门的。"茱莉亚打趣地说道。

洗冷水澡也好，住地下室也好，这些考验都只是罗斯与众不同之处的冰山一角。罗斯的床脚下摆着两个垃圾袋。他有一次无意中说漏了嘴，承认这就是自己的"衣橱"。一个袋子放干净衣服，另一个放脏衣服。所有的衣服，从每一双袜子到每一件衬衣，再到那些老气横秋的鞋子，全是一个朋友用过不要送给他的。

"哦，这可不行，不行，绝对不行！"茱莉亚扑闪着长长的睫毛，看着罗斯，"这个问题要解决。我要带你去买几件新衣服，合身的。"

"没问题。"罗斯走过来，又亲了一下茱莉亚。

不过，罗斯身上还有很多东西茱莉亚并不了解。她对这个古里古怪却才华横溢的男人还有更多的问题。"那些是什么书？"茱莉亚指着床头摆着的一堆书问道。

茱莉亚的问题让罗斯一时不知该如何回答。他在第一次约会的时候就已经说过，自己除了参加诺姆鼓俱乐部之外，还是宾州大学一个社团的活跃分子。社团名叫"大学自由意志主义者俱乐部"，是一个政治社团，每周聚会一次，不仅讨论自由派哲学，还读一些和经济学以及政治理论有关的书，里头有穆瑞·罗斯巴德①和路德维希·冯·米塞斯②的大作，也有其他空想家的作品。罗斯平时不用抱着应用物理学论文啃的时候，就会看这些书打发时间。

茱莉亚问罗斯什么是自由意志主义。罗斯并没有给出答案，只是简单说道：人的一切事，从这辈子打算做什么，到每天把什么东西吃进肚子，一切都应该由个人做主，而不是政府。

要不是罗斯长着一颗绝顶聪明的脑袋瓜，那一天茱莉亚恐怕早就头也不回地跑出地下室了。要不是罗斯生就一副英俊帅气的模样，恐怕在头几次约会过后，茱莉亚就再也不会接罗斯的电话。要不是罗斯有着一副唯我独尊的自信——这种魄力茱莉亚之前从未在任何一个男人身上感受过，罗斯的自信正是她在最难受的人生低谷最需要的——茱莉亚也不会刚刚过去几个星期就答应做罗斯的女友。

不止如此，茱莉亚早就被这个特立独行、近乎完美的男人给深深吸引住了。罗斯看着茱莉亚的眼睛，笑着俯下身，又亲了亲她。茱莉亚知道罗斯爱上了自己，她要反过来尽量不让这个男人发现自己有多

---

① 穆瑞·罗斯巴德（Murray Rothbard，1926—1995），美国经济学家，历史学家，奥地利学派的知名人物，代表作包括《人、经济与国家》（*Man，Economy，and State*），《权力与市场》（*Power and Market*）和《自由的道德》（*the Ethics of Liberty*），等等，对现代自由意志主义和无政府资本主义有重大影响。——译者
② 路德维希·冯·米塞斯（Ludwig von Mises，1881—1973），20世纪著名的经济学大师，自由主义的卓越思想家，自由意志主义运动的领军人物，奥地利学派的第三代掌门人。——译者

么迷恋他。然而，就在罗斯和茱莉亚在地下室的小床上翻来滚去的时候，这两个年轻人不知道即将开始的这段感情终将成为一生中最动荡不安的一段恋情。

对于罗斯来说，这将是他这一生的最后一段恋情。

第四章
唇枪舌剑

　　成群结队的学生涌进了宾州大学威拉德教学大楼，有的背着书包，有的拿着书本。楼内，灯一闪一闪地亮了起来。屋外，落日的余晖洒满了校园。在一派正常宁静的校园气氛中，罗斯·乌布里特加快步伐，朝演讲室走去。他要去参加一场学校辩论赛。

　　罗斯站在演讲室里。教室又宽又长，座椅一排接着一排，很快就会被蜂拥而来的学生坐满。今晚到这里来的所有人都是为了听一场辩论赛，论辩各方包括大学自由意志主义者，大学共和党人和大学民主党人，三方就一系列与美国大选有关的话题进行辩论，其中一个议题讨论美国是否应当让毒品合法。

　　虽然，这时候距离罗斯没能进入《极速前进》过去了一年多，可那对于现在的罗斯来说早就不算什么。罗斯在宾州大学的日子过得相当精彩，最主要的原因就在于他参加的那些学校社团。

　　手鼓协会简直让人魂不守舍。（罗斯对于手鼓极其痴迷，就连晚上躺在床上，脑子里还在想着如何打鼓。）还有自由意志主义者俱乐部。俱乐部只要有活动聚会，罗斯都会一场不漏地参加，过去一年来对自由意志主义政治哲学早已了然于心。他飞遍全国各地，参加各种自由意志主义者会议，倾听各路专家的高见（路费由俱乐部承担）。

罗斯还花了不知道多少个小时，在学院大道那家名叫"拐角房"的酒吧里同俱乐部主席亚历克斯还有其他成员交换观点，打磨自己的政治理念，树立信心。罗斯相信自己对于政府扮演的社会角色的判断是正确的，他想要找到方法，减少政府不公，防止政府采取非人道的暴力措施。

虽说，参加社团总让人心潮澎湃，精神抖擞，但也有代价。过于投入社团活动对罗斯的学业也产生了负面影响。

不过，生活中能让罗斯分心、影响学业的事情可不止这一件，还有那个现在已经成为女友的姑娘——茱莉亚。这对亲密恋人几乎无时无刻不黏在一起——两个人没过多久便说出了那句"我爱你"。今年将是茱莉亚第一次在没有母亲陪伴的情况下过圣诞节，罗斯邀请茱莉亚去奥斯汀一起过节。两个人动身出发之前，罗斯还偷偷溜进宾州大学的实验室，做了一个戒指形状的晶体，当作礼物送给女友。

罗斯对于茱莉亚每次一坐就是好几个小时，听自己滔滔不绝地大谈信仰理念非常感激。今晚这场辩论赛的议题就是其中之一。可以说罗斯比任何人都要了解今晚的议题——修正与毒品有关的美国法律。"诸位请就座，"主持辩论的教授用低沉的声音对听众们说道，"辩论赛马上就要开始了。"罗斯难得一见地把衬衣塞进了裤子，坐在一张课桌旁，身旁挨着另外两名大学自由意志主义者的成员。教授首先做了一番简单的自我介绍，接着教室里安静下来。

"政府没有权利对人民指手画脚，教他们能够把什么放进自己的身体里，什么不能。"罗斯开始发言。接下来他解释了为什么所有的毒品都应该合法化，因为只有这样才能让社会变得更加安全，并且人民有权决定如何对待自己的身体。

旁听辩论的一共才四十来人，大部分人到场的原因其实只有一个——从政治学老师那里拿到额外的学分。不过，罗斯却把这场唇枪舌剑当成了一件正事，感觉就像即将站到国会前来一场演讲。

大学共和党人针对罗斯的发言展开反驳。"毒品每年夺走成千上万人的性命，怎么能够让毒品合法呢？"大学民主党人也对此表示赞同。

罗斯不慌不忙，反唇相驳："按照你的说法，是不是认为我们也应该把巨无霸从麦当劳的餐牌上划走呢？因为人们吃了巨无霸，就会体重增加，就会得心脏病，死掉的哦。"

每次只要围绕毒品话题展开辩论，很快对手就会被罗斯驳斥得心烦意乱，这一回也不例外。对方想方设法抛出论点来攻击罗斯，可是罗斯的反驳总能言之成理，让对方哑口无言。

"那么，是不是因为交通意外会导致人们丧命，就要把汽车也禁掉呢？"罗斯继续向对方施压。他搬出一大堆证据来证明人们吸食大麻无罪，即便把海洛因藏在家里等私人地方也说得过去，因为这种行为跟有些人下班后喜欢倒上一杯美酒消遣并没有什么两样。

至于围绕毒品买卖产生的暴力行为，罗斯认为原因其实只有一个，那就是政府为了打击毒品贩卖采取了严刑峻法，毒贩被逼无奈，只好在街头冲突中痛下狠手。"没有人会为了买一瓶酒或一个巨无霸打群架，因为这些事情都是合法的。"罗斯继续说道。在他看来，最重要的一点在于，如果毒品交易是合法行为，那么毒品买卖就将最终以一种规范的形式进行。那些掺兑了老鼠药和滑石粉的劣质毒品就会从市场上自然消失。

"一个人的身体是属于自己的，"罗斯看着全场听众，侃侃而谈，"政府无权对人民指手画脚，告诉人民对自己的身体能做什么，不能做什么。"

罗斯心中深知自己的观点有理有据，他早已把这场毒品战争的方方面面摸得一清二楚。只有一件事让他依旧困惑不解，让他不管是课间休息，课外活动，还是陪伴女友的时候仍不停地追问自己，那就是他到底应该做些什么，才能让满怀热情的信念发挥作用，改变自己眼中这个国家戕害人民、独断专行的禁毒法律。

第五章
贾里德的阿拉伯茶叶

"不!"

就这样。一个词。一个毫无妥协余地的词!

"不!"贾里德又说了一遍。

主管看着贾里德,露出难以置信的眼神,不敢相信竟然听到一个刚刚入职海关和边境保护局的新人对自己直接下达的命令说不。(可是,贾里德就是说了,他真的说了"不"。)好一个贾里德·德耶吉安,个头不过 5 英尺,年龄二十六岁,这么一个跑腿干苦差的小子,看长相比同龄人还要嫩,正坐在那里看着对面的主管。主管比贾里德年龄要大,一身圆滚滚的肥肉,那场景跟一个孩子坐在校长办公室里没什么两样。贾里德的两条腿在椅子底下前后摇晃,双脚没有一分钟安分地着地过。

贾里德并不觉得说不,会有什么损失。海关和边境保护局本来就不是什么理想工作。他之所以会来这里,纯粹是因为自己如果还想继续追寻梦想,想在执法部门找份工作的话,没有其他选择。要不然他就只能继续在林肯郡闹市区的电影院打工,或是去芝加哥的奥黑尔国际机场给旅客的护照盖章,混口饭吃。

贾里德之前试过进特工处,那是他梦寐以求的工作。可是,面试官是那种"你既然来了美国，就是美国人"，"我问你问题，你就得老实回答"的人，早就摸清了贾里德父亲的老底。贾里德的父亲是一位亚美尼亚裔的在任法官，多年前种族大清洗的时候从叙利亚逃了出来。一开始贾里德回答问题还挺有礼貌，谁知面试官怀疑他们一家对美国不够忠诚，几个问题就把他给惹毛了。结果可想而知，经过一番激烈争论之后，贾里德没有得到这份工作。

没过多久，贾里德向美国缉毒局递交了求职信。这一回又因为能不能用测谎仪定罪的问题，跟人大吵了一架。工作自然也泡了汤。

美国法警署、国土安全部和联邦调查局三家因为贾里德没有学历文凭，都对他说了不。当年贾里德大学刚刚读了两个星期就退学，他可没有耐心等着让教授评审，更别说花那么多时间去听课了。再说，看看身边认识的人一个个读完大学，还是找不到一份"正儿八经"的工作，花四年读个文凭又有什么用？就这样，自从某天下午贾里德走出校园，就再也没有回去过。

贾里德父亲名叫萨穆埃尔，以前管的部门专门负责监督海关和边境保护局。贾里德在父亲的三令五申下，好不容易定下心来，找了一份政府最单调乏味的工作——每天在护照上盖戳。

其实贾里德还是有想法的，他希望这份临时工作有一天会让自己达到更大更好的目标。他也的确做到了。只是，如果他面对顶头上司一再地说"不"，照常理来看，显然是要跟每一个人过不去了。

贾里德跟人对着干的事情早在一年前也就是2007年下半年就开始了。他在护照盖章这种了无生趣的工作干了好几年之后得到一个机会，协助追查毒贩。这是一帮专门把毒品走私进美国的毒品贩子。虽然，捉拿毒贩这种事听起来又好玩又刺激，可是贾里德要查的毒品却不是以前稽查培训讲过的那种。上头分配的任务是帮忙抓人，这些人把一种叫做阿拉伯茶叶的类麻黄碱物质偷运入境。阿拉伯茶叶同可卡因之类的一般毒品不同。一般毒品是在实验室或某个乱七八糟的地方制造出来的，可阿拉伯茶叶是一种绿叶植物，这样就比那些大砖块般的白粉更难以辨别。由于阿拉伯茶叶药性十分温和，与其说是吸食毒品，不如说更像是喝一杯浓咖啡，因此对于政府的人而言，阿拉伯茶叶算是最不值得深究的一类毒品。

可是，贾里德却把查找阿拉伯茶叶的任务当成了一件大事，那股热情与干劲绝不亚于奉命捉拿这世上最邪恶的恐怖分子。他先是把好几百人的飞行记录统统打印出来，这些人全都是因为走私阿拉伯茶叶被捕的。接着他又把所有记录摊在客厅地板上，俨然成了美剧《国土安全》中的女主角凯莉·麦迪逊，在已掌握信息的毒贩当中找寻相互关联的蛛丝马迹。贾里德把每一名被捕毒贩的资料全都仔细看了一遍，结果发现里头暗藏着一种规律。

线索一：所有毒贩都是在上飞机的前一天预订酒店。线索二：信件往来一律只用 Gmail 或雅虎的电子邮箱。线索三：这帮人的电话号码（号码全是假的，这一点自不必言）都有一个共同模式。有了这些，再加上其他线索，贾里德开始在抵达奥黑尔国际机场的乘客名单中一个个查找比对，看看哪些人符合自己建立的资料库。功夫不负有心人，贾里德找到了一个刚刚乘机抵达的乘客。他相信这个人此番前来就是为了走私毒品。

第二天，海关官员们就从一架刚刚抵达的航班上把那个家伙抓了下来，打开行李箱一看，果真在箱子侧面发现了阿拉伯茶叶。（真神了，贾里德这一招起了奇效。）打那以后，只要贾里德对抵达芝加哥的乘客数据进行筛查，都会发生同样的事情——海关每次都能从行李里搜出阿拉伯茶叶。

贾里德研究出来的资料库屡试不爽，于是他开始通过全国的数据库进行查找，试着将这套理论用于美国的其他机场。结果毫无悬念，他的方法每次都能奏效。约翰·肯尼迪机场的海关缉私官们不仅能够提前得知目标嫌疑人的身份，还知道在什么时候打开经贾里德确认的乘客的随身行李，接着肯定能够找到成包成包的毒品，有的塞在袜子里，有的裹在衬衣里，还有的就藏在行李箱的夹缝里。

不过，困难总是有的。最大的麻烦在于约翰·肯尼迪机场的缉私官员认为阿拉伯茶叶毫无价值，压根懒得第一时间去追查。没有任何一条晚间新闻会报道哪位官员在一架来自英国的航班上查出了重达1磅①的阿拉伯茶叶，也没有任何一位海关缉私官员会因为抓住几个走私阿拉伯茶叶的毒贩获得奖励。让局面更加被动的是，贾里德取得的成功令其他人相形见绌，显得碌碌无为。要知道，如果你无法为自己的胸前赢得一枚奖章，就意味着没法在官僚体系的梯子上更进一步，这样就没法涨薪水，也没法多几天假期。等到足够多的人私底下开始抱怨，贾里德也就自然而然被请进了主管的办公室。

"你要想在这里干出点名堂，就得守这里的规矩，"主管说道，"你跟这里的每个人都过不去，而且……"

"不。"贾里德打断了主管的话。

又来？又说不？贾里德这家伙到底在搞什么鬼？

"听着，我只想干好我的本职工作，"贾里德想把道理说清楚，"我只是跟着潮流走，再说……"

"是的，可是你干的活超出了职权范围，"顶头上司大声吼了起来，"你被分配到芝加哥，要干的事情只有一件，就是在芝加哥查他娘的毒品！"

如果要听别人发号施令来做事，贾里德是做不好的，小伙子的脾气眼看就要上来。之前有过一回，贾里德的任务完成得相当不错，可

---

① 磅（pound），英制重量单位，1磅约合0.453公斤。——译者

是因为官僚部门的套路，结果反倒得了差评，说他干得不怎么样。难道贾里德就不需要表扬和嘉奖吗？

"看到这个没有？"贾里德一边说，一边用手指着衬衣上的海关和边境保护局的黄黑色徽章，"我上次看到这个，上面写着'美利坚合众国'。我相信约翰·肯尼迪机场也是美国的吧！"

主管看着贾里德，目瞪口呆。这个打工仔还在继续。

"这件事情我不会再跟你当面说了，"贾里德边说边站起身来，朝着办公室门口走去，"如果你下次还要扯这个，请白纸黑字写下来。"这一瞬间让主管学到了一件事，学到了每一个跟贾里德打过交道的人都学到过的事——这小子不懂得合群。这就是贾里德的性格，这种性格很快就将成为他最大的财富，也会成为他最不招人喜欢的拦路虎。

第六章
燃起篝火

罗斯开着皮卡在山里穿行，离奥斯汀越来越远。太阳慢慢落下，落日的余晖映红了得克萨斯辽阔的天空。茱莉亚就坐在罗斯右边，看着窗外的林木一排接一排闪过，仿佛永远也望不到尽头。

"雪松。"罗斯说了一句。

"啊？"茱莉亚扭过头来，看着罗斯。

"那些树，叫雪松。"茱莉亚把头转了回去，继续看着层层密密的绿色。蜿蜒的山间公路两侧长满了这种绿叶乔木。"得克萨斯人可不喜欢雪松，"罗斯继续说道，"得克萨斯人只是没办法把这些树铲除干净。想尽了法子，都不管用。"又过了一小会儿，罗斯总结发言："人总归斗不过大自然。"

茱莉亚一边听，一边想着今天学到的同得克萨斯有关的这一课。罗斯常常跟她讲起和这个新家有关的新奇故事。这个男人对于成为她随叫随到的历史老师和二十四小时向导感到十分开心，他会带她去他心仪的咖啡厅、汉堡店，还有公园。他带她看了佩斯本德湖，那里是悬崖跳水的首选地。他还跟她说了好多和得州当地名胜有关的故事，多到数不清。

罗斯把茱莉亚介绍给了家人。茱莉亚和罗斯的姐姐凯莉的关系已经热乎起来。（不过，罗斯妈妈对于儿子新交的这个女友多少有些冷淡。）罗斯对于茱莉亚毫无二心，还把偷偷藏着的《龙与地下城》迷你玩偶也拿了出来，给女友欣赏——罗斯一直把这套玩具藏在父母家自己以前的卧室里。那天下午，罗斯小心翼翼地把十几个玩偶都摆了出来，玩具小人涂绘得精巧别致，造型奇幻怪异，之前全都放在盒子里，塞在床底下藏得严严实实。

茱莉亚对于罗斯想做的事情，即便有些做起来并不顺利，也总是一如既往地支持。这一点让罗斯非常感激。比方说，前不久罗斯想成立一个投资基金，叫"回调资本管理"，可惜还没来得及赚钱就垮了。

"这么说，他们都是你从高中玩到现在的朋友？"茱莉亚不再关心窗外的雪松，扭头问道。

"是啊，"罗斯听起来很来劲，"都是和我在韦斯特湖边从小玩到大的。"茱莉亚知道他们马上快要到了，她看见一栋小屋门前燃起了篝火，橙色的火苗直冲天空。"我可真的等不及见到这帮家伙了。"罗斯边说边减慢了车速。

几个月前罗斯回过一趟得克萨斯，又回到奥斯汀过上了从前的日子，仿佛从未离开过。罗斯从未想过自己会重回奥斯汀。不过，他在大学里对于自由意志主义者俱乐部的过度痴迷总是要付出代价的。他太专注于实现自己的新理想，没能通过博士资格考试。罗斯原本打算继续做科研，写一篇题为"通过分子束磊晶技术培养氧化铈薄膜"的博士论文。不过，话说回来，没能通过博士考试也是好事。他花了那么多时间谈政治，意识到至少对于自己而言，这辈子有些事情要比物理学更加重要。于是罗斯拿了硕士学位，再次去了南方，还说服十九岁的茱莉亚跟着一起辍学。然而，对于两人而言，这一场转变喜忧参半。

对于茱莉亚来说，毕竟在宾夕法尼亚住了那么多年，现在却要离开去往得克萨斯。在茱莉亚看来，得州基本上（甚至连想都不用多想）是一个种族主义分子和坚定的共和党人斗个没完的地方。不过，罗斯在这个"孤星之州"住的小角落（多半）还是不太一样。虽然得州大部分地区都支持乔治·W. 布什①，反对同性恋和堕胎，但是奥斯汀这个地方要更自由一些，同自己的价值观也更对路一些。在奥斯汀这里罗恩·保罗②的支持者比比皆是，这些人都认为美国政府太过庞大，太过强势，对人们的生活干预太多。

对于罗斯来说，重新融入得州反倒出乎意料的艰难。他离开宾州大学的时候完全没有想过下一步该怎么走，只是一心想做符合自由意志主义理想的事情。他也许想做点事挣些钱。不过，最想做的还是让父母为自己感到骄傲。找一份稳定的工作，实现上面所有目标，显然不大现实。即便如此，只要有人愿意听，也没有什么能够阻止罗斯滔滔不绝地大谈他的新信仰理念。

罗斯在奥斯汀的老酒吧遇见儿时玩伴时，并没有沉浸在对遥远童年的快乐回忆中，而是选择谈起了美国的未来。前不久罗斯去了奥斯汀市区一家莎士比亚酒吧，差不多整个晚上都在和一个高中老同学争辩。罗斯描述了奥斯汀的经济状况，认为美国当下的政治体制只是为了让有钱人从弱势群体身上占便宜。他还跟老同学解释，说要是"海

---

① 乔治·W. 布什（George Walker Bush，1946— ），即人们常说的"小布什"，美国第 43 任总统（2001—2009 在任），1946 年 7 月出生于美国康涅狄格州，两岁时随父亲举家搬至得克萨斯州，在休斯敦度过童年，并在得州从政，1994 年任得州州长。其父亲"老布什"乔治·赫伯特·沃克·布什（George H. W. Bush，1924—2018）同样是美国总统（1989—1993 在任）。布什家族与得州有着千丝万缕的联系，得州可以说是布什家族的根基所在。——译者
② 罗恩·保罗（Ron Paul，1935— ），得克萨斯州众议员，共和党人，医生出身，1988、2008 和 2012 年先后三次参加总统选战，支持小政府，坚定的自由意志主义者。——译者

上家园"的实验①能够取得成功，该有多么美好。

"海上家园"——罗斯一说起这个就滔滔不绝——是一种理念，人们可以在海上建立一个居住地，远离一切政府和法律管辖。在公海上自由生活，自由贸易。有人想到了办法，在大海中找到一个废弃的钻井平台，那里不受美国和其他国家法律法规的限制。罗斯在离开宾州大学后一度打算设计一个电脑游戏，以更好地展示这些理论。不过，这个计划和他脑子里的其他点子一样，早就不知道去了哪里。

茱莉亚参加过好几回这样的政治讨论，虽然有时也会发表一些自己的高见，但绝大多数时候都会把舞台留给罗斯。不过，今晚既然来到这间小屋，屋外也生起了篝火，谢天谢地，总算不用谈什么政治，谈什么汪洋大海中那些无法无天的自治国家了。

罗斯把车开下公路，拐上一条又长又脏的车道。车道的尽头是一间隔板砌的平房，黄色的灯光漏出窗户，让人觉得心里暖暖的。"我好几年没有见过这帮朋友了。"罗斯踩了一脚刹车，嘎吱一声，车停了下来。太阳已经下去，夜色吞没了周围的群山。空气中弥漫着灰烬的味道，一群男女正围在篝火旁欢声笑语，罗斯和茱莉亚朝着他们，走了过去。

"罗斯侠！"一个男人高声喊了起来，和高中老同学紧紧拥抱在一起。

"这是我女朋友，茱莉亚。"罗斯骄傲地向大家做着介绍。

两人加入了篝火旁围着的一大群人，大家打开啤酒瓶，开怀痛饮

---

① "海上家园"（seasteading）是一种新的政治理念，这个计划从字面上来看旨在远离现有国家，在海上创建永久住宅，实际上代表了一小部分少数派不满现存政治、经济、社会体制，力图寻求自治自由的政治诉求。文中罗斯说的"海上家园实验"指的是其代表人物帕特里·弗里德曼（Patri Friedman）和韦恩·格拉姆利克（Wayne Gramlich）于 2008 年 4 月创建的"海洋家园研究所"（the Seasteading Institute，TSI）。——译者

起来。有人点燃了一卷大麻,几个人传来传去,你一口我一口地抽了起来。旧友相聚,难得一回,高中旧事,重上心头。"还记得有一次罗斯侠说他抽大麻,碰到警察后怎么脱身的吗?"故事就这样开始了。讲故事的最后来了一句:"大麻可是罗斯当年的真爱啊。"大家全都笑了起来,茉莉亚也加了一句:"他现在还爱着呢。"故事讲得越来越热闹,大麻抽得越来越凶,啤酒喝得越来越痛快,大伙儿也笑得越来越起劲。罗斯和茉莉亚都很开心,直到话题转到了工作。一个朋友吹嘘目前在给政府办事。另一个说在做工程师。还有一个说正准备创业。

"你呢?罗斯侠?"篝火的另一头传来一个声音——得州人说话总喜欢拉长调子,"你这两年在哪里高就?"

有那么一小会儿罗斯没有说话。他目不转睛地看着茉莉亚,感到了焦虑。这是他现在最不想回答的问题。"现在嘛,其实我没有工作。"

"够酷啊,"一个朋友说话的口气有点不大客气,"你现在混哪一行?"

篝火旁的人一下子全都安静下来,大家等着罗斯回答。

罗斯开口解释说之前找了一份兼职,负责一个公益项目,叫"流动书车",做这个是为了帮老朋友唐尼一把①。"书车"会在奥斯汀市里挨家挨户地上门收集旧书刊,然后放到网上去卖。卖不出去的就捐给奥斯汀当地的监狱。工资其实没有多少,所以罗斯会用不多的闲钱

---

① 唐尼是以前住在罗斯楼下的邻居唐尼·帕尔默特里(Donny Palmertree)。唐尼在2010年邀请罗斯帮他策划"流动书车",专门收集二手书在网上销售。罗斯一手帮助唐尼建立了网站,为书籍整理归类,编写目录,并且仿照亚马逊制定了价目表。唐尼不久之后找到工作,搬去了达拉斯,把"流动书车"丢给罗斯一个人打点。罗斯的工作主要是安排手下的五个兼职学生替书籍分类整理,他不仅找到了梦寐以求的"当老板"的感觉,也在此期间接触到了比特币,为日后经营"丝绸之路"积累了经验。——译者

拿来炒股，还卖了一幢用来出租的小屋，这样存款会多一些。那幢房子是他在宾州大学的时候买的。（罗斯生活一直节俭，读大学的大部分时间又不用交房租，加上还在宾州大学做助教，这让他的存款足够在城里买一套小房子，只是后来转手卖了。）罗斯坐在篝火旁，跟朋友们说这几个月就是靠着这么点积蓄过来的。

不过，有一件事情罗斯没有告诉大家——他已经不做短线交易了。做短线其实赚不到什么大钱，就连赚小钱的机会都不多。罗斯十分痛恨美国政府强加在投资者头上的条条框框和苛捐杂税。罗斯还有其他事情没有跟朋友们说，比如说没有通过博士资格考试，还有他讨厌把房子租给那帮大学生，因为租出去之后的麻烦事实在太多，他不愿意逼着自己当房东。当然，还有一件事情罗斯是肯定不会同大家说的——他钻研了好几个月的模拟游戏失败了。罗斯原本打算模仿着做一个"海上家园"的项目，可惜没人愿意投资。罗斯也没有跟大家说起自己干过的那些稀奇古怪的零活。那些都是克雷格列表网①上的活儿，其中包括当编辑，帮人家修改科技论文，靠这些也赚过一点小钱。罗斯更加没有告诉大家的是，干过的每一件事情都让自己觉得是一个彻头彻尾的失败者。虽然在他看来，自己的点子一个接一个，个个都是好点子，可是在其他人眼里却没有一个有价值。

谢天谢地，终于要换话题了。大伙儿开始聊起十年前的旧事。罗斯表面上笑得很开心，其实却在为刚才的事情感到脸上无光。不错，老友们都有一份朝九晚五的工作，看上去是俗了一点，可好歹有份工作。罗斯的简历上又能写什么呢？两个学位，再加上接二连三的失败？他太想干出点名堂了，太想干一番大事，或是成就某种事业，这

---

① 克雷格列表网（the Craigslist），一个大型免费分类广告网，1995 年由克雷格·纽马克（Craig Newmark）在旧金山创立。——译者

些可比朝九晚五要大得多。

时间不早了，罗斯和茱莉亚同朋友们一一拥抱话别，然后进了皮卡，准备打道回府，开回奥斯汀。茱莉亚看着罗斯重重关上车门，一把将安全带扯了过来系在胸前，感到一丝不对劲。车沿着车道倒了出去，重新开上弯弯扭扭的公路。

"我不管做什么，都做不好，"罗斯叹道，"没什么出息。"夜已深，车窗外只见雪松的影子高高低低，一闪而过。

"哦，亲爱的，"茱莉亚安慰道，"没关系。你只是在不断尝试新的东西，总有一天会……"

罗斯没等茱莉亚说完："我其实想当一个企业家，可是东一下西一下，搞了这么多名堂，没有一件做成的。"

"会的，你只是需要……"

"我想要结果，怎么都行，"罗斯继续说着，仿佛车里只有他一个人似的，"我想做一件真正算得上成功的事情。"

"你只要继续尝试。"

茱莉亚没有说错，这一点罗斯很快就会看到。

第七章
"丝绸之路"

琐事，对于罗斯来说，一切都是鸡毛蒜皮的琐事。他对这一切毫无兴趣。

不过，有一样东西一旦没了可活不下去——他的那台手提电脑。这台四四方方的翻盖电脑在很多方面来说就是罗斯的生命。罗斯脑瓜聪明，在很多人看来跟谜一样。那个机灵脑袋里的所有蓝图统统装在这台电脑的文档和文件夹中。正是在这台电脑里，2010 年的那个仲夏早晨，罗斯开始了一个足以改变世界的计划。

罗斯刚刚和茱莉亚搬进了一所公寓。公寓位于奥斯汀市区，地面是水泥的，打磨抛光过，显得闪闪发亮。这里既可以生活，又方便办公。茱莉亚也有了一份新的事业。她还起了个名字叫"薇薇安的缪斯"，专门应某些男士要求，为他们的妻子拍摄半裸艺术照。茱莉亚的广告词非常简单："男人一旦拥有一切，你还能凭什么抓住他？拍下你的性感香艳，无须遮遮掩掩！"这样，茱莉亚一个星期总有好几天会在公寓的客厅里点上蜡烛，放一些让人想入非非的高科技音乐，再按下快门，拍下成千上万张闺房私照。

罗斯则在隔壁的卧室里折腾自己最新的项目。他能够听见隔壁传来咔嚓、咔嚓、咔嚓，照相机快门闪动的声音，还有茱莉亚调摆缪斯女神时下的命令："屁股翘起来，朝上""现在动起来，就像进入了高潮"。

既然卧室是罗斯经常坐着工作的地方，平时自然乱成一团。茱莉亚皱巴巴的牛仔裤，随手一扔的裙子，还有内衣内裤，丢满了一地。不用干活的时候，两个人会在毯子底下一躲就是好几个小时，有时紧紧依偎在一起，有时就在罗斯的手提电脑上看看电视剧。

罗斯和茱莉亚最近在追《绝命毒师》这部剧，完全停不下来。两个人紧紧抱在一起，挤在床上，一边借着电脑屏幕的微光取暖，一边看着沃尔特·怀特变成可怕的神秘毒枭"海森堡"。这是一个凭借高智商洗白罪行的男人。罗斯喜欢这部电视剧，他没理由不欣赏海森堡。沃尔特·怀特是一个高中化学老师，原本有机会飞黄腾达，却遭人一再恫吓，最后发现贩毒才是最能发挥自己身兼化学专家和生意人所长的绝佳途径。怀特的行为也许骇人听闻，丧尽天良，可他干得实在漂亮，实在老练。至少对于怀特本人来说，不管罪孽多么深重，都能够在漂亮的犯罪方式中得到自我宽恕。

不过，罗斯总觉得故事的情节设计有些牵强。"这种事情不可能在现实生活中发生。"他对茱莉亚说。

罗斯不看《绝命毒师》的时候，就会在奥斯汀的公寓卧室里寻思新想出来的计划——他要建立一个匿名网站，上面能够买卖任何东西。

这个天才设想在罗斯的脑海里已经待了很长一段时间。关于未来罗斯有好多梦想，幻想有朝一日能够成真，这个想法只是其中之一。不过，唯一的问题在于当他一年前突发奇想有这个念头的时候，还没有赖以实现这个美梦的技术条件。

罗斯当时联系过一个人。那人是在网上认识的，外号阿尔伯特。两个人通过电子邮件互相交流。罗斯在邮件中问阿尔伯特有没有可能建立一个匿名网上商店，（主要是为了卖毒品这种非法物品。当然，罗斯并不认为毒品交易是非法的。）好让政府没法插手。

阿尔伯特是这一行的老手。他跟罗斯解释，把这个想法付诸实践的技术绝大部分是成熟的。有一种浏览器叫洋葱路由器，能够让人在网上不被察觉地进入另一个独立的互联网络。只要进入那个网络，美国政府就无法追查用户位置，因为只要有洋葱路由器，所有人就统统隐形了。在普通的互联网上，罗斯的一举一动都会被脸书[①]、谷歌或康卡斯特[②]这些网站的数据库记录下来。可是，在互联网的另一面，也就是俗称"暗网"的那一面，在网上是找不到你的。

不过，有些情况让罗斯的计划要想成为现实变得相当棘手。特别是在 2009 年，还没有合适的方法为买卖这些东西实现网上匿名支付。现金支付太过冒险，用信用卡的话，又怕留下证据，让人知道你从一个非法毒品交易网站买了一袋可卡因。

阿尔伯特为了给罗斯提供灵感，建议他去读一本小说。这本书基本上没几个人读过，书名叫《旅人的小屋》（*A Lodging of Wayfaring Men*）。小说讲的是一群追求自由的自由意志主义者在互联网上另外建立了一个网络世界，使用自己的数字货币，完全不受政府控制。书中写道，这个网络世界由于发展太快，声势壮大，引起了美国政府的害怕，于是派出联邦调查局特工，试图趁其还没有颠覆现有社会秩序之前加以阻止。

阿尔伯特的建议的确给了罗斯极大的灵感，可是组织管理上的问题仍然存在。说得具体一点，在这样的网上很难找到办法付款购买

---

① 脸书（Facebook），美国社交网络服务网站，2004 年由马克·扎克伯格（Mark Zuckerberg）创立，中文另译"脸谱网"。——译者

② 康卡斯特（Comcast），美国的一家有线电视、宽带网络以及 IP 电话服务供应商，总部位于费城。——译者

毒品。

正因为如此，差不多一年的时间里这个计划就一直留在罗斯的脑子里。

直到此时罗斯才接触到一种全新的技术。这种新技术叫比特币，刚刚问世不久。这种货币就像一种全新的数字现金，罗斯研究过，根本无迹可寻。世界上的任何人都可以用比特币交易任何东西，不会留下任何数字记录。

发明这种新科技的那个人（或者说那一类人）到底姓甚名谁，虽然不得而知，其理念却非常简单：你在美国买东西需要美元，在英国需要英镑，在日本需要日元，在印度需要卢比，而这种新的比特货币旨在全球通用，尤其适用于互联网。不仅如此，比特币还像现金一样无迹可寻。你要想获得比特币，只需在网上兑换，方法就跟去机场兑换美元或欧元一样。这正是罗斯苦苦等待的。有了这最后一块拼图，他就可以拼出内心深处那个无法无天的虚拟世界。

于是就在2010年夏天，就在茱莉亚忙着给女人们拍摄裸体照片的时候，罗斯·乌布里特这个当不成物理学家却又一心想要与众不同的男人就这样端坐在心爱的手提电脑前，开始将酝酿已久的理想一步步变成现实。这个网站将成为一个自由开放的市场，全世界所有人都能够在这里买到希望得到的任何东西，买到因为受美国政府种种限制目前无法得到的东西——其中最重要的一样就是毒品。随着罗斯的手指在键盘上飞快跳动，一行行代码出现在电脑屏幕上。罗斯梦想着这个网站有朝一日能够飞速壮大，快到就连美国政府都要震慑于它的强大。罗斯还梦想着这个网站能够成为鲜活的证明，让人看到毒品合法化将是阻止这世上暴力与压迫的最佳途径。只要网站取得成功，就将永远改变社会的组织架构。

当然，罗斯也想靠这个赚钱——赚钱同样是自由意志主义者的生存之道。不过，他同样希望带给人们自由。美国的监狱里之所以人满为患，关了好几百万人，就是因为毒品，主要还是因为大麻和迷幻蘑菇之类不值一提的毒品。正是因为这种让人无法忍受、糟糕透顶的监狱制度，才让那么多人遭受牢狱之灾。正是因为政府横加干预，限制人们应该如何处置自己的身体，才毁掉了那么多鲜活的生命。

罗斯正在着手建立的这个新网站，将改变这一切。

到底该给自己的网上商店起一个什么名字呢？这让罗斯颇费一番脑筋。他最后选定了"丝绸之路"。这是一个借用了中国汉代古商路灵感的名字。

考虑到还要打理"流动书车"，大多数管理上的事情还得亲力亲为，这个时候罗斯面对的最大困难在于必须抽出时间，把"丝绸之路"真正做起来。好在他雇了一两个人帮着打理书店的大部分事情，这样就可以窝在乱糟糟的卧室里，好好花功夫去建设自己的网站了。这毕竟不是一个随随便便就能成功的工程，即便对于罗斯这样有本事的人来说也不轻松。

罗斯为此花的时间数不胜数。他不单要写前端代码，还要写后端代码，以及把这些数字语言联系起来的代码，所有编程语言全靠现学现用。说实话，他所做的工作相当于一个人白手起家，同时创立了一个易贝网外加一个亚马逊，没有任何人帮得上忙，也没有任何经验可循。假设遇到困难，比如说某个编程上的难题，那就是真的被难住了。这种事情处理起来，可没法像在网上发布招聘广告那么简单，你总不能找个人来帮你建一个网站专门买卖毒品和其他违禁品吧？

无论如何，罗斯此时下定决心，要建立一个自己想要的网站，哪怕速度慢一点也要建起来。罗斯这个时候的想法虽然看上去只是为了推动实现自己的自由意志主义理想，可是没准有朝一日就会变成某种别的东西。

不过，直到此时罗斯还有一样东西没有搞明白——到底该去哪里，为新建的毒品交易网弄到毒品呢？

第八章
种蘑菇的罗斯

这件事，罗斯非得说给别人听，或者说得再严重一点，非得秀给别人看。可是他做不到，真的做不到，因为实在太危险了。如此两难境地让罗斯好不神伤。在经过好几个星期冥思苦想之后，他终于明白到底该去找谁。于是，11月底的一个午后罗斯终于对茱莉亚开口："我要带你去一个地方，但是，得先蒙住你的眼睛。"

"蒙住眼睛？"茱莉亚兴奋得从椅子上跳了起来。女孩一想到两个人要来一点情趣活动的新花样，就感到无比激动。"太好了！"

罗斯很快解释说这个跟做爱没关系。"蒙住眼睛是为了保护你，"罗斯说着说着，脸上起了愁云，"这样的话，你就绝对不会带其他人到我带你去的地方。"

罗斯虽然做了解释，茱莉亚还是感到阵阵害怕——罗斯把一个黑色布套一样的东西罩在她头上，拉得严严实实，不让她的眼睛看到一丝光亮。罗斯表现得也不像平时那般冷静镇定，感觉有点紧张，似乎在出神地想些什么。两个人安静地出了公寓。罗斯搂着茱莉亚的手臂，扶她坐进皮卡车里。罗斯什么都能看见，而茱莉亚只能靠耳朵去听。耳边传来钥匙串的声音，叮叮当当听着像狗链。只听见车门咔嗒一声开了，接着砰的一声闷响，又关上了。发动机轰轰地响了起来。

车子终于发动，往前开去。茉莉亚的眼前一片漆黑；罗斯的眼前天光大亮。

"我们这是去哪儿?"茉莉亚又问了一遍。她把头扭来扭去，想在黑暗中看到些什么。

"我都跟你说了，"罗斯轻声说道，"这是一个秘密。待会你就知道了。"

罗斯开着车，穿过黄昏的奥斯汀市中心，一路上没有多说一个字。茉莉亚感到他在担心着什么，也没再多问。两个人就这样静静地在车里坐着。

罗斯和茉莉亚相处得一直不错。到了周末，两人会去罗斯父母家吃晚餐。当然，罗斯父母家的晚餐和茉莉亚在别人家里吃过的都不一样，这也没有什么值得奇怪的。

不少得克萨斯家庭聚餐的时候，通常聊的要么是橄榄球，要么是F-150皮卡。可是，乌布里特一家聊的却是经济学，是自由意志主义的政治理念，以及让人叹息的社会现实。罗斯的父亲科克是在得州南部出生长大的，说起话来轻声细语，每次都能在辩论中占得上风。他总会心平气和地指出儿子的理念有一点点过于理想主义，接着再将原因解释一通。琳是罗斯的母亲，出生在布朗克斯，是一个务实的女人，每次总会中间插嘴，帮着罗斯说话，脸上的表情比嘴里的话还要生硬。如果说，科克的目的在于让儿子明白辩论的时候看问题要全面。琳则是为了激发儿子的聪明才智，希望罗斯能够把自身难以想象的潜力统统发挥出来。这个女人早就放弃了当新闻记者的梦想，把未来的美好希望统统寄托在天才儿子身上，罗斯也从来没有让她失望过。

这也许就是罗斯最近工作这么努力的原因。

过去好几个星期以来，茉莉亚发现罗斯总是一走就是好几个钟头，连人影都见不着，也从不交代到底在忙什么。茱莉亚想过，罗斯要么是在忙"流动书车"仓库的事情，要么（更有可能）就是没日没夜地捣腾那个让他魂不守舍的网站。罗斯在电脑前一坐感觉就是一整天，一双眼睛死死盯着电脑屏幕，眨也不眨。茱莉亚也曾想过，自己的男朋友也许和一帮狐朋狗友在公园里瞎转悠，要么就是在附近的非营利机构做义工，毕竟罗斯以前有空就经常干这个。

不过，等到卡车终于停下，茱莉亚很快就会知道真相——她知道罗斯最近一直在忙一件非比寻常的大事。就在茱莉亚还纳闷两个人究竟要去哪里的时候，卡车发动机的轰鸣声突然停止。他们现在也许离高地购物中心不远，要么在伦德伯格巷附近，要么已经出了闹市区，开到了城外的巴斯特洛普州立公园边上。茱莉亚听见罗斯下了车，钥匙串又叮叮当当地响起来，车门砰的一声关上了。罗斯拽住茱莉亚的一条胳膊，帮她下车，站到人行道上。

"好，抓紧我，"罗斯说完便领着茱莉亚往前走去，"我们现在要上楼了。"

等到一分钟过去、走完差不多一百步之后，茱莉亚听见了开锁的声音。罗斯牵着茱莉亚又往前走了几英尺，然后摘掉了女友头上的套子。

光线照进茱莉亚的眼里。她环顾四周，看着这间屋子，想弄明白罗斯把自己带到这里来，究竟要看什么。茱莉亚左看看，右看看，四周空空如也，什么也没有，感到迷惑不解。两个人站的这个地方又小又脏，感觉像一间遭人废弃的疗养院。房间的另一头开了一扇小窗，只有这里才能透进一点自然光。窗户被几块纸板挡住了大半，像是为了遮掩什么。地板上铺着一床地毯，上面满是污迹，原本的白色已经发黄。屋内没有一件家具，只有一堆看上去像是盒子的东西，还有一些小瓶子，里面装的好像是化学品。茱莉亚感觉整个房间闻起来有一股动物粪便的臭味。

"这是什么地方?"茱莉亚问道,"我们到底在哪里?"

"跟我来。"罗斯带着茱莉亚走进一间卧室,卧室就在那间了无生趣的客厅后面。他俩转过拐角的时候,迎面吹来一股空调的冷风。茱莉亚接着进入另外那个房间。就像一部扣人心弦的悬疑小说揭晓结局一样,茱莉亚一下子明白了。她终于明白为什么罗斯要给她戴上头套,为什么说如果知道地址会不安全。

"我给你看这个,是因为我必须要给别人看看这个。"罗斯说道。

房间左边的墙上,窗户也被贴了一块纸板。整个屋里空空荡荡,只放了一排高高的架子。架子一边高,一边低,看上去像是十几年没有人动过一样。

茱莉亚又闻到了那股臭味,跟她刚刚走进公寓摘掉头套时扑面而来的味道一模一样。只是现在更加强烈了,闻起来更像是林地上潮湿土壤的腐臭。

茱莉亚仔细研究了一番架子,回过头冲着罗斯笑了笑。罗斯不需要跟她解释眼前看到的是什么,这早已不是茱莉亚头一回见罗斯扮演科学疯子的角色了。早在一年前罗斯就在公寓里玩过这个,只不过没有这么大张旗鼓而已。当时他还把研究成果放在一个黑色垃圾袋里,塞进衣橱,藏在茱莉亚的内衣和高跟鞋中间。

可是,这个……这个要比茱莉亚之前见过的大多了,让人看了更会吓一大跳。茱莉亚慢慢走近那个又老又旧的架子。架子横着摆在那里,跟整个房间一样宽。茱莉亚开始明白之前发生了什么——为什么罗斯老是上演失踪的游戏。"原来,他来这里了。"茱莉亚终于明白了。

罗斯弯下身,蹲在底下的一排架子前,随手指着一个托盘,眉飞色舞地说道:"你过来看下这个。"他边说边用手指在空中比画着。"还有这个,过来看看。"

茱莉亚看见每层架子上都安着一个白色托盘，直径差不多在 2 英尺左右，一共有十多个，每个托盘里都种了一些细小的嫩芽，朝天生长。从几英尺外看去，这些托盘就像一个大盘子上面挤满了一群群豪猪幼崽。茱莉亚往前走近几步，一眼看到白色托盘的里面长着棕色和白色的蘑菇根，数量之多，让人吃惊。这可不是普通的蘑菇。茱莉亚非常清楚，这些都是迷幻蘑菇。

"过来，给你看看这个。"罗斯微笑着说道。茱莉亚转过身来，看着罗斯手指的地方：那是一个圆圆的像扣子一样的东西，夹着点淡褐色和乳白色，看上去仿佛正等着被人捡起来，撒在沙拉上。罗斯满脸骄傲，像是当上了爸爸。

茱莉亚更仔细地看了看，心里暗暗计算着罗斯到底种了多少蘑菇。一眼望去，一千肯定不止，也许要两千多。托盘里的这些生物要是全部从白色正方形的塑料家园里摘下来的话，足够装满一个大的黑色垃圾袋，没准两个都不止。

"租这个地方得花多少钱？"茱莉亚问道。

"450 美元一个月。"

"这个地方可真够烂的。"

罗斯哈哈大笑起来。他喜欢这个词。因为，只有"烂地方"才是秘密毒品实验的最佳选择。

这里是罗斯巨大的迷幻蘑菇培养基地，这些种子有朝一日将生根、发芽，支撑起蒸蒸日上的"丝绸之路"帝国。整个行动将花费超过 17 000 美元，不仅包括房租，还有源源不断的补给品，包括培养皿、胶带和喷胶枪、泥煤、石膏和黑麦等原料，还有高压锅和计时器之类的厨房用品，加在一起很快就是一笔不小的数目。至于投资回报，罗斯估计每克蘑菇能够赚大约 15 美元。考虑到最后能够生产好几公斤成品，这样就可以轻松赚上好几万。不过——这个"不过"可不是什么小问题——等着卖出去的蘑菇实在太多，可网站就连正式上线都还没有开始。人们真的会心甘情愿掏钱，从一个素不相识的网上陌生人那里购买迷幻蘑菇吗？

"你就不怕被人抓？"茱莉亚问罗斯。

"怕，当然怕了，"罗斯说话的口气好像这个问题连问都不用问就知道答案，"但是，我得保证我的网站有货。"

罗斯要茱莉亚放心，除了她以外没有人知道这个秘密地点。他采取了恰当的预防措施掩人耳目，在蘑菇生长阶段不让任何人知道，为此还特意把《秘密毒品实验室建设和操作手册》好好学习了一遍。对于那些有意实验制作毒性极强毒品的人来说，这本书算得上是一本傻瓜指南。

换成其他大多数人，若是看到男友处心积虑地建造秘密毒品基地，估计早就大吃一惊，心急如焚，吓得连话都说不出来，可是茱莉亚对于这个倒是颇有兴趣——她觉得自己知道了一个其他人都不知道的秘密，俨然成了一个大人物。茱莉亚虽然清楚罗斯一旦被抓，就得吃不了兜着走，但是并不觉得后果会严重到这个地步。又不是罗斯开车把自己带到一个秘不告人的冰毒实验室，或是海洛因加工厂，里头有十几个工人正光着上身制造毒品。这地方只不过种了几盘蘑菇而已。

不过，罗斯对于一旦被捕会有什么下场一清二楚。得州的法律极其严厉，制售 400 克毒蘑菇就会被判处入狱五到九十九年不等。罗斯的秘密农场种植的致幻剂可有好几百磅。

"我们得走了。"罗斯对茱莉亚说道。两个人回到客厅。罗斯把黑色头套重新套在茱莉亚的眼睛上，拉紧活结，这样才能一点光都看不见。

门锁咔嗒一声又响了。茱莉亚又听见钥匙串叮铃哐啷的响声——罗斯锁上了身后这个隐秘之地的大门。

第九章
丝路开张

谢天谢地,终于来了!你好,2011⋯⋯1月份终于快要过完了。从罗斯脑海里头一次想出这些零散的点子算起,已经过去了一年多;从他意识到这些想法能够变成现实,又过去了好几个月;从他带茱莉亚参观迷幻蘑菇秘密培养基地起,也过去了好几个星期。此时此刻,距离罗斯向世人揭开"丝绸之路"的神秘面纱只剩下几个小时。

为了保险起见,每一个细节都要仔细检查。那些"产品"也就是装在黑色垃圾袋里小巧美味的蘑菇已经准备出厂了。(罗斯为了确保蘑菇口感不错,之前已经拉上一个朋友,躲进林子里偷偷试了一回。这些蘑菇的确相当迷幻,妙不可言。)后端数据库和前端代码都被装在一个隐蔽的服务器上。罗斯还给服务器起了一个名字,霜冻。一个绿色的骆驼商标欢迎访客们来到这个网上毒品商城。当然,网站还缺少一些特色。不过,既然这是罗斯一个人白手起家创立的事业,他就会选择在合适的时间解决这些问题。

这一天终于来了——开张的日子终于来了。

罗斯差点没能等到这一刻的到来——不止一次!第一次意外发生在网站准备开张之前,那绝对绝对是一场让人恶心、害怕的意外,罗斯差一点就被抓了进去。前几个星期奥斯汀市正赶上热浪来袭,罗斯存放迷幻蘑菇的秘密公寓不知怎么回事，竟然发生漏水。房东进屋检查，结果看到了罗斯的毒品实验室。房东怒不可遏，直接给罗斯打电话，告诉他下一个电话就要打给警局。罗斯赶紧跑了过去，趁着警察还没赶到，把所有东西转移干净，谢天谢地，终于及时逃之夭夭。当晚回家的时候，罗斯浑身上下全是蘑菇残渣留下的异味，整个人心神不宁，茱莉亚花了好大功夫才让他平静下来。罗斯只要一想到万一被捕，后果不堪设想，就会心慌意乱，坐立不安。

即便如此，这次意外仍然无法阻止罗斯实现梦想。这个男人渐渐从惶恐中找回了自信，知道自己绝对不能放弃。可是，差一点就被警察逮个正着，并不是实现目标路上的唯一阻碍。

罗斯必须面对现实。除开继续打点"流动书车"这个非营利性书店，照料五个兼职员工之外，他还得一如既往地自己一个人给网站写代码。

麻烦就这样没完没了地冒出来。有些代码是非写不可的。罗斯试着自己动手，结果很多时候根本理不出头绪。他没有办法，只好打电话给理查德·贝茨，请老朋友帮忙——贝茨是罗斯好几年前在得州大学读书的时候认识的[①]。罗斯还是相当谨慎，并没有告诉理查德自己在做什么，只是说这个网站属于"机密"项目。理查德也没有怀疑老朋友的话，帮着罗斯调好了 PHP（超文本预处理器），就是这个编程语言让罗斯伤透了脑筋。

当然，到了这个关头，这些麻烦统统算不得什么。真正让罗斯·乌布里特牵肠挂肚的是马上就要开始的新事业："丝绸之路"。

[①] 理查德·贝茨（Richard Bates）当时在奥斯汀做一名程序员。贝茨帮助罗斯解决了网站编程的问题。"丝绸之路"正式上线开张时，罗斯曾经提出雇用贝茨，但贝茨以有工作在身为由谢绝了罗斯的提议。贝茨很早就问过罗斯有没有打算做一些合法的买卖，罗斯由于之前一连串的创业失败经历，并未听取老朋友的建议，把全部心思扑在了"丝绸之路"之上，希望借此证明自己。——译者

然而，还有一个大难题困扰着罗斯——真的会有人上他的网站吗？就算你能开一家不受任何法律约束的网店，又真的会有人去你的网店购物吗？

　　如果这次失败被写进罗斯·乌布里特的个人简历，成为他坎坷人生的又一条记录，那么罗斯将就此一蹶不振。白手创业的罗斯一个人分饰多角，实际上在干十二个人的活：他既是前端程序员，又是后端开发者，既是数据库维护人员，又是洋葱路由器咨询顾问，同时身兼比特币分析师、项目经理、市场营销游击战术总策划，首席执行官和主要投资人，更别提室内蘑菇培育专家了。其他人要想照着罗斯的样子搞出这么一个网站，估计得花上 100 多万美元。而且，要想连接比特币区块链，生成交易清单，还得编写成千上万条 PHP 和 MySQL 代码命令，里头还有十几个小玩意叫人摸不着头脑。所以说，如果这一回真的失败了，就连罗斯自己都不知道今后将何去何从。

　　不过，罗斯隐约有种预感，感觉这一次将有所不同。虽然听起来有些滑稽可笑，可罗斯总感觉这个网站就是自己活着的意义，他将为此倾尽全力博一把，看看到底能够做到什么程度。他要用自己的网站拯救人民，解放人民。

　　罗斯心中早就有了完整的计划，清楚该如何让全世界知道自己的新发明。当然，这一切都得匿名完成。不过，罗斯首先要把网站的事告诉一个人——这件事他得亲口跟这个人说。

　　罗斯慢悠悠地走进客厅，看见茱莉亚坐在那里，于是大声宣布示范表演的时间到了。"女士们、先生们，孩子们，所有的人，当然还有你，我亲爱的茱莉亚，请大家就座。演出马上就要开始了。"罗斯告诉茱莉亚网站已经准备就绪，现在就要骄傲地向她隆重推出。罗斯要茱莉亚把她那台银灰色的苹果笔记本递给自己。"首先呢，"罗斯一边打字一边解释道，"你需要下载一个洋葱路由器。记住，洋葱路由器是一个网页浏览器，能够让你在上网的时候，别人完全不知道你叫什么名字，这样的话，那些小偷"——小偷这个词是罗斯用来形容美国政府的——"就看不到你在做什么，也看不到你在找什么。"

"太好了！"茱莉亚叫了起来。管他下载什么，只要能够躲过"小偷"的监视，茱莉亚就感到高兴。"让小偷们见鬼去吧！"她一边喊，一边鼓起掌来。

"接下来，你上这个网址看看。"罗斯在这个特殊的洋葱浏览器上输入了一个网页地址：tydgccykixpbu6uz.onion。茱莉亚从来没有见过这样的网址，一连串字母感觉就像猫儿在键盘上走过的痕迹。罗斯解释道，这只是洋葱路由器安全和隐秘的一部分。

网站慢慢出现在茱莉亚的电脑屏幕上。罗斯笑着把笔记本屏幕转了过来，对着茱莉亚。屏幕上显示了一个神奇的匿名世界，是罗斯这么久以来一直在努力创造的那个小世界。这个匿名市场此刻对视着茱莉亚。正如主页广告词上写的那样："在这里你可以买卖任何东西，既不用担心美国政府在身后偷窥，也不用担心政府把你扔进监狱。"

"哇！"茱莉亚伸出双手，把笔记本一把抱了过来。"宝贝，你成功了！可是，这上面该怎么买东西呢？"

罗斯为茱莉亚演示了网上有哪些东西可买，该怎么买。他用鼠标点击一条绿色链接——毒品，网页转到另一个界面，上面写着致幻剂。这个界面显示的是罗斯几个月前栽种的迷幻蘑菇，全都放在"丝绸之路"上出售。罗斯将这些蘑菇一件件列在上面，好像卖的只是一辆二手单车，或是克雷格列表网上的一盒女童军饼干。

接下来罗斯跟茱莉亚解释如何购买比特币。要想在"丝绸之路"上买毒品，就得用这种货币。就好比在投币游戏厅买游戏币一样，先拿现金兑换代币，然后就可以玩了。跟游戏厅的玩法一样，一天下来，没人知道你到底用的是哪些代币，因为代币看上去全都一个样。

（当然，比特币可不只是用来购买非法违禁品。你也可以用这些数字现金在全球几十个合法网站上正常购物。）

"把你的信用卡给我一下。"罗斯打开了一个兑换比特币的网页。在这个网页上茱莉亚能够把美元换成数字货币。他俩把茱莉亚的信用卡信息填写完毕，看着网页加载显示。

"别人怎么知道要这样才能买？"茱莉亚问道。

"啊哈，这是一个好学生的好问题……不过，在'丝绸之路'，我们已经想到了可能出现的一切问题。"

罗斯跟茱莉亚解释，他早就写好了一篇博客文章，相当于一份使用说明书，一步一步告诉大家该怎么做，就跟他现在手把手教茱莉亚一样。

"可是，别人怎么才能找到你的网站呢？"茱莉亚继续问道。

罗斯听了，不无骄傲地哈哈大笑起来。

1月27日，星期四，下午4点20分，罗斯登录了一个名叫蘑菇房的网站。那个网站简直就是一个网上天堂，和迷幻蘑菇有关的所有毒品都能找到。罗斯用了一个假名注册，欧脱滋（Altoid）。他随后用欧脱滋的账户名在网站论坛发了一条帖子，声称刚刚"碰巧上了一个网站，叫'丝绸之路'"，让人以为罗斯刚才是在暗网上胡乱搜索，碰巧找到这家网站的。接着罗斯要网友也帮着查一查，看看是不是确有其事。罗斯希望凭借这一招就能让人找到自己的新发明。

不知道这个匿名帖子是否有效，罗斯很快又用同样的网名在另一个专门卖比特币的网站注册了账号。他找到一个帖子，在后面跟帖讨论有没有可能建立一个网上海洛因专卖店。罗斯在帖子里要大家去光顾他的"丝绸之路"。"这个帖子可以啊，"罗斯写道，"大家好点子那么多。有没有谁上过'丝绸之路'？"当然，罗斯跟帖同样用的是化名，这样就永远没人能够查到自己头上。

罗斯现在唯一要做的就是等待。不过，这样的等待不会太久。

"真是疯狂，"罗斯对茱莉亚说道，"已经有人从那几个论坛跑去'丝绸之路'了。"

"有人下单吗?"茱莉亚咔嗒咔嗒地点着鼠标，想把"丝绸之路"研究个明白。

"暂时还没有。"罗斯说道。

不过，罗斯知道那帮人迟早会下单的。那帮人，又怎么可能不买呢?

第十章
有始有终

黄昏落在奥斯汀的上空，"流动书车"的库房里出奇地安静，只听见罗斯一个人的声音。他站在办公桌前，在键盘上噼噼啪啪地敲个不停。"丝绸之路"还有几个代码，他想赶快写完，这样就能结束一天的工作。

罗斯这辈子都没有像现在这样忙过。

除了茱莉亚（女人嘛，总是需要关注的），罗斯还要打理书店的生意，管好那几个兼职员工，经营自己的毒品网站。他得同时兼顾这三件事。

罗斯非常非常想撒手不干，放弃"流动书车"，可又不想让朋友失望，毕竟朋友把生意托付给自己打点。再说了，更重要的是，罗斯不希望身边的人以为自己又不了了之，把事情搞糟了。

好在每天的活儿还能相互调剂。

每天一大早，罗斯只要一到"流动书车"的仓库，就会赶紧跑进自己的小办公室——就在库房的另一头——把电脑打开。他会先看一眼买书的订单，再看一眼毒品的订单，然后给全国各地的客户发货——书跟毒品，两样都发。

书的话，罗斯会在一列又一列的书架中间走来走去。这些是他花了好几个月功夫才布置起来的，都是木头书架，排了好几十列，每一个都有 9 英尺高，上面层层叠叠堆满了二手小说和纪实类旧书。罗斯给书整理分类，索引编号，可花了不少功夫。罗斯会把网上订购的书放进一个牛皮纸大信封里，再把收件人的名字和地址打印在封皮的标签上。

中午罗斯会歇一会儿，先吃个午餐——就是一块嬉皮士喜欢吃的那种有机面包，嚼起来跟木头一样，上面放上花生酱和果酱的三明治——再开始真正属于自己的好戏。

接下来是时候给毒品打包了。

罗斯拿了一台平时用来给食物保鲜的真空封口机，把亲手栽种的迷幻蘑菇用塑料裹起来，接着把包好的毒品放进包裹，包包裹用的是加厚信封，和放平装和精装书的一样。最后再用"流动书车"的同一台打标机把收货人的姓名和地址印在包裹上。每次做完这样一套工序，罗斯都会倍感骄傲。

"丝绸之路"刚刚开张营业的头几个星期，罗斯每周只有一到两次给买家发货。现在距离网站正式启动过去了好几个月，每天都能接到源源不断的订单。网站上还出现了新动向，简直叫人不敢相信，精神振奋。罗斯不再是"丝绸之路"上唯一的毒品卖家。上面还出现了另外几个毒贩，售卖大麻、可卡因和小剂量的摇头丸。

可是，当罗斯把这件事告诉茱莉亚的时候，茱莉亚显出了一丝担心。茱莉亚提醒罗斯注意，在网上兜售几卷大麻和几小袋迷幻蘑菇是一码事，贩卖硬性毒品又是另外一码事，后果要严重得多。罗斯争辩说自己建立的这个网站是完全匿名、绝对安全的，没有人能够查到他头上。

让茱莉亚放宽心，相信所有人都会平平安安，罗斯的烦恼可不止这一件。他还得让买家同样相信安全是有保障的。罗斯为了让潜在买家从网上的神秘卖家那里购买毒品时感到安全放心，专门在"丝绸之路"上建立了一个评分系统，由买家给卖家打赏"业力"点数，就跟在易贝网或亚马逊上发表好评差评一样。

虽然罗斯有这么多事情要忙，早就分身乏术，筋疲力尽，可还是很开心人们终于享受到自己一手创造的事业带来的便利。不仅如此，等到2011年3月，他已经赚了好几千美元。

此时，罗斯最大的困难在于到底该如何在毒品网站、书店生意和茱莉亚三者之间找到平衡，分配时间。

运气总会眷顾有心人。罗斯的三大烦心事中有一件很快就要随着一股青烟，消失得无影无踪。那天罗斯正在手提电脑上忙活，办公室里只有他一个人，显得空荡安静。突然，只听砰的一声巨响！声音是从库房里传来的。巨大的响声把罗斯吓了一大跳，他屏住呼吸，听见里面传来更多巨大的轰响声。

罗斯的脑瓜飞快地转着，他在猜想到底发生了什么事。莫非是警察拿着撞锤砸开库门，闯了进来，前来阻止他这个小小"丝绸之路"的创造者？要么就是煤气管道发生了爆炸。有那么一阵罗斯慌了手脚，站在原地一动不动，生怕自己花了那么多个小时制作出来的代码，以及苦心培育的蘑菇全部毁于一旦，这样的话，他这辈子就将注定成为一个无法实现自我的失败者，这也是罗斯一直以来最害怕的。

巨大的轰响来得快，去得也快。很快便只剩下一片无声的死寂。

罗斯急促的心跳慢慢平缓下来。他鼓起勇气，小心翼翼地沿着墙角，慢慢往库房里走，看一看巨响到底是怎么回事。

罗斯走进库房，只见"流动书车"的书架就像巨大的多米诺骨牌一样一排接一排地倒在地上。书架每一排都有好几千磅重。刚才听到的正是木头断裂，如山一样堆积的书垮塌下来的声音。罗斯猛然想起当时做书架的时候，满脑子想的都是"丝绸之路"的事，肯定哪个地方有几个螺丝忘记拧紧了。若非运气不错，这个疏忽就将酿成大祸，把自己活活压死。

罗斯三步并作两步，赶紧跑回办公室，给茱莉亚打了电话，把事情一五一十地说了一遍。罗斯跟茱莉亚绘声绘色地描绘那声响有多么可怕，屋里现在是如何一片狼藉。他说着说着，突然意识到书架垮了并非不祥之兆，并不会给自己增加压力和麻烦，一切不过是一场意外而已。这也许就是上帝的旨意，命运的安排，纯属巧合罢了。既然发生了这种事，也就意味着罗斯有了借口，可以名正言顺地把书店关了，打发手下的兼职员工回家。他可以告诉所有人书架得重新制作，书得重新归类整理，这些工作实在太累吃不消，便可以就此推掉一切，不会让人觉得是他自己想甩手不干①。

这下可好，罗斯再也不用为了"丝绸之路""流动书车"还有茱莉亚三者分心了，他只需要集中精力，对付其中两项就行。不过，让罗斯没有想到的是，其中一项很快就会让另一项陷入危险。

---

① 罗斯在把消息告诉唐尼时坦承自己已经无意经营"流动书车"，唐尼其实也早就对此失去了兴趣，两人于是一拍即合，关闭了"书车"。——译者

第十一章
捆客网上的文章

臭脾气咖啡厅位于布鲁克林的绿点区，看上去和美国每一个潮人聚集地并无多少区别。咖啡厅里，随处可见手提电脑的显示屏一闪一闪亮着，人人头上戴着耳机，里头呜呜喳喳响个不停。男男女女都在小口抿着根本就不值这个价的咖啡。人人清一色一身布鲁克林潮人打扮：一条紧身牛仔裤，配上波希米亚风格的文身，刺青从胳膊一直纹到手指尖。咖啡厅外头是麦吉尼斯大道，那是一片工业废区，一头连着布鲁克林，一头连着皇后区，新城溪就在下面静静流淌，溪水上到处漂浮着垃圾。街道两旁，除了那些把偷来的车拆了改装变卖的店，就只有加油站了。这里正在兴建几幢时髦的公寓楼——迹象表明这帮成天抱着手提电脑过日子的创意人类也成了濒危物种。不过，至少就目前而言，这些人还是这个地段附庸风雅的主力，是这个地区一息尚存的关键，而臭脾气咖啡厅就是这里的中心。

光顾咖啡厅的大部分人要么是写文章的，学着如何网上发博，要么是博主，试着写几篇像样的东西。这是一个新圈子，里头都是一帮有创意的人，每个人都在做着各自的美国梦，有事没事写点东西，希望有朝一日自己的文章能够得到某个位置某个人的赏识。

码字一族里有一位名叫阿德里安·陈的亚裔男子[①]，年纪轻轻，此刻似乎陷入了手提电脑里的世界，正上下滚动着鼠标滑轮，看一个网站论坛上的长篇帖子。脸上的神情将信将疑，难以置信。阿德里安看的聊天记录跟暗网上的一个网站有关。人们给这个网站起了个外号，亚马逊毒品商城。

论坛上有一些人抱怨这个名叫"丝绸之路"的网站太危险，竟敢在网上兜售海洛因，这样会把那些不懂得怎么用药的人活活毒死，也有人说这个新的毒品市场会破坏比特币这种新数字货币的名声，还有人不以为然，认为既然有了这个网站，购买毒品就变得安全了，还表扬这个网站利用了网上匿名的特点，手法老到，简直无懈可击，前所未见。

不过，阿德里安脑子里想的完全不一样：一定是有人在搞恶作剧。不管怎么说，阿德里安比几乎所有在世的作家都要了解互联网的软肋。他给掴客网写博客差不多快两年了。那是一个花边八卦网，总部就在纽约。虽然，平时阿德里安都是周末干活，通宵赶工，可是对那帮在网上发帖挑事者和黑客了如指掌。这个男人行走在网络世界漆黑危险的一面，带回的都是那些专干疯狂操蛋坏事之徒的故事。

难道真的有人疯狂到这种地步，去建这样一个网站？阿德里安心里起了疑云。他知道要想找出真相，只有一个办法。他下载了一个洋葱路由器，登录"丝绸之路"。答案是肯定的，真有这样的人。

阿德里安看到：你真的可以买到任何想买的毒品。他数了一下，准确地说，应该有 343 种毒品，包括黑焦油海洛因、阿富汗大麻、G13 酸性大麻和摇头丸。全都是市场价，有些甚至卖得比市场价还便

---

① 阿德里安·陈（Adrian Chen），美籍华裔，记者、博客作家，中文名：陈力宇，1984 年 11 月 23 日出生于纽约市，父亲哈里·陈是一名华人医生，曾任佛蒙特州卫生专员，母亲安妮·莱扎克是犹太人，外公西德尼·莱扎克曾任俄勒冈州检察官长达二十年。阿德里安·陈为掴客网、《连线》和《纽约客》等多家杂志写稿编辑。——译者

宜。你只需要用现金兑换一点比特币，再用比特币购买毒品，接着等美国邮政总局帮你邮寄到家就行了。一切就这么简单。

不过，阿德里安还是怀疑"丝绸之路"到底是不是真的行得通，是不是任何人都能够从这个网站买到毒品。他在论坛上注册了一个账户，用户名是 Adrian802（802 这个数字代表阿德里安在康涅狄格州的区号，那里是他出生长大的地方），接着发了一个帖子，问是否有人愿意接受匿名采访，说他想写一篇文章，写一写这个目无法纪、胆大妄为的网站。

阿德里安收到了好几个回复，还有一个人给他留了电话号码。于是阿德里安一边在臭脾气咖啡厅外的人行道上来回踱步，一边对马克进行了电话采访。马克是一名软件开发工程师。阿德里安问他在网上购买毒品到底感觉如何。

"这个嘛，感觉就像在未来世界一样。"马克在电话那头说道。他告诉阿德里安自己从加拿大的某人那里订购了 10 片 LSD，四天后邮差就把药片送到了家中。

还有另外一个人也给阿德里安回了信：说话的口气一听就知道，此人就是"丝绸之路"的掌门人。

随着"丝绸之路"日渐壮大，罗斯的担心也在与日俱增。不到五个月前他第一次在网上发表匿名信息的时候，还没有意识到会产生如此强大的诱惑力，吸引人们去自己的网站上看个究竟。虽然，一开始来买货的只有今天几个，明天几个。可是，自打关闭了"流动书车"的生意，毒品网站就开始迅速发展。现在网站上贩卖毒品的有好几百人，至于购买毒品的，成千上万。

罗斯从这欣欣向荣的事业当中赚了不少。由于迷幻蘑菇绝大部分出自罗斯之手，这也给他带来了好几万美元的丰厚利润。

随之而来的有欣喜，也有恐惧。罗斯会常常陷入焦虑，担心被茱莉亚言中，担心被自己一手创造的网站拖下水。他必须时刻保持警惕，确保没有任何人会把自己和"丝绸之路"联系起来。

的确，没有人会把他和网站联系起来，除了两个人以外。

就在几个星期前，理查德提出如果还把自己蒙在鼓里，就不再帮罗斯一个指头。罗斯没有法子，只好跟大学老友坦白，承认自己就是这个"亚马逊毒品商城"的创建者。"你要么跟我说实话，要么让我走人，"理查德在聊天对话中跟罗斯摊牌，"你得告诉我真相，要不然我跟你说，不要再在我面前提什么机密项目。"要是罗斯失去了理查德的电脑技术，就将彻底没辙；一旦"丝绸之路"垮了，罗斯将陷入一个孤独无助的黑暗世界，找不到前途和出路。他别无他法，只好坦白。

理查德听了一开始感觉难以置信。罗斯赶忙好一番解释，把建立网站的想法解释了一通，理查德这才答应继续帮忙。罗斯给了好友几袋自己栽种的迷幻蘑菇，表示谢意——就几袋而已，没什么大不了。于是理查德也开始在网站上买东西，有摇头丸、大麻、维可定，还有一些处方类抗生素。（理查德是一个有洁癖的人，所以练就了一身本事，知道如何在没有医生处方的情况下搞到药。）就这样，到后来理查德也慢慢相信没人有本事找到他和罗斯，毕竟是他帮着罗斯编的代码。

不过，要想说服茱莉亚，让她不要为自己的安危提心吊胆，这对于罗斯来说可是完全不同的挑战。过去两个月里，这对年轻人为了"丝绸之路"的事陆陆续续吵了好几回。眼看现在每个星期都有好几百人注册账户，茱莉亚时刻担心罗斯终有一天会被抓，下半辈子得在牢里度过，要知道这可是她梦想着有朝一日要嫁的男人。

"没有危险的，"罗斯要茱莉亚放心，跟她解释洋葱路由器根本无法破解，比特币也完全查不到名字，"非常安全，你要相信我。没有人猜得到是我在幕后。"

可是，茱莉亚担心的话总让罗斯感到心神不宁。罗斯必须确保把留下的蛛丝马迹掩藏得干干净净。他深知自己的编程技术能力有限，所以决定在理查德之外再招聘几个电脑高手，为网站重新编写新的安全协议。于是罗斯在"丝绸之路"上发了一个招聘清单。结果来了好几个编程高手，这些人都有反政府倾向，愿意帮助罗斯同美国政府好好较量一番。至于要做的事嘛，都是利用业余时间，而且还有报酬可拿。

直到现在罗斯的"丝绸之路"还没有受到任何打压。考虑到有几个论坛上早就传得沸沸扬扬，如此风平浪静反倒出乎意料。不过，罗斯并无十足把握，不知道一旦出现风吹草动，自己是否真的已经做好准备。有个用户名叫 Adrian802 的家伙一直在网站上打探消息，跟用户们喋喋不休地说在给掘客网写一篇关于"丝绸之路"的文章。

罗斯知道既然没有办法阻止别人写东西，那么最好的对策不如给这位 Adrian802 直接发信息。罗斯的话说得很有礼貌，首先感谢对方对自己的网站表示兴趣，接着阐述了个人的理想，认为"丝绸之路"的出现反而能够让人们购买毒品更加安全。"到我们这个网站来的人都很了不起。"罗斯用"丝绸之路"管理员的身份写了这封匿名信。他完全没有意识到接下来会发生什么，只是决心跟 Adrian802 摊牌，借此机会把自己的自由意志主义理念和盘托出，向对方解释之所以成立这个网站，是为了让政府看到剥夺人民的权利是完全错误的。"不要再拿你的税金去养活政府了，把你的创造力用到黑市上去吧！"罗斯在给阿德里安的信中如是写道。

罗斯根本没有预料到自己的话会带来何等巨大而可怕的后果。

2011 年 6 月 1 日下午 4 点 20 分，阿德里安坐在臭脾气咖啡厅里，一边小口抿着杯中的黑咖啡，一边看着自己那篇和"丝绸之路"有关的博文下面的评论变得活跃起来。博文的标题是《在这个地下网站，你能买到任何想要的毒品》。文章开头是这样写的："和毒贩暗中沟通可不是什么好事。买点可卡因没准还会被人一枪打死。那么，假如能够在网上买卖毒品，就像买一本书或一个电灯泡那样轻松简单，又会是什么结果呢？现在，你可以做到了：欢迎来到'丝绸之路'。"

第十二章
背上的靶心

"亲爱的，你怎么了?"茱莉亚挨着罗斯躺在床上，欣赏着这个男人轮廓鲜明的下巴。罗斯正在读一篇刚刚发表的文章，没有接话。文章和"丝绸之路"有关，他压根就没时间分神。

罗斯知道美国政府看了这篇文章之后有可能做出回应，采取敌对措施。文章是一个叫阿德里安·陈的人写的，几天前发布在掴客网上。让罗斯没有想到的是，这次的回应要比他想象的严重得多。

罗斯的心里惴惴不安。他点开文中的一段视频。屏幕上方的小方框里出现了参议员"查克"·舒默①在新闻发布会上的场景。讲坛上的舒默显得愁容满面。身旁一左一右各有一个展示台，上面摆着两张打印的"丝绸之路"网站大幅照片，脚下站的是木制演讲台，上面挂着美国参议院的蓝白金三色徽章，记者们一目了然，罗斯自然也看得一清二楚。

"经我们查实，这是一个一站式非法毒品买卖网点。有人竟然如此厚颜无耻，在网上公然兜售毒品，简直闻所未闻。"舒默振声说道，底下的媒体记者一片哗然。"此事的严重程度不是一般犯罪能相提并论的。"

哦，见鬼!

大事不妙。不错，罗斯的确需要得到认可和关注。可是，事态发展到这个地步，尤其是在他贩毒人生刚刚起步时就闹出这么大的动静，远远超出了他的想象。

视频画面一转，舒默正坐在一台电脑前，屏幕上显示的正是罗斯的贩毒网站。舒默参议员的手指在"丝绸之路"的网页上指来指去，仿佛要把网站上所有能卖的东西都指出来。"有海洛因、鸦片、大麻、摇头丸、各种迷幻剂和兴奋剂。"从舒默的讲话不难看出，这位参议员对于毒品这个话题至少目前所知不多——他居然给摇头丸这个单词用了复数。台下，照相机的快门咔嚓咔嚓闪个不停。舒默的声音显得有些难以置信："要什么毒品，就有什么毒品！"

罗斯读完了这篇配了视频剪辑的文章，感觉浑身上下不自在。文章里提到，除开纽约州参议员舒默，西弗吉尼亚州的新科参议员乔·曼钦也会要求司法部和缉毒局采取行动，关闭这个毒网，立即关闭！

"切！狗屎骗子！"罗斯已然挑起了一场决斗，他面对的是这个星球上最大的"恶棍"，这个"恶棍"现在要开始出拳回击了。

"看，"罗斯靠着床头，让茉莉亚看视频回放，"他们把靶心贴到我背上来了。"

"罗斯，"茉莉亚看着视频，感到阵阵害怕，"这样下去不行。"

被参议院盯上可不是罗斯这时候想要的。假设再给他一个月或半年时间，兴许还能应付。可是，现在不行。

自打掴客网发表文章以来，一连数日，各路媒体竞相转载。罗斯的"丝绸之路"从一个几乎无人知晓的隐形世界摇身一变，成了进入

---

① "查克"·舒默（Chuck Schumer，1950— ），即查尔斯·艾利斯·舒默（Charles Ellis Schumer），美国犹太裔参议员，出生于纽约布鲁克林。舒默于 2011 年 6 月 5 日和西弗吉尼亚参议员乔·曼钦（Joe Manchin）向美国司法部和缉毒局明确表示了彻查捣毁"丝绸之路"的要求。——译者

全美媒体视野的主流话题，其速度之快令人咂舌。久负盛名的各大媒体大肆报道。《大西洋月刊》谈论这个话题，NPR（全国公共广播电台）做了广播，还有各大电视台，就连 ABC（美国广播公司）和 NBC（全国广播公司）也加入进来，推出了新闻广播（"人们管这个网站叫'亚马逊毒品商城'……"）。至于博客文章，毒品论坛和社交媒体上的讨论帖子，以及自由意志主义网站上的专门文章，更是成百上千数不胜数。

尽管，主流媒体连篇累牍地口诛笔伐，可绝大部分人在得知"丝绸之路"的消息后，仍然将信将疑，不敢相信真的能够在网上购买毒品，而且还能邮寄到家。这要么是那种尼日利亚诈骗邮件的拙劣伎俩，要么是执法部门设下的陷阱，专门引诱那帮毫无戒心的白痴自投罗网，然后再来一次网上突击搜查，一网打尽。不过，管他白痴与否，还是有成千上万人下载了洋葱路由器，在"丝绸之路"上注册账号，上去看个究竟。看一眼总没有坏处吧，对不对？

罗斯眼看数据库越来越满，网站速度也越来越慢，心中半是害怕，半是开心。捆客网文章发表的当晚，罗斯几乎一夜没有合眼，整晚醒着躺在床上，有时双眼盯着手提电脑出神，有时就坐在卧室的那把人体工学椅上，看着世界各地的人们在自己的网站上注册登录。

捆客网文章发表的第二天，罗斯起了床，感觉昏昏沉沉，心神不宁，全然没有料到迎接自己的竟是一场彻头彻尾的灾难。不！网站既没有被执法部门关闭，也没有遭到黑客攻击下线。那些事情倒没有发生，可眼前的灾难更加可怕。

不错，有些人上"丝绸之路"只是随意看看，可有些人是真的在买卖毒品。结果，每次只要有人买到毒品，罗斯的比特币就会在交易过程中减少一些。"到底是什么鬼？一定是代码出了漏洞。"罗斯的个人利润原本已经达到五位数，现在可好，正以每小时数百美元的速度迅速缩水。他必须赶快找出法子，处理这个此前完全没有料到的问题。

局面正在变得越来越不可收拾。

罗斯把代码翻来覆去地查了个遍，一心想要尽快找出错误。他突然想起"丝绸之路"刚开始建设的时候用的是一种标准代码 Bitcoind，用于连接自己的支付系统。罗斯虽然发现问题出在自己设计的接口程序上，却不知道具体是哪一段代码。他只知道这实际上相当于一台现金收纳机，只要一打开机器，钱就会从底下漏出去，消失得无影无踪。此时此刻，随着大批新注册的用户登录网站，这台收纳机正在以骇人的速度一开一关。

罗斯飞快地计算着损失，可人们在网上购买毒品的速度和他算的一样快。"丝绸之路"很快就要接近破产边缘。罗斯很快就将成为互联网上一手建立毒品暗网，接着又亲眼见证网站破产的第一人，这一切都要归咎于他自己编写的那些狗屎代码。

罗斯别无选择，只能先从有能力应付的问题入手。他做出了一个痛苦的决定：暂停"丝绸之路"的新用户注册。这样做虽然效果微乎其微，但多少能够帮助服务器缓解压力，处理访客带来的攻击。接着罗斯要搞清楚为什么自己的钱会随着每一笔交易消失。要想做到这一点，就得重新编写程序，而显然罗斯一开始并不知道如何去做。

接下来一连好几天，罗斯几乎夜夜难眠，吃的就更少了。茱莉亚担心罗斯身体垮掉，专门给男友准备了最爱的花生酱和果酱三明治。可是，茱莉亚每次把三明治送到罗斯手边，过几个小时回来一看，还是摆在手提电脑旁动都没动过。

整件事从头至尾，焦虑都在内心深处一点点折磨着罗斯。

在经历了将近一个星期的连番变故，眼见网站封闭，参议员对"丝绸之路"及其创始人宣战之后，罗斯渐渐意识到自己在做什么，也明白究竟会有怎样的结果，开始变得习惯起来。

"他们想要抓我。"有天晚上，罗斯对茱莉亚说道。罗斯说话的语气一听就知道他快要精神分裂，筋疲力尽了。

"废话，他们当然要抓你！"茱莉亚回了一句。

罗斯的这副模样茱莉亚之前就见识过，那还是几个月前他被人发现种植迷幻蘑菇的时候。当时罗斯脸上也显出这样一副半是兴奋、半是害怕的神情。感觉就像身体里住着两个完全不同的人。一个是腼腆害羞、温顺听话的乖孩子，真心实意想要帮助别人，让世界变得更加安全；另一个则桀骜不驯、叛逆不羁，时刻准备着来一场爆发，要同整个美国政府好好干一架。一个是听话的罗斯，另一个是叛逆的罗斯。

"罗斯，要不收手别干了，"茱莉亚也意识到可能的结果，"这件事可能太大，太快了。"

可是，听话的罗斯没有回应，回应的是叛逆的罗斯。哪怕花再大的功夫，罗斯也要找出代码漏洞。正是这个漏洞让他在"丝绸之路"上赚来的钱烟消云散。罗斯不但不会听从茱莉亚的意见，就此收手不再操纵网站，相反，他要一斗到底，让那帮参议员永远休想找到自己。

第十三章
茱莉亚泄密

茱莉亚躺在地板上，感到全身上下慢慢平静下来。她听着窗外纽约市的警车呜哇呜哇地拉着警笛，树叶沙沙作响，轻轨火车带着刺耳的呼啸声，从布朗克斯区穿过，各种声音交织在一起，仿佛交响乐。茱莉亚等着大麻起作用。离开罗斯一个星期，给了她某种如释重负的感觉。

"给你。"艾丽卡是茱莉亚的闺中好友。她弯下身子，把大麻烟卷递了过来。

茱莉亚拿着烟卷烧红的另一头凑近嘴唇，张大嘴巴，把烟大口吸进肺里，烟味就跟臭鼬一样难闻。茱莉亚一直在想到底该不该告诉艾丽卡为什么不请自来纽约的真正原因。什么"丝绸之路"、迷幻蘑菇、参议员，还有罗斯现在又雇了几个黑客帮着打点网站，这些事茱莉亚没有跟任何一个人、一个大活人提过，她对这一切守口如瓶，只是这段日子有些慌了手脚，不单担心罗斯，还开始担心起自己。她不知道自己这样做算不算同谋。虽然她既没有写过一行代码，也没有拿过一分钱，即便如此，仍然感到提心吊胆。茱莉亚也搞不清楚原因，只知道罗斯还在一边不断跟她讲他的新秘密，一边又希望自己替他保守秘密。当然，罗斯这么做从道德角度来看，倒也没

暗网毒枭　　　075

有丝毫问题。

回到刚开始，也就是八个月前罗斯刚刚建立"丝绸之路"那会儿，茱莉亚对于时不时听到一点小秘密还觉得无所谓。毕竟，那个时候的"丝绸之路"规模尚小，算不上什么惊天动地的大事。可是，情况从那以后就发生了变化。

其实茱莉亚觉得贩卖大麻并没有什么大不了的。她从来没有听说有哪个人因为抽多了大麻而抽出毛病的。迷幻蘑菇，嗯，这些东西本来就是地里长的，还能够叫人快活。可是最近几个月，网站上能够买到的新鲜玩意越来越多。不但有纯度很高、特别来劲的快克①，普通可卡因和海洛因，还有各种各样能够让人高度上瘾的毒品，这些毒品她之前听都没有听过，都是在那些亚洲的秘密工厂里制造出来的。茱莉亚只要一想到这些，就越发感觉迷茫。

"如果有人吸食过量会怎么样？"她一边看着"丝绸之路"上显示的高纯度可卡因和海洛因，一边问罗斯。

"我们有一个评分系统，"罗斯的回答十分肯定，"如果有人贩卖劣质毒品，评分就会很低，这样的话，别人就不会再从他们那里买了。"

"万一那个人吸食过量死了呢？死了还怎么给人差评？"

类似这样的对话一连持续好几个小时，两个人不断一问一答，反反复复，没完没了。不管茱莉亚问什么，罗斯总会做出回答。答案往往是一些智力分析或自由意志主义的理论空谈。每次两个人这样面对面地绕圈子，绕得太多的时候，罗斯就会用一句简单的答复来结束谈话："好吧，那就让我们暂时保留不同意见吧。"

---

① 快克（Crack），即高纯度海洛因，名称为音译，来源于点燃时发出的"噼啪"爆裂声。——译者

这些不同意见，再加上"丝绸之路"受到越来越多媒体和政府的关注，让这对小情侣时不时地打上一场口水仗，一吵就是一整天。"你必须停手，别再做了！"茱莉亚每次都会大声叫着，"你会坐牢的，这辈子就完了。你要是进去了，我还怎么嫁给你，怎么跟你过日子？"罗斯每次听到这些话，总会冷静地宽慰女友："他们抓不到我的，我有洋葱路由器，还有比特币，安全得很。"接下来罗斯会开始一段早就排练过的长篇大论，大谈人生理想。他会情绪激动地说自己的网站将成为对这个社会最大的贡献与回报，自己这么做是在帮助人们，让人们远离街头犯罪。正是街头巷尾的毒品交易才让人锒铛入狱，甚至受到伤害，丢掉性命。难道茱莉亚就看不到这一点吗？难道你就不希望成为我改造社会伟大事业的一分子吗？

一切就像两个人在反复朗诵同一段台词，接下来势必会有一场口角，然后一方要么怒气冲冲地夺门而出，要么把自己关进另一间屋子，闭门不出。直到几个小时后，爱情的魔力再把这对男女拉回来，重新黏在一起。两个人言归于好，重新躺在彼此的臂弯里安然入睡。茱莉亚总会梦见白色的尖桩篱笆，还有一大群孩子发出咯咯的笑声，在院子里前前后后地追来跑去，罗斯关于"丝绸之路"的梦想事业也越做越大，直到有一天推翻了禁毒法，所有人都为他的伟大贡献献上掌声。

不过到第二天早上，这对好斗的冤家又会重新开始一场大战。

"丝绸之路"对罗斯和茱莉亚感情的其他方面也开始产生影响。茱莉亚想要出去跳舞，想着既然现在靠这个生意赚了点钱，就要罗斯带她去高级餐厅浪漫浪漫。可是，罗斯呢？还是一边吃涂着花生酱和果酱的三明治，一边在手提电脑上噼里啪啦地敲着代码，只有这种日子才让他感觉最逍遥自在。一天又一天，既不洗澡，也很少跟人说话，只知道一动不动地（很多时候连衣服都不穿）窝在两个人的卧室里，对着电脑。

茱莉亚愈发焦虑起来，担心这样下去不仅两个人难得长久，就连罗斯的身体也会垮掉，害怕与恐惧阵阵袭来。茱莉亚每次去杂货店，只要一见到陌生人，就会胡思乱想，猜想这些人会不会是便衣警察，知道自己和那个搞"丝绸之路"的小子住在一起。茱莉亚常常在洗澡的时候放声大哭。这个女孩实在太爱罗斯了，可罗斯似乎更爱他的网站。

日子就这样一个星期接一个星期过去，每天都感觉像是最后一天。直到一天晚上，罗斯回到家中，眼神里闪着兴奋的火花，欣喜若狂地告诉茱莉亚有样好东西要给她看。罗斯打开手提电脑，在上面摆弄了几下，然后把屏幕转过来对着茱莉亚。这么久以来，每一次罗斯都会不惜余力地用他那套自以为是的理论来试图说服茱莉亚，说什么政府无权对人民指手画脚，规定人民什么能够吃，什么不能吃，还说如果没有缉毒行动的话，犯罪和暴力就会下降，想让茱莉亚相信"丝绸之路"出售硬性毒品是理所应当的。虽然茱莉亚并不一定认同罗斯的观点，但她听得懂罗斯的道理，知道这些道理在理论上说得过去。不过，罗斯打算给茱莉亚看的这样东西是不是真有好处，这一回他可说服不了茱莉亚。

"你看，"罗斯指着手提电脑屏幕，洋洋得意地说道，"刚刚网站上可以卖枪了。"

茱莉亚愣在那里，简直不敢相信自己的眼睛。她感到一阵恶心。"罗斯，"茱莉亚的语气中带着几分哀求，"这太离谱了。"

"这有什么离谱的？拥有枪支是宪法赋予我们的权利，我们应该能够买到……"

茱莉亚没等罗斯说完："你告诉我，为什么有人要匿名买枪？"

"这个不管我的事。别人做什么，出于什么原因，这不由我来决定。"罗斯看到茱莉亚并没有像自己一样兴奋，感到有些郁闷，嗓门也高了起来，"这是人们自己的选择。"

"你说的没错，可是……"茱莉亚刚想开口，就被罗斯打断了。

"所以你觉得政府可以有枪，人民不能？"罗斯说道。（他在"丝绸之路"上跟新招的雇员私聊的时候，说的也是同样的话："我一直都支持枪支买卖。只有有了枪，才有足够的力量对抗暴政。"）

茱莉亚的直觉告诉自己她的良知是对的。可是，不管话说得如何委婉含蓄，如何言之有理，罗斯都会中途打断，直接来上一句："好吧，就让我们暂时保留不同意见吧。"

在茱莉亚看来，卖枪这种事情必须懂得适可而止。如果买的是软性毒品？完全没有问题。硬性毒品？也还说得过去。罗斯说的也许有道理；也许真的人人有权想把什么东西放进自己的身体里，就可以放进去。政府有什么资格告诉我们酒可以喝，烟可以抽，吃红肉没问题，唯独大麻不行呢？要知道每年有 9 万多美国人死于酗酒，每个月有 4 万人死于抽烟，每天还有成百上千人因为心脏病一命呜呼。可是，匿名购买非法枪支，这算什么事？这件事茱莉亚是绝对不会站在罗斯一边的。几个星期后，她搭上了飞往纽约的飞机。

茱莉亚寻思东北部的秋天也许会让自己的头脑清醒一点。艾丽卡给了她一个大大的熊抱。两个人随后摊开手脚躺在客厅地板上聊天叙旧。透过窗户，茱莉亚可以看见洋基棒球场柔和的灯光，白色和蓝色染亮了远方的夜空。这样的场景用来搭配过去几个星期的折腾，再合适不过。茱莉亚一面听着屋外布朗克斯区的喧嚣吵闹，一面暗自下定决心。她从地板上一骨碌坐了起来，扭过头来看着艾丽卡："有件事我要跟你说。"

"什么事？"艾丽卡问道。

"你要跟我保证，绝对不能告诉别人！"茱莉亚用请求的口气说道，"永远不能！要不然，罗斯会杀了我的。"

茱莉亚又深深吸了一口烟卷，让烟在肺里憋了足足好几秒，然后一口气吐了出来，一边看着白烟在空中慢慢散开消失，一边把一切原原本本地告诉了艾丽卡。

第十四章
你到底干了什么？！

泪水从罗斯的眼中夺眶而出。他像疯了一样飞奔上楼，朝着茱莉亚的公寓冲去。恐惧与愤怒掺杂，让这个年轻人不堪重负。罗斯砰的一声推开房门，直接冲进里屋，照着茱莉亚咆哮起来。"我简直不敢相信，你居然这样对我！"罗斯一边叫着，一边锁上了身后的门。"这下全完了！"

"你在说什么呀？"茱莉亚从电脑前抬起头来，显得结结巴巴，显然被罗斯突然闯入给吓到了。罗斯脸上可怕的样子一眼就能看得出来，这更让她一头雾水，不知道到底发生了什么。

"你辜负了我的信任，"罗斯一边尖声叫着，一边擦着眼中的泪水，"我不敢相信，你居然把我们的事告诉了别人。"罗斯气得浑身发抖，不知该如何是好。他这辈子还从来没有这样愤怒过，也从来没有这样害怕过。

直到此时茱莉亚才明白过来。不过，要想知道罗斯究竟是怎么知道的，她还得再等上几分钟。茱莉亚很快反应过来，这事一定和艾丽卡有关。可是，罗斯又是怎么知道的呢？他为什么会怕成这样？茱莉亚一边看罗斯站在眼前生闷气，一边在脑海里回忆过去几个星期发生的事情。

茱莉亚从纽约回来是 8 月份的初秋时节。她当时决心要和罗斯分手，告诉对方如果还打算继续搞他的网站，就得搬去其他地方，再也不许罗斯在自己的公寓里搞这些玩意。可是，罗斯决定继续干下去，他在奥斯汀市的另一头租了一间房子，自己搞自己的。

虽然，愤怒让这对小情侣就此两地分隔，可爱情（还有性爱）仍然让两个人不会从对方的生活中消失。他俩仍时不时地约会见面。

罗斯搬出去没多久，茱莉亚就说服闺蜜艾丽卡从纽约搬来奥斯汀和自己同住。茱莉亚把摄影棚多出来的那间卧室租给了艾丽卡。一切看上去都在往好的方向发展，直到有一天晚上。由于艾丽卡在聚会上吃了从"丝绸之路"上买的迷幻药，感觉身体不适，结果被送进了医院。艾丽卡从医院回来后，居然和茱莉亚动起手来。罗斯正好在场，赶紧上前劝架，要两个人消消气。没想到适得其反，反而让艾丽卡和茱莉亚更加怒火中烧。两个女人打得不可开交，直到有人喊来了警察。一开始罗斯还想帮忙劝架，见警察来了立时失去耐心，一把将艾丽卡推出了公寓。艾丽卡坐上的士，直奔机场，回了纽约。罗斯和茱莉亚原以为事情就这样了结："总算打发走了艾丽卡，谢谢来这么一出，明天和朋友们可有故事讲喽。"

第二天一早罗斯回到公寓，打开心爱的手提电脑，先是查了一下"丝绸之路"的网站状态，接着查看自己的社交账户。谁知邮箱里最醒目的一条信息居然是艾丽卡发来的，这可把罗斯吓了一跳。艾丽卡竟然把这条消息发在脸书的留言墙上，而且是公开发布，人人都能看见。"我敢肯定政府一定想了解罗斯·乌布里特的毒品网站吧。"艾丽卡的话就像在互联网上放了一块巨大的霓虹广告牌。

罗斯感到一阵天旋地转，忍不住失声痛哭起来。他很快删掉信息，怀着忐忑不安的心情，颤颤巍巍地拿起电话给艾丽卡打了过去。

"求求你了，我真的很抱歉，"罗斯在电话里结结巴巴地哀求道，泪水顺着脸庞流了下来，"求求你，答应我不要告诉别人网站的事情。"艾丽卡听见罗斯哭得这么伤心，还以为他要寻短见，只好答应罗斯不会跟任何人说起这件事，然后挂了电话。

罗斯的脑子飞一样地转着，成千上万个念头在脑海里涌动："到底还有谁知道这件事？"

切！

能够回答所有这些问题的只有一个人。罗斯跳上卡车，猛踩油门，冲到茱莉亚的住所，冲上了楼梯。

"你辜负了我的信任！"罗斯吼道，"你到底还跟谁说过？"

"我没有跟任何人说过，我发誓，"茱莉亚哀求着，泪水像断了线的珠子一样从脸上滚了下来，"我也不知道为什么要告诉艾丽卡。我……我对不起你。我太蠢了。是我说漏了嘴。我不是有意的……"

罗斯怒不可遏："你骗了我，我不该相信你！"

茱莉亚听到罗斯这样指责自己，态度也变得强硬起来。"是你把我一个人丢在一边，只顾自己的事。这些事都是你告诉我的，难道你就没有想过我也会有危险吗？"

"这对我的安全是一个巨大的威胁，"罗斯反驳道，"因为这个人不但知道我是谁，还知道我长什么样子，知道是我做的这个网站。"

此时的罗斯显得冷若冰霜，严苛冷酷。茱莉亚辜负了他的信任。对于罗斯来说，现在的处境比任何时候都要糟糕。茱莉亚把自己的名字随随便便就告诉了别人，把自己最隐私的秘密也透露给了别人。他跟茱莉亚彻底完了。茱莉亚看着罗斯的眼睛，知道自己无论怎样解释，都只会让罗斯更加愤怒。

"也许这是天意，要你住手，不要再做这个网站了。"茱莉亚抽泣着瘫倒在地板上，哭成了一个泪人，祈求罗斯原谅自己。

"不，这……这不可能！"罗斯颤颤巍巍地说道。他在盘算下一步该如何是好。"这么说来，我得找个地方躲起来，我得离开奥斯汀。这一切都是因为你！"

"对不起，我对不起……"茱莉亚呜呜地哭着。然而，一切已经太迟。

"一切都结束了。"罗斯说完，转过身来走出了茱莉亚的摄影棚，重重地关上了身后的房门。

第十五章
贾里德和 50 吨重的火烈鸟

芝加哥联邦广场在 11 月末的天色映衬下显得黯淡无光，昏暗阴郁。能够穿透这道暗幕的只有两道亮色。一道是美国国旗，那面红白蓝三色相间的星条旗此时正在风中狂乱劲舞。另一道就是巨大的鲜红色雕像，那座名为火烈鸟的雕像①巍然矗立在黑色广场的正中央，一动不动，无声无息。

这是一座重达 50 吨的"火烈鸟"，雕像由几根拱形钢筋组成，造型抽象。联邦广场每天人来人往，熙熙攘攘，人们搭乘轻轨在广场下车，走出车站第一眼看到的就是这只"火烈鸟"。大多数人会在雕像旁流连徘徊，或是直接从底下穿过，走进周围鳞次栉比的联邦大厦。有的去邮局，有的去政府办公大楼，还有的要去这里最让人望而生畏的一幢大楼——那栋坐落在迪尔伯恩南大街的 30 层黑色大厦、人称迪尔克森联邦大厦的美国法院大楼。

2011 年 11 月下旬的一个早晨，两个姓德耶吉安的男人走进迪尔克森联邦大厦。在大厦的第 19 层，萨穆埃尔·德耶吉安正在整理自己的法官袍和开庭文件，准备当天晚些时候出庭审理案件。萨穆埃尔的身份是一名美国联邦法官。从他的法官室往下走 16 层，就能到他三十一岁的儿子贾里德所在的地方。此时的贾里德正走在美国检察官办公室的大厅里，背着一个硕大的背包，包里装着一台手提电脑，一个魔方和几个夹着证据照片的文件夹，塞得鼓鼓囊囊。他怀里还抱着一个邮件收发室的白色大桶，里面装着30来个各式各样的邮包。

今天年轻的贾里德·德耶吉安有些紧张，他前去参加的这次会面恐怕是职业生涯中最重要的一场会议。贾里德知道如果这一次搞糟了，那么他的笑话肯定会顺着楼梯一直传到父亲的办公室。

今天贾里德没有穿平时去奥黑尔国际机场那一身松松垮垮的地摊货。今天他穿了一件宽松的黑色西装，里面配一件皱巴巴的白衬衣。国土安全部的小组主管正迈着悠闲的步子，跟在身后。两个人走进了副检察官办公室。这位副检察官是专门负责麻醉致幻药品的，主管伊利诺伊州所有与毒品有关的诉讼案件。

经过一番开门见山的自我介绍之后，贾里德把手里抱着的邮桶重重地放在办公室的地板上。检察官低头看了看邮桶，又抬头看了看贾里德，显然没有明白对方的来意。检察官起初答应和贾里德见个面，谈一谈网络毒品走私的问题，可没说是为了专门看这个。如果是看一张和几块海洛因有关的照片，肯定没问题；看几公斤那种咸味的白色可卡因，也说得过去。或者看一看几磅大麻，同样可以。可是，放在纸箱里的一堆空包裹，这是什么意思？检察官坐回原位，看贾里德到底要搞什么名堂。

贾里德开始向检察官解释"丝绸之路"到底是怎么一回事，以及这个网站是如何运作的。他一边解释，一边把邮桶里的邮包拿出来，

---

① 芝加哥是一座以建筑闻名于世的城市。作者笔下的火烈鸟雕像位于克卢钦斯基联邦大厦前方，雕像由美国著名艺术家亚历山大·考尔德（Alexander Calder，1898—1976）设计完成，1974 年正式公之于众。雕像全高 53 英尺（约合 16.15 米），重 50 吨，由几根巨大的拱形钢筋搭建而成，造型抽象灵动。其鲜艳的红色也被称作考尔德色，与广场周围高大钢筋建筑构成的冷郁晦暗氛围形成鲜明对比。——译者

一个个摆在检察官的办公桌上，就像在赌场里摆弄扑克牌。"这一个，"贾里德指着其中一个邮包说道，"里面装的是 LSD。"他的手挨个往下数去，抓起另一个包裹："这里头装的是安非他命。"贾里德一个接一个地数着，"这个是可卡因"，"K 粉"，"海洛因"。接着贾里德从大桶中抽出一个白色正方形邮包，上头的收信地址是芝加哥。"还有这个。"贾里德边说边在背包里胡乱翻找"丝绸之路"的卷宗，接着把一张照片摆在办公桌上。照片上的东西看上去像是一粒粉色的小药片。"这里头是摇头丸。"

自从 6 月份第一次在从荷兰寄来的邮件里发现摇头丸以来，贾里德就一直在想到底该如何说服主管上司还有检察官办公室，让他们授权，以便自己对"丝绸之路"毒网正式立案调查。

过去几个星期的一切辛苦都是为了今天这一刻。

国土安全部的主管最终点了头，让贾里德放手去干，把这个网站当作一个小项目处理。打那以后贾里德就跟疯了似的，把从芝加哥奥黑尔国际机场能够找到的所有蛛丝马迹统统收集起来。每天晚上他都会开着那辆年代古老的公务用车去机场的邮件中心（局里的其他人给他的车起了一个外号，叫"变态"，因为那辆车看上去的确像极了某个恋童癖才会开的车），到了邮件中心再把装有毒品的邮包收集起来。今天带来的这些包裹就是当天早些时候从那些"矮子"里挑出来的。

"我要你把这里的每一个邮包都先扣着，收起来。"贾里德对麦克说道——麦克就是那个最早发现粉色药片的海关警员。

"你要这些邮包干什么？"麦克对贾里德的要求感到不解。"从来没有人对这种小包毒品感兴趣。"

"我正在查这个，"贾里德告诉麦克，"你先收着，作为证物装在袋子里，我到时候过来找你拿。"

掘客网的文章发表之后，被截留的藏毒邮件数量迅速增加。贾里德自然也收集了更多邮包，他在国土安全部的办公室看起来成了一个小小的邮件收发室。贾里德的办公桌边摆着三个大邮桶，里头整整齐齐放着100多个邮包，今天给这位副检察官看的就是从里头挑选出来的。

"立案这种事情没这么简单。"检察官显然觉得贾里德嘴里说的，还有电脑里的那些照片不大靠谱。就算立案真有这么简单，这些也只是极少量的毒品。检察官无法确定这是否真是有史以来最大的一桩毒品案，不知道自己是否应该着手处理。

"这个案子涉及的可不止是毒品，"贾里德诚恳地说道，"可不止一颗摇头丸这么简单。"这番话贾里德在心里反复排练了好几个星期，他深吸一口气，接着说道："这个案子涉及整个网站的问题，还有这个网站可能带来什么样的影响。涉及这个网站上的人该怎样使用我们的互联网，这个互联网是美国政府建立的；涉及怎样利用匿名网络浏览器，这些浏览器也是美国政府开发的，还涉及怎样利用邮政系统，绕开国家法律行事，这也是我们美国的邮政系统。我们却找不到一点办法来阻止他们。"

检察官没有说话，看来贾里德的话他已经听进去了。

"这还只是开始，"贾里德继续说道，"现在卖的是毒品，接下来就有可能被恐怖分子利用，您想一想，我们要做最坏的打算，假如一群类似基地组织①的人，要不这么说，假如就是基地组织利用了这个网站，策划对美国发动进攻——用的全都是我们美国制造的设备和工具。"贾里德的观点非常明确："丝绸之路"不仅仅是一个数字化的毒品专卖窝点，还是一个具有高额利润的产业，刚刚起步，有很多不确

---

① 基地组织（Al Qaeda），伊斯兰教军事组织，1988年由本·拉登创立，策动发起过包括"9·11恐怖袭击"在内的多起恐怖活动。——译者

定性。亚马逊刚开始的时候只是一个卖书的网店，后来却成了网上商城，什么都卖。谷歌起家的时候只是一个搜索引擎，现在却在涉足无人驾驶汽车产业。正如贾里德再三强调的那样，问题的重点不在于"丝绸之路"现在卖什么，而是以后会卖什么。能够做出这样一个网站的人肯定聪明过人，想必不仅通晓技术，还对政治有所研究，对于受众群体有充分了解。不管这个天才是什么来头，是男是女，我们都必须赶在"丝绸之路"得到群起响应、一发不可收拾之前，加以阻止。

贾里德的话言之凿凿，让检察官听的有些脊背发凉。贾里德正色说道，当年开飞机撞向世贸中心大楼的劫机者利用的正是美国人自己生产的飞机，今天这件事也是同样的道理，躲在"丝绸之路"背后的那些人有能力利用美国发明的科学技术，颠覆美国社会的稳定。背后影响之深远，令人触目惊心。

检察官没等贾里德说完就打断了他。"你说的不错，"检察官看了看摊在桌上的邮包，又抬头看了看贾里德，"是的，我们会派几个人跟你一起查这个案子。"

第十六章
从奥斯汀到澳大利亚

"我想把我那辆皮卡卖了，"罗斯给脸书上的所有朋友都留了口信，"大家出个价呗！"

秋天已经来到奥斯汀，2011年也快走到尽头。留给罗斯的只剩下两个星期，他得在离开奥斯汀之前把所有的日常用品收拾进箱子，再把剩下的东西统统卖掉。

"切，艾丽卡！"要不是这个女人在脸书上发了一篇害人不浅的帖子，把罗斯形容成一个十恶不赦的毒贩子、大毒枭，还有什么乱七八糟的大坏蛋，罗斯又怎会如此慌不择路，急着离开奥斯汀？其实，就在恐慌发生几个星期前，罗斯还在想是不是应该去澳大利亚探望一下姐姐凯莉——凯莉在澳大利亚待了有好一阵子了——这样也好暂时离开茱莉亚以及得州的家人和朋友，留一点空间。现在可好，不但澳大利亚非去不可，还得马上就走。

罗斯确信幸亏及时删除了艾丽卡那封恶毒的邮件，要不然一旦让人看到，麻烦可能比现在要大得多，自己根本没有能力应付。他也不知道艾丽卡在脸书上发飙，是不是最后一次听到这个女人的消息。如果这个女人真的想要报复自己，轻而易举就可以采取下一步行动，把事情捅出去，告诉联邦调查局或缉毒局的人，甚至可以告到参议员那里，那几个参议员几个月前刚刚把"丝绸之路"当成了靶子。

有一点是肯定的：罗斯并不打算冒这个险。他得花点功夫赶紧脱身，从奥斯汀逃去澳大利亚，好让生活恢复正常。

皮卡很快卖了出去。私人物品有的送了人，有的拿去捐赠。罗斯把剩下的东西全部塞进箱子，藏到父母家中自己的那张床底下，紧挨着小时候画的《龙与地下城》袖珍玩偶。随身的包里只装了为数不多的几件日常用品，里头有一件灰色 V 领 T 恤，唯一的一条牛仔裤，当然还有一样东西最为重要，他的手提电脑。

妄想开始吞噬罗斯的思维。罗斯变得疑神疑鬼，对身边的每一个人都感到紧张不安。缉毒局和联邦调查局是不是在抓我？那个男的是不是警察？那个女的也是？难道所有人都知道了？不过，让罗斯感到压力最大的是那些自己曾经提及过"丝绸之路"的人。

罗斯之所以告诉别人"丝绸之路"的事，并非因为没有脑子，也不是过于天真。而是他第一次跟别人分享秘密的时候，从来没有想过"丝绸之路"有一天会发展到如此庞大的地步。开张第一天，罗斯想着来他的网上市场选购的恐怕也就十几个人而已，结果现在一下子变成了成千上万人。今时今日，有了媒体的大肆宣扬和参议员的口诛笔伐，天知道有多少执法部门的人在四处寻找自己的下落。所以，他必须找条退路。

现在，行囊已备，护照和手提电脑也已带齐。罗斯趁着距离动身飞往澳大利亚还有几天时间，去了一趟理查德·贝茨的家，敲开了好友的家门。理查德由于担心网站做得太大，媒体过于关注，已经不再带罗斯解决"丝绸之路"的编程问题了。不过，他仍然是除了茱莉亚之外唯一知道网站创始人身份的人。罗斯必须赶在别人查出来之前，先把贝茨的问题解决掉。

那是 2011 年 11 月 11 日晚上差不多 6 点。过去几个星期理查德一直在忙。这个呆小子打算搞一场聚会，庆祝 11 年 11 月 11 日的到来。这个日子从数字角度来看有些玄乎，年份，月份和日期三个连在一起，组成了一连串 11。罗斯到他家的时候，节目还没开始。笃、笃、笃，罗斯敲着理查德的房门，显得有些急促慌乱。

"有个事我得跟你说一下。"罗斯大声说道。两个人慢悠悠地走进理查德的公寓。公寓里面一片纯白，干净得像个医院，唯一打眼的地方只有几处装饰，那是为晚上的庆祝活动准备的。"你有没有跟别人说过……你懂我的意思……有没有说过我做'丝绸之路'这件事？"

理查德说话的声音还是一如既往地低声细气，显得懦怯。他神情紧张地解释了一通，说自己差一点就跟别人说了，不过后来还是没说出去。总之就是没有告诉别人。这事除了他自己，没有其他人知道。

罗斯接着又告诉理查德，有人在脸书发了帖子，说是罗斯在操纵"丝绸之路"，这样一来，政府肯定要查个水落石出。

理查德听到这里，不禁一阵哆嗦——他不单帮助罗斯建了网站，还知道是谁在打点网上的事情，这下肯定会被当作同谋抓起来。他一想到有可能和罗斯一样被关进大牢，在监狱里度过下半辈子，就双腿发软。如果说只有一件事理查德肯定办不到，那就是在牢里蹲上一辈子。"你必须把网站关了，"理查德哀求道，"为这点事坐牢，不值得。"

罗斯早就料到理查德会这样回答。"网站我关不了。"他回答道。

"为什么？"

"因为，"罗斯一本正经地对好友说道，"我已经把它转手卖给别人了。"

第二部分

第十七章
卡尔·福斯的明天

绝大多数人终其一生都会想着只要等到明天，就将干出一番惊天动地的大事，只要到了明天，一觉醒来就会找到自己来到这个世上的使命。可是，等到明天真的来了——又真的过去了——后天也跟着来了，又跟着过去了，这些人用不了多久，就会意识到留给自己的明天已经所剩无几。

这种感受卡尔·福斯太明白不过。他从未想过自己就这样每天坐在巴尔的摩市区一栋毫无特色的摩天大楼里，坐在那个淡紫色的小隔间里，呆呆地盯着面前的电脑，只等时间一到就收拾东西下班走人，从未想过就这样碌碌无为地结束一生。

又是新的一天，又是一个明天。

卡尔这样的人在执法部门里又被称作"阳光警员"，指的是那种只有屋外还看得见阳光的时候才上班做事的人。（卡尔经常拿这个词来称呼自己，半开玩笑，半带着骄傲。）只要时钟一到下午 3 点，卡尔就会溜出办公室，开着那辆配发的公务警用雪佛兰羚羊，从巴尔的摩的这头开到那一头，回到老婆孩子身边。

若是有人从卡尔的工作隔间路过，都会以为这男人是个毒贩——殊不知这正是卡尔要从街上扫荡干净的那类人——谢顶的脑门上差不多一天到晚都戴着一项黑色无檐便帽，一双黑眼睛深深陷在眼窝里，一脸硬茬络腮胡子，把肥脸上的皱纹都给遮掩了。再加上纹满全身的刺青，里头有一个黑色的凯尔特部落图案，从背上一直纹到两条胳膊。

卡尔跟缉毒局混了好多年的那帮老资格一样，也是人到中年四十五六，开始走下坡路。当然，虽说身为缉毒警察，卡尔干的活儿却和公司里坐办公室的没什么两样，都是一些普通的文案工作。对于他来说，大部分上班的日子无非就是在台式电脑前一坐一整天，时不时抿上几口廉价难喝的咖啡，就连喝咖啡的马克杯都是这些年参加缉毒局会议时顺手带回来的打折品。有时候卡尔会听一听调频 89.1 兆赫的希望电台，那是一个巴尔的摩本市的基督教广播电台。他会听一听上帝在耳边轻诵祷词，承诺如果能够按照《圣经》的训诫去生活，做正确的事情，就能得到想要的生活。

可是，人生岂能事事如愿？回到十三年前也就是 1999 年底那会儿，卡尔刚进缉毒局，可以说吃喝拉撒睡全在局里，入职头几年，对于缉毒工作的那份刺激劲真是欲罢不能。每天凌晨 4 点就起床，穿上防弹背心，枪里装满子弹，接着把房门一个接一个地踹开，照着那帮毒枭大佬或下三烂的冰毒贩子一声怒吼："全都不许动！都他妈的给我趴在地上！"

这份工作的刺激是别人可望而不可即的。可是，随着时光流逝，一早起来精神抖擞的那股劲头渐渐不见了踪影。踹开房门的那一刻也不再兴奋。就算把一个毒贩送进监狱，总会再来一个顶替街头的空缺。

从一个敢作敢为的年轻新人，到一个江河日下的老油条，这是一场漫长的蜕变。一开始卡尔手头分不到好案子，后来又在搜查工作中出了问题。卧底这一行压力巨大：你要么抓住对手，要么等着对手来结果你的性命。加上这些年不为人知的酗酒问题，更是雪上加霜，加剧了事业下滑。当所有压力变得难以承受时，卡尔最终因酒驾被捕——被捕的时候他还是一名警察。这也导致他在四年后神志失常。卡尔几乎失去了属于自己的一切，从家庭到工作，就连养的猫也没了。幸好，伟大的主拉了他一把。卡尔得到宽恕，被重新分配了一份文职工作，成了一名"阳光警员"。打那以后，机会也就不怎么光顾他那个小隔间了。

不过，一切都将在 2012 年 1 月下旬的某一天从此改变。

这一天，卡尔坐在办公桌前，等着又一个平淡无奇的日子过去。就在这个时候，主管尼克喊他到办公室来一趟。这种事经常会有——只要尼克扯着嗓子吆喝一句，下几道命令，卡尔就得乖乖去干，他接的这些案子绝大多数警察都会觉得丢人现眼。好比说时不时派他出去"跳车"。这句行话的意思是指开车出去在巴尔的摩兜上几圈，找个街角停下，然后打开车门一下跳出去，抓几个不上档次的毒贩。对于大部分缉毒警来说，这其实也是没办法的办法，就算对付不了那些有真正影响力的大毒枭，至少也能够证明警察的确在打击毒品犯罪。

即便如此，只要尼克一声使唤，卡尔还得随叫随到。尼克的办公室没什么鲜亮之处，跟平常的办公室一个德性。卡尔的这位顶头上司运气不错，办公室里开了一扇窗户，纵使看不到全景，半遮半掩之下还是看得到巴尔的摩冰天雪地、寸草不生的一派萧瑟景象。可是，这位主管总喜欢把百叶窗拉下来，关得严严实实，连一丝光也不让透进来。不仅如此，尼克还在办公室几乎每一面墙上都贴满了铁娘子乐队和金属乐队的海报，让整间屋子显得更加昏暗无光。

"是这样的，"尼克对卡尔说，"刚刚我接了个电话，是和'丝绸之路'网站有关的。"

卡尔一听立刻来了劲。一个月前他在一场执法部门的会议上听说了这个奇怪的网站。当时，有一位美国邮政总局的调查专员就"丝绸之路"做了一个简短的报告。那位邮政稽查员说最近出现一个新动向，对全美的邮件运输产生了影响。虽然数量不大，但很多人在利用邮政系统寄运毒品。这位稽查员还特意指出，买卖双方的沟通节点就叫"丝绸之路"。

卡尔对那位稽查员的报告产生了兴趣。后来他在网上做了一番调查，也看了几篇相关文章，其中就包括阿德里安·陈在掴客网上发表的那篇。卡尔当时考虑到后面的影响可能会越来越大。他认为要想在网上"跳个车"，抓个人不大可能。卡尔对计算机取证一无所知，所以并不认为这样的案子会被分配到自己头上，直到被尼克喊进办公室，问他愿不愿意协助巴尔的摩国土安全部进行调查才恍然大悟。"他们找了一个线人，说你可以帮他们找到搞这个网站的人。"尼克跟卡尔解释道。

卡尔问尼克为什么偏偏选中自己参与这个案子，对方解释说巴尔的摩国土安全部并没有缉毒队，一般只是查一些假货，用尼克的话来说，"好比仿冒 LV 手提包，以及诸如此类的破烂玩意"。所以，如果巴尔的摩国土安全部要想追查毒品的话，队内就得配备一名缉毒警察。"你愿不愿意干？"尼克问道。

卡尔略微考虑了一下。其实，这行干到卡尔这个阶段，大可直接来上一句"不干，没兴趣"，然后径直走出尼克黑咕隆咚的办公室，继续过"阳光警员"的悠闲日子，闲来无事教儿子打打橄榄球，周末带着老婆孩子去教堂做个礼拜，没准还能弄明白自己的明天在于家人的幸福这么个大道理。当然，卡尔也可以参加这次调查行动，没准——我是说没准——在缉毒局弄出点名气来。

"没问题。"卡尔给了尼克答复。他愿意接手这个案子。

卡尔走出上司办公室的那一刻，全然没有意识到这么简单的一句"没问题"，将让他进入一个地下世界。那个地方暗无天日，人人贪得无厌，他将一头扎入永远无法自拔。卡尔·福斯将在"丝绸之路"的诱惑前失去生命中一切重要的东西。

第十八章
鉴酒师琼斯和毒蛇

　　罗斯到澳大利亚才几个星期。有一天他从梦中惊醒，发现做了一个怪梦：眼前面对着一条巨大的蜈蚣，足有 100 英尺长，长着两只黑色的眼睛，不停地扭动着巨足。背后上方垂着一条毒蛇，若隐若现，比蜈蚣更大也更加凶恶，在黑暗中爬来爬去。

　　第二天早上罗斯一觉醒来，不知道这个梦到底是什么意思，也不明白自己为什么要怕那两个怪物。在罗斯看来，两个怪物看上去一点都不邪恶。或者说，怪物也许是邪恶的，只是自己还没能看透它们的本性罢了。对于罗斯来说，新的一天虽然已经开始，他却无法将那两条爬虫从脑海里赶走，于是最后决定把怪梦分享在脸书上，看看能否找到答案。

　　这个怪梦也许只是过去几个月来担惊受怕在罗斯下意识的反映。回想起在得克萨斯的那段日子，一面维系"丝绸之路"的正常运作，一面掩人耳目，不让外人知道自己的所作所为，双重压力早已让罗斯形容憔悴。特别害怕的时候，罗斯甚至在想是不是干脆撒手不管，放弃事业算了。可是，自打搬到悉尼，有了姐姐在身旁，日子变得好过多了。之前在得克萨斯日渐一日的忧虑与担心也已渐渐不见踪影，取而代之的是这个南半球国家暂时的平静与安逸。现在罗斯每天要么去黄金海岸冲浪，要么约上三五好友去夏威夷风情酒吧里畅饮啤酒，和姑娘们你来我往打情骂俏。当然，在社交活动之余罗斯也不会忘记继续打理他的"丝绸之路"。

不过，即便身在邦迪海滩[①]，过着轻松自在的生活也无法完全消除罗斯心中的恐惧，这个跨国毒品走私交易的黑市毕竟是他白手起家建立起来的。罗斯尤其无法忘记的是除了艾丽卡以外——如果是艾丽卡指控自己，他还可以矢口否认，说是空穴来风——还有另外两个大活人——茉莉亚和好友理查德对自己建立"丝绸之路"的事情知根知底。

当然，罗斯为了敷衍理查德，早就编好了故事，说他把网站转手卖给了别人。可是，茉莉亚的问题仍然还在。不管罗斯如何胡编乱造，他和茉莉亚两个人永远都知道是谁创建了"丝绸之路"。罗斯也许在很多方面聪明绝顶，可遇到这个问题就完全没了头绪，脑子里只剩一团乱麻。

好在马上就会有人出现，成为罗斯生命中的定海神针。这个人不仅知道如何应对这一当务之急，还懂得解决其他阻碍"丝绸之路"日渐壮大的棘手难题。

罗斯每天在"丝绸之路"上沟通来往的人不下几十号，除了卖家买家，还有几个新招的兼职雇员。这几个人都是自由意志主义理想的拥趸，帮助解决网站上出现的各种程序问题。因为都是匿名登录，这样就能够隐藏真实身份。几个人的网名各式各样，有一个叫同中有异[②]，

---

① 邦迪海滩（Bondi Beach），澳大利亚新南威尔士州著名冲浪胜地，位于悉尼东郊，距离市中心约 10 公里车程。——译者
② 同中有异（SameSamebutDifferent），真名彼得·菲利普·纳什（Peter Philip Nash），2012 年 9 月 25 日在"丝绸之路"上注册账户，后任论坛版主，不负责毒品销售事务，另有包括蝙蝠侠 73（Batman73）在内的多个化名账户。——译者

有一个叫游牧大屠杀①，还有一个叫 SumYunGai②。（罗斯自己的网名就叫丝绸之路，有时也叫管理员。）不过，罗斯最近在网站上认识了一个人，两个人聊了不少。这个网名叫鉴酒师琼斯（Variety Jones）的人也很快显出了与众不同③。

这个人是卖大麻的，却不是一般的大麻贩子。鉴酒师琼斯本来做侍酒工作，是那种只要看一眼照片，就懂得如何分辨葡萄种子品种的人——这其实是一种酒文化。"丝绸之路"上毒贩成群，大多没有耐心，总是催个不停，可鉴酒师琼斯和他们不同。论坛里的人一般管他叫琼斯，这个家伙十分狡猾，极其精明。不管线上线下，这个男人（琼斯想必是个男的吧）几乎对所有人都知根知底，就连网站创始人罗斯也不例外。

就在罗斯做完毒蛇与蜈蚣的怪梦两天之后，他和琼斯就通过洋葱路由器的加密聊天器 TorChat 聊了起来——这个信息平台可以保证聊天用户的真实身份不被泄露。"我想跟你谈谈安全方面的事情，"这是鉴酒师琼斯和罗斯最早聊天记录中的一条，"有很多事情得谈一谈。"

罗斯当然求贤若渴。这个时候罗斯早就知道自己不仅被美国政府盯上，很可能还是其他几十个国家的目标所在。再说，现在流入网站的可是真金白银的现钱，一个星期下来，罗斯通过买卖毒品枪支赚到的美元有好几万，其他国家肯定也会很快把他列入追查清单。要想躲

---

① 游牧大屠杀（NormadBloodpath），真实姓名不详，2011 年 6 月 18 日在"丝绸之路"上注册账户，6 月 28 日升任论坛版主，以超过 4 000 的发帖量成为"丝绸之路"上声名大噪的红人。游牧大屠杀是最早将"丝绸之路"形容为"革命"的人，并在论坛个人资料中以丝绸之路革命者自居，后因感觉没有得到重用，产生意见分歧，在 2013 年 4 月 1 日以该网名账号最后一次发帖，随后宣布暂时休假。——译者
② SumYunGai 真实姓名不详，2011 年 7 月 3 日在"丝绸之路"论坛注册账户，2012 年 8 月 14 日最后一次登录。——译者
③ 鉴酒师琼斯于 2011 年 6 月 27 日在"丝绸之路"上注册账户。——译者

过警察的眼睛，只有一个办法，那就是把网站的安全保障做得更好。诚然，罗斯是一个颇有天赋的编程高手，对未来有着一种堂吉诃德式的天真理想，不过他比任何人都清楚一旦涉及修补网站漏洞的问题，自己就远远没那么在行了。

罗斯和鉴酒师琼斯聊得越深入，就越明白和自己交流的这个男人不仅能力超群，而且能够合作互补——此人的长处看来正是罗斯的短板。当然，最重要的一点恐怕在于琼斯很快放出信号，暗示有意成为最佳"中尉"人选——中尉这个词在大家口中的意思是在心慈手软的老板底下干脏活坏事的家伙。"凡是了解我的，没有一个敢惹我生气，"琼斯警告罗斯，"谁要真敢把我惹毛了，一定会半夜醒来打电话跟我道歉的。"

鉴酒师琼斯说自己今年四十五岁，来自加拿大，不过现在人在英国。从他对罗斯提出的编程问题的答案来看，应该是个行家里手。琼斯告诉罗斯，几个月前，也就是掴客网发表那篇文章没过多久，他和另外一个同伙就侵入了"丝绸之路"服务器隐藏的后门。某天晚上，鉴酒师琼斯趁着夜深人静，像小偷溜入家中盗窃一样，东找找西翻翻，把"丝绸之路"的所有文件上上下下查了一遍，确信没有被执法部门动过。（罗斯听到这里，吓得魂不护体，不知道除了琼斯之外，到底还有多少人在自己的网站上动过手脚。）

随后琼斯终于摸清楚这个躲在"丝绸之路"背后的天才是正儿八经打算结束这场禁毒战争，并非缉毒局特意安排的便衣警察试图诱捕那些可怜的毫无戒备的公民，于是他决定伸手助罗斯一臂之力。（不管怎么说，"丝绸之路"如果能够继续做大，琼斯也可以通过贩卖更多的毒品，赚更多的钱。）琼斯亲自找到罗斯，还带来了早就准备好的建议。

不过，琼斯首先必须确保这位网站创始人清楚这一行的风险到底有多大。"我们做的可不是什么抑制剂，也不是别的小买卖，"他在给罗斯的留言中写道，"你得知道我们干的这个可是重罪，是在跟美国打击毒枭的法律作对，如果罪名成立，最高会被判处死刑……起码也是终身监禁。"

罗斯比任何人都知道背后的危险。他只是觉得现在做这个，真的是一心为了改造世界，解放人民。有了这样远大崇高的理想，就算在牢里蹲上一辈子，或者在电椅上咽下最后一口气，也完全吓不倒自己。"别想太多，铆足了劲干吧！"罗斯说得如此豪情壮志，就是要让对方知道自己对于危险毫不畏惧。

双方既然把话都说清楚了，合作自然进入下一个阶段。琼斯先给罗斯来了一段打气的话。

"记得《生活》月刊的事，永远别忘了，"琼斯建议道，"人家做得那么成功，最后还得关门。"按照琼斯的说法，这本战后出版的图画杂志留下了那么多精美的照片，可是因为印刷成本太高，远非报摊零售所及，所以买的人越多，亏得就越大。直到有一天终于发展到"太受欢迎，只能关门"的地步。琼斯警告道，如果"丝绸之路"的创始人在网站发展过程中不注意服务器的成本，雇用了不该雇用的员工，那么这种事情就很有可能降临。

罗斯把屏幕上的每一个字都认真读了一遍。在此之前，他一直感觉自己是在孤军奋战，一个人打点网站，找不到任何人倾诉分享脑子里困扰已久的种种问题。此时此刻出现在眼前的这个人似乎为自己的问题——这些问题罗斯还从来没有跟任何人谈过——给出了答案。"愿闻其详。"罗斯回复道。

没过多久罗斯便开始从琼斯那里征询各种建议对策。罗斯会给这位新结识的朋友把问题——写出来。他有时候坐在悉尼的公寓里，有时候找一家不远的咖啡厅，把鉴酒师琼斯给出的答案一股脑儿吞下，再慢慢消化。两个人从一开始每隔几天联系一次，到每隔几个钟头就聊上一会，最后甚至发展到每隔几分钟就得说几句话。每次碰头对于罗斯来说感觉都像是在上课，无论是学习如何在服务器上建立比特币配置文件，还是处理网站上毒贩之间的派系纠纷，或是更好地理解"丝绸之路"上的下级用户如何看待自己，无不受益良多。

不过，两个人关系的核心在于这是一种私交。琼斯的最大价值在于他扮演了一个行政人员教练的角色，也就是通过与任何一家初创企业有关的问题，替年轻的创业者提供指导，其作用相当于比尔·坎贝尔或是马克·安德森，前者助推过推特和谷歌创始人，后者则为脸书创始人马克·扎克伯格出谋划策。

"我的长处在哪里？"有一天下午罗斯问了琼斯这么个问题，希望这位新结识的交心好友能够给他一面镜子，让他好好了解自己。毕竟，像罗斯这么深居简出、喜欢独处的人，单凭他一个人没法解决这个问题。

"你把什么事情都憋在心里，"琼斯答道，"你真的知道做出来的是一个什么东西吗？这可不是一个找乐子的游戏，这是事关生死的大事！"琼斯接着列举了这位"丝绸之路"领导者的好多条人格特征，比如说，一看就知道受过良好教育，网上有不少人非常仰慕罗斯，把他称为这个网上毒品王国的史蒂夫·乔布斯[①]。

"厉害，"罗斯回答道，接着又问了一个更加没有底气的问题，"那么，我的弱点在哪里？"

鉴酒师琼斯说话毫不留情。"你分不清楚束带蛇和铜头蛇有什么

[①] 史蒂夫·乔布斯（Steve Jobs，1955—2011），美国著名发明家、企业家、计算机业界的旗帜，大学时辍学，1976年白手起家，与友人一道创立苹果公司，1985年因故从苹果辞职，继而创立皮克斯动画公司，1996年回归苹果之后先后推出 iMac，iPhone，iPad 平板电脑等一系列风靡全球的数码产品，赢得盛誉无数，人称"苹果教父"，2011年因胰腺癌不幸病逝，享年五十六岁。——译者

区别，"琼斯写道，"安全知识方面的漏洞也不小。"

"等等，"罗斯插了一句，"那个蛇的比喻是什么意思?"

"就是说懂不懂得分辨危险，你以为没有危险的东西，很可能并不安全。"

琼斯的评价一针见血，听得罗斯不禁有更多的问题。耳畔传来邦迪海滩的阵阵涛声，澳洲的海风轻轻拂过脸庞，这个年轻人此时正面临人生的抉择时刻，他还有一个紧要的问题没有开口。既然这位鉴酒师琼斯毫无保留地给予建议指点，让人茅塞顿开，加之口口声声自称是电脑安全领域的旷世天才，不知道能否给自己一个暗示，也许这位新结识的朋友不仅只是给予一点帮助，还能够成为自己宏伟蓝图的一部分？如果说琼斯已经试着发出了警告，那么罗斯则因为沉迷于两人的对话而太过投入，竟然丝毫没有察觉，没有停下来问一问自己，鉴酒师琼斯到底是哪一种蛇，是无毒的束带蛇，还是那种咬上一口百步之内必将丧命的毒物。

"再跟我多讲讲，"罗斯没有多想，继续写道，"再跟我多讲一些。"

第十九章
贾里德买毒品

贾里德睁开眼睛，望着窗外。客厅的窗户开着，屋外依旧一片漆黑。贾里德感觉有些头昏脑涨，花了好几秒钟才回过神来，原来刚刚躺在沙发上睡着了，身上的衣服裹得严严实实，电视屏幕闪着雪花。这种事早就不是一回两回。贾里德下班回家是午夜 12 点，昏昏睡去应该在凌晨 2 点左右，记得当时还在看最喜欢的电视节目《古董巡回秀》。再看看时间，现在差不多是 6 点，应该睡了……3 点、4 点、5 点……这么算来，应该睡了整整四个小时。对于贾里德来说，一次能睡这么久也算新的纪录了。

大多数时候贾里德晚上都睡不着觉，脑子里总在想着一件事——"丝绸之路"。他本想单枪匹马把案子办了，可是官场上那一堆拖拖拉拉、鸡毛蒜皮的破事，再加上一些不切实际的空想，让自己的想法成了泡影。不管他想从哪个方向着手，都会陷入官僚主义的繁文缛节。这个上司，那个上司，上司的上司，还有那些之前想都没有想过的某某政府官员都会一个接一个找上来问东问西，打听这个年轻的菜鸟警员到底在搞什么名堂，为什么要搞这些名堂。难道堂堂一个国土安全部探员真的要去调查一个网站？不就是卖了几包毒品吗？这个毛头小子难道就没有其他正事可做？还真把自己当回事了?!

可以说这个案子已经成了贾里德的一种负担，再加上手头还有其他活儿要忙，婚姻也亮起了红灯。妻子金眼看丈夫待在家里的时间比在外头的要少，自然心生不满。最要命的是，贾里德辛辛苦苦花了这么多时间，却没有见到什么效果。既理不出头绪，也找不到办法，不知该如何对付这个网站，毕竟上面没有一个人用的是真名。

让贾里德感到庆幸的是，这样的窘境很快就会被打破。

这几个星期以来，贾里德一直都在研究该如何主动出击。贾里德知道自己找不出到底是哪个人创建了网站——没准创建网站的不止一个人，这一点贾里德也承认——这帮人利用洋葱路由器把自己完全隐藏了起来。不过，贾里德对于犯罪网络的运作方式还是略懂一二的，知道只要愿意从最底下查起，就一定能够查到上头去。对于贾里德来说，"最底下"意味着买毒品——买很多很多毒品。

贾里德从未想过在网上买毒品会这么麻烦。之所以麻烦，倒不是说从"丝绸之路"上不容易搞到海洛因或高纯度的"快克"（实际上容易得让人吃惊），而是在于国土安全部之前从来没有一个人登录过一个网上毒品大卖场。这和在入境口岸搜查违禁品或组织一场有步骤的街头缉毒行动，抓上几个人完全是两码事。调查网上毒品就像置身于狂野的西部荒原，毫无章法可循。贾里德必须经过层层批准，开数不完的会，写山一般的文案，才能够最终得到首肯，去那个亚马逊毒品商城上疯狂购物。

接下来，买比特币也叫人伤脑筋。上头给贾里德拨了 1 001 美元，用于购买毒品。贾里德先把这笔现金存进银行，接着上了一个比特币交易网站，好把美元统统换成比特币。虽然，这要比在街头用现金换毒品或者上克雷格列表网找一辆二手自行车麻烦一些，但只要想一想自己要买的是什么，倒也并不费事。对此贾里德着实深感意外。

贾里德头一回上"丝绸之路"是带着三个目标去的。第一个目标是打算从毒品入手顺藤摸瓜，把那帮毒贩揪出来。第二个是把网上的毒品清单和实际的毒品以及包装进行比对，这样就可以建立一个档案，看看从"丝绸之路"发出的邮件到底是什么样子，这跟他之前在海关和边境保护局查找阿拉伯茶叶是一样的做法。至于最后一个目标，贾里德还想做一个实验，虽然不大，但很重要。

贾里德知道全美各个口岸的邮政工作人员都会在邮件收发系统里找寻毒品，可是——这一次的可是有些非同小可——没有人知道那些没有被查出来的毒品到底占多大比例，到底有多少摇头丸、多少袋海洛因就这样从邮局官员的眼皮底下大摇大摆地过去了。据贾里德所知，"丝绸之路"可能只是小打小闹，一年卖几千美元的毒品，也可能是条大鱼，一个月就能卖出价值几千万的非法违禁品。虽然，没有人知道这个网站到底规模有多大，但贾里德隐隐感觉自己一定能够找到办法查个水落石出。

贾里德首先要把自己在"丝绸之路"上的购物车装满，他挑了几颗摇头丸，一些鸦片茶，一点人工合成的大麻，再加上来自全球各地十几个国家的各种兴奋剂。贾里德一共从网上18个不同的毒品贩子那里买了货，然后让对方把毒品全部寄到自己在奥黑尔国际机场的一个秘密邮政信箱。

除了麦克，就是最早发现那颗引人注目的粉色小药片的那个麦克，还有国土安全部里为数不多的几个上级警官，没有人知道贾里德在网上下单买毒品，也没有人知道这些毒品会在今天也就是2012年1月中旬的一天上午寄到贾里德手中。

贾里德从沙发上坐起身，揉了揉惺忪的睡眼。此时此刻，一架飞机正从头顶35 000英尺的高空飞过，即将降落在芝加哥奥黑尔国际机场。飞机上有几个邮包正是要寄往那个神秘邮政信箱的。贾里德虽然身体疲惫，精神却异常兴奋。这正是他一直以来梦寐以求的有意义的工作。是啊，这么多年了，他感觉自己就像那颗粉色的摇头丸，就像汪洋大海中的一滴水般毫不起眼，微不足道。现在终于得到机会干出点名堂来，搞不好还能够给自己攒点名气。

贾里德从沙发上一骨碌站了起来，拖着疲惫的脚步，朝楼上走去，帮妻子给儿子泰勒斯收拾，待会儿让妻子送去日托中心。夫妻二人互相吻别，泰勒斯在一旁咯咯笑个不停。接着，贾里德出门朝那辆"变态"汽车走去，开始一天的工作。

贾里德的这一天跟平日一样，一开始并无什么特别。他在国土安全部忙活了一整天其他案件，待到傍晚时分回机场去拿寄来的毒品。夜幕降临，寒气也重了起来。贾里德朝着机场拐角那栋巨大的邮件处理中心走去，感到阵阵寒意。他拖着疲惫的脚步，走在冰冷的地面上，推开邮件中心的后门走了进去，里面被卤光灯照得一片通明透亮。

麦克正在扣押物品保管室里等贾里德，一副兴高采烈的样子。他要给贾里德一个惊喜：几个 4×8 的白色包裹，全是同一个卖家寄来的，上面的地址都是贾里德的邮政信箱。"我可查到你的毒品了哦！"麦克一脸骄傲地说道。

不过，当天麦克找到的邮包只有这么一些，后面几天找到的也只有这么一些。贾里德在"丝绸之路"上一共下了 18 个订单，除了一个在路上寄丢了，另外 16 个全都寄到了自己的邮政信箱，没有一个被联邦政府的人查出来。对于这场刚刚开始的缉毒战争来说，可不是什么好兆头。

就在当晚，贾里德、麦克还有另外一名邮件收发室的工作人员把所有毒品找了出来。三个人戴着保护用的蓝色橡胶手套，把毒品全部摊在邮件中心会议室的桌子上，一个一个地拍照，贴标签，分类，给每一个看似不起眼的小地方都做上记号，留作证物。

时间不觉已是午夜 12 点，贾里德又要驾车开始漫长的回家之旅了。他回到家中往沙发上一躺，看着最喜欢的《古董巡回秀》，脑袋里想的却只有一件事——到底谁才是"丝绸之路"的背后主谋，自己又该怎样做，才能把这个家伙绳之以法？

第二十章
可怕的海盗罗伯茨

礼花在罗斯眼前炸开，炸得满天都是。伴随着升腾的烟花，头顶传来巨大的轰响，砰！砰！砰！夜空中的红色、绿色和粉色倒映在湖面上。罗斯一边张着嘴巴呆呆地看，一边倚在新认识的女友劳拉和姐姐身上，好让身子暖和一点。罗斯是前几天到的越南，到达之前先在新加坡的机场长椅上睡了一晚——睡椅子的感觉应该更适合那个以前一心想要参加《极速前进》的罗斯，而不是现在这个正在通往百万富翁光辉道路上大步前进的罗斯。"丝绸之路"成立不过一年光景，却已经创造了月入 50 万美元的毒品销售额，这笔巨款将最终转化为数万美元的手续费，直接流进罗斯的口袋。不过对于罗斯来说，钱并不是什么非要拿来炫耀的东西。所以，这位美国毒枭来到河内，住的也只是便宜的小招待所。不过，正好赶上越南的农历新年，看到如此美妙的焰火表演，罗斯还是感到高兴不已。

农历新年对于罗斯来说作为一个具有启示意义的时刻确实再好不过。这标志着一个新的开始。在罗斯看来，这个时刻足以让自己忘掉过去一年所有的烦恼和麻烦，希望新的一年会更加顺利。更加重要的是，这样一场文化庆典是一次重塑，而这正是罗斯上个星期刚刚经历的。

那还是几天前的事。当时罗斯正在"丝绸之路"上工作，他的新知兼密友鉴酒师琼斯发来一条信息，问了一个奇怪的问题："你有没有看过《公主新娘》?"

就算对于鉴酒师琼斯来说，这个问题也只是临时想起，随口问问而已。不过，考虑到就在几分钟前，罗斯还在和琼斯讨论编程和毒品销售，突然冒出这么一个问题，就让人更加觉得莫名其妙了。琼斯问的这部电影其实是一部带点邪气的黑色喜剧。片子拍摄于1980年代中期，讲的是一个在农场里干活的小子当了海盗，把金凤花公主从火焰沼泽里救出来的故事。

还别说，这真的只是琼斯随口问起的问题。不过，两个大男人经常聊着聊着就突然变向，不知道跑到哪里去了，这种事倒是时有发生。

过去几个星期以来罗斯和琼斯每天都会聊上好几个小时，话题也是七七八八。两个人既然现在成了朋友，差不多每个小时都会互相看一眼对方是否在线。

他俩俨然成了无话不谈的密友，差不多每天晚上都会在某种近乎枕边谈话的数码交流中结束。（"好吧，我去睡了，过几个小时再聊。"这是罗斯写的。"你要好好休息，记得好好睡一会儿!"这是琼斯的回答。）两个人绝大多数时候都会报以一声问候，看看对方在做什么，开始新的一天。（"嘿，早上好。"一个会说。另一个则会回上一句"你好啊"。）每天只要醒着，大部分时间，两个人会互相打趣，聊聊政治、禁毒、扫黄还有禁书，有事没事说个笑话，逗得对方哈哈大笑。琼斯总有能耐让罗斯笑个不停。"给我送信的其实是在贩毒，"琼斯有一次收了个包裹，就给罗斯发了这么一条信息，"只是他自己不知道而已。"

鉴酒师琼斯和罗斯的关系紧密到出乎想象的地步。最近几个星期，两个人没有交流的时间最长竟然只有两天半。那还是新年前夜将至的时候。罗斯在1月1日的电话里说自己在澳大利亚看了一场焰火表演，喝多了，结果出了点交通意外，还得给别人的胳膊缠绷带。鉴酒师琼斯则在伦敦嗑了几颗摇头丸，接着又灌了两瓶香槟，没等到舞会开始便昏了过去，不省人事半个多小时。罗斯和琼斯简直亲密到了谁也离不开谁的地步。罗斯甚至在琼斯节后返工的第一天就发去了欢迎信息，上面写着："我想你了:)。"

琼斯这个人讨人喜欢，风趣睿智，更重要的是他是罗斯在这个世界上唯一能够真正信任的人，要知道这个世界对于罗斯来说，已经没有任何人值得相信。自从创建"丝绸之路"以来，罗斯·乌布里特头一回有了一个朋友。当然，鉴酒师琼斯也从这段友情中赚了不少。罗斯会给琼斯报酬，感谢他提供帮助，有时一次甚至多达6万美元，不仅包含差旅费用，就连在琼斯底下做事的程序员的薪水也算在里头。

这段友情随着经营网站的压力与日俱增而开花结果，可谓恰逢其时。"丝绸之路"刚刚开业的时候，卖的只有为数不多的几种致幻蘑菇和一些大麻。现在可好，凡是能够想象得到的毒品，网站上都能找到。有些还数量不少。网站上也有卖枪的，可以买到乌兹冲锋枪、贝雷塔手枪、AR15突击步枪，子弹多到数都数不完，还有大量的消声器。正是这些枪支弹药让压力与日俱增。媒体大肆奚落政府无能，指责政府居然连一个网站都关停不了。某份报纸就在头版头条赫然写着这样的话："参议员'查克'·舒默炮轰比特币八个月后，'丝绸之路'依旧生意兴隆。"

凡此种种，带给罗斯的压力是巨大的。不过，他的新朋友有一个计划。这个计划就来自关于《公主新娘》的讨论中。

罗斯对琼斯关于《公主新娘》的问题选择了回答"是"——他和那个时代的不少孩子一样，父母家中有这部电影的录像带。

"那好，"鉴酒师琼斯写道，"你知不知道可怕的海盗罗伯茨的故事?"

罗斯记不大清了，只好把大概记得的电影情节和几个主要角色的名字打了一遍，发给琼斯。鉴酒师琼斯看得出罗斯有些不大明白，于是把故事大概讲了一遍：一个叫韦斯特利的人从别人那里得到了一个名字，可怕的海盗罗伯茨……多年以后，又会有另一个人得到这个名字，之前的人就可以金盆洗手。这样一来，就不会有人知道最早的那个可怕的海盗罗伯茨到底是谁。

"是的。"罗斯回答道。是这样的，电影就是这样的。

那么，重点来了。"你应该把你的名字从管理员换成可怕的海盗罗伯茨。"琼斯写道。

可怕的海盗罗伯茨几个字出现在电脑屏幕上，看上去就像悬在另外一个现实世界中一样。

可怕、海盗、罗伯茨。

真是个好主意! 罗斯大喜过望。"哦，真的太棒了! 简直妙极了!"可怕的海盗罗伯茨这名字虽然乍一听感觉像个海盗，其实同样和罗斯心中把自己比作船长的思路不谋而合。他早就在网站论坛上用过船长这个名字。

琼斯指出，最重要的一点在于只要把名字改成可怕的海盗罗伯茨，就能够让罗斯把之前留下的蛛丝马迹擦得一干二净，这样就可以坚称自己已经放弃经营"丝绸之路"。这是一个完美的不在场证明：声称自己洗手不干，把网站和网站领导者的名字一并拱手让给了别人。"现在去开始属于你的传奇故事吧!"鉴酒师琼斯开始推波助澜。

鉴酒师琼斯虽然料到罗斯会对此产生兴趣，但并不清楚罗斯是否会认真考虑自己的建议。罗斯在琼斯问到是否有人知道自己身份的时候，曾经告诉琼斯有两个人知道自己和"丝绸之路"有牵连。鉴酒师琼斯是在去年 12 月的时候问的。他当时问罗斯："现实生活中有没有谁知道是你创立了'丝绸之路'?""女朋友也好,男朋友也好,或是调过情的夜总会小姐,网上认识多年的哥们? 爷爷奶奶,神父,拉比,脱衣舞娘?"

"我运气不好,确实有人知道我是谁,"罗斯答道,"有两个(人),不过他们都以为我把网站卖了,洗手不干了。"罗斯迟疑了一下,接着继续跟琼斯解释,说几个月前就告诉那两个人把网站卖了,给了别人。"一个(人)可能以后永远都见不着了,还有一个我会想办法离得远一些,"罗斯又加了一句,"我再也不会犯同样的错误,告诉别人了。"

现在,农历新年越来越近,正是罗斯乔装改扮的最佳时机。是时候忘记过去一年的烦恼,期待新的一年会变得更好了。更何况罗斯新结识的这位好友鉴酒师琼斯还给他出了这么一个好主意,简直令人意想不到。这个主意不仅可以省去茱莉亚的麻烦,还可以解决理查德的问题,艾丽卡的问题,以及其他所有人的问题。不管这些人是谁,只要他们知道是罗斯创建了"丝绸之路",那么这些问题统统将迎刃而解。

当然,如果一旦有失,被捕入狱,罗斯大可装出一副可怜巴巴的样子,大方地承认自己就是网站创建人,参与了"丝绸之路"的早期创建工作,可是网站带来的压力实在太大,难以承受。如果有人问他:"你不再打理网站之后,干什么去了?"罗斯可以回答说:"把网站转手给了别人。"如果那些人继续追问:"给了谁?"罗斯就可以直截了当地回答:"具体给了谁我也不清楚,只知道这个人管自己叫可怕的海盗罗伯茨。"

第二十一章
卡尔·福斯的新生

这是一栋白色的两层楼房子，位于巴尔的摩市郊，殖民地时代的建筑风格让整栋房子看起来颇有些田园风光。门前铺着一条石子步道，从两棵高大的橡树脚下穿过，弯弯扭扭，给人一种无忧无虑的感觉。从屋后往下望，可以看见蜿蜒流淌的小溪，狐狸和鹿在黑莓灌木丛中悠闲地踱着步子，在充满花香的山楂树林里走来走去。

这是一幅乌托邦式的画面，如此美好，足以让卡尔和妻子看上一眼，就深深爱上这栋房子——这是一个完美的去处，夫妻俩可以在这里抚养孩子长大，没准有一天退休后还可以在这里安度晚年。

可是，自从卡尔和银行签下购房协议，这栋房子便成了一场噩梦。问题接二连三，层出不穷：电路老化，房子漏水，更让一家人感到痛苦的是墙壁居然没有做隔热。一栋纸糊般粗制滥造的房子几乎吸干了这个家庭的全部积蓄。卡尔管这栋房子叫次品。可是，人生的压力犹如箱子，一层压着一层，这件次品无非是在最上面又加了一层。经常卡尔躺在床上，整晚难以入睡，看着漆黑的夜色呆呆入神，耳畔是郊区特有的宁静。他想着过去，想着未来，想着到底怎样才能弥补这栋房子带来的损失。

大多数人在办公室伏案工作一整天后，通常都会扑通一下倒在沙发上，打开电视，开一瓶啤酒，好好放松放松。可是，对于不喝酒的卡尔来说，是完全另外一个极端。这个谢顶的汉子浑身上下纹满了刺青，每次回到家中，都会拿起枕头死命摇晃。卡尔控制不住自己。工作的压力，破房子的压力，生活中所有的压力，都让他只有在每天结束这一个小时"清理时间"后才能平静下来，安心去做晚餐。虽然卡尔有时会把怪癖归咎于强迫症——这是他自己给自己下的诊断——但其实并不在乎问题出在哪里。对他来说，抓住枕头死命摇晃，直到里面的枕芯全都服服帖帖地分布均匀，比任何牌子的啤酒带来的慰藉都要大得多。

不过，过去几个星期的变化犹如一阵风，把压力全都给吹跑了。事实上，卡尔从生活中找回了活力——这恐怕还是他记忆中的头一次——他又一次活了过来。让他洗尽铅华，重获新生的正是"丝绸之路"。

卡尔被调到国土安全部巴尔的摩行动小组参与协助调查这个案子的时候，起初只是好奇，对行动并没有多少热情。对卡尔而言，这只是一个机会，可以查一查和平日里"跳车"不大一样的案子，并不会改变自己"阳光警员"的生活方式。没想到巴尔的摩的一个特工后来给他演示了如何下载洋葱路由器，以及怎样在"丝绸之路"的论坛上浏览发言，卡尔居然一下子被迷住了。

卡尔很快意识到这个网站有可能让一切发生改变。缉毒局也许将成为一个打击网络犯罪的平台。其他单位，比如联邦调查局或国家安全局以前从未牵头查过毒品案，现在也许能够成立新的部门，追查这些网上目标。在卡尔眼中，这就是新的战线，就是蛮荒西部。至于卡尔，他希望自己能够成为守卫老金德斯利围栏的一名警长①。

卡尔开始收集和"丝绸之路"有关的一切东西。他会在"丝绸之路"讨论区没完没了的长篇大论中翻查，浏览的东西五花八门，从如何往眼睛里注射海洛因，到怎样保护邮包不被美国邮政总局发现。卡尔还看了"丝绸之路"创始人写的文章，这个人以前的名字叫管理员，现在改了，管自己叫可怕的海盗罗伯茨。

巴尔的摩国土安全部的探员此前告诫过卡尔，而且是严肃地正告过，要他暂时不要在"丝绸之路"上注册账户。"你不要在那个网站上干什么蠢事，"主管对卡尔说道，"我们不希望有人知道那上头有我们的执法人员。"

可是，卡尔有了新的目标。早年干缉毒警时的那种感觉又回来了，他浑身上下激动地发抖，感觉就像有人拉开了一块卡尔·福斯的幕布，一个更加年轻、更加精力十足的卡尔·福斯站在那里，等着证明给上司，同事和老婆——当然，还有他自己看。

卡尔扮演"阳光警员"的时间很快变得越来越长。现在每天只要夕阳西下，卡尔就会把车往车道上一停，赶紧跑上楼，一头扎进家后头的那间空屋子里，翻开在缉毒局用的那台手提电脑，在"丝绸之路"上查找翻看网站创建者发布的新帖子。如今这栋殖民地风情宅子里的那些枕头恐怕得独守空房了，因为枕头的主人有大事要做，它们的主人要把"丝绸之路"更深入地扒一扒，再考虑对策，争取将这个毒网一把拿下。

---

① 守卫老金德斯利围栏的一名警长指的是美国历史上的一场真实枪战。事件发生在1881 年 10 月 26 日（星期三），地点在位于今亚利桑那州的墓碑镇（Tombstone）。镇长维尔吉尔·厄普（Virgil Walter Earp）和弟弟特警摩根·厄普（Morgan Earp）还有怀亚特·厄普（Wyatt Earp），连同其他数名警察与一群"牛仔"身份的不法之徒在当天下午 3 点爆发了一场激烈的枪战。枪战其实是两派之间积怨已久的一场决斗，虽然仅仅持续了大约三十秒，却成为美国拓荒时代蛮荒西部的经典枪战，在美国家喻户晓，并被搬上银幕。"老金德斯利围栏"是墓碑镇上一个养马的畜栏。值得一提的是枪战其实并非发生在这里，而是距离围栏后门西面还有一段距离的弗里芒特街。——译者

第二十二章
"哦，船长，我的船长！"

"丝绸之路"一族对于他们领袖人物新取的这个名字可不只是喜欢这么简单，简直是爱不忍释。人人都在叫好，个个都在欢呼，祝贺这位革命领袖戴上了面具。如果说古巴人民的领袖是切·格瓦拉，爱尔兰人民的领袖是迈克尔·柯林斯，那么这场毒品战争的领袖就叫可怕的海盗罗伯茨[①]。

"丝绸之路"的评论区里，人们可以讨论和"丝绸之路"有关的一切话题。此时评论区早已沸沸扬扬，每一个人都在谈论网站创始人的化名。不管是卖毒品的，还是买毒品的，人人都感到欢欣鼓舞，觉得自己不仅在做毒品交易，还处于一场人民运动的边缘，大家就要揭竿而起永远改变整个司法制度。

罗斯手下的那帮雇员们也很快喜欢上了这个新名字，感觉它给那个此前一直没有自我存在感的人赋予了某种身份。前一分钟，他们的老板还是一个隐藏在键盘后的影子，既没有人知道名字也没有人知道下落，下一分钟就变成了一个可怕的海盗，要带领大家和美国政府好好干一仗。而且，上帝还他妈的要保佑他打赢这一仗。

不管罗斯是叫可怕的海盗罗伯茨，还是普通的管理员，人们从此对他刮目相看。那些和罗斯最亲近的人（大部分是他的雇员）会选择用一个更加尊敬的称呼：船长。一天下来这些人用这个词称呼他们的指挥官不下几十次。

"早上好，船长。"

"您准备好了就请尽管吩咐，船长。"

"如您所愿，船长。"

"做个好梦，船长。"

"船长，晚安！"

罗斯喜欢别人这样喊自己——每一次都喜欢。这么多个月以来，他头一次对"丝绸之路"感到了信心，找到了指挥这艘大船航行的方向。"丝绸之路"就是他的大船。是他一个人的，不是别人的。

"哦，船长，我的船长！"

罗斯在遇见鉴酒师琼斯之前，也曾扪心自问自己到底在做什么。"自己这样做，到底值不值得？"起初他无时无刻不生活在恐惧当中，生怕做这个网站会让自己锒铛入狱，在监牢中度过下半辈子，也许还要更惨，会被人逼着走过那片绿地②，坐上电椅。罗斯其实早已接受命运的安排，他时常提醒自己是在为信仰而奋斗。正因为是在帮助他人，所以一切危险都是值得的。可是，罗斯虽然过了心里这道坎，却无法忍受必须对身边的人撒谎。他接受不了这个现实。

罗斯手下的人并不多。这些人也曾试着帮助罗斯从消沉失落中走出来。他们会跟自己的领袖反复强调，说他们能够参与如此伟大的革命事业，感到无比自豪与骄傲。当然，这帮人做事是要拿报酬的。大部分人编个程序，一个星期下来能赚好几百美元，可是这些人做这些并不只是为了钱。他们对于能够参与其中的确心存感激。

---

① "丝绸之路"的账户名于 2012 年 2 月 11 日更名为可怕的海盗罗伯茨。——译者
② 走过那片绿地意指从囚室到行刑室的一段路程，寓意处决服刑这个死囚不可避免的结局。——译者

有个雇员曾经对罗斯说，他丢下其他工作和生命中的责任，"只为追求这一切"。这个雇员还说，一想到能够让毒品合法，能够让下一代不会因为销售甚至制造毒品而锒铛入狱，这样的愿景比任何东西都更有意义。还有一个雇员不无自豪地说道："我们真的能够改变这个世界……我们真的感到幸运……这样的机会就算千年来也没有几回。"

一切转变得如此迅速，罗斯满怀对"丝绸之路"的万千憧憬，写起了日记。他在第一篇日记中写到了自己眼中未来远大理想的深意。文章是这样写的："我憧憬着有一天，也能够写一篇关于我这一生的故事，如果这是一个有着充实内容的故事，那该有多么美好。"的确，有很多事情足以勾起人们的回忆，让人想起罗斯正在茁壮成长。从经济的角度来看，"丝绸之路"无疑是成功的，纷至沓来的订单让罗斯成为一个百万富翁。不过，罗斯仍然过着节俭的生活，除了吃一两顿美味大餐，不会乱花钱买任何东西来炫耀自己有多么富有。所有行头仍然在一个小袋子里塞得紧紧的。

不过，虽然谈到"丝绸之路"罗斯的人生一片光彩照人，可他仍然要为对身边的人不得不撒谎感到苦恼。每当家人和朋友问起他在做什么工作的时候，罗斯总会编出种种不同的故事来欺骗对方。"我在做股票短线交易。""我在设计电脑游戏。""我在买卖数字货币。"每一次要在这些故事里挑一个出来骗人的时候，罗斯都会感到内疚。用他自己的话来说，其实一直都希望能够成为一个言行一致的人。不断的编织谎言让他的良心感到不安。

不过，在"丝绸之路"这样的网站上对人坦诚相见，罗斯同样无法做到。他没有选择的余地，只能同样用编造的谎言来对付网上的人——至于原因，不言自明。即便如此，罗斯也有好几次说漏过嘴，有时是因为不小心，更多则是因为需要跟某人交底。好比前不久的一天下午，他就跟鉴酒师琼斯说自己以前是一名"实验物理学研究者"。罗斯还有一次跟新招的主程序员史沫特莱①说漏了嘴，告诉对方自己去了澳大利亚和亚洲旅行。他还跟另外一名雇员依尼戈②谈起以前和父亲科克一起去野营的事情。罗斯也不止一次说过自己特别喜欢钓鱼。

现在罗斯终于找到一个更好的方法来区分现实与虚幻。他既然已经成为可怕的海盗罗伯茨，就可以戴上面具，让自己变成两个截然不同的人。一个生活在现实世界，叫罗斯·乌布里特；另一个生活在网上，叫可怕的海盗罗伯茨。

"是的，船长！"

当罗斯是罗斯的时候，他能够一如既往地大谈特谈同毒品合法有关的理想、自由意志主义以及跟比特币有关的工作，完全不用理会和"丝绸之路"有关的任何事情。而且，更重要的是永远不会觉得自己对心爱的人撒了谎。可是，一旦戴上可怕的海盗罗伯茨的面具，罗斯就变成另外一个人，一个完全不同的人，指挥着这艘大船驶入一片不知前途去向、不合道德标准的水域。这个可怕的海盗将面对一条又一条罗斯永远不敢穿越的红线，并将顺利穿过这些红线，把"丝绸之路"带到一个新的境界。

"哦，船长，我的船长！"

只要化身为可怕的海盗罗伯茨，罗斯就再也无须不停地撒谎骗人——除非面对的是他自己。

---

① 史沫特莱（Smedley）的真名据信叫做麦克·瓦提尔（Mike Wattier），是一名网络开发人员，和鉴酒师琼斯一样藏身在泰国。史沫特莱在捆客网曝光"丝绸之路"后不久即加入毒网，是"丝绸之路"交易区的版主和开发人员，深得罗斯倚重与信任，也是毒网上薪酬最高的雇员之一。——译者

② 依尼戈（Inigo），"丝绸之路"上的另外一名版主，真名安德鲁·迈克尔·琼斯（Andrew Michael Jones），2012年10月17日注册。依尼戈这个网名来自电影《公主新娘》中的同名男配角。这个角色在剧中最后得到机会继承衣钵，成为可怕的海盗罗伯茨，从中不难看出依尼戈在"丝绸之路"上的地位与作用。——译者

第二十三章

罗斯，要么绞死，要么回家

罗斯敲键盘的手指肿了起来，指甲边上的那一圈红肉快要渗出血来，这是他不停拼命咬指甲的结果。可是，问题在于罗斯根本就不知道怎样才能停下来。每当焦虑来袭占据自己的身体，他就会开始啃指甲。

这样的状况正变得越来越严重，罗斯根本不知道如何收场。前一分钟网站还像清泉在石间流淌一样运行流畅，接着突然砰地一下，各种问题不知从哪里一个接一个地冒了出来：服务器陷入瘫痪，黑客入侵比特币库，坏的代码需要替换，好的代码需要升级，买家卖家吵个不停，包裹丢失，再加上骗子出没，比特币失窃，等等。不过，考虑到这份工作的性质，出现这些问题也是情有可原。问题简直是说来就来，只要一出现，罗斯不管身在何方，都得及时处理。

有的问题两三下轻松就能解决（就像在黑客发起进攻的时候，把船的漏洞给堵上一样），另一些就不大一样了。有的从网站成立伊始就一直作怪（就好比抢在黑客之前找到漏洞）。而且，有的时候只要出现一个问题，就会让罗斯在短短几分钟内损失好几万美元。比方就在前不久，罗斯发现有人竟然在一天内偷走了价值 75 000 美元的比特币。漏洞出自罗斯亲自编写的几条劣质程序。每当遇上这样的倒霉事，那几天罗斯都会抱着指甲啃个不停。

　　让罗斯感到庆幸的是，75 000 美元的损失并不会导致自己破产。他从"丝绸之路"赚到的钱实在太多了，多到要想洗钱换成现金反倒会惹上麻烦。早在去年 12 月，"丝绸之路"的月毒品交易额就达到了50 万美元。现在是 3 月下旬，网站仅一个星期的营业额就在 50 万上下。鉴酒师琼斯看到业绩增长表的时候，给了可怕的海盗罗伯茨一句极其中肯的回复："你牛！"琼斯写道："我的意思是说我其实早就知道你有很多钱。可是，等真的看了业绩表，好吧……算你牛！"琼斯口中的业绩表是一条黄色的曲线，用来显示"丝绸之路"的成长和收益。曲线一路笔直向上，朝着右边直冲出页面。

　　鉴酒师琼斯花了好几分钟才把这笔账算清楚。按照琼斯的估算，以目前的增长速度来看，销售额预计会在 4 月之前、也就是说从现在开始短短一个月之后达到每周 100 万，这个数字到六七月份还将翻番。琼斯告诉罗斯，即使是最保守的预测，2012 年一年也能够达到 1个亿。如果保持目前的增长趋势，那么到 2013 年底，"丝绸之路"每年的毒品交易总额将达到差不多 10 亿。

　　目前罗斯抽取的手续费大约在每天 1 万美元，并且每小时都在不断增多——多这个字用得相当到位。事实上，由于比特币兑换率在增长，所以罗斯的财富每隔几星期就一倍两倍地节节攀升。比如说，星期一罗斯的账户里有价值 10 万美元的比特币，那么即便什么也不做，到了星期五账户里的比特币也会升值到 20 万。如果琼斯的预测没错，熊市的话，在 2014 年之前罗斯一年下来个人收入可以达到 1 个亿。如果是牛市，比特币的现值继续按照目前的趋势增长，那么用不了多久罗斯就可以赚比这多十倍的钱。

　　不过，这么一大堆数字货币也引发了一系列完全没有料到的新问题。比如说，如何将比特币兑换成现金，而且是在税务局没有察觉的情况下换成现金，这是一个大问题。此外，越来越多的钱意味着客户也越来越多，这也会带来一大堆问题。买卖双方在网上的分歧会愈演愈烈；服务器会因为访客太多不堪重负，变得越来越慢；还会引起执法部门更多的注意。

"要是我们进去了，要这么多钱也没用。"罗斯在给琼斯的消息中写道。两个人当时正在讨论网站发展太快，叫人应接不暇，带来了诸多困扰。罗斯知道要么出手把麻烦——摆平，要么就得让麻烦牵着鼻子走。这样下去，迟早会出大事。只要一出事，肯定就会被抓住。不管是对罗斯还是琼斯，或是成千上万在这个遭到通缉的网站上买卖毒品的人来说，被人抓住都是最不愿意看到的事情。

"我们需要……有所防备，"琼斯说道，"得做个方案出来。"

于是，罗斯在鉴酒师琼斯的引导下想出了他们正需要的东西：一个方案。

首先最重要的是，罗斯先得离开澳大利亚回国。四处旅行虽然让罗斯开阔了视野——他也的确需要看开一些——可是一连数月的旅途奔波，也给他带来一堆新的烦恼。起初罗斯和姐姐待在澳大利亚，的确找到了慰藉和安慰。他爱上了这里宜人的气候，还有与之俱来的种种乐趣，躺在邦迪海滩，享受海水拍打身体的快乐就是其中之一。白天少了工作的牵扯负担，罗斯很快踏上旅途，在亚洲痛快地转悠了一个月。他和那些在太平洋周边岛屿转来转去的普通背包客看起来没什么两样，住的是青年旅舍，吃的是路边摊上的面条。罗斯和路上遇见的驴友只有一个地方不同：那帮人大多是大学生，身上一文不名，趁着还没有回到美国或欧洲找份工作安定下来前，先在世界各地转悠。罗斯则是偷偷摸摸经营着这个世界上最大的毒品交易网，身价好几百万美元。

就凭罗斯那么一点儿行李，再加上一头蓬乱的头发，要想在当地待下来其实并不难。他也的确在每一个地方都过得很好，直到网站出了问题。

罗斯在亚洲旅行，不管走到哪里都没有办法，要么去网吧，要么蹭慢得出奇的无线热点，只能这样打理"丝绸之路"上的事务。这也意味着他每次检查网站，身后都会有几十双眼睛盯着。如此一来，就只能聊着聊着告诉员工自己必须挪窝了。

"我要换个地方了，"罗斯写道，"马上回来。"

"换地方。"

"这个地方我不喜欢。"

"我得走了，马上回来。"

"先换个位置再说。"

有时候，罗斯甚至会猛地一下把手提电脑合上，生怕有人瞄到电脑屏幕，（运气好的话）再趁周围的人不注意，赶紧溜之大吉。即便如此，罗斯还是常常别无选择，只能挂在网上，就像一只苍蝇飞来飞去等着狗拉屎。罗斯曾经用可怕的海盗罗伯茨的名义对好友袒露，说"自己的每一天都是在偷偷摸摸用电脑中度过的"。这样的生活方式让他备感煎熬。

"马上回来，我得撤了。"

还有些事情让人感觉更加恶心。其中有一件在旅行途中发生的事情。当时罗斯正去往泰国丛林中的一座小城，那是一个让人放松的地方，吸引了不少冲浪爱好者。罗斯原本计划欣赏海浪，享受沙滩，在棕榈树林里走一走，没准抽一口大麻，（运气好的话）还能偶遇一位年轻美丽的背包女孩。结果万万没有想到，才刚刚进城，网站上就出了大事，简直就是一场灾难。由于一个主程序出错，有人在盗取罗斯账户里的比特币。罗斯没有法子，只能立刻就地解决——可是，要想解决又谈何容易。

罗斯一早扎进城里的网吧，一直忙活到晚上。他不停地咬着手指，想尽办法阻止别人偷取自己的比特币。与此同时，那些当地人和背包客，有的在这座丛林小城满是泥泞的路上无精打采地游来荡去，有的喝着啤酒，有的在温暖的阳光下站在浪尖上冲浪。"那里的人还以为我是一个疯子，"罗斯后来告诉鉴酒师琼斯，"我在那里一天有十八个小时一边弄电脑，一边啃指甲。那些度假的一个个喝得晕晕乎乎，看我的那副样子好像在说：'这小子到底在这里搞什么鬼？'"

罗斯除了心中着急，还生怕别人看见电脑屏幕上"丝绸之路"的网站标记，或是毒品的图片，生怕别人冷不丁地蹦出一句，问自己在写什么代码。要是有哪个当地人为了讨好警察，偷偷报了警，那就更加不敢设想了。

即便头脑最清醒的时候，这种担心都能把他吓傻过去。既然罗斯做的这个网站能够让人在全世界任何地方，只要有网可上就能购买毒品，他也因此成了这个星球上不折不扣的头号通缉犯。也就是说，罗斯可能是全球几乎所有国家的法律制裁对象。如果真的因为幕后操纵大宗毒品买卖被捕，那么东南亚肯定是罗斯最不想被人抓到的地方。因为在东南亚国家，西方人哪怕因为走私 1 盎司①的海洛因被抓到，都会被处以绞刑。

所以，能做的事情只有一件。罗斯确认艾丽卡在脸书上的帖子沉了下去，不再有人追查，也再没有其他人继续怀疑他罗斯·乌布里特的身份，于是定好日期，决定重回得克萨斯。诚然，只是回到得克萨斯，还不足以消除因为管理网站引起的焦虑，可他对于回去之后同样定好了计划。他答应鉴酒师琼斯，说自己会通过长距离徒步健身，吃健康食品，以求保持精神专注，还会把冥想时间延长三倍，做到每天

---

① 盎司（ounce），重量单位，1/16 磅，等于 28.35 克，形容数量极少。——译者

睡前至少有三十分钟时间冥想。有了琼斯这个好顾问出谋划策，罗斯也开始试着应对经营这个世界上最大的毒品网站带来的种种压力。

只是，啃指甲的问题怎么解决？4 月 10 日，也就是罗斯离开澳大利亚的前几天，他去了一家药店，掏出几块钱摆在收银台上，出来时手上多了一瓶防止咬指甲的处方药。

罗斯兴高采烈地告诉鉴酒师琼斯自己刚刚买了一瓶药，从下个星期开始要把这神奇的药膏涂在指甲上，每天至少一次。"是要改掉坏习惯了。"罗斯对琼斯说道。

可是，罗斯不会改掉这个习惯太久。等他回到美国，就会发现不单"丝绸之路"在过去几个月里规模壮大了许多，执法部门想要抓到可怕的海盗罗伯茨的决心和热情也高涨了许多。

第二十四章
卡尔、埃拉迪奥和挪伯

对于一名缉毒警察而言，卧底是这一行里最让人兴奋、当然也最伤脑筋的。做对了，可以将不法之徒绳之以法；做错了，那帮家伙就可能让你吃不了兜着走。

卡尔·福斯当年历经艰险才明白这个道理。那是差不多十四年前的旧事，当时卡尔还是刚进缉毒局的一名新人。有一次接到一个任务，前往科罗拉多州一座名叫阿拉莫萨的小城查案。

卡尔在阿拉莫萨抓了一个毒贩，让对方做了线人。毒贩答应帮助卡尔打通关系，打入当地的毒品交易。说到阿拉莫萨，这座小城就在新墨西哥州边境往北一点的地方，是走私可卡因和冰毒入境美国的绝佳之地。

线人搞了几次碰头会，行动一开始取得了一些进展，谁知情况突然一下失去控制。每次卡尔只要提出乔装成买毒品的，线人都会神情紧张，连连警告卡尔不行，说他长得太像警察，会让整个行动（没准还有他俩的性命）陷入危险。

卡尔不大喜欢听人使唤，可是当他看着镜子，也觉得线人的话可能是对的——自己长得的确太像警察了。于是卡尔决定来一场小小的身体改造。他打了耳洞，穿上一对金色耳箍，还留起了长发，穿着打扮上也学着不再那么像缉毒警察，更像是某个靠贩卖毒品谋生的小混混。

卡尔为了确保万无一失，不让人发现自己是联邦警察，还在性格上做了不少伪装和改变，背后的故事可就说来话长了。总之，这让卡尔学到了重要的一课——要想当一个成功的卧底，不只是随便换个装扮，简单说一句自己在给某个犯罪组织卖命就够了，你得让别人看得出来你就是干这行的。

十多年过去了，此时卡尔正坐在巴尔的摩缉毒局的办公室里，直勾勾地盯着"丝绸之路"的用户注册页面。他要把当年学到的教训重新捡起来。

卡尔已经做好功课，为这一刻做好了准备。不过，他在注册账户之前，还得好好想想自己在这个网站上到底该以怎样的身份示人。这和现实生活中做卧底大不相同，这一回卡尔要躲在键盘背后，也就是说只要愿意，就能够扮演任何人或任何事物。可以是黑人、白人，西班牙人，甚至是中国人。可以是男的，也可以是女的，甚至是变性人。这个网上世界就是他的舞台，他只需要决定从幕布后走出来的那一刻扮演什么样的角色。

卡尔首先想到的是他所熟悉的。他想到之前在南部的一些经历，于是挑选了一个角色。这是一个来自多米尼加共和国的毒贩，每年走私入境美国的毒品高达 2 500 万美元，大部分是可卡因和海洛因。卡尔给这个角色起了一个名字，叫埃拉迪奥·古兹曼。一看就知道用的是全球最臭名昭著的头号大毒枭"矮子"古兹曼的姓，那家伙是墨西哥西纳罗亚贩毒集团的头目。接着卡尔开始为自己设计的这个古兹曼精心编造了一段往事，说朋友遍布南美，贩毒洗钱，杀人越货，无恶不作。哦，对了，这个古兹曼还为此瞎了一只眼睛，戴着眼罩。

卡尔为了让和古兹曼有关的一切故事听起来更加真实，还通过缉毒局伪造了一本驾照，上面贴上了他本人的照片和这个新取的名字。

不过，在"丝绸之路"上混的人不会用真实身份上网，哪怕名字是编出来的也不会。所以，卡尔还需要给创造出来的这个人物起一个化名，这跟网站创始人管自己叫可怕的海盗罗伯茨是一个道理。这一回卡尔还是决定从熟悉的领域入手——《圣经》。直觉也好，多年的工作经验也好，过于自信也好，总之卡尔希望挑选的绰号能够让人看得出自己在"丝绸之路"上的最终成果。他从《圣经》中挑选了一座城市的名字，一座被大卫王毁灭的城市——挪伯。

这样一来，卡尔·福斯就能摇身一变，成为多米尼加毒品贩子埃拉迪奥·古兹曼，成为网上的挪伯。

卡尔回到家中，跟十二岁的女儿说要她帮个忙。卡尔扯了一张白纸，用黑色记号笔用力写了几个大字："挪伯，万岁！"接着在假装的瞎眼上套上一个眼罩，把黑色连帽衫的帽子套在光头上，然后拿起纸，让女儿给自己拍了一张照片。

卡尔接下来注册了一个账号，名字就叫挪伯①。

过去一个月以来，卡尔一直在和巴尔的摩的组员们碰头开会，就制定调查战略展开讨论。得出的方案跟贾里德的其实差不多。他们打算先想办法抓几个毒贩，争取立案，然后再一步步顺藤摸瓜往上走。（这个案子摆明了是跟贾里德抢功劳，巴尔的摩方面非常清楚贾里德已经在芝加哥以外的地方着手调查"丝绸之路"了。）虽然，这个策略是开了无数次会才定下来的，可卡尔还是觉得走这条路未免太过折腾。

还不如像卡尔一样，丢下一句"干他娘的"，直接去敲幕后老板的门。

---

① 挪伯账号在"丝绸之路"上的注册时间是 2012 年 3 月 30 日。——译者

卡尔选择的正是后一条路。4 月 21 日星期四中午差不多 12 点，卡尔端坐在电脑前，用新的毒贩身份给可怕的海盗罗伯茨发去了一封电子邮件。"'丝绸之路'先生，您好，"邮件的开头是这么写的，"我是您伟大事业的崇拜者。"卡尔在一顿恭维后做了一番简单的自我介绍，说挪伯此人"手段高明"，在毒品买卖这行干了超过二十年。卡尔的话说得非常直接，不忘特意点明"丝绸之路"在他看来代表了毒品走私的未来。最重要的是，卡尔还提出了一条建议："我想买下您的网站。"卡尔写完这些，点了一下"发送"，耐心等待着回复。

巴尔的摩国土安全部调查小组发现了卡尔干的好事，怒不可遏。卡尔的所作所为根本就不在计划内。他没等大家决定下一步该如何行动就私自单干，简直就是耍流氓。上头很快打来电话，找到助理特工主管——其主要职责就是确保像卡尔这样的家伙不会随便胡来。不过，卡尔并不在乎。他还是继续盯着电子邮箱，等着从可怕的海盗罗伯茨那里收到回信。

当天下午，卡尔又检查了一遍邮箱——"没有回信"。第二天一早，仍然没有。"明天吧，"卡尔在心里推算着，"明天可怕的海盗罗伯茨应该会回信了。"

第二十五章
芝加哥的贾里德对巴尔的摩的卡尔

贾里德在国土安全部那间小小的办公室越来越不像一间办公室，看起来更像是芝加哥奥黑尔机场邮件中心多加了一间房。几十个大桶围着办公室墙边摆了整整一圈，堆得足有一个小孩那么高，里面的邮包满到了桶沿——全部数下来，差不多有 500 个。这些包裹有一个共同的特点——都曾装过从"丝绸之路"买来的毒品。

在成堆邮包上方、办公室的墙上贴的满满全是与毒品有关的打印资料和照片。各种毒品，有一颗颗的，一袋袋的，还有一块块的，都是曾经装在这些包裹里的毒品。

很明显，贾里德并没有在"不"字面前却步。这个固执的家伙早就下定决心，一定要把"丝绸之路"查个水落石出。

贾里德一直在按部就班、有条不紊地调查，想搞清楚哪一个包裹、或者说哪一样毒品是从网上的哪一个卖家那里买来的。每当海关官员发现藏有毒品的包裹，不管白天还是晚上，不管什么时间，贾里德都会开着那辆"变态"轿车立刻赶去机场，把毒品挑出来拍上照片，填好扣押所需的文件，然后再把东西带回办公室。贾里德接着会去"丝绸之路"上把每一张待售毒品的图片仔细看一遍，争取搞清楚这个包裹到底是从哪里寄出来的。

鉴于"丝绸之路"上的卖家现在已有数千人，这么做绝不轻松。不过，贾里德从来不怕需要下功夫，花力气的任务。贾里德估算过，（按照现在的进度）等到最后将"丝绸之路"的幕后主谋绳之以法的时候，他在网上比对查验过的毒品证物恐怕会重达数百磅。

贾里德自己也在"丝绸之路"上购买毒品，从中同样学到了不少，搞明白了什么样的人卖什么样的货，不同国家生产的毒品看上去又有哪些不同。比如说，有的用蓬松的大信封，有的毒品会被藏在CD盒之类的日常用品中。有的卖家会把毒品藏在用过的旧电池里，还有的习惯把片状的LSD致幻药粘在照片背面。贾里德只要汇总这些信息，就会明白此事相当令人不安——这个毒网的发展速度实在太快，快到你根本跟不上它的节奏。

贾里德着手调查这个案子已经好几个月了。在这几个月里"丝绸之路"的表现令人震惊。这个毒网每天都会出现在全球各国媒体的报头笔端。考虑到十八个月过去之后"丝绸之路"还在继续运营，之前一直观望的买家们对网上购买毒品枪支信心倍增，客户群体也在飞速壮大。

媒体的蜂拥而至势必带来影响，影响的不单有"丝绸之路"的创建者，还有贾里德。报纸博客上的连番报道意味着其他部门会知晓"丝绸之路"，贾里德猜测其他部门也会掺和进来，插手这个案子。

贾里德没有猜错。

2012年春天的一天下午5点左右，贾里德正坐在办公室里，翻检海关最近查获的包裹。就像医生检查X光片一样，他举起拍好的毒品照片放在网页旁仔细比对。贾里德和妻子约好了回家吃饭，正忙着收工，还要赶在回家前去一趟机场。就在这时，电脑叮的一声响起——意味着收到了新的邮件。

这一次贾里德收到的不仅是一封邮件那么简单。警务人员存放案件记录的系统有一个专门设置，如果警务部门的其他人看了某个案件卷宗，就会发出声响提醒注意。贾里德刚刚收到的这封电子邮件告诉他有两个人正在看他的一份案卷，他们远在巴尔的摩国土安全部，属于同一个部门底下的兄弟单位。贾里德坐在那里，看着屏幕上的信息，心里盘算着到底发生了什么。叮！电脑又响了。叮！第三次！贾里德的电脑很快就像一位在拉斯维加斯中了头彩的老太太，叮叮叮叮叮地开始响个不停。

贾里德呆坐在那里，不知所措，完全不知道发生了什么，情况也开始变得越来越古怪。贾里德在芝加哥的上司收到来自巴尔的摩另外一位主管的电子邮件，信中说巴尔的摩会派几个人来"风城"① 一趟，跟他们谈谈"丝绸之路"这桩案子。如果说，提出这种要求已经相当奇怪和出人意料，让人更加没有想到的是，巴尔的摩方面居然把检察官也一起派了过来。

这么做只意味着一件事：巴尔的摩想插手贾里德的案子。可是，贾里德并不希望任何人来搅和自己追查可怕的海盗罗伯茨。这个案子是贾里德的，不是别人的。其他人要是掺和进来，肯定会拖自己的后腿。贾里德同样知道如果他表示反对，把意见说出来，肯定会引起一场内斗，结果只有一个，就是开一场消除分歧的"和解大会"，然后由政府内部某位高层领导来定夺这个案子到底归谁。对于贾里德来说这可不是什么好事。万一跟老资格的警员闹僵了，输的很可能就是自己。

贾里德和他国土安全部的上司只好答应跟巴尔的摩的人见面，地点就在迪尔克森联邦大厦的美国法院大楼。正是在那里贾里德第一次要求芝加哥的检察官立案调查"丝绸之路"。

---

① 风城（the Windy City），芝加哥的别名。——译者

会面当天，贾里德来到那尊 50 吨重的火烈鸟雕像所在地。他原以为巴尔的摩方面只会来一两个人，没想到竟然来了整整一队人马，把办公室挤得水泄不通，来的不单有缉毒警察，还有助理警员，就连巴尔的摩的副检察官也跟了过来。此人自我介绍，名叫贾斯丁。

宾主双方先是一番客套，互表敬意，还不无尴尬地握了握手。巴尔的摩过来的副检察官接着开口。"谢谢诸位的接待。我们看了你们的报告。贾里德……"检察官顿了一顿，朝着贾里德的方向看了一眼，接着说道，"嗯，你做得非常好，报告写得很不错。"

贾里德内心嘀咕着："老子当然知道你看了老子的报告。这几个星期老子的邮箱每隔十五分钟就会他妈的响一次。"抱怨归抱怨，至少这个时候贾里德还不会说出口，只是笑了笑点了点头。

巴尔的摩的副检察官接着做了一番解释，说今天与会的两位警员麦克和格雷格（两人同样和卡尔·福斯共事）找到了一条线索，是一个毒贩，人已经被挖了过来，给了他们一长串名字，都是在"丝绸之路"上卖毒品的人。检察官接着说他们会对名单上的所有人进行跟踪调查，"其中一个名字就是'丝绸之路'的主谋"。巴尔的摩的那帮人坐在那里，一副得意洋洋的样子，显得对计划很有信心。

贾里德没等检察官说完，忍不住插了一句。"你们根本就不知道查的是何方神圣，"贾里德说话的语气有些难过，"你们太不了解洋葱路由器和比特币，还有……"

巴尔的摩的检察官并未理会贾里德。从贾斯丁的话中不难听出，巴尔的摩国土安全部打算全面接管"丝绸之路"这个案子。当然，如果贾里德能够有所贡献的话，巴尔的摩方面也可以考虑让芝加哥这边加入。

贾里德按捺不住胸中的怒火，正想再要开口，没料到主管上司抢先发了话。主管看来对巴尔的摩的这帮家伙如此盛气凌人跑到自己地盘上耀武扬威，也早就窝了一肚子的火。"这么说吧，我们也有我们的计划，"贾里德的上司口气并不客气，"你们干你们的，我们干我们的。"

会议室一下子安静下来。如果说会议刚开始的时候还有那么一丝丝诚意，现在早就烟消云散了。贾里德的主管继续说道，如果巴尔的摩国土安全部打算插手芝加哥国土安全部的这个案子，那么就把这个案子报上去，大家走流程，按规矩办事。"必要的话，我们会想办法消除分歧的。"

会议室里一片死寂。过了一秒钟，贾斯丁也开口了："很好，就这样。"巴尔的摩的人各自起身，准备离开。贾斯丁接着又补了一句："不过，我敢肯定几个星期后我们就会关掉这个网站。"

第二十六章
哗　变

每一个创业者都会经历哗变。

脸书最早推出"个人时间轴"时，用户不过百万。脸书用户们对于有人逼自己与别人分享生活的点滴，个人隐私遭到侵犯，无不义愤填膺。不过，马克·扎克伯格别无选择，他需要增加收入，这才是前进的方向。优步①当年冒天下之大不韪，强硬拒绝删除"动态提价"模式时也有过相同的经历。这一模式会让用户的打车费用成倍、三倍飙升，某些情况下甚至会达到原价的八倍，而且完全不给予任何提醒。不过，特拉维斯·卡兰尼克同样别无选择，他也需要多赚一些。每一家高科技公司都会面临这样的困境：推特、谷歌、苹果、雅虎，这些公司看起来无一例外都为了自身利益坑害用户。人们无法意识到一名首席执行官为了生存必须做出多少艰难抉择，这只是其中之一。所以，如果罗斯希望"丝绸之路"继续发展壮大，那么他也必须做出这些不近人情的决定。就像脸书、优步，以及其他每一家从硅谷走出的公司都会得罪用户一样，"丝绸之路"上的毒贩们也会被可怕的海盗罗伯茨最近做出的决定惹恼。如此一来，哗变的流言也就在"丝绸之路"这艘"战舰"上传开了。

哗变的风声在"丝绸之路"这艘巨舰的甲板上已经吹了好几个星

期。一开始罗斯只是当作谣言，一笑置之，心想不过是几个买卖做得不如人意的卖家私下抱怨罢了。不过，随着这种声音越来越大，以至于谈到造反，甚至提到集体撤出另起炉灶，那就得当作一件正事好好管管了。

局势是从年初开始变得混乱的。当时罗斯决定提高从毒贩身上抽取的手续费率。回到年初那会儿，不管你想买一小袋5美元的大麻种子，还是价值5 000美元的可卡因，"丝绸之路"都会收取6.23％的手续费，帮你顺利完成交易。

这样一笔手续费对于做小本生意来说的确不错，每一笔交易，只需要出一点小钱。可是，这对于大宗买卖的卖家而言就成了一笔不菲的开支。为了"逃税"，一些买卖做得最大的毒贩甚至在线下展开幕后交易，这样"丝绸之路"连一分钱也赚不到。

可怕的海盗罗伯茨和鉴酒师琼斯为此想了个法子。两个人写了一篇"丝路咨文"，宣布将调整手续费率。"现在，我们不再收取统一的手续费，"罗斯在致网站用户的公开信中写道，"我们将提高低价商品的手续费，降低高价商品的手续费，做法和易贝网相似。"罗斯对声明做了进一步解释，宣布"丝绸之路"将对总价在50美元以下的每笔订单收取10％的手续费，总价超过1 000美元的每笔交易手续费则为1.5％，其他中间价格的交易收取费用不等，希望此举能够对手续费起到平衡作用。罗斯在"丝路咨文"最后写的那句话和菲德尔·卡斯特罗1962年领导古巴革命成功后说过的话几乎如出一辙："我相信我们的未来是光明的，我们将取得最后的胜利！"

可是，并非所有买家卖家都对这"光明的未来"买账。有人倒是

---

① 优步（Uber），位于美国硅谷的一家科技公司，成立于2009年，以旗下同名打车软件闻名于世，2016年全面退出中国市场。下文提到的特拉维斯·卡兰尼克（Travis Kalanick）是该公司联合创始人之一。——译者

对于"加息"感到高兴，大宗毒品卖家更是大声叫好。可是，另一些人却对此感到愤怒，特别是那些走私数量不大但货品种类繁多的卖家。短短几分钟内，一场骂战就在"丝绸之路"的评论区爆发了。

罗斯没有料到会是这个反应，不知如何是好。网友的回复让他更加心寒。这些人难道就没有想过要不是有了罗斯，有了他的革命理想，哪里会有"丝绸之路"呢？这些人难道就不明白罗斯为了大家，早把个人生死安危置之度外？若非罗斯的辛勤付出，这帮人还得在街头巷尾干着毒品买卖的勾当，冒着被警察抓的危险，说得难听一点，没准还得为了争夺地盘大打出手，交易一旦出现差错，就可能遭到洗劫、毒打，甚至丧命。可是，即便如此，这帮人仍然恬不知耻，连一点点手续费都要怨声载道。难道他们不知道这一切都不是凭空得来的吗？难道他们不知道这可不是什么狗屁非营利性组织？这是实打实的生意和买卖！

罗斯见有人对于抽取手续费如此抵制，感到相当激动，很快做出了回应，罗斯的这番话等于是对"丝绸之路"上的所有人说了一句"见鬼去吧"——"不管你乐意不乐意，我都是这条船的船长，"罗斯面对网友的呼吁，用怒吼做出了回应，"你要是不喜欢这个游戏规则，或者不信任你的船长，就请下船！"

这样的话对于领兵带队者来说可不是最好的鼓励。

谢天谢地，随着时间一天天过去，网上的声讨声开始渐渐平息，大多数人接受了手续费率的调整。不过，还是有几个毒贩难消心头之气。有人传言这帮家伙正在背后搞名堂，流言蜚语也传到了罗斯的耳中。

"我怀疑有几个人在背后搞名堂，打算跳船走人，或者再搞一个网站跟我们对着干，"可怕的海盗罗伯茨在聊天中跟琼斯说起了这件事情，"我可不想闹出什么哗变。"

鉴酒师琼斯听了罗斯的话，决定棋行险着，放下身段去网站上和那帮买家卖家打成一片，这样就可以弄清楚到底有多少人参与了这场倒戈运动，叛乱是否真的已经开始。

也就在这个时候，大约 4 月中旬某天下午 5 点，一封电子邮件突然出现在可怕的海盗罗伯茨的邮箱中。邮件里的话写得含含糊糊。"'丝绸之路'先生，我是您伟大事业的忠实崇拜者。"邮件开头写了这么几句话，接着简单解释了发信人的身份。此人自称挪伯，说在南美走私毒品多年。不过，信的结尾才是重点。

"我想买下您的网站。"

假如是五个月前有人给罗斯的邮箱发信，主动提出买下网站，那时的罗斯正处在压力最大的时刻，人际关系也处于历史低潮，很有可能管他是谁都会不假思索地一口答应："给我一袋比特币，网站归你。不过，你得小心一点，这个网站可不好管。"可是时至今日，到了 4 月中旬，即便网上闹事的声音沸沸扬扬，罗斯对于未来的看法也早已大不相同。

罗斯现在做的可是一份实实在在的大事业。他手下雇了十多个人负责编写代码，监控网站，以及打点其他大小事务。再加上有鉴酒师琼斯保驾护航，罗斯开始意识到自己一定能够将"丝绸之路"做得比想象的更大。更重要的是，这段日子罗斯有所领悟，明白虽然一开始这个网站只是一个小小的梦想，但现在极有可能成为一项奋斗终身的事业。

那将是一项多么伟大的事业！

当然，罗斯推断不管这个挪伯是什么来头，回信总不会有什么问题。罗斯倒想看看对方愿意为自己的网站出多少价钱。假设把"丝绸之路"看作是一家硅谷新成立的公司，那么财务报价不失为方法之一，足以判断网站价值几何。管他的呢，再坏又能坏到哪里去呢？如果从挪伯那里得到的是一个很低的报价，那么这场对话也就自然结束了。于是罗斯点了电脑上的"回信"按钮，打了短短一行字，接着点击"发送"。"我等你报价，"罗斯在邮件中写道，"你看开个什么价？"

罗斯一边等着琼斯就哗变的事情回话，一边开始忙活一天的事情——准备和几个高中老同学一起去野营。

罗斯是几周前回到得克萨斯的。他答应鉴酒师琼斯会在每天早上或下午5点先练习冥想，再在网站上工作几个小时。为了保持身体健康，以及不让自己过于担心被执法部门抓到，罗斯会像朝九晚五的普通程序员一样，在工作之后参加一些社交活动。他会去奥斯汀郊外的森林里野游，找几个高中死党一起抽大麻，还会约上其他朋友去攀岩。让罗斯感到庆幸的是，自从回到"孤星之州"以后，就再也没有遇到过茉莉亚。

罗斯收到挪伯的回信已经是几天后的事了。不过，挪伯这次发来的邮件让人有些不知如何是好。挪伯说如果要给"丝绸之路"一个财务报价的话，就得先看一看网站的财务状况，包括"月销售总额，净销售额，对卖家征收的手续费率，买家总人数、卖家总人数，网站维护和升级成本，以及管理员和安保人员的薪水开支，等等"。

哈？想看这个？绝不可能！

这个地球上看过这些数据的只有两个人，一个叫可怕的海盗罗伯茨，另一个叫罗斯·乌布里特。就连鉴酒师琼斯都不清楚具体数字。

可怕的海盗罗伯茨礼貌地回绝了挪伯分享网站数据的要求，告诉对方透露这些敏感信息是危险的，很容易落到执法部门手里。不过，罗斯仍然决定给对方出一个售价，看看这位买家在不了解详情的情况下对收购是否还有兴趣。不管怎么说，给自己一手创造的伟大事业估价还是让人蛮兴奋的。要知道，现在脸书估值在800亿美元上下，推特也差不多值100亿，可那些网站经营得就像小丑车一样。"丝绸之路"的报价即便不能完全体现目前的价值，但至少会在合适的买家心理承受范围之内。"我想整个网站的报价可能要九位数，我才会考虑。"罗斯给挪伯写道。

这厢，罗斯还在和挪伯互通邮件，那厢，鉴酒师琼斯把听到的风言风语带了回来，正要一一说给可怕的海盗罗伯茨听。有关哗变的谣言看来确有其事。网上有一帮卖家对于新制定的手续费率感到不满，正在商量着下一步如何行事。

罗斯从琼斯那里得知"叛军"有好几条路可走，一条是"弃船"，去另外一个网站，那个网站比"丝绸之路"的规模要小得多，最近才刚刚上线，名叫黑市。另一条路是叛变的组织者们集体走人，另建一个毒网，费用要低得多，好跟罗斯竞争。最后也是最坏的一条路是跟现实的商业世界一样，利用董事会逼宫，逼首席执行官下台。如果是走这条路的话，那帮毒贩正商量黑了网站（毕竟网站安全漏洞不少），强行接管"丝绸之路"。

不过，比起这些消息来，鉴酒师琼斯这次在侦察行动中挖到的另一条情报更加令人不安。正像琼斯在跟罗伯茨的说明中指出的那样，真正的问题并不在于人们对于网站手续费用过高感到不快，而是一个更大的隐忧。这个隐患是罗斯几年前萌生"丝绸之路"构想时从未想过的。

第二十七章
10 亿美元?!

卡尔坐在手提电脑前,看着可怕的海盗罗伯茨发来的电子邮件。"这个问题不好回答。这件事对我来说不只是做生意那么简单,这是一场革命,将成为我奋斗一生的事业。"邮件开头写了这么几句话,接着谈到了价钱,"我想整个网站的报价可能要九位数,我才会考虑。"

九位数!卡尔看到这个数字差点没被咖啡呛到。九位数的意思是少则 1 个亿,多则 9.99 个亿——卡尔当然清楚对方的开价肯定不会是九位数的下限。话虽如此,他还是不清楚"丝绸之路"到底做得有多大。

直到这个时候,巴尔的摩行动小组的每一个人,以及缉毒局内部都还以为这只是一场小行动。可是,这个估价看上去实在太高了。缉毒局一度估计这个网站可能会值好几百万。卡尔认为最高的话,也许——只是也许——能够达到 2 500 万,顶多这个数。可是,九位数是什么概念?

卡尔一下子高兴起来,他要想一想既然对方报价这么高,自己该如何回应。

到目前为止卡尔一直都很兴奋。他的脾气时好时坏,常常为了一个案子一下子干劲冲天、热情洋溢，一下子又焦虑不安、压力巨大。现在他时刻都在等着可怕的海盗罗伯茨回复邮件，有时一等就是好几天，这个反复无常的毛病也变得越来越厉害了。

为了缓解压力，卡尔有时会做一些运动——嗯，我的意思是动一动。卡尔除了有时候会在缉毒局办公室健身房里的跑步机上跑一跑，还有另外一个方法舒缓压力，就是和同事比试摔跤。那场面让人还以为两个人是在某个秘密的搏击俱乐部。卡尔和别人在地上翻来滚去，双方都竭尽全力，想把对手用力按倒在巴尔的摩缉毒局的办公室地板上。比试完毕，卡尔又会大口喘着粗气，坐回电脑前看一看罗伯茨有没有回信。

严格说来，卡尔给可怕的海盗罗伯茨回信，实际上又一次破坏了规矩。最近他就被主管尼克找去谈过一次话。尼克告诫卡尔，不管什么时候，只要和可怕的海盗罗伯茨联系，都必须向巴尔的摩行动小组汇报（行动小组有个外号，叫马可·波罗行动小组），而且上级的来信必须得回。可是，特警卡尔·福斯干这行毕竟已经十四年了，最讨厌的就是两件事：一件是有人对他发号施令，另一件是比他年轻的人对自己发号施令（马可·波罗行动小组里人人都比他年纪轻）。

"不，这种事我可不干。"卡尔对于要受人差遣去和一个毒枭聊天，毫无兴趣。于是他在仔细琢磨了一番可怕的海盗罗伯茨发来的电子邮件后，决定要无赖，管他如何，先回信再说。

"我可以出九位数的价钱，但是我不知道目前'丝绸之路'到底值多少。"卡尔写这些用的都是化名挪伯。他接着提出建议，还说自己的建议肯定能够帮到"丝绸之路"的创始人。"我想把网上一些主要的卖家专门圈出来，组织成立一个项目，叫'丝路主人'"，这样网上做大宗买卖的交易会更加方便，不是几盎司的小打小闹，而是几百公斤，甚至成吨地卖。挪伯向罗伯茨保证，只要对方愿意，他就会帮助这个新成立的毒品量贩商店走上正轨，因为自己对于全球走私线路了如指掌。他最后还向可怕的海盗罗伯茨提议，愿意给新启动的"丝路主人"项目注资 200 万，算作 20％的股权。

卡尔点完"发送"按钮，转身去了尼克的办公室告诉他自己刚刚做了什么，一脸兴高采烈的样子，就像一个叛逆期的顽童。结果可想而知，尼克被卡尔的"如实招供"气得怒不可遏，破口大骂，办公室里只听见一连串的："去你妈的！""见你娘的鬼！"

卡尔可不在乎尼克怎么想。虽然，尼克是顶头上司，可是卡尔知道没有人能够因为这个炒自己鱿鱼。这就是政府官僚体制的一大好处——炒一个人往往要比招一个人更难。至于远在巴尔的摩国土安全部的那帮"闷货"——卡尔就是这么称呼那帮人的——就更加不用理会他们放了什么屁。

在卡尔看来，和自己直接对话的这位就是"丝绸之路"的领导人。计谋奏效的话，他就能够和可怕的海盗罗伯茨建立联系。如果一切进展顺利，那么福斯可以在几周内将可怕的海盗罗伯茨绳之以法。"丝绸之路"的创始人将被捉拿归案，而缉毒警福斯就将成为捉拿幕后主谋的大英雄，赢得人们的掌声与欢呼。

第二十八章
哥斯达黎加的阿司匹林亿万富翁

一切都是那样平静。大海，海风，还有辽阔的天空，罗斯只要深吸一口便能感受到沁人心脾的快乐。这里是哥斯达黎加的早晨，风从东边轻轻吹来，吹过平静的海面，罗斯坐在冲浪板上，随着波浪一上一下。

虽然，过去几个月来哗变在"丝绸之路"上闹得沸沸扬扬，但几个幕后主使已纷纷离开，去了新成立的暗网——虽是竞争关系，但规模要小得多——无论如何，这件事现在总算偃旗息鼓了。

随着那帮惹是生非的家伙离去，网站再次顺利运转起来——员工们也在船长可怕的海盗罗伯茨的指挥下恢复了干劲——继续以令人咋舌的速度飞速壮大。由于比特币增值显著，毫不夸张地说，罗斯的利润时刻在翻倍。感觉就像有人上床睡觉前往口袋里塞了张 1 美元纸钞，等到第二天一早醒来，发现兜里的钱已经变成了 2 块（没准 3 块都不止）。如此算来，现在罗斯的个人身家净值已经进入千万级别。

同时罗斯在不断地加强网站的安全协议。他为了确保替自己办事的人不被警察收买，特意给最亲近的几个顾问设计了一套问答制度，答案只有一问一答的两个人知道。所以，假如罗斯问手下的某个雇员："今天天气怎么样？"该雇员就必须按照答案回答："孩子，巴哈马这里很冷。"如果雇员说的是其他答案，比方说："哦，天气不错。你那边天气怎么样？"罗斯就会知道出了问题，可以立刻关闭两人的账户。每个雇员都有各自的问题和答案。"（假如我问你）能给我推荐一本好书吗？"罗斯对一个下属写道，"你就回答：'罗斯巴德的书都不错。'"

不过，还有一件事情更加重要。罗斯终于想到办法，让茱莉亚永远不会开口透露"丝绸之路"的事。这可是罗斯几个星期之后重回得克萨斯，必须一劳永逸解决的大事。

5 月底罗斯飞去哥斯达黎加，他躲在一个梦幻的藏身之地，一个属于罗斯家的地方。那是一块 4 英亩^①的飞地，名叫卡萨班布^②，位于哥斯达黎加半岛的最南端，简直就是一个可以上网的人间天堂。

卡萨班布对于罗斯来说之所以特别，有好几个原因。小时候罗斯不住得克萨斯的时候，就在这里生活了好几年。每天他和姐姐一起在丛林里嬉戏，陪妈妈坐在门廊上，听吼猴的叫声，还在爸爸的带领下学会了怎样用迷你泡沫冲浪板冲浪。不过，罗斯之所以喜欢卡萨班布，还有一个更重要的原因——这里是他后来创建"丝绸之路"的灵感来源之一。二十年前罗斯的父母来此度假的时候深深爱上了这个地方，决定在草地上打造一座家庭度假小屋。父亲同几个朋友还有当地人，一共建了四座小屋，组成了一个《海角乐园》^③ 般的世外桃源，这里安逸宁静，还有太阳能可供使用。乌布里特一家每年会把这里租给游客一段时间，这样这个天堂不仅不需要自己出钱供养，还能创造

---

①　英亩（acre），英制面积单位，一英亩约合 0.004 平方公里。——译者
②　卡萨班布（Casa Bambu），西班牙语"竹屋子"之意。——译者
③　《海角乐园》（*Swiss Family Robinson*），1960 年上映的美国家庭冒险电影，原名意为一个瑞士家庭的鲁滨逊漂流记，国内一般叫做"海角乐园"。故事讲述了一个家庭乘船遭遇海难，漂流到一个荒岛，一家人齐心协力，克服困难，最终把这个荒岛变成了快乐的乐园天堂。——译者

收益。这段经历也让罗斯希望追求同样的目标——白手起家，干一番事业。

罗斯的确做到了。

罗斯曾对鉴酒师琼斯袒露心声，说以前怀有的那些崇高梦想，现在看来马上就要成为现实。罗斯尤其跟琼斯提到了他在 2004 年发表的一份宣言，当时他发誓说等到三十岁，一定要成为亿万富翁。

让罗斯难过的是，这么多年来这似乎是一个永远无法企及的梦想。不过就在此时，就在罗斯二十八岁生日的前两个月，目标变得好像不再那么遥不可及。罗斯在跟琼斯的一次长谈中说过这么一番话，他说如果按照"丝绸之路"目前的发展轨迹推算未来的销售额，"就有可能实现目标"。他很可能在两年后成为一名亿万富翁。

罗斯把最新的 Excel 财务表格拿给琼斯看，上面显示"丝绸之路"的总收入和预计收入。琼斯看了吓了一跳，脱口而出一句："你牛！"接着说道："2012 年赚 1 个亿看起来低了！2013 年得赚他 10 个亿！"

"驾，冲啊！"罗斯回道。

不过，要想达到这个目标，他们还得继续拓展事业。可怕的海盗罗伯茨和鉴酒师琼斯想了不少方法，争取把网站做得更大，包括搞一场 4/20① 大奖赛。这场抽奖活动人人都能参加，奖品包括各种非法物品，当然也有一些是合法的，比如说费用全包的度假旅游，中奖者只需出一点点额外的费用即可。

不过，鉴酒师琼斯和罗伯茨都知道，罗斯要想成为梦寐以求的亿万富翁，单靠一场比赛和"丝绸之路"还远远不够。他们的网站还要

---

① 这里的 4/20 指的是 4 月 20 日"国际大麻日"，这一活动缘起于 1971 年的美国校园，是反文化运动的代表。——译者

更加多样化，争取进入其他市场，寻求更大的客户群。两个人商讨出一整套地下网站的设计方案，都可以借用"丝绸之路"的品牌效应。比如说，"丝路数码"（SilkDigital）可以提供数码商品下载，包括被盗软件或者为黑客提供工具，等等。"丝路药房"（SilkPharma）可以购买止痛药，兴奋剂和抑制剂。两个人一合计，没准还能建一个网站专门贩卖武器。不过，这些拓展工作需要花大力气。正因如此，罗斯才决定去一趟哥斯达黎加，去那个父母亲手创造的小小天堂，好好想一想具体问题。

罗斯的父母并不清楚儿子在做什么。说来也是，想想小时候那个童军少年成了一个物理学研究者，二十出头就懂得给当地的监狱捐赠书刊，你又怎么会一边看着自己的亲生骨肉，一边想着："哦，他难道真的成了世界上最臭名昭著的毒贩？"当然不会。你压根就不会有这样的念头。琳和科克每次只要看着儿子，就会看到一个才华横溢、理想远大的二十八岁小伙，想到儿子之所以花那么多时间在电脑上，都是忙于股票交易。

罗斯相信，终有一天自己发起的这场运动将成为一股势不可挡的洪流，让美国政府看到打赢毒品战争的唯一方法就是让毒品彻底合法。等到那个时候，也只有到了那个时候，可怕的海盗罗伯茨才能摘下面具，而他——罗斯·乌布里特才能走到舞台中央，向全世界鞠躬致谢。他的母亲将为儿子感到骄傲，因为他是领导自由意志主义运动的英雄，这场运动的种子早在罗斯和父母在奥斯汀家中餐桌前谈话时便已种下。

不过，罗斯和琼斯都知道这目前还无法成为现实。

回到哥斯达黎加的海边，罗斯从水里跳出来，上岸冲洗干净身上的沙子，狼吞虎咽地吃完早餐，便匆匆忙忙地坐到手提电脑前——他要避开一双双窥视的眼睛，偷偷摸摸地干活。"现在待的这个地方简直跟做梦一样，真的，"罗斯打开了和鉴酒师琼斯的聊天窗口，"我都快要醉氧了，海风太舒服了。"

然而，熟悉的不祥之兆又出现了。琼斯今天要谈的可不是这个。

"伙计，我有点担心我们的冠军，"鉴酒师琼斯嘴里的冠军指的是刚刚赢得4/20大奖赛的那个家伙。那位冠军马上就要拿到费用全包的度假旅行大礼包，外加好几千美元的现金大奖。

"怎么回事?""罗伯茨"问道。

"那家伙在戒毒，戒海洛因。可是没戒掉，我想他现在拿这么大一笔钱不顶用啊。"

"哦，上帝。切，我们干了什么?"罗伯茨笑道，"早知道应该考虑周全一点，找个吸毒鬼丢他4 000块，没准下回再推出一项三个月的戒毒康复治疗大奖。"

"是啊，"琼斯说道，"看来吉列剃须刀打广告不用担心我们遇到的问题。"鉴酒师琼斯开起了玩笑，说下一回应该把促销词改成："快来赢得三个月戒毒康复治疗大奖吧! 买的毒品越多，就越有机会中奖!"

话题一转，罗斯谈起了一些更为紧要的事，尤其是到底该如何扩大"丝绸之路"的经营范围，把生意做得更大，这样他就能达到那个有特殊意义的十位数了。说着说着，哥斯达黎加原本平静的天空开始灰暗起来，一场狂风暴雨正在远处的海平面上酝酿，距离岸上越来越近。

第二十九章
鉴酒师琼斯去苏格兰

苏格兰，格拉斯哥，漆黑的夜色下万籁俱寂，酒店房间的时钟马上要指向凌晨 2 点。一个中年男子还坐在电脑前，小口地抿着水，好让自己没那么渴。

男人的外号叫鉴酒师琼斯，早已谢顶，邋里邋遢，身上的 T 恤沾满了污渍，领口松松垮垮，一双疲惫失神的眼睛垂挂在脸上，感觉就像一尊小蜡像跟火挨得太近快要融化了。这个男人曾经在地狱里走过一遭，虽然这么多年早就受够了病痛、毒品和牢狱之灾的折磨，却依然懂得享受旅行的快乐。

电脑屏幕上东一个西一个，开着一堆窗口。有一个显示的好像是程序代码，另一个看上去像是对话窗口，有两个人在聊着什么。

这个眼睛下垂的男人点了点对话窗口，接着敲击键盘。

"来打几个字，"琼斯给罗伯茨打了几个字，接着点击"回复"按钮。

过了一小会儿，回复来了："塔塔来咯。"

"我在欧洲，小冰箱里有 12 听啤酒哦。"

"您好，您的酒店账单。"

过去几个月琼斯一直带着女友躲在伦敦某处，为"丝绸之路"工作，给自己没有官宣的老板、也就是那位可怕的海盗罗伯茨打工。两个人的关系绝大多数时候顺顺利利，可以说各有所长，互为补充，世界观也大同小异。不过，裂痕总归会暴露。琼斯去格拉斯哥是为了庆祝舅舅去世，参加葬礼——没错，"庆祝"——琼斯跟罗伯茨说起这件事的时候用的就是这个词。琼斯家族的"葬礼办得要比婚礼喜庆"。棺材就摆在酒吧中央，一群人又唱又跳，狂欢痛饮，到场的亲朋好友差不多 400 来人，围着死去的舅舅转来舞去。忙完这个，琼斯登录上网找到罗伯茨，要了结一桩道义上的分歧。

琼斯和罗伯茨其实并不经常吵架。他们俩的关系牢不可破。自从两个大男人在"丝绸之路"上认识以来，这段真诚紧密的友谊已有一年多。两人的联手因为共同的信仰而开花结果——他们都相信毒品买卖应当合法，枪支同样如此。琼斯是一个忠诚的仆人和朋友，甚至说过倘若罗伯茨被捕入狱，他会买下一个连的兵力，开着直升机来劫狱。"记得要是有一天你在监狱操场上放风，看见有架直升机在低空盘旋，飞机上的那个人一定是我，我向你保证，"琼斯在给罗伯茨的留言中写道，"就凭咱俩赚的这些钱，我雇一个小国的军队救你出来都没问题。"

可是，两个人的纽带就算再紧密，关于网站发展等基本问题的意见不一总会浮出水面。鉴酒师琼斯极力想引导罗伯茨在某个具体问题上朝新的方向发展。

在琼斯看来，这事甚至根本就不用争论。他知道可怕的海盗罗伯茨跟刚认识时一样还是自由意志主义者，"丝绸之路"理应成为一个自由买卖毒品的天堂。这个网站上没有规则和束缚，顺着字母表往下数，每一个字母开头的毒品都能买到：致幻剂、苯甲酸、可卡因、二甲基色胺、摇头丸、起泡水、G 水……不过，H 这个字母让鉴酒师琼斯陷入了两难。前后字母打头的毒品都好说，唯独海洛因①琼斯不

_____

① 海洛因的英文是 heroin，开头的字母为 H。——译者

喜欢。

"我连'快克'都没意见，"琼斯给罗伯茨写道，"可是海洛因，哥们，我在牢里见人吸过……我希望那狗屎玩意能够消失。"

鉴酒师琼斯说起牢里的那段日子一向坦然，从不遮掩。他讲过很多很长的故事，都是些好笑的，比如说在里头遇过什么样的人，要想在牢里混得开，必须懂得哪些窍门和套路，还说过几年前关在英国的监狱时，鲭鱼罐头如何成了硬通货。"我觉得，关在那里（监狱）就跟住在第三世界国家一样，基础设施差了一点。"说着说着琼斯开起了玩笑。

不过，这一回琼斯跟罗伯茨谈起监狱可不是为了开玩笑，而是铺垫后面的正事。接下来他要说说当年在牢里亲眼见到海洛因对人造成了多么大的伤害。牢里会给犯人不定期做毒检。不过，检查都是周中进行，也就是周一到周五这段时间。里头人人都知道每一种毒品在体内会残留多长时间。打个比方，假如有人抽了大麻，那么一个月尿里还能验出来。所以，没人会在牢里抽大麻。可是，海洛因不同。那玩意在血里只留两天，顶多两天。也就是说，如果你在星期五打一针海洛因，那么到星期一早晨血就干净了，正好赶上验毒。

"所以，从星期一到星期五，"琼斯继续写道，"那帮家伙个个都打海洛因。"琼斯当年被关的监狱安保极其严格，大家管打海洛因的日子叫"受难日"①，这个名字实在太形象了。"那帮家伙会把一星期剂量的海洛因在四个钟头内全部打进去。"一旦发作起来，只听见下铺一阵鬼哭狼嚎，药劲一直持续，接下来得吐上一个星期，吐到脸都变形，晚上人根本没法合眼，在床铺上浑身抽搐，就这么挨到下一个星

---

① 作者在这里一语双关，"受难日"（Hell Day）和"抽海洛因的日子"（Heroin Day）的英文缩略相同，都是 H Day。——译者

期五，等到上个星期的药劲过去，再打一次，就这么一次接着一次。

"其实并不舒服，"琼斯写道，"他们还是想好好睡个安稳觉。"

琼斯出狱到现在有好多年了，虽然是这个世界最大毒网的二把手，却发现在道德上陷入了两难。

罗伯茨跟那个叫挪伯的南美毒贩谈过了，谈到从英国进口海洛因，量比较大，然后在"丝路主人"上搞批发。不过，在把"丝路主人"建起来、从挪伯那里获得投资之前，罗伯茨想要先吃颗定心丸，想知道这个挪伯到底靠不靠得住。于是罗伯茨向顾问琼斯请教，看看能不能帮忙尽快安排一场测试。

不过，琼斯给罗伯茨的答复有点出人意料。"从道德层面来说，我不想进口海洛因，不想靠这个赚钱。不过，如果你想做的话，需要什么帮助和建议，我会给你，但我真的不想靠这个赚钱。"

罗斯从来没有见过吸食海洛因的人是什么样子，他在听琼斯讲"受难日"时也用了"听起来很惨"这样的字眼。即便如此，这也无法阻止罗斯改变信念。正如罗斯当年在宾州大学辩论会上反驳对手所说的那样，一个人往自己身体里放什么东西，不是罗斯有权决定的。"我必须把个人和商业道德分清楚，"罗伯茨跟琼斯解释道，"作为朋友，我愿意帮助那些人摆脱毒瘾，劝他们不要再吸，但我绝对不会因为别人没有这样做，就把他们关进牢里。"

鉴酒师琼斯寻思自己在这件事情上到底应该采取怎样一种强势的态度。他为可怕的海盗罗伯茨出谋划策可以说尽心尽力，可是罗伯茨的自我意识有时候太过膨胀，让琼斯不止一次失去耐心。"为人处事你应该学习斯蒂夫·乔布斯，而不是那个王牌接线员拉里[①]，"琼斯

---

① "王牌接线员拉里"（Larry the Cable Guy），美国喜剧演员丹尼尔·劳伦斯·怀特尼（Daniel Laurence Whitney）的艺名。作者这里的意思是做事要经过脑子，深思熟虑，不要肆意胡来。——译者

上次和罗伯茨发生争执时说，"既然要做领袖，就要懂得领导，真正的领袖做事不会一意孤行，而会先停下来看一看自己的决定能不能服众。"

可怕的海盗罗伯茨虽然常常奋力捍卫自己的观点，却从来不会和鉴酒师琼斯斗嘴争吵，因为他知道琼斯是键盘另一头的大师，是一位口若悬河的辩论大师，是一个真正的斗士。如果愿意的话，琼斯可以在任何一个话题上把罗斯驳得哑口无言——琼斯的确有这个本事。

两个人就海洛因的问题谈了很久，不过罗伯茨没有表现出任何迹象打算服软。于是琼斯在漆黑夜色掩映下的格拉斯哥酒店房间里做出了最终决定——他决定放罗伯茨一马，就让他赢一回海洛因的辩论。

不过之所以这样决定，其实有两个原因。第一个原因还要追溯到他上一次和别人这样争论，结果同合伙人产生了裂痕。那是好几年前的事情，当时琼斯和别人一起在网上搞了一个论坛，合伙卖大麻。按照琼斯本人的描述，这场争吵毁掉了这桩生意，两个人最终在得克萨斯决裂，分道扬镳。

不过更重要的一点在于，鉴酒师琼斯答应在这件事情上放手，是因为他加入"丝绸之路"还有更大的抱负。虽然，这时候可怕的海盗罗伯茨还不知道，但琼斯不会心甘情愿给人打下手，他也要当船长，和罗斯共同执掌这艘巨舰。

第三十章
"军械库"开张

对于"丝绸之路"罗斯有过种种设想，唯独没有想过这一幕。多年前，他在脑海中曾经设想过一个自由市场，在那里任何人都能够买卖任何东西，无须担心政府追查。也不会有某某官员出来指指点点，告诉大家什么东西不该吸进鼻子，吞进肚子，打进血管。这是一个完全自由公开的市场，也是"丝绸之路"正在做的。

不过，对于"丝绸之路"上的某些买家卖家来说，这种自由反而成了困扰。网上买卖大麻的多为成熟稳重之人，并不喜欢和那帮卖可卡因的搅和在一起。有些硬性毒品卖家对于和兜售枪支的右翼疯子打交道毫无兴趣，枪贩子也不愿意和卖海洛因的人渣推同一辆购物车。于是矛盾冲突一波接一波上演，没完没了。

即便所有人都在做非法的买卖，每个人也都有各自的道德觉悟，认为自己兜售的非法物品要比别人卖的更加正义。

鉴酒师琼斯对于水面下潜藏的躁动不安天生特别敏感。就这件事他早就警告过老板，要求罗伯茨至少得让枪支下架，这样才不会失去毒品卖家。这么做也有助于让主流顾客推着小车，在毒品货架中挑选物品时更加安全放心。"只有这样做，大妈们才会放心来这里买她们喜欢的加拿大廉价药，"琼斯写道，"而不会在去收银台的路上看见格洛克9毫米口径手枪。"

可是，罗斯有自己的想法。能够接纳任何人才是罗斯的过人之处。他从高中起就身体力行，实践自己的哲学理念，直到用于"丝绸之路"。所以，罗斯才会因为看到其他人没法照顾好各自的生意，无法充分享受他创造的这个自由世界，而感到困扰和焦虑。

正是因为有了罗斯毫不妥协的包容，"丝绸之路"上才有了超过2 000种毒品让人们选购，才有了不同的实验室装备足以让你做出任何想要的毒品，以及保存和售卖毒品的产品。在这里同样有数码产品，包括能够查出对方按过哪些按键的键盘记录器，监视软件，以及其他同类软件，足够帮你黑入他人的电子邮箱和网络摄像头。人们还能在这里买到伪造的文件证明，比如假护照和假身份证。就连假钞都有，和真钞几乎一模一样，以假乱真的程度简直让你无法分辨。当然，还有一个最引人争议的地方，武器区。这个板块发展极其迅速，从手枪到AR－15自动步枪，几乎任何想要的枪支都能够买到。你可以在这里随意挑选各种类型的子弹、手雷，想要的话，甚至连火箭筒都有。

不过，如果罗斯想要让业已欣欣向荣的事业继续蓬勃壮大，就得好好安抚那些更加传统的顾客，不管他们是不是自由意志主义的支持者。

"如果卖枪的话，会吓跑一大批主流顾客。"这是鉴酒师琼斯早就告诫过的。

所以，罗斯得想个法子，做一些变通。如果他真的想要实现终极目标，让毒品买卖合法，就得解决卖枪的问题。当然，罗斯不会禁止枪支买卖——他不会禁止任何东西——他只会重新创建一个网站，一个专门卖枪的网站。

罗斯把想法向琼斯和盘托出。两人一合计，想了一个好名字——

"军械库"。(他俩一开始想和"丝绸之路"的品牌联系起来,打算叫"丝路军械库",可后来都认为这个名字听起来太古怪。就像琼斯说的那样:"'丝路军械库'让人听起来还以为我们在卖 Hello Kitty AK‐47。")

幸运的是,建一个"军械库"倒也不难。这和创建一个全新的网站不大一样。罗斯只需借用"丝绸之路"的代码,贴上新的商标——一个大大的字母 A,再加上一对翅膀,显得粗犷有力——然后在设计元素上做一点变动就够了。

可是,"军械库"的出现并未解决枪支销售的现有问题。罗斯原本希望人们能够利用这个网站自由买卖枪支,其方便程度如同去当地的沃尔玛超市挑选一把点 22 口径手枪。没想到邮寄枪支可比把几小片致幻药(那玩意儿就跟几张吸墨纸一样薄)放进信封要麻烦得多。罗斯必须让在"军械库"上买卖枪支的人们相信,等待某人把枪支邮寄到家的同时,不会有美国烟酒枪炮与爆炸品管理局的人出现在家门口,把他们抓进监牢。

可是,到底怎样做才对呢?罗斯不停地追问自己。

这可不是你给奥斯汀派克大道的邮局打一个电话,问一句"你好,我想给朋友寄几把枪。请问该怎么寄才好?"就能解决的。于是罗斯做了一件绝大部分他这个年龄的人都会做的事——上社交媒体求助。罗斯登录脸书和谷歌账户,发了一个帖子提问道:"有谁认识在 UPS、联邦快递或 DHL 工作的人吗?"很快就有朋友过来问怎么回事,为什么要找快递公司的人。罗斯回答道:"嗯,我想成立一个快递公司,不过我对这一块是零经验。"

伴随枪支买卖网站一起产生的还有另一个问题。这意味着会有更多执法部门的人找上门,他们要抓的不再只有经营"丝绸之路"的毒枭,还有躲在"军械库"后面的黑手。(更别提专营大宗毒品买卖的

"丝路主人",那个网站要是真的开张,一定会吸引世界各地更多的注意和更多国家政府的目光。)

"丝绸之路"早已成为媒体关注的焦点,以后吸引的注意力只会越来越多,倘若"军械库"真的开张营业,势必带来更大冲击,风险之大显而易见。这让人只要一想起就会不寒而栗。现在鉴酒师琼斯号称是"丝绸之路"的安全总监,迫于无奈,也只好决定暂时转入更深的地下行动。

琼斯知道要想躲避风头,最好去泰国。他以前不仅在泰国躲过一段时间,还在当地收买了好几个警察。可是,倘若真的要去泰国,就得把爱人一个人丢在伦敦。

"我不能让她卷进来,"琼斯在给罗伯茨的留言中写道,"我要让所有人都以为我们分手了。万一我被关进关塔纳摩①,可不希望隔壁牢房里关的是我的女人。"

"给你添麻烦了。"

"她其实知道我在改变世界,她也知道自己会有危险,"琼斯回复道,"不过,只要我不在身边,她就是安全的。"

既然罗斯明白这样做会招惹更多麻烦,也就知道自己还得再换地方。只是,这时候再跑去国外看来并不明智。但是,留在得克萨斯和家人待在一起,也不是什么好主意。不管是说谎骗人,还是万一被人发现,风险都太大。罗斯需要找一个地方让自己和手提电脑能够一天十八个小时待在一起,不会有人问长问短,好奇自己为什么那么反社会,现在又在忙活什么。这就意味他非得去旧金山了。

从打开"军械库"大门的那一刻起罗斯就在策划这场西行之旅。

---

① 这里指的是关塔纳摩监狱,美国军方于 2002 年在古巴关塔纳摩湾海军基地设立的军事监狱。——译者

他要去西部找那里的朋友，盘算好要待在哪个地方，还要考虑等到真的了西部，得用什么身份来做掩护。

不过，不管去哪里，临走之前罗斯还有一件事要处理。他打开浏览器，刷到茱莉亚的脸书主页，发去一条信息，问茱莉亚是否愿意和他见上一面。

第三十一章
堵上茱莉亚的嘴

　　罗斯独自一人悠闲地走在奥斯汀的雷尼大街上，边走边看沿途老旧的民宅，这些民房一个个都被改造成了酒吧。罗斯朝着湖畔公寓楼的方向走去，他要去的地方叫温莎公寓。这是 2012 年的夏天，天色已近黄昏，街道显得相对安静许多。得克萨斯的喧嚣在耳畔渐渐消散，人们三三两两坐在户外的长椅上，一边吃当地的烤肉，一边大口喝着啤酒。罗斯走到街边的一栋公寓楼前，拿出电话，按了几个数字，等着那一头接通。

　　罗斯回奥斯汀并不算久，也不会在奥斯汀待太长时间。不过，他在再次离开"孤星之州"之前——这次也许一去不回了——还得解决一个最大的难题。

　　"嘿，"罗斯对着电话说，"我在门口。"

　　一分钟后，茱莉亚的身影出现在眼前。她三步两步从楼梯上跑下来，满怀欣喜地迎接罗斯。两个人紧紧拥抱在一起，足足好几分钟才松开。茱莉亚往后仰着身子，抬头仔细地打量着罗斯，看着他这一身装扮（蓝色牛仔裤、黑皮带、黑色的 V 领 T 恤，再配上一双同样颜色的运动鞋），笑了起来。自从两个人陷入爱河已经过去了那么久，期间生活可谓百转千折，发生了那么多那么大的变化。可是，今天站在眼前的还是那个罗斯·乌布里特，看起来基本上完全没有变化。"你还穿着我在宾州大学给你买的这身衣服啊！"茱莉亚暗自发笑。罗斯也咧嘴笑了笑。

自从去年10月那个噩梦般的夜晚之后罗斯和茱莉亚就再也没有见过对方。这次能够重逢，茱莉亚激动不已。她带着罗斯进了公寓，参观自己的工作室。

工作室里摆满了女子的闺房私照，有的挂在墙上，有的堆在办公桌上。一张大照片上一个女人弓着背。罗斯一眼就认了出来，照片还是在以前那个工作室拍的。那个时候他还在茱莉亚放内衣的抽屉里实验种植第一批致幻蘑菇呢。一晃两年过去，真没想到自己居然一路走到了今天！回想二十四个月前是何等灰心与无助，现在却成了腰缠万贯的富翁，信念也和以前一样坚定。

"哇，这个地方真不错！"罗斯啧啧赞道，看着茱莉亚在眼前转来转去。

"是啊，你不为我感到骄傲吗？"茱莉亚眉飞色舞地说道，"我现在有了新男友。他带我去好多地方旅行，还带我参加好多气派的宴会。"

"你是想刺激我吗？"罗斯跟茱莉亚开起了玩笑，"其实，我也有了女朋友。"

两个人就这么聊了一会儿，接着罗斯问茱莉亚能不能出去走走，有件事想跟她谈谈。"当然可以。"茱莉亚笑着抓住罗斯的手。两个人懒洋洋地走出公寓楼，下了水泥台阶，穿过大街，朝一条泥巴小路走去，小路的尽头就是鸟湖①。

① 鸟湖（Lady Bird Lake），位于美国得克萨斯州首府奥斯汀市，其实是科罗拉多河的一个蓄水池，也是奥斯汀市民平时休闲娱乐的好去处。——译者

太阳开始下落，罗斯和茱莉亚沿着弯曲的小路慢慢走着，两个人手拉着手，各自讲述这几个月的经历。其实茱莉亚还爱着罗斯，有些盼着罗斯能够重新回到身边。两个人走过一棵大树，树居然比罗斯的身高还要粗。树根底下有一块大石头，一半没在湖边。两个人在石头上坐了下来。

"是这样的，"罗斯深深吸了一口气，他打算告诉茱莉亚一件大事，"其实我想跟你说我已经不做那个网站了。我不做'丝绸之路'了。"

"太好了，真是太好了！"茱莉亚俯身给了罗斯一个大大的拥抱，抱得紧紧的，一点都不想分开。

两人头顶上的树叶随着微风婆娑，发出沙沙的响声。罗斯看着落日余晖倒映在远处的湖面上，粉色、黄色、橙色，融在一起。他又深吸一口气，解释自己为何会放弃做下去，说网站做得太大，压力也太大，觉得还是转手卖给别人才对。"对不起，一开始就跟你说这个，"罗斯显得有些痛苦，"都是我的错……"

"谢谢你。"茱莉亚听着罗斯继续解释，泪水渐渐湿润了眼眶。

"我只是觉得做这么一个网站会让我感觉很了不起，"罗斯说完顿了一下，就像在背诵台词，"对不起。"

茱莉亚又一次对罗斯说了声谢谢，既是感谢罗斯的道歉，也是谢天谢地罗斯终于放弃了"丝绸之路"。茱莉亚靠在罗斯身上，两个人吻了起来。过了一会儿，罗斯身子往后一仰，看着茱莉亚的眼睛。"还有一件事情我想知道，"罗斯说道，"你有没有跟别人说过网站的事？除了艾丽卡，还有没有跟其他人说过？"

"没有。"茱莉亚毫不犹豫地回答道。

"一个也没有？"

"一个也没有。我没有跟任何人说过。只有艾丽卡一个。"茱莉亚感到阵阵内疚，毕竟是她把秘密泄露了出去。"我爱你，罗斯。"

"我也爱你。"两个人又吻了起来。太阳落到了两人身后的地平线下头。"我问这个，其实只是想知道是不是还有其他人知道，否则我没法重新开始。"

两个人继续谈着过去。罗斯跟茱莉亚说起了旅行，说起了泰国、海滩、丛林，还有在那里见到一尊巍峨的雕像，上面雕的几乎全是硕大的阳具。他还跟茱莉亚说起在澳大利亚和姐姐一起野炊，旅途中想起了人生，想到再也不用和"丝绸之路"有任何牵连是多么幸运。

风从湖面上阵阵吹来，渐渐有些凉意，罗斯提议两个人走路回去。

"那你现在打算做什么？"茱莉亚问道。两个人边说边穿过雷尼大街，朝着公寓楼走去。

罗斯告诉茱莉亚，再过几天自己就要离开得克萨斯，搬去旧金山，打算和雷内·皮内尔一起开发一个应用软件。雷内是自己的老朋友，也是从奥斯汀过去的。"可能得有好一阵子见不到你了。"罗斯一脸严肃地说道。

茱莉亚告诉罗斯，如果他走了，她会感到伤心，但是又会为罗斯终于摆脱了那个垃圾网站而感到开心。

"是的，"罗斯附和着茱莉亚，"我也很高兴不用再搞那个了，确实压力太大了。"

两个人走到公寓门前，罗斯俯身最后亲了一下茱莉亚。"我爱你。"茱莉亚说道。罗斯没有回答。他轻轻抱了抱茱莉亚，松开，转过身。独自一人走进漆黑的夜色中。

第三部分

第三十二章
联邦特工克里斯·塔贝尔

　　有个问题在克里斯·塔贝尔的脑子里待了一整天。不管是办公室上班，还是中午吃饭，就连现在和几个同事一起走在曼哈顿市区，塔贝尔都一直没问出口。一群人穿过百老汇，右拐进了中央大街。塔贝尔终于没能忍住。"OK，"塔贝尔对走在身旁的几个同事问道，"如果你必须……"大伙儿没等他说完，全都龇牙咧嘴地笑了起来。人人都知道塔贝尔接下来要问什么。每次只要塔贝尔嘴里蹦出来这么一句"你是愿意……"，总会让人感到别扭。这种滑稽的问话方式总会在同事们最意想不到的时候从天而降，让每个听到的人措手不及。塔贝尔的笑话永远都是那么俗不可耐，有的真的让人受不了，有的确实让人摸不着头脑："你是愿意和妈妈睡觉，还是更愿意和爸爸睡觉？""你是愿意减掉一半体重，还是更愿意增加一倍体重？""你是愿意勃起一整年，还是更愿意打一辈子的嗝？"

　　"塔贝尔，你这些狗屁问题都是从哪儿来的？"一个同事问道。

　　"说嘛，如果你必须……比如没有办法，只能……"塔贝尔还在喋喋不休，大家一边听，一边脚步不停。塔贝尔越说越激动，甚至扯起了哥哥欺负弟弟妹妹的古怪问题，听得同事们个个皱起眉头。

　　一群人走到威士忌酒馆门口，塔贝尔也暂时闭上了嘴。这是一家纽约本地的非主流酒吧，位于巴士打街，左右两边都是横木栅栏围着的临街店铺，正对面就是纽约市警察局。

全纽约的警察和公务人员在当地都有各自聚会聊天的固定去处，下班后会去消遣。纽约消防队一般去第八大道的社交酒吧，纽约市警察局的聚会点在第三大道，叫做 Plug Uglies，纽约联邦调查局的网络犯罪调查科平时就在威士忌酒馆搞活动。联邦特工克里斯·塔贝尔和组里的同事一个星期至少有五个晚上会去光顾这家非主流酒吧。

一帮人进了酒吧，梅格迎上前来，跟大家打招呼："小伙子们，今天好啊。"梅格长着一脸雀斑，是这里的女招待，告诉大家"后面的那间包厢归你们了"。梅格口中"后面的那间包厢"一般都会给联邦调查局网络犯罪科的小伙子们留着，如果这帮伙计没有提前打招呼就直接过来，不管包厢里有谁，梅格都会请出去。

考虑到今晚有些特别，塔贝尔特意要了几瓶香巴尼。是的，塔贝尔会把香槟读成香巴尼①。（每次用香巴尼这个词，意思是来几瓶米勒海雷夫啤酒，就是人们常说的香槟啤酒，这种酒在威士忌酒吧里只要 4 块钱就能买一品脱②。）

大部分来威士忌酒吧的联邦探员都穿成一个模样：身上的那件黑西装永远感觉大了一号，松松垮垮，白衬衣的扣子从上到下扣得死死的，一眼看去容易被误以为是在银行或律所上班。不过，克里斯·塔贝尔不一样。这家伙理着一个寸头，看上去像是十个街区之外的警察，面相看着倒是年轻，就是和 250 磅的敦实身躯不大相称，走起路来大摇大摆，自信满满。

---

① 香巴尼是香槟（champagne）一词的法语读音。塔贝尔这样发音，是为了开玩笑，有故作高雅，明显装阔之意。——译者
② 品脱（pint），容量单位，一品脱为 1/8 加仑，在英国等国家为 0.568 升，在美国为 0.473 升，酒吧里卖啤酒多以品脱为单位。——译者

既然一群人聚会是为了痛饮狂欢、不醉不休，那么今晚的明星肯定非塔贝尔莫属。毕竟正是在塔贝尔的领导之下，大伙最近才捣毁了一个臭名昭著的黑客组织。后者人称黑客六人组（LulzSec）①，之前不少媒体和网络安全专家一口认定没有人能够阻止这个团伙。六人组之所以与众不同，是因为他们和以往的黑客不大一样。一般黑客侵入政府机构多为了经济利益，而这帮罪犯过去一年来在互联网上横行无忌，目的只是为了找乐子——lulz，这是一个新造的网络词汇，意思是哈哈大笑。六人组的代表作包括侵入美国中央情报局官网，逼得中情局关闭了主页，侵入索尼影业服务器，在英国《泰晤士报》和《太阳报》的页面上发布虚假消息，谎称澳洲报业大亨鲁伯特·默多克去世。一切都是为了找乐子。

　　然而，经过好几个月的卧底工作，克里斯·塔贝尔带着一帮手下终于把躲在六人组后面的黑客一个个揪了出来。这帮家伙有的躲在芝加哥，有的藏在爱尔兰，还有的就在纽约市，可以说隐藏在世界的各个角落。能够办成这样一件大事，难怪塔贝尔和同事们要来威士忌酒馆好好庆祝一番。

　　梅格的身影又出现在酒馆后面的包厢里。女招待手上端着一个托盘，盘子黑乎乎脏兮兮的，上面摆满了小酒杯，一共20来个，一半装着廉价的威士忌，另一半装着绿色的腌黄瓜汁。梅格把酒放在桌上。这些调好的酒俗称腌菜，是这里的特色。

　　"今天该轮到谁来舔盘子?"塔贝尔对着身旁的一群手下大声嚷嚷，大伙儿又龇牙咧嘴地笑了起来。

---

① 黑客六人组（LulzSec）是美国有名的黑客组织，因入侵美国国会、政府和众多知名企业网站而闻名。下文提到的萨布（Sabu）是该组织头目的化名，其真实身份是纽约人海科特·蒙赛居（Hector Monsegur）。萨布于2011年6月被美国联邦调查局逮捕，转后为污点证人，该组织亦于同年6月25日宣布解散。——译者

这是塔贝尔好多年前发明的规矩，美其名曰舔盘子。也就是说有人得在大伙儿举杯之前，先把泼洒在盘子上的那些黏糊糊的东西喝掉，管他腌黄瓜汁、威士忌，还是别的什么，都得喝得干干净净。要是没人有胆量做这么恶心的事，塔贝尔总会挺身而出完成挑战。

塔贝尔虽然才三十一岁，却已经小有名气。即便算不上全世界，至少在联邦调查局里称得上是最出类拔萃的网络犯罪调查专家。当然，他能够把六人组的案子揽到自己名下，也是机缘巧合。当时碰巧有一个热线电话来提供线索，而塔贝尔正好成了接电话的那个幸运儿。不过，真正让塔贝尔和其他警员不一样的是他懂得如何利用情报。是他让六人组的主谋、也就是化名萨布的黑客头子转为证人，然后利用萨布顺藤摸瓜，将整个组织捣毁。塔贝尔出色的网上搜查罪犯的能力为他赢得了盛赞。媒体借用大名鼎鼎的美国传奇禁酒探员的名字，给他起了一个外号，叫"网络空间的埃利奥特·内斯"[1]。

从一个普通的联邦调查局特工，到今天名声在外，塔贝尔取得这样的成绩并不意外。这个男人早就对职业发展做了规划，跟生活的其他方面一样，一步一个脚印。塔贝尔勤奋好学，在拿到计算机硕士学位之后才当了警察。入职十多年来每天工作十八个小时，最终在联邦调查局一步步做到了特工。他并未就此停下脚步，老婆孩子不在身边的时候仍继续学习计算机取证，准备好应对今后可以预见的一切技术平台。

塔贝尔之所以有如此定力，是因为在他看来有一件事比任何东西都要重要，那就是不管做什么，只要下了决心，就一定要做到最好。

---

① 埃利奥特·内斯（Eliot Ness，1903—1957），1930 年代美国传奇警探，以在芝加哥推行禁酒令，打败黑帮成员阿尔·卡彭（Al Capone）声名远扬。内斯领导了一支人称"铁面无私"（the Untouchables）的果敢警队。其同名自传《铁面无私》（*the Untouchables*）于 1957 年身后出版，后被多次搬上银幕和电视荧屏，内斯也成为美国打击犯罪清廉斗士的代表人物。——译者

好比健身房里某个伙计能够卧推 400 磅，塔贝尔就会花好几个月苦练卧推，直到能够推起 450 磅重的杠铃（他也的确做到了）。

岁月教会塔贝尔一个人生道理：一个人要想超越别人，就得学会在事情发生之前做出预判，并且找到问题的答案。塔贝尔从来不打没有准备的仗。高中时，他在参加 SAT 考试①的头一天晚上驾车去了一趟考点，只为确保第二天路上不会耽搁，能够按时赶到考场。参加联邦调查局体能测试的前一天，他又如法炮制。刚进调查局的头几个星期，他还特意画了一幅地图，把整个办公大楼画了下来，就连每一个同事叫什么名字、有什么特点，都一一做了标记。

这种凡事强迫自己制订计划的习惯也被塔贝尔带回了家里。他跟妻子萨布丽娜商量，说两口子需要设置一个密码口令，这样一旦遇上麻烦就能派上用场。"流沙，"塔贝尔告诉妻子，"口令就是流沙，万一我俩有谁遇上麻烦，就告诉对方：流沙。"赶上网络犯罪调查科的小伙子们想要出去喝酒，塔贝尔会事先给梅格发信息，让这个长着雀斑的姑娘提前知道会有多少人到场。没有哪位去酒吧喝个小酒会做如此细致的安排。

这天晚上，来威士忌酒馆庆祝抓获六人组的公务人员将近 50 人。塔贝尔坐在那里，舔着嘴唇上的腌黄瓜汁和威士忌。一旁的汤姆·布朗晃晃悠悠地走了过来。汤姆是纽约南区的副检察官，正是此人最后负责对六人组提起公诉。

"嘿，塔贝尔，"汤姆有个问题想问塔贝尔，这让他冥思苦想了整整一天，"下一个是什么案子？下一次轮到抓谁？"

塔贝尔回头看了一眼汤姆，显得有些恼火。过去几个月来，他为

---

① SAT，即我们平时俗称的美国高考，由美国大学委员会主办的考试，成绩作为外国学生就读美国大学的重要参考标准之一。——译者

了抓捕六人组，每天工作二十个小时，没想到刚刚结束这样的苦日子，汤姆就过来揪着自己问下一个目标。"拜托，"塔贝尔说道，"这他妈的才刚刚结案。能不能先庆祝庆祝？"

"当然，当然可以，"汤姆抿了一口喝的，冷冷说道，"我只是想知道办完这个案子，下一步该做什么。"

汤姆其实早就有了答案，这种口气明显是在引诱塔贝尔。"现在有个案子，谁也查不出来。"汤姆接着解释，他说的这个谁不仅包括缉毒局、国土安全部，还有全世界几十个国家的情报部门。网络犯罪科的联邦探员们一边喝着手里的香巴尼，一边听汤姆继续唠叨。"我的意思是，"汤姆说道，"下一步我们应该看一看'丝绸之路'。"

第三十三章
罗斯抵达旧金山

　　一直以来旧金山的阿拉莫广场一带都是这座城市最风景秀丽的观光去处。这个地段面积不大，才几个街区，紧靠市中心，既能让人见证旧金山的过去，也能让人预见这座城市的未来。广场四周围着一圈光鲜亮丽的维多利亚式房屋，这些彩绘女士①是在 19 世纪晚期兴建起来的，某种程度上还要感谢多年前淘金热带来的巨大财富。往东走，穿过满是沙砾的市场街，可以看到鳞次栉比的摩天大楼。大厦一栋栋拔地而起，几乎每天都在笑纳新淘金热造就的财富——楼内是一家家资金雄厚的私人公司，其中不少公司市值估价超过 10 亿，也就是人们津津乐道的独角兽公司②。随着前几年泡沫经济破灭，初创企业开始重新回归城市，数十亿美元的资金也正等着涌入。

　　这是 2012 年夏天的一个午后，虽然阳光明媚，却依旧带着些许寒意，阿拉莫广场中央的公园里，一群孩子正在操场上蹦蹦跳跳，欢声笑语不绝于耳。解开狗绳的宠物狗汪汪叫着，在小山包上追来追去。就在这里，在这片祥和的气氛中，初来乍到的罗斯·乌布里特躺在草地上，呼吸着这座城市的新鲜空气。

　　罗斯双脚刚刚踏上旧金山的土地，就一下子爱上了这片湾区。这里的一切看上去都是那么神奇和新鲜。街道不像得克萨斯那般如大草原一般平坦，而是高低起伏，犹如一列永远停不下来的过山车。高速公路两旁的广告牌上既不是"纳斯卡车大赛"，也不是"耶稣欢迎你"，更不是什么"本市最好的肋眼牛排"，这里的广告都是神秘搜索引擎、社交网站，甚至还有新的数字货币。

几个星期前罗斯来到这片神奇天地，这里简直让他大开眼界，精神十足。罗斯随身只带了一小袋换洗衣物和手提电脑，又感受到以往一样的自由——他还是那个居无定所、四海为家的毒枭，掌管着这个世界上发展最快的毒品帝国。

找个地方安顿下来，这个决定其实并不难。罗斯的奥斯汀同乡好友雷内·皮内尔和女友赛莱纳就住在旧金山。他俩在小小的公寓里给罗斯腾出了一个空房间，欢迎远道而来的老朋友。罗斯刚把不多的几件行李摆放妥当，三个好友就开始了新的生活——傍晚时分先出去逛逛，看看街景，回来做顿晚饭，再好好畅谈人生的意义。（不过，有一件事罗斯是绝对不会谈的，那就是"丝绸之路"。他再也不会犯同样的错误了。）三个人一起打扑克，比绕口令，玩猜字游戏（这个罗斯总是赢），然后彼此拥抱，互道晚安。

三个人每天早上吃过早餐，雷内和赛莱纳会不紧不慢地出门上班，新室友罗斯则会跟大家挥手拜拜，然后一个人上街转悠，去附近的咖啡馆里继续监督自己的毒品帝国。

---

① 彩绘女士（Painted Lady），原指旧金山的维多利亚式房屋。这些房屋颜色多为三种以上，显得色彩亮丽，极具吸引力，是旧金山的一大旅游看点。这一说法最早见于伊丽莎白·波玛达（Elizabeth Pomada）和迈克尔·拉尔森（Michael Larsen）1978 年所著《彩绘女士》（*Painted Ladies—San Francisco's Resplendent Victorians*）一书，后亦沿用泛指美国其他城市色彩艳丽的维多利亚式建筑。——译者

② 独角兽公司（unicorn），意指估值达到 10 亿美元以上的初创企业，这一说法最早由美国著名投资人 Aileen Lee 在 2013 年提出，以神话传说中的独角兽为名，寓意这些公司的稀有而高贵。——译者

罗斯找了一个最安全的工作地点，那是拉古纳街上的一家小咖啡馆，名叫托比妈妈，距离雷内在山核桃街的公寓只隔了一个街区，非常方便。托比妈妈有点像法式小餐厅，桌椅不大，摆在户外。里面有Wi-Fi，可以免费上网，还有很多座位，这样罗斯就可以靠墙坐，不用担心有人看到自己的电脑屏幕，看到"丝绸之路"。

　　日子一个星期接一个星期过去，罗斯在旧金山也结识了一些新朋友，这也给他带来了一些压力。虽然，没法跟新认识的朋友聊自己真正在做的事情，但是聊一聊为什么要做，以及做这些的理想与信念总是可以的。不管怎么样，利用新科技去打破一个本来就有问题的体制，在旧金山这个地方并不新奇，反而是一种正常思维。事实上，罗斯遇见的那些程序员和企业家在很多方面都和他有几分相似。

　　这帮人环顾身边的世界，说美国政府不过是用一大捆红丝带①扎成的混球，纯粹就是浪费；他们总在抱怨计程车行业把消费者当作狗屎；酒店收费过高，税负重；医保纯粹就是扯淡，一切都归保险公司而非病人说了算；汽车要烧油，所以永远都在中东打个没完没了；毒品之所以不能合法，理由其实只有一个，就是政府为了把人民更好地捏在手心里。所有这些问题都是上一代人的错误遗留下来的。是爷爷和爸爸那辈把我们现在生活的这个世界搞得一塌糊涂，这个责任他们脱不了干系。只有旧金山的人民——比如说像罗斯这类人——才会用新的科技来解决问题，拯救世界。

　　罗斯，你小子可他妈的算来对地方了！

　　还有一件事让罗斯倍感振奋——这里的初创企业都大张旗鼓地高举罗斯信奉的自由意志主义理念。罗斯做的正是这样一份事业。他只

---

① 红丝带（red tape），美国习语，意指官僚主义的繁文缛节、官样文章，源于用于绑扎政府公文的红带子。——译者

是不做计程车，不做酒店，不做医保，也不做烧油的汽车，他要做的是打败美国政府，打赢这场围绕毒品展开的毫无意义和益处的战争。

那些初创企业的首席执行官们其实跟罗斯并无多少区别，他们都读过安·兰德①写的书，也和罗斯一样会在脸书主页上引用兰德的话："问题不是谁将允许我，而是谁会阻止我。"这些公司老总们不管在私人博客还是公共媒体上，都会说可怕的海盗罗伯茨说过的同样的话："让市场去决定，而不是政府。""让人们去决定谁才是最后的赢家，而不是政客。""我们正在改变世界，让世界变得更加美好！"

最让罗斯兴奋的是这帮新交的朋友成了解决"丝绸之路"上种种困扰的一剂绝佳良药。可令罗斯难过的是，最亲密的知心好友仍然要求自己改弦易辙。鉴酒师琼斯对买卖海洛因并不赞同，这本身就违背了罗斯创建"丝绸之路"背后的整个自由意志主义哲学。不仅如此，琼斯言之凿凿地声称，虽然他的确在帮助罗伯茨从政府的钳制下解放人民，可他们终究还是毒贩。

对此罗斯绝不认同。"只要我们在追求理想的道路上不越线，"罗伯茨在给鉴酒师琼斯的留言中写道，"我们的所作所为就是正确的！"

"哈哈，伙计，我们可是买卖毒品的罪犯啊，"琼斯留言回复道，"还有什么不能越的底线？"

"杀人，盗窃，欺骗，说谎，戕害人民，"琼斯的反问显然激怒了罗伯茨，"这就是底线！我猜你一定会说我们画了一条新线。按照那条线的标准，我们就不是罪犯。"

---

① 安·兰德（Ayn Rand，1905—1982），俄裔美国哲学家，小说家和公共知识分子，客观主义哲学运动的创始人，强调个人主义、理性的利己主义和自由市场经济，代表作包括小说《源泉》（*the Fountainhead*）和《阿特拉斯耸耸肩》（*Atlas Shrugged*）。下面的那句引言堪称兰德最为人熟悉的名言之一，其思想内涵可以追溯至《源泉》一书。不过，有意思的是，兰德本人从未公开承认自己说过这句话。——译者

这番对话不禁让罗斯想起对方的一条建议。琼斯曾经建议罗斯花钱雇一个有本事的律师。"你上头得有人撑着，必须是有头有脸的大人物，专门处理这一行的，"琼斯写道，"我指的是干我们这行的，洲际毒品走私，洗钱，得懂《RICO 法案》[①]和禁毒这一块的法律。"不过，在罗斯看来，自己才不会被人抓住呢。既然不会，为什么还要去请一个有头有脸的大律师？这样做不就等于主动认输了？

接下来两位好友兼合伙人之间还会出现一个最大的变数——琼斯似乎想要更多做主的权力。莫非这就是琼斯这么久以来一直对自己这么友好的真实意图？鉴酒师琼斯当初想出那么好的主意，要他这个"丝绸之路"的创始人改姓更名叫可怕的海盗罗伯茨的时候，莫非想的是有朝一日他也能成为另一位海盗船长，来指挥这艘巨舰？

罗斯和琼斯之间的争论到了一触即发的地步。琼斯写道，"我认为我们得定个明确的规矩……"咱俩之间建立一种正式合作关系……"这样可以避免将来产生冲突"。

罗斯完全没有料到对方会抛出这样的问题。两个人又是一场唇枪舌战。

"我还是把话明说了吧，"琼斯继续写道，"我有两个方案。"方案一："你管一半，我管一半，咱俩一人一半"，方案二："我一个人说了算"。

琼斯到底在胡扯些什么？罗斯从来没有想过放弃网站的控制权。他现在面对的是在这个虚拟世界里唯一能够信任的人，这个人给过自己那么多有用的建议，现在却要跟自己摊牌，下最后通牒。

"这么说吧，你也做不到一个人说了算，不是吗？"罗伯茨回复

---

① 《RICO 法案》，即《反敲诈勒索及腐败组织法案》 （Racketeer Influence And Corrupt Organizations Act）。——译者

道,"你大可跟我对着干,没准还会赢,可是……"

琼斯听出罗斯的话已经相当尖锐,于是选择让争论暂且平息下来。"我不是这个意思。要不先不说这个了。我不会跟你作对的,永远不会。这一点你大可放心。我只是清楚我做了多少贡献,清楚我的贡献有他妈的多大。"

"我知道你的贡献很大。"

"兄弟,我要的是平等,"琼斯继续写道,"二把手我做不来。"

可是,罗斯对于平起平坐没有丝毫兴趣。"丝绸之路"发展到今天,完全是他罗斯一个人的世界,网站该做什么,不该做什么,必须由他来决定。只有罗斯才能够决定谁上谁下。努力干活的自然会得到奖励,前不久罗斯就重奖了几个卖力干活的手下,他给做得出色的几个人每人发了好几百美元的比特币。罗斯要奖励主程序员史沫特莱,也会按自己的规矩来。"你做得的确不错。当然,基本工资还是 900 美元,但我会加一点福利。"还有一次,另一个副手依尼戈家里装修,需要一笔钱救急收尾,可怕的海盗就一次额外给了他 500 块。可是,做这些决定的只能是罗斯这个老板,绝不是琼斯。

如果罗斯抛下左膀右臂,一个人挑起所有的担子单干,又会怎样呢?不,不好意思,这种事绝对不会发生。再说,如果真的发展到那个地步,罗斯又如何在网站上施加权威和控制呢?之前罗斯有过一段烦心日子,要求所有员工按时露面,上线工作,还要填写勘误报告表,这些报表是罗斯要求每个人下班前必须提交的。罗斯甚至迷上了给员工定规矩,讲纪律,告诉他们(当然,做起来还是罗斯那一套胡闹的搞法)如果事情搞砸了,就要挨一顿臭骂。

罗斯对于工作实在太投入,根本不可能放心把事情交给任何人打点。就在这次和琼斯谈话后不久,罗斯一连好几天都没有跟对方联系。他躲进了现实世界,躲到了旧金山。

罗斯从阿拉莫广场旁的草坡上站了起来，拿起棕色的电脑包，掉头朝公寓走去。毫无疑问：旧金山才是他想要待的地方。这座城市才是罗斯把"丝绸之路"打造成这世上有史以来最伟大的初创事业的最佳去处。罗斯沿着萨克拉门托大街往回走，看着沿途那一排排光鲜艳丽的维多利亚式宅子，看着这些彩绘女士，还有鳞次栉比的现代玻璃结构的摩天大楼。此时的他全然没有意识到，自己即将面对的挑战将是这座城市任何一家初创企业从未面对过的。几个月后，他就会发现自己将面对肮脏警察和流氓雇员的挑衅。罗斯·乌布里特即将做出决定，决定是否为了日益壮大的事业动用私刑，买凶杀人。

第三十四章
"坑"里的克里斯

距离联邦调查局捣毁黑客六人组已经过去了好几个月，威士忌酒馆畅饮狂欢的宿醉也慢慢淡去。不过，只要一提到六人组的案子，塔贝尔心里总有一件事放不下来。

此刻塔贝尔正坐在联邦调查局在纽约的办公室里——他坐的那个地方在局里有个外号，叫做"坑"。塔贝尔正在和另两名联邦探员商量事情。其中一位叫尹日焕，另一位是托姆·基尔南，三个人正在合计权衡，联邦调查局网络犯罪调查科到底是参与"丝绸之路"此案，还是追查另外的目标。

他们三个坐的这个"坑"有点像一个下沉式客厅，大小足够放下几张书桌和几把椅子。这块被围起来的小天地有好几十年的历史，据信是联邦调查局纽约总部的最高位。话说多年前，那个时候塔贝尔和那帮呆头呆脑的电脑犯罪侦查员还没资格用这里的桌椅，这个"坑"是调查有组织犯罪特工们的大本营。那个年代，联邦调查局捉拿的罪犯对于高科技避之不及，生怕因为一个付费电话这种无关痛痒的小事就被警察抓住，查出自己躲在哪里。到了今天，"坑"里人追捕的罪犯则将高科技作为武器，隐藏自己。

不过，旧人也好，新兵也罢，都有一个共同点：管他前辈后辈，联邦调查局里的特工个个都是恶作剧高手。有段日子，塔贝尔和同事会把吃剩的熟肉偷偷抹在其他探员的电话听筒上，然后从隔壁办公室拨个电话，等着看对方沾一耳朵的烤牛肉和蛋黄酱。还有一次塔贝尔拿另一名特工的汽车开玩笑。他把车喇叭和刹车连在一起，搞得这名特工回家路上只要一踩刹车，喇叭就会冲着前面的车吼个不停。别忘了，塔贝尔还会随时随地为你带来一大堆"你是更愿意"的问题。

塔贝尔的办公桌上堆满了报纸和私人用品，都是以前案子留下来的。他的三台电脑就摆在满桌狼藉的正中间。其中两台是保密设备，只用于内部工作，另一台不是保密设备，不过别人也无法由此追查到联邦调查局这边。此刻，这台电脑屏幕上显示的正是"丝绸之路"的页面，它正静静地回视着这位联邦特工。

三个人聊着"丝绸之路"，塔贝尔寻思如果真要追查这个网站，一定会竭尽全力避免犯最近六人组案子同样的错误。那是一个事先完全没有料到的大错。

在逮捕六人组成员这件事情上，联邦调查局要想顺利捣毁这个犯罪组织，关键是必须确保在两个重要方面万无一失。第一个方面，即便嫌犯身在不同的州和国家，联邦调查局也必须同一时间将所有嫌犯抓捕归案。确保不会有黑客因为先被捕而有时间向同伙发出警告，否则整个行动将前功尽弃。在这个方面联邦调查局可以说做得天衣无缝。可是，第二个方面虽然同样重要，却被联邦调查局搞砸了——他们必须趁着每一名嫌犯的手提或台式电脑处于开机状态时实行抓捕，这一点同样至关重要。如果黑客的电脑关机或处于加密状态，那么里面的数据将被永远封存，再也调不出来。即便联邦调查局拥有世界上计算能力最快、最先进的电脑，要想破解一台完全加密电脑的密码，也得花上几千年。

联邦调查局要抓捕的头号目标据悉也是六人组里最危险的成员。

此人名叫杰里米·哈蒙德，是一个政治活动分子，也是一个电脑黑客，之前被捕过不下六七次。被捕原因五花八门，有的是因为抗议纳粹分子和共和党人，有的是因为在世界各地侵入私人服务器，还有的是因为向维基解密网站①透露情报。

让我们长话短说，快进到捣毁黑客六人组的当天晚上。当晚的行动计划是这样安排的：塔贝尔奉命前往爱尔兰，负责逮捕六人组里年纪最轻的黑客。此人刚刚十九岁，为人鬼灵精怪。一支联邦调查局行动小组在芝加哥待命，随时准备直扑哈蒙德。高级特工则在纽约监控其他几路逮捕行动的实时画面。考虑到哈蒙德和不少政治团体联系密切，加之有过多次被捕经历，有可能在其藏身之处抓到其他政治活动分子，其中甚至不乏暴力犯罪前科之徒。鉴于此，联邦调查局的一位高级探员在最后一分钟临时拍板，决定派遣一支全副武装的特警队将哈蒙德连同电脑一并缉拿归案。这也是联邦调查局史上首次为了捉拿一个玩手提电脑的家伙动用特警队。

当晚 7 时许，联邦调查局的卡车风驰电掣般驶进了芝加哥的布里奇波特区，十几名特警身穿防弹背心，手持冲锋枪，冲上了一栋砖砌平房门前的台阶，哈蒙德就在屋内。特警队一脚踹开木门，一拥而入。特警向左侧厨房投掷了一枚闪光弹，然后迅速冲进其他房间，口里高喊着："我们是联邦调查局！联邦调查局！联邦调查局！"没有想到的是，特警队虽然只用了短短数秒就冲到房子最里面也就是哈蒙德坐的地方，这个留着一头骇人发辫的黑客却不慌不忙地合上手提电脑的翻盖，静静地坐在桌边。哈蒙德将双手朝天高高举起，身前摆着一台已经上锁的电脑。这个结果无异于一场大规模毒品搜查行动中，嫌

---

① 维基解密（WikiLeaks）是一个大型文档泄露与分析网站，成立于 2006 年 12 月，旨在揭露政府与企业的腐败行为。——译者

犯赶在警察冲进洗手间之前把毒品冲进了马桶。

　　每一名探员都为手提电脑上的差错感到难过，塔贝尔尤其无法接受。他可是一个从不犯错的人。从不。

　　然而，他失手了。

　　值得庆幸的是，哈蒙德事件最终保留了一丝希望。意外也好，一时偷懒也好，不管什么原因，哈蒙德竟然没有为手提电脑设置足够复杂的密码。联邦调查局电脑取证科最终成功打开了电脑。警方采用一种特别的强力技术，对所有能够设想到的密码一一进行尝试，直到找到正确的密码。联邦政府的超级电脑花了整整六个月终于计算出哈蒙德的电脑开机密码是 chewy12345。然而，塔贝尔深知这次纯属幸运。即便不是所有人，但大多数老练的黑客和暗网上的老手都会从中吸取教训，为手提电脑设置更难以破解的开机密码。

　　此刻，塔贝尔正坐在"坑"里和同事讨论究竟该从何入手，调查"丝绸之路"这件案子。塔贝尔向组员们保证，只要能够找到可怕的海盗罗伯茨，就绝不会重犯抓捕哈蒙德时犯过的错误。他一定会想出办法，让这个可怕的海盗被捕时双手正好在键盘上。

第三十五章
未雨绸缪

可怕的海盗罗伯茨和鉴酒师琼斯之间的争吵并未持续太久。两个人都需要对方，对此彼此心知肚明。不过，这次争吵注定成为两人友情的转折点。一切只能由可怕的海盗说了算，这一点无须再议。琼斯也不会像他威胁的那样撒手走人。毕竟他每个月从"丝绸之路"赚得的薪水高达数万，不管喜不喜欢这份工作，钱总归是需要的。当然，罗斯同样需要琼斯。罗斯已经做好准备，迈出事业的下一步。现在他要捐弃前嫌，团结起来，为自己的非法毒品帝国带来一点公司的规矩。

"我想跟你谈件事，以前没有谈过的事。"罗伯茨给鉴酒师琼斯发去了一条信息。

罗斯知道琼斯一定会对这个问题感到意外。虽然，他俩根本就不知道对方长什么模样，可是过去一年来两个人几乎聊遍了从个人生活到专业工作，但凡能够想到的所有事情。两个人有着共同的希望和梦想，担忧和欲望，在几乎所有方面都相互给予建议和忠告。可怕的海盗罗伯茨对鉴酒师琼斯充满信任，甚至把同罗斯·乌布里特有关的私人隐私也告诉了对方，还跟对方说过读大学时曾是物理系学生，以及被得州前女友伤透心的往事。

所以，当可怕的海盗想要谈一点没有谈过的新鲜事时，琼斯真的有点吓了一跳。"我还真想不出咱俩有什么话题没谈过。"

有的，有一个话题没有谈过。这恐怕是所有话题中最重要的一个。"本地安全。"罗伯茨打了这么几个字。

啊，对了。这个还真没聊过。

过去几个月，罗斯一直忙着把生活和网站的安全漏洞一一堵上。虽说，黑客攻击服务器的事偶有发生，可更常见的还是为了掩人耳目，只好从一家咖啡馆换到另一家，从一座城市搬到另一座。在经过不少次化险为夷之后，罗斯心里充分明白必须制订一个计划，对日常生活中的每一个薄弱点严加防范，做到万无一失。

罗斯至今还没有被抓过。他寻思只要在前进的道路上更加谨慎，就永远不会被人抓到。考虑到"丝绸之路"受到的关注如此之大，全世界每个星期都有成百上千的文章提到自己的网站，那些想要抓捕自己的人只会变得越发孤注一掷。"丝绸之路"上出售的商品早已不止毒品和枪支，就连化学合成药物也在其中，例如芬太尼之类的新型合成类海洛因，这种药物的镇痛效果要比传统的吗啡强上百倍，至于爆炸品和其他高危物品更是应有尽有。所以，现在也确实到时间好好加固防御，加强安保。罗斯可不希望出现任何闪失。

罗斯先让鉴酒师琼斯帮着查漏补缺，看看网站是否存有隐患，以免执法部门乘虚而入。接下来，还得把生活中的软肋一一解决，其中就包括他的那台手提电脑。

罗斯的第一要务在于确保那台三星700Z手提电脑的密码设置得足够强大。之前他和琼斯谈到过这件事，他们当时从新闻上看到有人因为向维基解密泄露情报被捕，几天后便谈起了这件事。那条警讯新闻提到被捕嫌犯每次登录电脑用的都是同一个密码，加密软件的密码也一模一样，结果联邦调查局没花多少功夫便轻易破解了密码。

"真是糊弄人。"琼斯在留言里写了一句。

"是够弱的。"罗斯也这么想。

"那小子如果密码设得够好，那帮蠢货就什么也拿不到。"琼斯嘴里的蠢货指的是联邦调查局的探员，这是他跟罗斯一同想出来的绰号。琼斯还说那个被捕的家伙竟然不把安全当回事，简直就是一个白痴。

既然看到别人的前车之鉴，鉴酒师琼斯也给罗伯茨提了个醒：你要给电脑设置好，如果一段时间待机不用就自动关机。还有一点更加重要，要给你的电脑装一个"自杀开关"，只要按一个随机键，手提就会立刻断电。这样那帮蠢货要是敢在公共场合下手，你一按键，电脑就永远锁上了。

可怕的海盗答应会照琼斯的话去做。

现在，罗斯又有一个问题要请教琼斯，他想知道是不是应该把所有文件都保存到云盘，以便将手提电脑上和"丝绸之路"有关的一切痕迹统统抹掉。这样的话，只要这个戴着面具的人被抓的时候没有把双手放在键盘上，警方就没有任何证据来证明他和"丝绸之路"有牵连。"我觉得这样不错，"罗伯茨写道，"至少我会知道手提电脑里没有任何重要的东西能让人抓到把柄。"两个人就这样处理是否稳妥一问一答，聊了老半天（不便之处在于把什么东西都存在云盘里，会让网上工作的速度变得相当慢），鉴酒师琼斯建议可怕的海盗还是将"丝绸之路"的所有相关文件存在手提电脑里，不过必须给文档加密，这样万一落到那帮"蠢货"手里，他们也永远休想进去。

好主意！

"OK，就是要把这个事情讨论清楚，"罗伯茨写道，"太感谢了！"

罗斯还有一个备用方案（对于这个互联网头号通缉犯来说，备用方案永远不会嫌多），他决定将手提电脑分区，把硬盘分成两个完全不同的区。（有点像把蚯蚓一切为二，被切断的两头各自生长，长成两条新的蚯蚓。）罗斯的手提电脑实际上变成了两台机器，每一台有一个完全不同的账户。一半被严格分配给可怕的海盗罗伯茨专用，只用于处理和"丝绸之路"有关的工作。另一半留给罗斯，他可以在这一半天地给亲朋好友自由地发送电子邮件，登录脸书，同婚恋网站上的女孩们调情聊天。

正是在这个时候罗斯定下如此严厉的安全条例，也许是他所有新安保升级计划中最重要的一环。网上任何和罗斯·乌布里特有关的信息（不管是电子邮件还是社交媒体）永远不会被和这台手提电脑另一半的主人"罗伯茨"联系起来。反过来，任何同可怕的海盗罗伯茨有关的信息（比如说在"丝绸之路"上登录现身，和琼斯聊天谈话，给服务器上传新的数据）也永远不会出现在属于罗斯的那一半电脑上。这是罗斯必须要做的，他必须确保这两个身份永远不会留下线索，让人在网上找到彼此关联的蛛丝马迹。

为了以防万一，罗斯还给备用方案准备了一个备用方案，他专门设置了一个陷阱，虽然这种情况很难发生，不过一旦有人真的侵入自己的手提电脑，就会激活陷阱。其中一个陷阱是这样的，如果有人未经授权查看自己的网页浏览记录超过 6 次，电脑就将自动死机。

罗斯安保升级行动的下一步是确保所有手下都是真正自愿为实现毒品合法交易奋斗的人，绝非缉毒局或联邦调查局安插的卧底。罗斯为了达到这个目的，要求所有希望从"丝绸之路"拿薪水的人给他发一张证件照片，证明身份。驾照也好，护照也好，无论什么证件，只要能够证明真实身份就行。罗斯知道这个要求确实勉为其难，不过只要不想下半辈子把牢底坐穿，就得这么干。

所以，罗斯现在每招一个新人，都会先例行公事地问一连串问题，跟对方说明他们别无选择，必须将真实身份向可怕的海盗罗伯茨如实汇报。

"你要看我的身份证吗?"慢性疼痛①是个新人,准备加入"丝绸之路",帮助打理用户论坛。

"是的。"罗伯茨的语气听上去没有丝毫犹豫。

"能不能只说名字?"

"我需要你的身份证,还有现在的住址,"可怕的海盗为了让慢性疼痛放心,又特意加了一句,"你的身份证会被加密保存,我想可能永远都用不着解密。"

"你的意思是,"这位前来应聘的新人看来没有退路,"我只能相信你了。"

"是的。"

罗斯知道大多数人都会同意。对于招募的手下来说,能够成为自己领导的这场运动的一分子,意义要比那一点点风险大得多。所以不出意料,几个钟头后慢性疼痛的身份证照片就发到了罗伯茨的收件箱里。

罗斯之所以要保留这些身份信息,其实还有另外一个原因。他现在赋予雇员的责任比以往要重,有些人甚至能够在网站上直接接触比特币。倘若真的有人要跟可怕的海盗罗伯茨作对,那么他就需要知道这个人到底是什么来头,住在哪里。要知道不服管教可是要付出代价的。

---

① 慢性疼痛(Chronicpain)即下文提到的柯蒂斯·格林在"丝绸之路"上的网名。格林于 2011 年 6 月 19 日在"丝绸之路"上正式注册,之所以起这样一个网名,是因为年轻时当过急救员留下的后遗症,长期经受慢性疼痛的折磨。格林一直以来都对药物怀有极大兴趣。"丝绸之路"的出现在最大程度上满足了他对"安全使用药物和毒品"的兴趣爱好。在得到"罗伯茨"的首肯之后,格林在"丝绸之路"上开设了一个名为"健康与养生论坛"的板块,担任版主,向网上用户介绍各种毒品的不同用法。——译者

罗斯安保检查清单上的最后一项工作是创建数字应急响应包，以备重大灾难时的应急之需。万一警察找上门来，总得有个对策，知道到底该做什么，又该往哪里逃。

罗斯打开电脑里的一个文档，新建了一个文件，文件名叫"紧急情况"。接着又写了一长串发生重大意外时要做的事情。这是一份不折不扣的"末日清单"。

"给手提电脑的重要文档加密，备份至存储卡；销毁硬盘数据，再把硬盘藏起来或丢掉；销毁电话，藏起来或扔掉，"罗斯一条接一条地写着，"在克雷格列表网上先找个住处躲起来，只用现金交易。创建新的身份（名字，背景经历）。"

不过，罗斯同样清楚如果这一天真的来临，他和可怕的海盗真的需要转入地下躲藏起来，仅仅在克雷格列表网上找一个藏身之处，改名换姓，并不足以保证自己永远安然无恙。他还得找一个安全的地方逃之夭夭。没准得流亡海外，去一个张开双臂欢迎海盗的国家，那个地方不单会接纳罗斯·乌布里特和可怕的海盗罗伯茨，还会笑纳他们俩带来的数百万美元财富，让美国政府永远抓不到他们。

第三十六章
贾里德陷入死路

太令人失望了！贾里德暗自想到。

这里是伊利诺伊州林肯郡，贾里德一边紧紧捏着儿子泰勒斯的手，一边在巴诺书店[①]的一排排书架间走来走去，走完一排，调过头来从另一排书架走回去。泰勒斯今年三岁半，每走几英尺就会抬起头来看看爸爸。贾里德全然不知，只顾在书架上专心致志地找着什么。

"您好，"那个坐在问讯台上的活泼姑娘终于忍不住开口了，"需要我帮您找什么吗？"

"嗯，"贾里德答道，"我在找一些和米塞斯研究所[②]有关的书。"贾里德一边说一边四下张望，确保没有人听到自己的问话。他最不愿意看到的就是万一碰到哪个人，就这个话题开始一场争论。

"梅塞思研究所？"问讯台的姑娘大声问道，低头看了看眼前的电脑。

"不，不，是米塞斯，M-I-S-E-S，"贾里德低声说道，"是一个自由意志主义的智库，集中了奥地利经济学派还有……"贾里德说着说着声音突然小了下去，他意识到眼前这个姑娘根本就听不懂自己在说什么。毕竟，他也不懂这些玩意。

不过，管他呢。既然调查陷入停滞，贾里德就需要这些书做准备，以便展开下一阶段的调查。

从今年年初开始，贾里德扣押了将近 2 000 件经海关走私入境的毒品，靠的全是事先预判。贾里德估算毒品装在什么样的包裹里，这样就能尽可能地干扰"丝绸之路"的运作。贾里德同时逮捕了好几名"丝绸之路"上的毒贩，其中一位专门从荷兰往美国卖摇头丸和其他毒品，算是"丝绸之路"上生意做得最旺的。贾里德顺藤摸瓜，接连拿到了好几个其他毒贩的账号，对于毒网内部的运作机制也有了更好的了解。

成绩固然可喜，但距离揪出创建毒网的主犯还有长长的路要走。贾里德发现自己不过是围着网上多得数不清的死路原地绕圈，于是决定换一种方法，试着进入可怕的海盗罗伯茨的思想中一探究竟。正因为这样，他才会站在巴诺书店里，一脸不自然地询问米塞斯研究所。

过去几个星期，贾里德总会坐在办公桌前，一边摆弄手里的魔方，一边浏览"丝绸之路"创始人在网上发布的所有帖子，希望从中找出发帖人措辞间的相似之处。随着"丝绸之路"日渐壮大，罗伯茨的口气也变得愈加嚣张猖狂。这位毒网创始人一开始的初衷只是想让毒品交易合法，现在却抨击美国政府如何糟糕，如何滥用权力，诸如此类的文章越来越多。罗伯茨曾在一篇帖子中得意洋洋地吹嘘道："纵使美国政府心狠手辣，也休想动他（'丝绸之路'）分毫。"

贾里德根据对方留下的文字，推想可怕的海盗罗伯茨到底是一个

---

① 巴诺书店（the Barnes & Noble），美国最大的实体书店，全球第二大网上书店，仅次于排名第一的亚马逊。书店以联合创始人查尔斯·巴恩斯（Charles Barnes）和克利福德·诺贝尔（Clifford Noble）的名字共同命名，于 1917 年在纽约正式开业。——译者

② 米塞斯研究所（the Mises Institute），全称路德维希·冯·米塞斯研究所，是一所位于美国亚拉巴马州欧本市的自由意志主义研究所，1982 年成立，旨在纪念奥地利经济学派代表人物路德维希·冯·米塞斯，发扬该学派经济与政治理念。该研究所为私人研究所。——译者

怎样的人物。此人极有可能教育程度很高，年纪较轻，谈不上有钱，但也绝对不穷，虽一心企图破坏美国的法律制度，可目的同样是为了赚钱。罗伯茨甚至在帖子中公开承认过这一点："钱对于我来说是一种激励……如果我觉得是自己凭本事挣来的，我也会喜欢世界一流的奢侈享受……比起认识的大多数人而言，我现在的生活还是非常节俭的。"不过，根据贾里德的判断，罗伯茨同样相信自己的作为会让这个世界变得更加美好。"这些话说起来也许有点俗套，"可怕的海盗有一次在网上写道，"可是，我希望有一天当我回顾一生，知道自己做过一些有价值的事情，知道自己帮助过别人。"[①]

贾里德希望找出一些别人看不到的线索，对罗伯茨的说话模式做了一番分析。比如，可怕的海盗经常使用英雄这个词，这说明此人很可能年纪较轻。罗伯茨在帖子中同样会使用表示笑脸的表情符号，却从来不用短横线代表鼻子，总是写成:)，而不是老式的:-)。罗伯茨还有一个特点让贾里德印象深刻：可怕的海盗在网站论坛上一般不会写 yes 或者 yeah，而总是打成 yea。

罗伯茨总在给追随者们推荐书，全都是米塞斯研究所的书。贾里德希望摸清可怕的海盗的思想，所以也想跟着读一读。可是，这些书实在晦涩难懂，贾里德根本读不懂。在他看来，写书人的这些论调不过是为他们在这个世上所做的自圆其说，丝毫不想因为自己的行为影响了别人而承担责任。

所以，即使读了这么多书，做了这么多调查，贾里德也无法拉近与罗伯茨之间的距离。

更加糟糕的是，贾里德还从巴尔的摩国土安全部的同事那里得知

---

① 　上述两段引文均由可怕的海盗罗伯茨于 2012 年 9 月 23 日发表在"丝绸之路"论坛上。下文提到的笑脸符号:）也出现在了当天帖子的最后。——译者

了一个坏消息：一个名叫卡尔·福斯的缉毒警已经成功接近可怕的海盗罗伯茨，还利用化名和罗伯茨搭上了线。

贾里德听到这个消息，虽然并不情愿，可还是要求国土安全部的同事替他查看卡尔的部分对话记录，能否从罗伯茨的话中找出什么规律来。

当含有部分对话内容的电子邮件出现在眼前时，贾里德简直被这位缉毒警写给罗伯茨的话吓了一跳。卡尔·福斯提供的情报看起来超出了合理范围，要知道对方可是他抓捕的罪犯啊。卡尔跟对方解释毒品走私路线如何运作，以及如何买卖大宗海洛因。想把罪犯引出来，讨好卖乖是一码事，可卡尔这么做感觉有些过了头。

贾里德坐在芝加哥的办公桌旁，盯着地板上那些装邮件的桶子，桌上摆着的米塞斯的书，墙上贴着的各种各样的毒品照片，感觉从未如此灰心丧气过——他走进了一条死路，怎么也转不出来。贾里德需要一个突破口。管他什么，有就好，只要能够走在正确的路上，哪怕一点影子也好。

第三十七章
多米尼克的海盗

"欢迎您搭乘本次航班。"机舱内的广播沙沙响起,飞机正沿着旧金山国际机场的停机坪缓慢滑行。"遇到紧急情况,您可以在座椅下方找到救生衣。"啊,是哦,千万不要忘记"万一遇到紧急情况"的警示。这样的提醒用来讽喻如今的罗斯最好不过。这个男人此时正坐在飞机里,惴惴不安地想着两个小时前发生的事情,以及接下来的两个星期又该如何度过。

罗斯本以为这天早上一切平安无事,这样就能挨到临行前最后一分钟再收拾行李。谁知,罗伯茨早上一觉醒来,发现"丝绸之路"正遭受黑客攻击,服务器陷入暂停状态。罗斯为了抵挡攻击,只好赶紧向身为副手的程序员史沫特莱求助。结果两个人手忙脚乱地折腾了一个上午。

"我想我们得装一个网站应用防护系统,这样就可以看到 modsec①的监控结果了,"史沫特莱一边忙着摸清到底发生了什么,一边给老板打字,"凡是带有. txt 扩展名的都会写入/etc/modsecurity/。"

"让我想想。"罗伯茨回复道。起飞的时间越来越近,罗斯有些慌了手脚。

"先禁用所有程序。"

"OK，我们需要 MySql②，对吗？"

整整一个上午，几个小时就这样忙活过去。罗斯没办法，他必须动身去赶飞机，只能留下史沫特莱孤军奋战，抵挡黑客的攻击。

不过，这些事跟现在的罗斯毫无关系——都是罗伯茨的事——可怜的罗伯茨在转机前至少有六个小时没法上"丝绸之路"。他只能寄望史沫特莱和底下的那帮雇员有能力控制局面，毕竟每个星期他都要给这些手下支付 900 到 1 500 美元不等的薪水。还是好好睡上一觉吧。这是他现在唯一能做的。要不然等飞机着陆还得补觉。飞机上升到 35 000 英尺的高空，罗斯靠在座椅上，闭上了眼睛。

其实罗斯本可轻松买一架里尔喷气机③（两架也行，只要他愿意），定制属于自己的私人航班。可是，他却选择放低身段，坐商务舱出行。这样，出这一趟远门就得花差不多两天的时间，从旧金山长途飞行 4 000 多英里。罗斯先要在亚特兰大和佐治亚中途停留，然后在波多黎各的圣胡安转机，第二天还得拖着沉重的身子和昏沉沉的脑袋，坐上一架小型螺旋桨飞机，飞越几十座热带岛屿，才能到达加勒比海中巴掌大小的一块地方——多米尼克。

罗斯此行可不是来度假的。这里是他的"活板门"，他的出路。自从几个月前开始重新制订安全计划，罗斯就一直在研究逃生计划中的最后一环——一个"万一遇到紧急情况"的计划表。罗斯花了好几个月潜心钻研，也听取了鉴酒师琼斯的建议，看来多米尼克才是最佳

① Mod-sec 即 modsecurity 的简称，是一个开源的网站应用防护系统，特点是完整的 http 流量记录，可提供实时监控和攻击检测。——译者
② MySql 是一个关系型数据库管理系统，为全球最大的企业级软件公司甲骨文（Oracle）旗下产品。——译者
③ 里尔喷气机（Learjet），美国盖茨·里尔公司研发的小型双发喷气公务机，可乘坐 6 到 8 人，以其"高空高速"的优越性能赢得无数富豪精英的追捧青睐，一度曾是世界上最享有盛誉的公务飞机。——译者

选择——只需投资 75 000 美元，就能够拿到多米尼克的公民身份——罗斯可以在这里把可怕的海盗罗伯茨隐藏起来，那帮蠢货休想找到。这里同样是罗斯藏钱的理想去处。他可以把几百万美元全都藏在这里，不用交税，也不用理会山姆大叔质问这笔钱的来路。

去多米尼克的一路上是一场令人筋疲力尽的折腾。罗斯只要一下飞机，就会在机场找个僻静角落，打开手提电脑，让罗伯茨上线，在"丝绸之路"上和那帮黑客好好较量一番，接着手忙脚乱地去赶下一班飞机。如此操作罗斯重复了一遍又一遍，直到最终落地，抵达那个热带小国。

罗斯走下飞机，看着眼前这座小机场。机场的屋顶是蓝色的，周围全是椰子树，像触角一样直直伸向天空。机场的计程车花了差不多一个小时才把罗斯送到杨堡酒店。酒店位于维多利亚大街，罗斯就住在那里。

罗斯抵达酒店，办完登记入住手续，立刻登录上网，悬着的心立刻放了下来。史沫特莱成功打退了针对"丝绸之路"的这波攻击。一切又恢复正常——至少暂时恢复了正常。

罗斯合上电脑，蜷着身子躺在床上，躲在软软的白色被子底下昏昏睡去，一睡就是十四个小时。

一觉醒来，窗外一派充满加勒比海风情的声音。海鸥、鹈鹕，还有色彩艳丽的鹦鹉，各种鸟儿啾啾鸣唱，海水从酒店底部流过，拍打着楼下的礁石，发出阵阵涛声。罗斯走到阳台上极目远眺。右边的邮轮码头此时空无一人。左边望去可以看到香槟海滩，还有米歇尔角的最高点。这难道不是天堂才有的完美早晨吗？可是，等到罗伯茨上了网，才发现再次陷入地狱中。原来就在罗斯酣睡不醒的时候，黑客卷土重来，发起了报复反攻。这一回"丝绸之路"完全瘫痪。一个化名 JE 的黑客还给罗伯茨发来电子邮件，索要价值 1 万美元的比特币作为赎金，否则绝不收手。罗伯茨只好给顾问鉴酒师琼斯发去信息，问对方该怎么办。"给他钱。"琼斯回了三个字。

也是，区区1万美元对于今时今日的罗伯茨来说根本不算什么。"丝绸之路"平均一天的销售额可达2 500万美元，一小时攻击给罗伯茨带来的损失，比起黑客提出的微不足道的赎金来说实在太大（1万赎金很快变成了2.5万美元）。罗斯虽然心有不甘，还是把钱打了过去。

"该忍的就得忍。"罗伯茨把比特币转给攻击者之后给琼斯发了这么一句话。不过，网站又一次恢复了活力——所谓又一次，也就是这一会儿而已。趁着敌人尚未卷土重来，罗斯还要做好多事情，才能堵上这艘大船的漏洞。琼斯说他会和史沫特莱一起恢复网站正常，做好准备防御下一波攻击。"抽空做个冥想，"鉴酒师琼斯给罗伯茨写道，"集中精力，对付垃圾。"

罗斯庆幸他和琼斯的关系又恢复到之前的最好状态，两个人又开始说起了俏皮话，互相关心着对方。尤其是晚上下线时。"爱你哦，:)。"可怕的海盗会给琼斯发信息。琼斯的回复是："哥们，我也爱你，你懂的，哈。"有时候两个人结束一天工作，还会你发一句"来，抱一个"，我回一句"抱你个屁"。

所以，每次鉴酒师琼斯要可怕的海盗去休息，冥想一番，罗斯都会乖乖照做。关上电脑，去酒店里头溜达一圈，找一个按摩浴池。度假村的酒店就坐落在岛的边上，没想到竟有三百年的历史。酒店顶层是一个无边泳池，一旁紧挨着一个热水浴缸，里面热气腾腾。罗斯的身子慢慢滑进冒着泡泡的水里，肩上两个世界的压力让身体感觉轻了起来。他瞟了一眼风景如画的加勒比海，做了一个深呼吸，脑子里慢慢安静下来。

其实，不管是黑客攻击，还是勒索要钱，这些乱七八糟的事都不会困扰罗斯太久。从很多方面来讲，罗斯已经开始享受这一切了。

"能够碰上这些问题，我们真是幸运，"罗斯曾给琼斯写过这样的话，"我总盼着能够遇上一些大的挑战，要不然永远都不知道自己到底行不行。"所以，类似这样的问题，罗斯解释道，会让他觉得自己是一个了不起的人物，憧憬着万一有一天自己不在了，还能留下一些丰功伟绩，供后人凭吊。

"打赢这场毒品战并不是什么难事。"琼斯写道。

"我想结局其实多多少少早已注定。"罗斯回复道。

可怕的海盗并非第一个造访多米尼克的海盗。几百年来这里可是真正的海盗的老巢。在这里生活的海盗会把抢来的宝贝藏进遍布列岛的岩洞里。时至今日，像罗伯茨这样的海盗也会把银行户头里的数字财富藏在岛上，丝毫不用担心美国政府能够找到，把宝贝抢走。

"当务之急是弄一个多米尼克的新身份。"罗斯之前跟鉴酒师琼斯透露过自己的计划。琼斯给出的建议是："你的计划里至少得保证有两个备用地点藏身。"所以，罗斯虽然身在多米尼克，心里却在盘算着其他国家。意大利、蒙特卡洛、安道尔、哥斯达黎加，就连泰国也想到了。倘若继续逃亡的话，这些国家都可以作为备选项。

不过，玩人间蒸发终归是要付出代价的。罗斯担心会影响到身边最亲近的人，担心这辈子再也见不到这些亲朋好友，不知道这样的结局自己能否接受。"我是在美国长大的，"罗斯在跟琼斯谈起打算离开美国的时候说了这么一番话，"家里人也都在美国。"更重要的一点是，罗斯承认他也想有一天组建家庭。"其实，最难的是我不能跟任何人说这件事，"罗斯写道，"这事只能烂在我一个人的脑子里。"

对此琼斯比任何人都更有同感。他尽可能给好友提出忠告，口气也尽量坚决一点。"我现在给你的建议只能这样，这几年最好不要想感情的事，"琼斯写道，"万一女朋友没谈好，这辈子可能就栽进去了。"

"我说这些不是跟你抱怨什么。"可怕的海盗在回复中指出他也知道这可是"一个他妈的大问题需要解决"。

在接下来的两个星期里罗斯按部就班地朝着目标迈进。要想拿到多米尼克联邦身份,可不像跑到某人门口丢下一袋百元大钞,或是一个装着比特币的 U 盘那么简单。罗斯首先得找到一些得州的多年老友,要他们帮忙写推荐信,告诉朋友们自己正在申请入籍多米尼克,因为那里有一些赚钱的机会,对于非美籍公民来说比较有利。接下来还得填写政府文件,递交材料,做背景审核,接受体检。官方流程虽然麻烦,但不做不行。只要有一天必须按照应急计划来做,不管是为了罗伯茨还是他自己的未来,罗斯都得照办。

空余时间,罗斯在多米尼克也交了一些朋友。其中一位是岛上的一个当地女人,名叫露易丝,三十五六岁,练了一身发达的肌肉。这个女人经常带罗斯去海湾和贫民区转悠,每次都灌他一种酒和可乐的混合饮料,是多米尼克的特色饮品。罗斯在海滩上待的时间不少,会和柯玛在沙滩上踢足球。柯玛也是当地人。太阳快要下山的时候,罗斯就跑到潟湖河去游泳。等到夜幕降临,又到紫龟滩找一个凉亭,吃吃烧烤、芭蕉和米饭,狂欢作乐,直到夜深人静,听着远方海滩传来浪涛拍岸的声音。这样的日子真是人间天堂。

每当新认识的朋友问罗斯在美国是做什么的,他都会随便应付几句:"我是来这里出差的。"不幸的是,这个回答对罗斯来说也不算扯得太远。

旅行期间罗斯为了处理网上的烦心事,花费的时间远比想象的要多。他必须时刻守着处理没完没了的客户支持问题,时不时会有人抱怨毒品寄送不够及时,投诉网站速度太慢,或是举报在评论区遭到骚扰。他要把更多的黑客挡在墙外——那帮家伙一旦得逞,索要的赎金只会越来越多——要躲避联邦调查局的视线，还要给手下的人加油打气。"切，做这个可真累！"话虽如此，罗斯银行账户里的钱早就快要溢出来了。有时候碰到过不去的坎，罗斯干脆什么也不做，盯着写满数字的财务报表发呆，那些数字也回看着他，这才是给自己打气鼓劲的最好方式。

让罗伯茨感到开心的是，虽然这段日子尤其辛苦，但还是有所盼头——"丝绸之路电影之夜"即将上演！

灵感还要追溯到罗斯在宾州大学参加社团的时候，这是他排解寂寞的一种疗法。他在"丝绸之路"上不仅启动了电影之夜，还成立了可怕的海盗罗伯茨读书会①。

至于今晚将要放映的影片，罗伯茨早就给网站上的每个人发去了观影指南："周五，16号，东部时间晚上8点"，请大家同时点击电影V（V字母代表影片《V字仇杀队》）上面的"播放"按钮，就会出现链接，可以直接下载电影。罗伯茨告诉船员们，这部电影讲述了人们身处警察国家的统治之下，一个代号V的蒙面斗士挺身而出，英勇反抗政府的故事。

结果可想而知，那天晚上东部时间8点，不管身在美国、泰国，还是澳大利亚，所有人都会点击屏幕上的"播放"按钮，观看这部《V字仇杀队》。远在小小岛国多米尼克的罗斯也坐在酒店房间里欣赏影片，他为影片传递的信息感到无比激动。其中的好些台词似乎就是为罗伯茨量身定做的。"人民不应该害怕政府，"V在电影中说道，"政府才应该害怕人民！"

接下来的一个星期，罗伯茨一边在网上处理事务，一边为影片传

---

① 可怕的海盗罗伯茨读书会（DPR's Book Club）于2012年8月14日正式开张。——译者

达的主旨感到振奋。不过，罗斯和影片里的那位蒙面斗士 V 可不一样，他有另外的目标：赚钱，赚大钱！

如果说"丝绸之路"之前的估值还只相当于硅谷一家新成立的初创公司，那么时至今日，市值早已高达 10 亿甚至更多，轻轻松松跻身独角兽企业之列，受人追捧膜拜。风险投资者兴许早就垂涎三尺，迫不及待想要会一会这位网站首席执行官，为他的公司注资成百上千万。虽然，大部分初创企业在刚成立的头几年往往会陷入赤字危机，"丝绸之路"却如雨后春笋般蓬勃发展，其市值早已富可敌国，甚至超过了罗斯现在到访的这个小小联邦。可惜的是，"丝绸之路"直到现在仍然不是一家企业，仍然只是一个非法实体。这里没有什么首席执行官，领导者只是一个"海盗"。此刻这个"海盗"正在杨堡酒店收拾行李，准备离开这个岛国天堂。

罗斯在岛上待了约有两周，入籍申请正在走流程。对罗斯来说，是时候回家了。

返回美国的航程花了将近两天，经过 4 000 英里的长途飞行，罗斯终于抵达旧金山国际机场。

单从表面上看，此次海外之行似乎无人知晓。可怕的海盗罗伯茨就这样神不知鬼不觉地溜出美国，又溜了回来。不过，罗斯并没有这样的运气。

就在美国海关官员将罗斯的护照放进数码扫描仪的一刹那，一件罗斯·威廉·乌布里特压根就不知道的事情发生了——他的名字连同他刚刚去过的那个国家，所有信息都被转化成 100 万个 1 和 0。这些数字信息从海关官员的电脑里飞越整个美国，在千分之一秒内通过让人登录"丝绸之路"肆意购买毒品的网线，存入美国国土安全部的数据库中。

第三十八章
卡尔喜欢罗伯茨

单就纸面实力，马可·波罗行动小组可以说群星荟萃，人才济济。不仅有来自巴尔的摩本地缉毒局的卡尔·福斯，还包括联邦政府在巴尔的摩各部门的一干人手，其中邮政部门专门协助扣押查封，特工部门负责追查钱款去向。（至于卡尔，他负责的当然是缉毒这一块。）行动小组已成立好几个月，早就放出话来，扬言要做全美最早破获"丝绸之路"毒品大案的团队。

然而几乎从一开始马可·波罗行动小组就陷入纠缠不清的扯皮中。

首先浮出水面的是派系之争，各路为了各自的势力范围，争得面红耳赤，不可开交。只要破获了"丝绸之路"大案，你就将成为英雄，留下一世英名。这样一桩案子足以改变你的整个职业生涯。于是，行动组里有些家伙在那些更有经验的探员背后捅刀子，一心想把这个炙手可热的新案子的主导权捏在自己手里。还别说，这帮人不少方面还真做到了。

制造混乱的头号刺头非卡尔·福斯莫属。这家伙不仅不会听命于人，就连顶头上司的话也当做耳边风。每当行动小组的其他人下达命令，卡尔多半充耳不闻。

卡尔如此不服管教，不是职业生涯中的头一回了。当年他还是一名卧底，在现实世界的最后一次行动中——距离他在"丝绸之路"上扮演男一号毒贩挪伯过去了好多年——肆意胡来，结果他很快发现不单惹恼了缉毒局，还把老婆一并得罪了。

话说当年，卡尔的工作是扮演一名打入贩毒团伙的卧底。随着越来越深入这个秘密世界，卡尔也希望得到毒贩越来越多的信任，好来个一网打尽。可是，卡尔对于卧底这件事实在太投入。他一方面掌控想要抓捕的人，另一方面却忽略了警察与朋友间的界线。他会在夜总会里和本应监视的那帮人一同喝得酩酊大醉，看着妓女朝着自己和新朋友走来，没有选择躲开并把注意力集中于监视对象，而是张开双臂醉醺醺地把女人搂入怀中。就这样，一个是乔装化身的毒品贩子，另一个是周末去教堂祷告的缉毒警好爸爸，两者间的界线没过多久就已模糊得荡然无存。卡尔只好放弃继续卧底，转而停职休起了长假，最终沦落到在巴尔的摩的办公室里一脸木讷地做文案工作。

这么多年过去，当卡尔下定决心成为挪伯的时候，他满以为这是一份与以往不同的卧底工作，以为既然坐在电脑前，就不会再受地下世界的诱惑。可是，就跟以前和毒贩厮混的日子一样，卡尔发现自己在可怕的海盗罗伯茨的世界里越陷越深。他会在缉毒局忙完一天文案后径直回家，回到巴尔的摩那栋殖民地风格老宅的空房间里，打开电脑，和将要抓捕的那个男人聊天谈心。

卡尔敲键盘的房间没啥可看的，里面放了一张单人床和一个书柜，还是卡尔爷爷留下来的。卡尔每次进入房间，都会坐在一把老旧的棕白相间的躺椅上，两腿伸长，搁在凳子上。卡尔在网上的化身挪伯和罗伯茨几乎无话不谈。卡尔家里养了一只猫，名叫巴勃罗，一天到晚神经兮兮，不喜欢让人摸。每当这个时候，巴勃罗就会躺在床上看卡尔聊天。

两个人有时候会谈一谈家庭，卡尔会为可怕的海盗和他的亲人祈祷。其他时候也会聊一聊如何保健。

　　"说说你平时都吃些什么。"卡尔问道。

　　"我基本上不怎么吃碳水化合物，"罗伯茨答道，"不吃面包，不吃意粉，不吃麦片，也不喝苏打水。但我会吃很多鸡蛋，连壳一起煮熟了吃。"

　　卡尔之所以能和罗伯茨保持联系这么长时间，一个原因是在他眼中，罗伯茨分明是一个有血有肉的人，是人就会感到孤独。这位"丝绸之路"领导者既然躲在面具后那么久，肯定会受到负面影响。罗伯茨肯定会从网上能够接触的人中寻求慰藉。卡尔敏锐地把握住这一点，对这位毒网领袖旁敲侧击，循循善诱，让对手透露更多信息，甚至怂恿他和挪伯交个朋友。这里操控一下，那里耍点手腕，假以时日，可怕的海盗罗伯茨就会服服帖帖，对自己言听计从。

　　不过，这样做会有一个始料未及的后果。并非是卡尔与罗伯茨靠得太近，而是因为他和罗伯茨背后的那个人交流得太过紧密。两个人常常一聊好几个小时，从人际关系聊到音乐，再到毒品买卖的未来，没完没了。

　　对于卡尔而言，他在这场缉毒战争中苦苦奋战了十多年，总感觉一事无成。就算抓了一个毒贩，也只能眼睁睁地看着另一个毒贩顶上来，这样的现实对于卡尔的初心来说不啻于一种打击。可怕的海盗罗伯茨关于禁毒战争的言论和观点在今天的卡尔看来，似乎也有了一些道理。暴力事件层出不穷，政府资源大肆浪费，还有成千上万人关在牢里，终其一生无法出来，所有问题的答案也许真就在于让毒品交易合法。在这场战争中，卡尔也许真的站错了队伍。

　　也许，也许，也许是真的。

　　卡尔就这样带着一连串也许一路走到了今天，走着走着竟然对罗伯茨产生了某种好感。就连每次跟罗伯茨打招呼的话也越来越亲切。"你好，朋友，"卡尔会这样开始聊天，"一切还好吗?"有时还不忘叮嘱几句"注意安全"。每天晚上聊天的时候，都会跟罗伯茨道一声"睡个好觉"。有时还会说几句恭维话。"你可是这个世界上最有趣的家伙，继续干吧，朋友!"有一回卡尔甚至开起了玩笑:"我爱你。"罗伯茨回道:"你这么说，我脸都红了。:)"就在这次交流之后不久，卡尔把给罗伯茨邮件后头的署名改成了"爱你的挪伯"。

诚然，一部分是为了隐藏身份，做好卧底，但也有一部分不是。

随着两人关系日渐升温，加上为了把这个臭名昭著的毒品军火走私网的头子引出来，卡尔开始反其道而行之，告诉罗伯茨该怎样做才能隐藏得更深。"两条路，你选一条，"他给可怕的海盗写信道，"要么去其他国家，那里不受美国法律管辖，要么面对现实，做好准备，总有一天会被抓。"

卡尔并非总是搞不清缉毒警和卧底毒贩的身份界限。有很多时候他也照章办事，有一回还帮了巴尔的摩国土安全部的麦克·麦克法兰一把。麦克法兰和卡尔负责同一个案子。卡尔帮他先从下线毒贩那里购买毒品，再把毒贩抓起来。一个夏天，他俩抓了好几个，并且利用查封的账户把其他毒贩逼了出来。有一次他俩在巴尔的摩逮捕了一名毒贩，后者就是在"丝绸之路"上卖冰毒的。还有一次，他俩在内布拉斯加州的林肯突击搜查了一个家伙。这人不单卖芬纳西泮、毒品纸片（和LSD致幻剂有些类似），包括阿普唑仑和安定在内的处方药，还为了额外利润走私枪械。

不过，即使身为一名警察，卡尔在执法时也会时不时露出流氓本性。有一次他和另外一名警察分在同一个组，此人名叫肖恩·布里奇斯，来自特工处，加入马可·波罗行动小组是为了协助调查赃款来源。两人盘算在国家安全局里找人帮忙，看看能不能弄点线索。布里奇斯长得有点吓人，两只眼睛细咪咪的，留着一缕黑色山羊胡，理个寸头，两只招风耳往外扇，显得特别大，总感觉像在告诫其他人"要小心提防"。不过，这一点卡尔倒没有看出来。

国家安全局在业内有一个绰号，叫查无此局①。据说这个星球上没有国家安全局破解不了的电脑。卡尔寻思着国家安全局没准能帮着把洋葱路由器破解了，揪出可怕的海盗罗伯茨。虽然，马可·波罗行动小组的其他人都知道国家安全局从来不碰和毒品有关的案子，卡尔和肖恩还是决心试一把，看能不能把国家安全局拉进来。于是有一天两个人趁着其他探员都不知情，和肖恩在国家安全局的一个联系人秘密碰了头。由于双方都不想留下白纸黑字的记录，所以一切都是口头约定。

会面的国家安全局分析专家虽然对两人提出的要求表示理解，也知道对可怕的海盗罗伯茨的搜索工作目前陷入停滞，可还是表达得很清楚：国安局的工作只有一个，对能够对美国国家安全造成危害的对象展开跟踪调查。"不好意思，这个我们确实帮不上忙，"分析专家有些抱歉，"嗯，对了，今天的事情就当没有发生过。"

不过，卡尔和肖恩没打算就这么轻易放弃。肖恩给卡尔出了一个主意："要不我们试着在那个网站上买一点炸药！"肖恩觉得这样一来就可以证明"丝绸之路"和其他暗网足以对美国国家安全构成威胁。

"算我一个！"卡尔一听就来了劲。他还把这件事告诉了上司尼克。尼克警告他不要玩得太出格，"炸弹"可不是缉毒局的分内事，就跟毒品不归国家安全局管是一个道理。

不过，这件事只有卡尔说了算，至少他心里是这么想的，没有任

---

① 查无此局（No Such Agency），美国国家安全局（the National Security Agency）的业内戏称，原因一来在于二者首字母缩写同为NSA，二来在于该部门的特殊秘密身份。——译者

何人有资格指指点点，教他该做什么。于是卡尔和肖恩想办法看能不能在网上买几根雷管，让发货的寄到一个秘密的政府邮政信箱。这样就能让那位国安局分析专家知道，"丝绸之路"也可以被人利用发动对美国本土的攻击。不过，两个人后来很快意识到随随便便叫人用邮递的形式寄送雷管，可能会把邮政系统的人吓得不轻。所以，计划临到最后一分钟被搁置了。

既然曲线救国不管用，卡尔又重回原来的目标，继续和罗伯茨做朋友，这样，他也可以跟这位毒网领导者想说什么就说什么。

所以，丝毫不用奇怪，但凡看过挪伯和可怕的海盗之间聊天记录的，几乎都想知道这两个人为什么会聊得这么细。

卡尔在缉毒局的主管上司尼克不止一次看过他们的聊天记录，每次都看得脸色铁青，每次都会把这名下属叫到办公室，砰的一声关上门，然后在嘈杂的重金属音乐掩盖下，劈头盖脸地一顿痛骂。（卡尔发现惹上司生气也是一种乐子，他反正坐在那里，一副无所谓的样子。）

"我这么做，还不是为了接近他。"卡尔跟尼克解释的时候听不出一丝歉意。不过，这句话只说对了一半："我必须取得罗伯茨的信任。"

卡尔的方法到底管不管用，很难下定论。但肯定的一点是卡尔想要抢在其他探员之前拿下"丝绸之路"，况且现在政府里明显还有不少人想要抢头功，其中就包括芝加哥的贾里德·德耶吉安（关于此人，卡尔早已有所耳闻）。虽说，卡尔跟罗伯茨的沟通有些不按套路出牌，但如果这样做意味着马可·波罗行动小组会赢，那么只要盯紧了不出岔子，也不失为一条妙计。

这就解释了为什么卡尔在行动小组里能够自作主张买毒品，不需要跟任何人打招呼，只需要向罗伯茨开口的原因。而且，这么做会不会出差错，也没有人提出疑问。

卡尔的计划是让自己的网上化身挪伯向买家销售大批可卡因或海洛因。按照卡尔的推断，可怕的海盗罗伯茨应该会愿意出手，帮他促成这笔交易。

"10公斤的货你卖多少钱?"一天下午，罗伯茨终于发话了。

"海洛因吗?"

"嗯，当然是海洛因。"

接话的自然是挪伯。挪伯解释说手头只有"墨西哥的棕海洛因"。头一次买卖，10公斤的货按每公斤57 000美元单价，全部买下来要50多万。如果买卖顺利，以后可以降到每公斤55 000美元。不过，挪伯又跟罗伯茨加了一句，如果是可卡因，论公斤卖价钱可以便宜些。

"好的。"罗伯茨告诉对方会帮忙找一找，看看有没有论公斤买货的可卡因买家。

就这样，随着可怕的海盗开始参与协调买卖，交易另一头的那个人也渐渐弄不清自己到底是什么身份。是那个去教堂祷告，一心想把可怕的海盗罗伯茨这个最臭名昭著的毒贩捉拿归案，为职业生涯赢得荣誉的缉毒警?还是那个帮罗伯茨在"丝绸之路"上逢凶化吉，躲避追捕，无所不用其极的毒贩挪伯?

第三十九章
有肾卖了！

罗斯站在卧室里，白色床单在床上皱巴巴的乱成一团。今天罗斯穿了一身粉绿色的格子衬衣，一个个地扣上纽扣，即将出门开始又一场旧金山探险之旅。

过去几个月里罗斯走遍了旧金山湾区的每个角落。有时候一连几天会去南面的伯纳尔高地，有一次还爬上了一座小山的山顶。罗斯会走很远的路，走到码头那边，看海狮懒洋洋地躺在码头上晒太阳。至于北面，是和同居一室的好友雷内一起去的。两个人经过金门大桥，抵达马林郡，然后沿着山间小路，在红杉林中徒步，在带着咸味的雾气中一步步往上爬，每走几英尺就停下来，欣赏生长千年的巨树，参天的树冠感觉都要触到天际了。不去野游的日子，罗斯就和朋友们去海湾划船，在起伏的波涛中泛舟而行，看着湾流穿过阿尔克特拉斯岛①。岛上的那座监狱臭名远扬，禁酒时期跟美国政府作对的头号罪犯阿尔·卡彭就曾关押于此。

不过，旧金山的日子里有一些事远比这些更让罗斯印象深刻。那是12月初一个星期四的下午，罗斯和雷内正好去旧金山市场区南面的当代犹太人博物馆参观。

街道两旁随处可见无家可归的流浪汉，大部分是因为生计窘迫误入歧途的瘾君子，推着推车从一个救济点到另一个救济点，从一个戒毒中心到另一个戒毒中心。路边矗立的高楼大厦被玻璃外墙包裹着，每一栋都高耸入云，楼内一家家市值 10 亿美元的初创企业时刻不断壮大、增强。那一天冷飕飕的，天上飘着零星的细雨，两个好友走进博物馆，馆内展厅宽敞，灯火通明。两人在馆内漫无目的地走着，突然看见一个包厢，金属的，差不多有一个棚子那么大，边上写着几个鲜红的大字：故事团。罗斯和朋友拉开厢门，进入金属包厢坐了下来。眼前摆着两个麦克风。一盏红灯很快亮起，表示他们接下来跟对方讲的话会被录音。

罗斯先讲。他做了一个自我介绍，不忘强调自己"今年二十八岁"，说话的声音平静清脆。

罗斯他俩的录音其实是全国公共广播电台一个实验项目的一部分。他们坐的这个包厢会在全美巡回展出，邀请人们大胆地说出自己的故事，留给子孙后代分享，此举旨在捕捉美国的时代变迁。有些故事是其他地方的人录的，听得让人心里难过。比如有一对父母讲到年轻的儿子因为身患绝症，无法得到骨髓移植，最终不幸去世。还有一个人说的是在阿富汗服役被路边炸弹炸到的经历。不过，也有一些故事催人奋进，比如有一对夫妇就说到两人在卡特尼娜飓风来袭时坠入爱河的故事。

罗斯注意到，这么做也许并非明智之举。可是，如果说可怕的海盗罗伯茨只有在"丝绸之路"上才能道出这个社会的本来面目，那么他罗斯凭什么就不能在现实世界中也这么做呢？如果这个对着麦克风说话的人其实是两个人，那么就不存在哪一个比另一个更聪明。

---

① 阿尔克特拉斯岛（Alcatraz），即有名的恶魔岛，位于旧金山湾区，四面峭壁环水，联邦政府在此曾设有监狱，关押过不少重犯。监狱后于 1963 年废止，今为旧金山著名观光景点。——译者

接下来的语音提示罗斯和雷内给别人录一段话，这段话会被播放给未来两百年后的人听。于是两个人各自谈起在旧金山最后会发展成什么样。雷内说了"创业和挣钱"。等到雷内说完，就轮到罗斯在这个金属包厢里畅谈未来了。

"我之前住奥斯汀，在得克萨斯州。"罗斯说着说着突然没了声音，似乎在回忆什么。"后来呢，嗯……"罗斯准备接着往下说，靠近麦克风的时候显得有些吞吞吐吐，"然后呢，嗯……"他又说了一遍。

雷内回头看了一眼，等着朋友把话说完。他有些搞不懂罗斯刚才开小差，跑到哪里去了。

罗斯虽然跟雷内很熟，但始终坚守着一年前立下的誓言——绝不跟现实生活中的任何人说起自己创造的那个网上世界。他从茱莉亚那里得到的教训够深刻的了。

可是，隐瞒真相总是痛苦的。现实生活中的朋友总会对他说："你为什么不试试这个赚钱的机会，要不做一做那个应用程序？"罗斯面对这样的问话，总是随便敷衍一句："好主意，哥们。让我再考虑考虑。"可是，就像罗斯跟网上的雇员说的那样，他想做的其实只有一件事，那就是："对着朋友们大声说出真相：我不做你们说的工作，是因为我在干一件他妈的价值百万的非法买卖！！！"

谎言是要付出代价。为了不把两个世界混为一谈，同时也为了给自己在两个不同世界的所作所为自圆其说——在一个世界对家人和朋友编织谎言，在另一个世界做着果断坚决的决定，给他人带去巨大影响——这个穿粉绿格子衬衣的男人早就学会了如何轻车熟路地将罗斯·乌布里特的生活与可怕的海盗罗伯茨的生活分开，其熟练程度令人难以置信。

身为罗斯的时候，这个男人会和朋友们一道出门远足（有时也会一个人旅行）。每天最重要的决定无非是几点出门，中午又该吃什么。一旦进入可怕的海盗罗伯茨这个角色，这个男人便会将罗斯抛在脑后，抛得一干二净。罗伯茨将在那个成千上万人来去的世界里发号施令，享受权力带来的狂欢。他将成为主宰，决定谁有资格留在自己的岛上，留在岛上的能做什么，不能做什么。也许罗伯茨看上去和罗斯、那个妈妈一手养大的乖孩子一个模样，却能在那个年轻的他望而却步的抉择面前做出艰难的决定。

两个星期前就发生了这样一件事。有人在"丝绸之路"上对罗伯茨提了一个问题，一个罗斯当年在宾州大学辩论社从来没有人提过的问题。

"问你一个问题，"一个手下问道，"我们允不允许卖肾和肝脏?"

这个……罗斯可从来没有想过这个问题，他从来没有想过有人会在"丝绸之路"上卖这个。"是加入商品清单了?"罗斯追问道，"还是有人想卖?"

手下随后给罗斯发来一封电子邮件。邮件来自"丝绸之路"的支持页面，发信人声称手头有肾脏、肝脏以及其他人体器官可以出售。从这位匿名发信人的话来看，这些内脏器官交易都是在买卖双方"一致同意"的基础上进行的。

黑市上的一个活体肾脏，无论男女，售价通常在 26 万美元以上。几乎所有的人体器官都有得卖，利润空间极大。比如说，1 克骨髓能卖到 23 000 美元（相比之下，1 克可卡因只能卖区区 60 美元）。一个家庭若是无法在国家残破无用的医疗体系中为濒死的孩子找到一根救命稻草，就会毫不犹豫地去暗网上出价。

"可以，只要提供器官的一方没意见，就没问题，"罗伯茨接着跟手下着重指出，"只要理解了非侵害原则，道德问题就容易解决了。"罗斯接着引述了一些自由意志主义的大道理，都是以前在宾州大学辩论时反复说过的。按照非侵害原则，只要没有无缘无故对他人使用暴力，（罗伯茨继续解释道：如果有人试图对你施加迫害，你就有充分的权利保护自己和私人财产。以眼还眼，这就是自由意志主义世界的处世原则。）一切都可以进入市场，自由买卖。罗斯强调道，肝也好，脾也好，在网上售卖都是完全符合道德标准，公正合理的。

除了批准网上人体器官交易，这段时间可怕的海盗罗伯茨还对"丝绸之路"上售卖毒药予以了首肯。

"是这样的，我这边有个卖家是卖氰化物的，"另外一个手下给罗伯茨发来邮件，"不知道允不允许，他在商品描述里没有标注毒药，但这是最常见的毒药，可以用来杀人，也可以用来自杀。"雇员写完没有忘记在后面跟了一个 lol。[①]

罗伯茨让雇员把毒药销售页面的链接发过来。商品清单一栏上写着：氰化物可用于自杀（大概七到九秒即可毙命）——这位卖家还特意指出会给每一位下单的客户赠送《最终出路》的免费电子版，这本书专门教人如何自杀解脱——卖家同时特意强调，氰化物亦可用于合法用途，比如清洗金银，而且还是"治疗麻风病的特效良药"。

在经过几分钟考虑之后罗伯茨给雇员回话，"我觉得可以让他卖"。他接着又把"丝绸之路"奉行的原则重申了一遍："这只是一种物质，即使我们犯了错，也是错在对事物的不加限制。"

说白了"丝绸之路"只是一个平台，这一点上和脸书、推特或易贝网并无区别。用户们可以在上面自由沟通，交换意见和货币交易。所以，既然别人亲口说"是"，罗伯茨又能有什么过错？这跟推特硬性规定在屏幕上方的小小对话框里能写什么，不能写什么，还不是一

---

① lol，网络用语，大笑的意思，英文 laugh out loud 或者 laugh out loudly 的首字母缩写。——译者

样。只要你能够在 140 个单词内充分展示你有多么聪明过人，或如何蠢不可及，那么尽管放手去做好了。在网上表达诉求，是上帝赐予每一个人的权利。同理，买卖任何想要买卖的东西，只要愿意的话，尽管放入体内，同样是每个人的天赋人权。

罗斯当初创建"军械库"的时候就是这样看待武器交易的。不过，最近迫于无奈，关闭了那个网站①。毕竟要想通过美国邮政搞到枪支，难度实在太大。因为这个，所以没有多少人愿意在网上下单购买枪械。于是罗斯一方面在"丝绸之路"上恢复武器销售（作为权宜之计），另一方面寻求新的途径，帮助买卖双方匿名寄运。对于可怕的海盗罗伯茨来说，不管卖的是枪械、毒品、毒药还是人体器官，自由买卖都是人的权利。

"当然，"雇员在回复中也表示认可，"我们做的毕竟是黑市买卖。:）"

"是的，"罗斯回答道，"我们只是想让黑市变得有序和文明。"

虽然，要让罗斯做这些决定，依旧有些勉为其难，可什么时候扮演罗斯，什么时候扮演罗伯茨，两者间的界线早已模糊。罗斯就像那些旧金山一带初创企业的首席执行官一样野心勃勃，他同样看不到自己在电脑背后的每一个决定会如何慢慢扩散，影响现实生活中数不胜数的人，影响那些真正活着的人。

"我想我们可以批准他卖氰化物。"

回到当代犹太人博物馆的金属包厢里。又轮到雷内说话了。他一边看着好友罗斯，一边指出在旧金山这个地方，"我俩一下子就被迷住了"。

此时罗斯从又一个白日梦中清醒过来，赶忙连声附和。"我也觉

---

① "丝绸之路"的"军械库"于 2012 年 8 月 2 日关闭。——译者

得是这样，"罗斯说道，"我觉得这个世界变化好快。"罗斯所言不虚，从很多方面来看，正是他们身边的人让这个世界变得如此之快。

接下来的半个钟头，罗斯和雷内一会谈到家庭，一会谈到朋友，甚至聊到了毒品（还说起了罗斯年轻时多么沉迷那玩意）。罗斯接着提起那个差一点就成为未婚妻的得州女孩，说起了那段被人欺骗的经历给他造成了多么大的情感打击。

"你是不是真的累了？"雷内问道。

"哦，是的，"罗斯回答道，"那个时候太难了。"

雷内接着说到最近对人生有所感悟，思考我们如此卖力工作，到底是为了什么？"不管取得多么辉煌的成功，都无法让我一直快乐下去，"雷内若有所思地说道，"这些成功微不足道，只是过眼烟云。"

罗斯摸了摸下巴上的胡子，似乎对朋友的观点并不认同。"我觉得希望总是有的……嗯……会逼着你努力挑战极限，"罗斯说道，"我在工作上的感觉也差不多，工作会成为你的一切，比任何东西都要重要。"

两个人接着准备总结陈词，结束录音。不过，雷内在说拜拜之前，首先问了好友一个问题，问罗斯希望二十年后变成什么样子。

"二十年后，我希望能够对人类的未来产生实实在在的积极影响。"罗斯说道。

雷内接着问他："你有没有想过永生？"

"我觉得有这个可能，"罗斯对着麦克风大声说道，"我是真的这么觉得，我想我可能会以某种形式永远活下去。"

第四十章
犹他州的白屋子

这是一栋位于犹他州西班牙福克市诺斯大街东 600 号的小屋子，看得出来曾有过一段光荣的历史。屋外墙上的白色板条因为年久失修，跟屋子四周的木头栅栏一样早就脱落下来。屋顶的四个方向各有一个小白色尖顶，直直地指向犹他州的天空，让人生出某种无尽崇拜的遐思。这里，毕竟是摩门教之州，后期圣徒①的故乡。

这是 2013 年 1 月中旬一个星期四的早晨②。不远处的十字路口每隔几分钟便有一辆汽车驶过，打破周围的宁静。远处传来呼呼的风声，街上插着十几面老旧破烂的美国国旗，在风中噼啪作响。

不过，今天的街上有些不寻常。路旁难得一见停了好几辆车。其中一辆白色面包车没有车窗，正停在屋子对面的马路边上。如果有人经过往车里瞄一眼，会看见里头坐着几个男人，有的在检查手中半自动冲锋枪的弹夹，有的正准备把面罩蒙在头上，再调整调整身上的防弹背心。

上午 11 点刚过，到了街对面白屋子里呼和浩特蒙古烤肉店开门的时间——烤肉店每天都会推出自助餐，只要 8.99 美元。就在这时候，一个男人从白色面包车里走了出来。男人穿蓝色牛仔裤、运动鞋，套一件深蓝色外套，袖子上别着一个美国邮政总局的徽章。男人手里拿着一个小包裹，径直走到小白屋门前，重重地敲起来。"你好！"男人高声喊着，拳头顶在纱门上面。"有人在家吗？"

虽然无人应答，但看得出来屋里肯定有人。身穿邮局制服的男人把包裹放在门前擦鞋的垫子上——格子垫子破破烂烂的——转身朝着白色面包车走去。

不远处，缉毒警卡尔·福斯坐在一辆没有标记的警车里，目不转睛地看着眼前的这一幕。"他不会这么容易上当的。"卡尔对车内的另一名警察说道，那个警察坐在卡尔身旁，年纪比他要大得多。

"再给点时间，"那个年纪大得多的警察说道，"他会出来的。"

卡尔耐心等待，他玩味着这一刻的风平浪静：天空宽广辽阔，国旗迎风招展，一切都在瓦萨奇山脉白雪皑皑的环抱中，山的那一头是一望无际的遥远空旷。卡尔终于走到这一步，他带着其他人终于走到了这一步。他利用网上化身挪伯想出了一个完美的计划，让可怕的海盗罗伯茨替他找买家，购买1公斤的可卡因。罗伯茨很快替他联系上了一个网上买家。卡尔在谈好27 000美元一公斤的价钱后，拿到了对方的地址。此人名叫柯蒂斯·格林，替罗伯茨办事，答应作为中间人先收购这些可卡因，然后再找下家。

交易一经达成，马可·波罗行动小组就开始迅速安排下一步行动。卡尔运气不错，他在犹他州重案组正好有个熟人，答应帮他从证物室借1公斤可卡因出来，支持行动组的诱捕行动。

几天后，卡尔拿到了可卡因和一个优先邮包。在把毒品放入邮包前，他还特意把包裹放在卡车上，来来回回开了好几趟，好让邮包看上去更像是邮递运输寄来的。大家经过商量，决定对毒品实施"监控

---

① 后期圣徒（the Latterday Saints），宗教名词，指美国基督教新教摩门教信徒。——译者
② 这一天是2013年1月17日。——译者

投递"。由一名警察扮演邮政工作人员，把包裹放在格林家门口，接下来如果运气不错，就当场逮捕。不过，鉴于这是马可·波罗行动小组，抓捕行动从一行人一下飞机抵达犹他州起就陷入了混乱。尤其是那个负责扮演邮差的警察，临到关键时刻居然坚决不肯穿得跟真的邮差一样，只是在平时的衣服外随便套了一件邮政人员的夹克。

"这家伙看上去根本就不像邮递员。"卡尔对身旁坐着的警察说道。后者一脸木然，两个人就这样看着那个冒牌邮递员一猫腰，重新回到白色面包车里。

几分钟过去，那栋破屋子的门吱呀一声终于打开。门口出现一个体格魁梧的男人，男人留着一头黑色短发，朝屋外瞄了几眼，看着像一头受惊的困兽。此人就是柯蒂斯·格林，年纪四十出头，脸上写满了担心。卡尔知道格林是可怕的海盗罗伯茨庞大毒品网络中的一名核心成员，成天窝在屋子里，负责协调买卖双方，促成交易，倘若交易出现问题，也会出面解决纠纷。

格林先是望了一眼对面的那辆白色面包车，接着低头看了看包裹，小心翼翼地走到门廊上。他拄着一根粉红色的拐杖，一瘸一拐地走到包裹前，弯下腰，捡起包裹仔细察看。这是一个优先邮包，大小跟一块砖头没什么两样，上面没有写回信地址。格林系着一个腰包，慢吞吞地走过门廊时包轻轻歪在一旁。这家伙看上去似乎不想和这个邮包有什么瓜葛，转头把包裹丢进草坪上的垃圾筒，又一瘸一拐地回屋了。

"搞什么鬼？"卡尔忍不住嘟囔了一句。面包车里的人也傻了眼。现在该怎么办？所有人都知道总不可能因为有人将一包可卡因丢进垃圾筒，就把他抓起来。就在大伙儿寻思下一步该如何是好的时候，格林又出现了。跟几分钟前一样，这家伙朝着门外偷偷瞄了几眼。这一回，他把包裹从垃圾筒里拿了出来，带进屋子。

格林身后的门吱呀一声关上。是时候动手了！

短短几秒钟的功夫，白色面包车后备厢砰地一下弹开。街角停着的好几辆车也全都打开了车门。当地特警队和缉毒局的十几名警察从车中一拥而出，手持上了膛的黑色长枪，大踏步冲过草坪。开路的警察拿出黑色撞槌，砸开白色小屋的前门。马可·波罗行动小组一拥而入。"趴在地上！"一名警察怒声喝道。格林站在那里，身前摆着一包打开的粉末，手里拿一把剪刀，脸上还留着一撮可卡因粉末。

格林结结巴巴说不出话来，按照警察的命令，以最快的速度趴在地板上。格林养了两条吉娃娃，一条叫麦克斯，一条叫萨米。他看到两条狗朝拿枪的警察汪汪大叫，急得连声大喊爱犬的名字。"把手拿出来，让我们看到！"一个警察怒吼起来。麦克斯，两条狗当中大一点的那条，被混乱吓得慌了神，控制不住，一泡屎拉在客厅地板上。萨米是只幼犬，个头要小一些，正在咬另一名警察的鞋带。屋内乱作一团。墙上挂着格林老婆和孩子的照片和一块正方形的装饰面砖，仿佛说："早知道你们要来，我就清理干净了！"

几个警察把格林搜了一遍，也宣读了他的权利。警察们从格林的腰包里搜出 23 000 美元现金。这家伙显然吓得够呛，一个劲地跟警察解释，说不管要他做什么，一律照做，不管想从他那里打听什么，一律坦白。他不仅为警察演示了怎么用比特币，还出示了平时用来登录"丝绸之路"的那台电脑。

几个警察冲进里屋，把格林的抽屉翻了个底朝天，还找出了格林老婆自慰用的假阳具，那玩意又黑又大，后来还被编成好几个段子。另外几个警察到地下室，发现有好几台电脑用数据线连在一起。格林后来招供说这是比特币采矿场。他用这些电脑运行下载的软件，不停地组合数字在线开采比特币，然后兑现成现金。

就在警察们搜索赃物时，巴尔的摩国土安全部的一名探员把吓傻的格林拉到一旁，开始审问。这给了卡尔和肖恩·布里奇斯查看格林电脑的机会——布里奇斯就是之前安排同国家安全局会面的那个特工。二人很快发现格林作为"丝绸之路"的雇员，有一个特别账户，有权随意更改他人的登录密码，甚至可以让别人退出账户。格林供认说这是管理员权限，是可怕的海盗罗伯茨亲自授权给他的。

格林和肖恩在格林的账户中继续寻找证据，希望借此进一步缩短与罗伯茨的距离，早一点将对手捉拿归案。他俩发现格林在"丝绸之路"上的管理员权限还有另一个特别之处，看上去非比寻常。身为中间人，格林可以调用别人在"丝绸之路"上的比特币，说得准确一点，是成千上万的比特币。只要愿意，格林就能够轻而易举地偷走这些货币。毕竟，人人都知道比特币不像现金，无法被追踪。但是，格林害怕可怕的海盗罗伯茨会残忍报复，所以从未干过这种事。当然，你大可认为马可·波罗行动小组的联邦警察也不会这么干，因为他们发过誓要保护公民："上帝作证！"①

不过，就在接下来的几天里，特工处的肖恩·布里奇斯将要做一件让人压根想象不到的事——莫说那天在犹他州西班牙福克市诺斯大街东 600 号那栋小屋子里的人，就连美国政府内部也没有一个人知道——肖恩在格林的电脑里东敲西弄，居然把"丝绸之路"上其他人账户里价值 35 万美元的比特币偷偷转了出来，用的都是柯蒂斯·格林的登录密码。肖恩并未将这笔钱作为赃款证据，转交给美国政府，而是神不知鬼不觉地把 35 万巨款转进了自己的网上私人账户。

事情并未到此结束。

不久后，那个古道热肠、常去教堂礼拜的好爸爸卡尔·福斯也开

---

① "上帝作证"（"So help me God"），这是美国人宣誓时最后常说的一句话，用于正式严肃的誓词当中。作者的暗讽意味不言而喻。——译者

始从"丝绸之路"上搞钱——卡尔和肖恩·布里奇斯两个人各干各的。不过，卡尔并没有像肖恩那样擅自盗窃赃款，他转手把情报卖回给可怕的海盗罗伯茨，从对方那里换取价值数十万美元的比特币。每当执法部门想要抓捕"丝绸之路"的主谋时，卡尔提供的情报就会帮助罗斯·乌布里特抢先一步逃之夭夭。

一切就像之前那样，卡尔将再次越过红线，从一名假扮罪犯的卧底变成一个货真价实的罪犯。

上帝作证！

第四十一章
柯蒂斯受刑

　　盐湖城万豪酒店的大堂和其他地方的万豪大堂都是一个德性，沉闷乏味，没有一点声音。地毯硬得像块水泥，空气中弥漫着一股咖啡的臭味。门厅的角落处摆着一台电视，播报员正在播报新闻，下面滚动的记录器显示着最新的头条消息：上个月美国新屋销售额下降了7.8个百分点，经济形势再次亮起了红灯。

　　楼上的一间酒店套房，一根粉红色的拐杖掉在地板上。几英尺开外的浴室，拐杖的主人柯蒂斯·格林被马可·波罗行动小组的一名邮政工作人员按在浴缸里。格林的头被按入水中，两只胳膊在外面惊慌失措地胡乱挥舞。前方站着缉毒局的卡尔·福斯。他拿着数码摄像机，拍摄行刑画面。

　　距离缉毒局闯进格林家中已经过去了一个星期。当天警方不仅用撞槌砸开了格林家的前门，还把他家那条可怜巴巴的吉娃娃吓得屎拉了一地（这话可没有半点夸张）。格林做了笔录，接受完问讯，就被放了出来。他回到家中，一进门就瘫倒在沙发上，放声大哭。格林寻思着下一步得找个律师，择日开庭，没准能跟罗伯茨达成交易，要老板饶他一命。可是，事情并未如格林希望的那样发展。

　　马可·波罗行动小组在逮捕格林之后，旋即返回巴尔的摩，临走前还跟这位摩门教徒叮嘱了几句，让他不要把事情张扬出去。卡尔和其他组员估计之后还得抽时间审问格林，到时候还得从他的电脑里搜寻更多证据。不过，正像卡尔（这时候他是挪伯）了解的那样，可怕的海盗罗伯茨已经猜到手下有可能被抓了。

大家一时慌了手脚。于是肖恩·布里奇斯、卡尔·福斯，连同行动小组里的一名邮政人员一同回了盐湖城，打算在万豪审问格林，趁这家伙还可以在"丝绸之路"上获得信息，看看能不能再挤出点什么东西来。

格林和律师一起抵达万豪。他叽里呱啦地说起可怕的海盗罗伯茨有多么冷酷无情，很快就会派杀手来这里把他干掉。格林说他吓得睡不着觉，天天晚上躲在西班牙福克市的家中窥视窗外的动静，生怕有人找上门。万一有人敲门，柯蒂斯·格林和两条吉娃娃的死期就到了。格林就像一个被吓坏的孩子，求校长救命，说有坏蛋放学后要来找自己的麻烦。

卡尔很快发现，格林这家伙不仅说话没谱，还是个孬种。格林读高中时，同学给他起了个外号，古奇。那时候的格林还小，长得肥肥胖胖，也不知道外号是什么意思，别人叫他古奇的时候还跟着起哄，直到多年后他才明白，原来古奇指的是男人身上的某个部位，就是阴囊到肛门间那块地方。

卡尔很快明白为什么格林会有这么个外号。他在听格林东拉西扯了好几分钟之后，决定要么叫这家伙自动闭嘴，要么好好扇他几巴掌，打到闭嘴为止。格林看上去就跟那两只三磅大小的吉娃娃一样紧张。他跟马可·波罗行动小组交代在"丝绸之路"上干的坏事，说到可怕的海盗罗伯茨的时候，有时居然会娇滴滴地哭起来，有时又会哀求警察放他一马，说他只是一个心地善良的摩门教徒。

就这样，经过几个小时的审讯后，格林的律师终于失去耐心，决定甩手走人。这位估计是全犹他州最不敬业的律师，临走前居然不忘叮嘱自己的客户要跟警察老实交代，把知道的都说出来。格林眼看着律师走出门外，号啕大哭。卡尔心想，老子怎么会遇上个这么个可怜虫，这家伙不正是自己这辈子最讨厌的那一类人吗？——一个敢做不敢认的孬种。

不觉到了中午时分，经过一连几个小时的审问，审的也好，被审的也好，全都没了气力。于是所有人决定下楼去万豪的餐厅吃午饭。卡尔趁大家忙着填饱肚子的功夫，打开手提电脑，用挪伯的账号登录，和罗伯茨聊了起来，看看对方是不是对于坐在正对面的这个家伙有更多了解——格林就坐在正对面，大口吃着薯条，一副讨好卖乖的媚相，生怕惹恼了缉毒局的人。就在这个时候，罗伯茨告诉挪伯出了点状况：有个手下偷了一些比特币，让他感到十分窝火。"偷的钱倒不多，"罗伯茨开始跟挪伯对话，"只是让我觉得很不爽。"

"谁干的，那家伙在哪儿？"挪伯一边回复，一边抬起头来，看着电脑后面的古奇，对方也正看着自己，满脸紧张。

"我把他的身份证发给你。"罗伯茨回复道。

挪伯很快又问罗伯茨为什么会有别人的身份证。

"招人的时候，就要他把身份证发给我了，"罗伯茨回复道，"就是怕出这种事。"

卡尔一边和罗伯茨聊，一边装迷糊，假装不知道那一公斤可卡因去哪儿了。卡尔暗暗吃惊，没想到格林居然如此胆大包天，竟敢在被捕后这么快就偷走了 35 万美元的比特币。"你偷了罗伯茨的钱？"卡尔开口问道，他真没想到古奇竟然有种这么干。真正偷钱的肖恩坐在一旁看着，一言不发。

"没有啊！"格林显然被这个问题吓了一跳。"你是在逗我吧？我连怎么从他那里偷钱都不知道。"

"你说还是不说？！"卡尔大声吼道。这时候，肖恩也加了进来。他那双细眼睛发起火来确实吓人。"说！到底偷了多少钱！？"

"不是我偷的！"

"你还帮他说话?"卡尔厉声问道。

"我没有偷啊!"格林呜呜地哭了起来。

就在这时,卡尔的电脑屏幕上跳出了一条信息——可怕的海盗罗伯茨发了一个问题,问卡尔能不能帮忙找人把格林收拾一顿,让他把钱吐出来。鉴于卡尔现在的身份是有头有脸的大毒枭,他告诉罗伯茨自己当然认识,知道怎么处理。

"你找人过去,大概要多长时间?"罗伯茨问道,"开个价吧。"

卡尔抬起头,看着电脑后坐着的格林,轻轻告诉对方好日子快到头了。格林还在有一句没一句地胡扯,现在听到那边要对自己动手,吓得蒙了过去。卡尔告诉格林他们会尽量做得像真的一样,因为罗伯茨需要证据。

于是几个人再次回到酒店房间。卡尔让格林进了浴室。浴缸里装满了水。摄像机开启,那个邮政工作人员把格林摁在水里。格林在空中挥舞着胳膊,透不过气。他的尖叫声听起来好像是水底的轰隆声。这家伙快憋死了。过了几秒,邮政人员一把揪住格林的头发,把头拽出水面,将淹得半死的格林的脸凑到摄像机前。古奇大口地喘着气,好像要尽量多呼吸几口,努力忍着不让自己哭出来。

"我看还得再来一次,"卡尔站在摄像机后面,透过镜头看着格林神色惊恐的脸。邮政工作人员点了点头,一把抓住格林的头发,又一次摁入水中。整个场面完全就是一场闹剧,简直就跟《蝇王》^① 里的

---

① 《蝇王》(*Lord of the Flies*),英国作家、诺贝尔文学奖得主威廉·戈尔丁 (William Golding) 的代表作,故事讲述了想象中的第三次世界大战,一群孩子因飞机失事被困荒岛,从一开始和平相处,渐渐发展到手足相残,互相屠杀。小说将抽象的哲理具象化,深刻反映了人性中的恶是如何因不受约束的欲望与环境而滋生,兽性与专制最终战胜理性与民主。"猪崽"为书中四个主要人物之一,最后被杰克 (Jack) 一派所杀。其形象实际上代表了为科学与理性而牺牲的知识分子。——译者

情节一样，不同之处在于这一回可不是孩子们想方设法要杀掉胖乎乎的"猪崽"，而是美国联邦政府特工要淹死古奇。

格林哀求他们住手，可是几个人把他一遍又一遍地摁入水中。"我们也没办法，演就要演得跟真的一样。"卡尔冷笑道。

"我发誓，"格林话还没说完，又被脸朝下摁进了浴缸里，"我没有偷钱！"

"给我老实交代！"卡尔冲着格林大声吼道，"别再护着罗伯茨了！"

闹剧还在上演，但有一个人不在浴室里。特工肖恩跟行动组的其他人打了招呼，说要去拿格林的手提电脑，作为证物交到附近的警察局。肖恩并没有把手提电脑拿去警察局，他要用这台电脑从"丝绸之路"上偷更多的比特币——没有人知道是他偷了这笔钱。肖恩关上房门，身后传来格林的阵阵惨叫。凄惨的声音回荡在万豪酒店的套间里。卡尔还在对着格林怒吼。"给我老实交代！你这个垃圾！"

"我发誓，"格林哀求道，"我连一分钱都没有偷啊！"

第四十二章
第一次谋杀

　　罗斯早就料到，终有一天会发生这样的事情，终有一天要面对这样的无情抉择——就像他之前跟一个合伙人说的那样，"找人来秀一秀肌肉"。罗斯曾经想过，万一这一天真的来了，自己也许得结果某个人的性命，也许是一个太过嚣张的毒贩，也许是某个对"丝绸之路"伟大使命构成威胁的敌人。可是，绝不会是自己的手下，绝不会是住在犹他州西班牙福克市的那个柯蒂斯·格林。

　　虽然，这让罗伯茨感到有些难以下手，但至少其中一部分并不难——找某个人来动手。既然现在有钱，那么肯定会有大把人愿意、也有能力杀人，尤其是在犹他州那样的蛮荒之地，更是易如反掌。鉴酒师琼斯就认识一个。他管那家伙叫爱尔兰人，接到命令后会从爱尔兰前往犹他，找到柯蒂斯，然后让他永远消失。（这里有一个小问题，那个爱尔兰人对于电脑并不在行，所以要想把偷走的 35 万比特币拿回来，可能会有点困难。）依尼戈是另一个为"丝绸之路"办事的雇员，也是为数不多罗伯茨私底下真正信任的人。虽然，依尼戈自告奋勇要亲自出马，解决麻烦，可是他对于网站的基础建设实在太过重要，不适合干这种活。于是罗伯茨决定把这份工作交给挪伯完成，毕竟他太熟悉这个南美毒贩了。

不管怎么说，一个星期前格林被缉毒局抄家的时候，是挪伯弄丢了整整1公斤"哥伦比亚最好的可卡因"。格林被捕是明摆的，罗斯只要一天没有看到格林来上班，用谷歌随便搜一搜柯蒂斯·格林的名字，就会链接到一个网站，上面记录着最近的逮捕人员名单，一目了然。

　　就在那个网站，最显眼的位置，挂着他那位胖胖的员工的头像照片。

　　说句老实话，2013年初那个寒冷冬日早晨罗斯一觉醒来的时候，并没有想过会要面对这种情况。一切就像罗斯跟琼斯聊天中说的那样，一开始发现是格林的时候，他只是觉得有些恶心。可是，过了几个小时，这种恶心的感觉很快变成了某种复仇的欲望。

　　罗伯茨跟所有合伙人都说了下一步该怎么办。他是真的有些怕了，害怕格林会把"丝绸之路"的一切都告诉警察，告诉那帮蠢货网站的内部秘密，告诉他们网站是如何运作的，又有哪些人在上头。单凭这一条，再加上那35万，让罗斯在如何处置这个无法无天的下属的问题上只剩三条路可走。

　　第一条路最简单：直接去犹他州西班牙福克市格林的家中拜访一趟，吓唬一番，让他把偷走的钱吐出来。第二条路麻烦一点，但是绝对更加公正。这条路意味着要痛打格林一顿，谁叫这家伙干出下作的背叛之事。罗伯茨的某个手下也许会把格林绑在椅子上，抽上几记耳光，掰断几根手指，打断鼻梁，再威胁其家人，直到他乖乖地把钱交出来为止。不过，两条路都有一个问题：这种事情如果传了出去，让人知道就算向警察全盘交代并且卷走几十万美元的现金，最后还能够安然无恙，那么可怕的海盗罗伯茨恐怕就不再是那个主宰暗网、让人闻风丧胆的海盗头子，而是一个只要有人会求情就心软的孬种。"丝绸之路"也将在所有人心中变成一个可以肆意破坏规矩而不用受到惩罚的地方。

于是，就只剩下第三条路——干掉格林。

选择，不断地选择。

人生瞬息万变。前一分钟你还在大学里做研究员，拿300美元的周薪，睡地下室，全副家当不过是两个黑色垃圾袋，一个装干净衣服，另一个装脏衣服。在这世上最放心不下的就是那个漂亮女孩，那个围在手鼓乐团旁看热闹时刚刚认识的女孩，想着她的一头黑色鬈发，想着她会不会给自己回电话。接着，脑袋里突然就来了灵感。一开始只是想想，就像做白日梦的孩子突然想到一个伟大的发明。可是，这想法一旦进了脑子就再也出不去了。接着会发生一些奇妙的事情，就像闪电击中飞舞的风筝，又像霉菌不小心污染了实验的标本，你会在那一刹那明白原来这想法有可能变成现实。于是你把一行行代码写入电脑，出来的是一个前所未有的新世界。在这个世界里没有法律，你就是法律。只有你能够决定给谁权力，不给谁权力。接着你会在某天早晨醒来，发现不再是从前的自己，你已经成为这个世界上最臭名昭著的毒枭。现在该轮到你来决定某些人的生死。你就是自己法庭上的法官，是主宰一切的神。

不过，神还没有做好准备结果一个人的性命——至少现在还没有。所以，神给挪伯下了一条指令，别急着大开杀戒，先找到格林，好好教训一顿。

“我想先把他打一顿。再让他把偷走的比特币交出来，”罗伯茨给挪伯留言写道，“比如说，把他摁在电脑前，要他照着做。”罗伯茨接着还跟挪伯特别强调，说如果真能把钱要回来，“那可真是了不起”。

挪伯答应派几个人去犹他，照罗斯的吩咐把事办了。

挪伯已经派人去找格林了，罗斯的这道命令在某种程度上无异于宽恕。他还在犹豫，无法肯定就这样决定放过对方是否正确。怎么能够让一个从罗伯茨手中偷走这么多钱的人只是随便挨一顿打，就一笔勾销呢？这道题难就难在一个客观事实——虽然，罗斯相信暴力是解决问题的某种绝对且必要的手段，但他还不习惯诉诸暴力。

回到宾州大学也就是短短几年前，那个时候的罗斯坐在波洛克街边的威拉德教学楼里，和亚历克斯还有几个自由意志主义社团的朋友就这个话题展开过唇枪舌战。

"话虽没错，可只要是为了捍卫个人权利或私人财产，使用暴力就是完全合理合法的。"当时的罗斯可比现在要更年轻气盛。他们在讨论刚刚看过的穆瑞·罗斯巴德写的一本书。回到大学时代，这样的辩论不过是一群大学生充满理想主义的天马行空式的打趣和玩笑。这帮社团年轻人甚至到了学院大道的拐角房酒吧里还不忘继续讨论这个话题。酒吧里人人都在谈论体育比赛，一品脱一品脱地喝着塞缪尔·亚当斯啤酒，碰杯的声音随处可闻。一群人就在这样的氛围中聊起了罗斯巴德的《战争、和平与国家》。这本书讲述了人为什么可以使用暴力，反抗那些企图谋财害命的"个人罪犯"。

现在，罗斯成了可怕的海盗罗伯茨。越想起这一点，他就越发怀疑只是把格林痛打一顿能否起到足够的惩戒作用，让网上的其他人不敢背叛自己。罗斯想着自己是不是别无退路，只能将自由意志主义理论付诸实践，来一场终极考验。不管怎样，是柯蒂斯·格林偷了罗伯茨的私人财产。总值35万美元。

罗斯还在权衡决定时，那位首席顾问给他发了信息，让他知道没有退路可走。"我们能不能定一个标准，对于有些垃圾到底要忍到什么程度，才能一了百了。"鉴酒师琼斯得知了失窃的消息，发来的信息颇有比喻意味。琼斯没有直呼格林的名字，而是用了"捐器官的"来代替。对于琼斯而言，海洛因毒性极大，根本就不想沾惹，不过换成杀人，好吧，那就完全是另外一码事了。

鉴于格林已经被捕，鉴酒师琼斯（琼斯对于格林被捕早有所闻）

指出这个"捐器官的"很可能和那帮蠢货达成了交易，将关于"丝绸之路"知道的一切都吐露出来。琼斯警告道，格林很有可能流亡海外，带着罗伯茨的 35 万美元消失得无影无踪。

很快又有另外一位顾问加入了讨论。"黑道也得有黑道的规矩，"其中一个给罗伯茨留言写道，"有些问题有时候处理起来只有一个法子。"

罗伯茨的身体已经被太多魔鬼占据，唯有一个天使还在，名字就叫罗斯·乌布里特。（罗斯总不可能打电话给现实世界中最好的朋友雷内，问他怎么办吧？他总不能说："嘿，哥们，有没有空？我想是不是要把这家伙给宰了，他偷了我好几十万卖毒品的钱。你觉得我该怎么办？"）

想一想每个人给罗伯茨提出的建议，争论也渐渐有了眉目。这可不是游戏，这他妈的是一个毒品帝国，只要犯错，就得有个结果。"如果这里是蛮荒西部，别说还真像，"罗斯给鉴酒师琼斯回信写道，"哪怕偷了一匹马，都得被绞死。"

"就是！你终于开窍了！"琼斯继续煽风点火，问罗斯如果换成他是蛮荒西部的警长，下手之前得干什么。"什么时候把事了了？"琼斯问道。

"好问题，我一整天都在想这个呢。"

鉴酒师琼斯终于敲响了最后的丧钟。"当然，你可以花时间想清楚，"他说道，"你是老大，你必须做出决定。"

罗斯，从悬崖上跳下来。

"废了这货，我没意见。"可怕的海盗罗伯茨做出了回答。

短短八个字，决定了柯蒂斯·格林的生死。这位"丝绸之路"的创始人在键盘上轻轻敲击，做出了第一次谋杀裁决。现在，只需要找一个合适的人来干掉他。

第四十三章
联邦调查局加入追捕

现在是下午 4 点 45 分，一辆银色 SUV 停在下曼哈顿教堂街和托马斯街交会的路口——这辆 SUV 平常此时就停在这里。黑色的车窗玻璃上挂着政府车牌，红蓝两色的警灯就藏在前杠格栅下面。车门打开，联邦调查局特工克里斯·塔贝尔从车里走了出来。虽然，纽约冬天的温度降到只有十几度①，可塔贝尔依旧一身运动衣裤，只是在外头罩了一件薄薄的夹克衫。

不管天晴落雨，还是刮风下雪，这都是塔贝尔雷打不动的规律。每天他会先去健身，再回办公室工作。联邦调查局的办公楼就在联邦广场 26 号，距离这里只隔了几个街区。不过，塔贝尔今天的例行工作有所不同。虽然，联邦调查局网络犯罪调查科尚未对"丝绸之路"失去兴趣，可提案并没有在那天威士忌酒馆的腌黄瓜汁和香巴尼的轮番轰炸中通过。究其原因，还不是因为体制内那一套官僚主义狗屎东西。塔贝尔生平最容不下的就是这一套。局里那帮高高在上的官老爷们一再说了，毒品这玩意不是分内事，不归联邦调查局管。

好在大家就如何调查"丝绸之路"这个案子，已经一连讨论了好几个月，一线机会终于浮出水面。当天下午晚些时候，纽约市缉毒局会派一名女警过来，谈一谈"丝绸之路"，征求塔贝尔和组里的意见，看能不能协助缉毒局参与调查。

塔贝尔从健身房出来，换了一身黑西装和白衬衣，又从附近的星巴克买了一杯咖啡，随后径直上了联邦调查局大楼的 23 楼。他和另外几个特工在"坑"里刚刚坐下，缉毒局派来的女警和赛林·特纳就到了。特纳是纽约市的副检察官，之前联邦调查局侦办六人组案子时合作过。

缉毒局派来的女警穿着牛仔裤和运动鞋，腰里别着警徽和配枪，神气十足。女警找了张空椅子坐下来，自我介绍说是纽约一个缉毒小组的成员，小组总部在切尔西，距离这里有几英里远。过去一年半以来，他们也会时不时看一眼、"嗯，应该说是尽量关注一下""丝绸之路"，之前也曾打算调查此案，不过早就没了下文。2011 年 6 月掴客网发表文章后不久，参议员"查克"·舒默把大多数政府官员能做的基本上做得差不多了。虽然当时舒默并无多少线索，不知此事水有多深，还是召开了临时新闻发布会，要求政府对这个毒网一查到底。缉毒局女警继续解释道，由于"丝绸之路"卖的是毒品，所以政府要求她所在的部门对这个网站进行调查。谁知最后变成了一场误会。女警所在的部门只知道派人对实实在在的毒品突击搜查，对于利用比特币、洋葱路由器，还有暗网，管他什么狗屁东西，总之对于这样的高科技数字缉毒并不在行。

"上头那帮人对我们发脾气，怪我们没有进展，"女警倒起了苦水，接着谈到那个毒网领导人，"那个人自称可怕的海盗罗伯茨，你知道，他用的是《公主新娘》里的名字。"那家伙现在卖违禁品越来越猖狂，甚至倒卖起枪支和黑客工具。不仅如此，这个可怕的海盗罗伯茨还公开诋毁美国政府。纽约市缉毒局查不出什么名堂，所以需要

---

① 这里指的是华氏温度，华氏十几度等于摄氏零下，已经相当寒冷。——译者

联邦调查局协助调查。

女警的这番话让塔贝尔他们不由又想起另外一件重要的大事：联邦调查局的高官们早就不止一次告诫过，毒品不是他们的分内事，电脑才是。

不管怎样，和缉毒女警的沟通还是给了塔贝尔等人一些新的想法。这个毒网现在卖的不只是毒品。网上还售卖好几百种不同的黑客工具，包括键盘记录器、特洛伊木马病毒，恶意软件，间谍软件，再加上一堆其他数码产品，而这些恰恰是坐在"坑"里的这帮人要管的。

也正是在这个时候，联邦调查局的这支网络犯罪调查小组终于找到了方向，明白该从什么角度调查"丝绸之路"此案。这帮负责网络犯罪调查的联邦探员并非要协助缉毒局追查毒品，而是追查网站本身。塔贝尔拿起电话，跟上司汇报了计划。

几个星期后，经过层层审批，批文终于下来了。批文同意塔贝尔的小组有权对这个毒网展开调查。在浪费了好几个月应付繁文琐节的官场程序后，塔贝尔和同事们终于建立了一份新的案件调查卷宗，档案号为 288‑3‑696①。

此时此刻，除了远在芝加哥的国土安全部，巴尔的摩的马可·波罗行动小组，纽约一支由当地和联邦警员组成的侦查小队也加入了对可怕的海盗罗伯茨的追捕：联邦调查局的网络犯罪调查科，以及领导这支队伍的"网络空间的埃利奥特·内斯"。

---

① 克里斯·塔贝尔领导的小组名称叫做第 2 网络小队（Cyber Squad 2），针对"丝绸之路"的此次立案是美国联邦调查局历史上首次针对洋葱路由器的网络犯罪调查立案，行动代号就叫做剥洋葱（Operation Onion Peeler）。——译者

第四十四章
野营和舞会

2013 年 2 月

"我不记得是不是跟你讲过，"罗伯茨给依尼戈留言写道，"不过，我星期天下午之前还在。"

罗斯对于能够离开片刻感到释怀。过去的几个星期简直就是一场灾难。他甚至怀疑自己是否被折腾出了精神病。网上的世界没有一件事不出问题。手下的那帮家伙样样搞砸。（就连鉴酒师琼斯也不例外，琼斯居然忘了把新的安全代码按时发过来。）考虑到自己至今仍然形单影只，又不能找信任的人征求建议，罗斯线下的现实生活也好不到哪里去。

当然，让罗斯最为郁闷的是他还发现了一件大事。除了柯蒂斯·格林几个星期前偷走 35 万美元之外，还有人用别的方法挪走了 80 万。

八！十！万！就这样没了！几天功夫，一共被偷了 115 万多！让罗斯庆幸的是，这 100 多万美元不过是积蓄的一小部分。可是，这种事怎么说都是痛。报复是肯定的。罗伯茨终于把格林给收拾了。酬金并不夸张：先下 4 万定金，等到干掉格林，再付 4 万。

罗斯做出这个决定并不容易，这一点倒是肯定。不过，罗斯相信自己的决定是正确的。因为，这个决定让世人看到毒品交易合法会让社会变得更加安全，这要比一个可能向联邦政府告密的叛徒的性命更加重要。再说，格林破坏的是罗伯茨治下世界的规矩。他必须付出代价。没有规矩，一切都会乱套。

罗伯茨在出城前给依尼戈发了最后一条信息，告诉依尼戈"给我盯紧点，别出娄子"。罗斯接着关上手提，把罗伯茨锁在电脑安装的加密软件里——他这几天要出去散散心，用不着罗伯茨出现——然后一把提起背包，走出了公寓。

虽然，旧金山白天的气温大部分一直在四十八九度①上下，可罗斯还是穿得像要去海滩度假一样，没人看得出来他是要去北部的山里远足野营，住上两天。一同去野营的几个朋友早就安排好了，这一次是为了给赛莱纳庆祝生日。赛莱纳穿上了羊毛袜子，系着厚厚的围巾。雷内像邮递运送的名贵瓷器一样，里三层外三层地裹得严严实实。克莉丝托是赛莱纳的妹妹，来自波特兰的一个小城，穿得更是像要去南极宿营一样。相反只有罗斯觉得这次旅行只需要一双厚点的阿迪达斯运动袜，再加上新买的五指鞋就够了。鞋子造型怪异，颜色鲜红，穿起来就像脚上套了一双手套。

不过，短短几分钟之后，寒冷对于罗斯来说就不再是一个事。罗斯看着克莉丝托，感到一股暖流在体内涌动——克莉丝托长得太漂亮了，漂亮得让罗斯怀疑自己穿成这样是不是有点对不起人家。

罗斯一下子恋爱了。

他就这样爱上了克莉丝托。克莉丝托的头发又长又直，乌黑发亮，恰到好处地编在背后，一双淡褐色的眼睛神采奕奕，粉色的嘴唇微微噘着，完美无瑕。她看上去就像《风中奇缘》里的宝嘉康蒂②。

---

① 四十八九度（high forties），作者这里用的是华氏温度，华氏四十八九度相当于摄氏 9 度多一点，相当寒冷。——译者
② 宝嘉康蒂（Pocahontas）是迪士尼 1995 年出品动画片《风中奇缘》（*Pocahontas*）中的女主人公。该动画片根据真实历史事件改编，讲述了印第安公主宝嘉康蒂勇救英国探险者，化解异族战争的故事。——译者

罗斯把包往车里一塞，跳进车里。汽车开动，四个好友一路上又说又唱。他们沿着101公路往前开，很快金门大桥映入眼帘。赛莱纳赶紧拿出相机，要把美景摄入镜头中。只见金橘色的巨塔高耸入云，似乎要伸上天庭。罗斯看着碧蓝的天空，如此辽阔空旷，同在多米尼克看到的大海一模一样。往右望去，阿尔克特拉斯岛又一次映入眼帘，那座可怕的监狱静静地矗立在远方。

一行人沿着蜿蜒的公路往前开，穿过索萨利托①，进入米尔谷②，一个小时后，抵达登山小路的入口。

起初小路是一条砾石小径，地上的石头被踩得钝了棱角，没走多久便可见到一条步道，弯弯扭扭，如同马的缰绳。四个人很快发现走进了大自然的怀抱。罗斯和雷内不愧是谦谦君子，主动提出为女士背包。男人们各自背上一个，胸前一个。四人击掌相庆。

......

目光转向地球的另一边，澳大利亚的帕斯。十六岁的普雷斯顿·布里奇斯和同学们为这场属于自己的庆典准备了很久。普雷斯顿为12年级舞会挑好了外套，正在和丘奇兰德高中的几个少年讨论着即将参加的余兴聚会。

普雷斯顿是一个帅气的小伙，眉毛浓密松软，一头金发遮住了半边脸孔。他决定在庆典开始前先和同学们在沙滩上玩一会儿，一边在温暖柔和的海水中嬉戏，一边聊聊该如何庆祝这个夜晚。

"你看上去像喷了晒黑喷雾。"罗德尼是普雷斯顿的父亲，下午 4

---

① 索萨利托（Sausalito），美国加州湾区的一个旅游城市，位于金门大桥的北端。——译者
② 米尔谷（Mill Valley），加州地名，距离旧金山市中心约三十分钟车程。——译者

点一回到家就跟儿子开起了玩笑。普雷斯顿得意地笑了起来。他连蹦带跳地跑出大厅，赶紧换上无尾礼服，准备参加今晚的舞会。

差不多过了一个小时多一点，大概 5 点 30 分，普雷斯顿从卧室走了出来——这个男孩即将迎来人生的最后时刻。

普雷斯顿穿一身黑色无尾礼服，看上去帅呆了，脖子上系着专门搭配的蝴蝶领结，简直是绝配。母亲维基开车来接他，夸耀了儿子帅气的打扮。父亲给母子二人拍了好多照片。一张照片上，普雷斯顿望着妈妈，拉着她的手靠近自己，大方地亲吻妈妈的面颊，维基露出灿烂的笑容。时间不早了，男孩很快就要出发去参加舞会。

......

罗斯和三个好友终于找到营地，支起蓝白色的帐篷。他们把帐篷支在山坡上一块平整的草地上。从那里俯瞰，加州北部的花旗松林就像一望无际的绿色海洋。空气中弥漫着松林的味道，宁静安逸的感觉让每个人都放松下来——尤其是罗斯。雷内对这个地方赞不绝口，说简直就像天堂。大伙儿坐在山坡上，看着遥远的天与地，什么也不用去想。罗斯吃着橘子，开心果和米糕。四个人很快生起了篝火。夜幕降临，罗斯和克莉丝托一边聊天，一边看天际的群星。袅袅青烟飘向空中，消散在夜色中。

周末这两天接下来的时间对于罗斯来说，就像做了一场开心的美梦。哪怕湖水再冰凉刺骨，也阻止不了罗斯在彼得大坝上的肯特湖里游泳戏水。罗斯从绿草茵茵的山坡上滚下来，笑得像个开心的孩子。他和朋友们打牌，爬山，说笑话，扔飞盘，滑草，好好地撒了回野。

不过最重要的是，罗斯和克莉丝托就像高中舞会上的少男少女，双双坠入了爱河。

......

　　对于十几个刚刚结束 12 年级毕业舞会的年轻人来说，澳大利亚帕斯的苏蒙酒店是举办余兴聚会的绝佳场所。酒店房间不贵，而且带有阳台，在上面能够看到外面的广场，还有斯卡伯勒海滩上碧绿的海水起落，洗刷着沙滩。楼下游泳池里飘着一股淡淡的氯气味。普雷斯顿和朋友们上到酒店顶层，进入合租的套房。

　　夜色渐深，朋友熟人，人来人往。凌晨 4 点 30 分左右，小伙子们想着今晚玩得差不多了。此时，一个更年轻的男孩出现在门口，带来了一份惊喜。男孩虽然不是普雷斯顿最亲密的朋友，但他想跟普雷斯顿走得更近一些，所以特意带了一份礼物。

　　"这是什么?"

　　"这是'开心纸'[①]，"男孩跟普雷斯顿解释道，"就像 LSD。"男孩说，这是一种人工合成的毒品，产自不正规的地下实验室，比致幻剂带劲 60 倍，但是绝对安全。男孩说他买的是"礼包版"，就是买十赠一的那种。他是从一个网站上买的，听说叫"丝绸之路"。毒品是通过邮局直接寄过来的。

　　当晚留在酒店房间的一共有八个男孩，有五位决定试一试"开心纸"。男孩给了普雷斯顿两张吸墨纸。五名吸食毒品的男孩中，只有一位刚吸入就出现了不良反应:普雷斯顿·布里奇斯。

　　普雷斯顿的行为很快变得怪异起来。随着周围的世界变得不大现实，他开始感到恐慌。"这他妈的是什么鬼?"幻觉阵阵袭来，普雷斯顿完全丧失了自主能力。"快停下来!"他不知道自己身在何处，也不

[①]　开心纸（N‐bomb），即 25i‐NBOMe 苯乙胺致幻类药物的俗称，学名碘代 N‐乙胺，属于高浓度致幻剂，通常以吸墨纸或粉状吸食，可致人发抖、恶心、失眠、心悸、痉挛，因浓度极高，极其危险。——译者

知道自己在做什么。几个好友试着让他平静下来，可是无济于事。大伙慌了手脚，普雷斯顿更是不知如何是好。

整个房间感觉不停地旋转。"救命！救命！"普雷斯顿也跟着旋转。他拔腿就跑。可是，人还在酒店房间，还在2楼。普雷斯顿一心想逃出去。他冲出阳台，飞入空中，从30英尺的高处一头栽下，重重砸在楼下的停车坪上。

远处传来了救护车长长的笛声。

心脏检测器在一遍遍发出缓慢的滴滴声，普雷斯顿躺在医院的推车上，浓密蓬松的眉毛，以及一头金发此时纹丝不动。他的身上插满了管子。礼服被人脱去，光着上身，胸膛上贴着感应器，监测着生命体征。黑色的领结也被换成了颈托。普雷斯顿·布里奇斯标志性的灿烂微笑早已不知去向，只剩下一根塑料插管插进喉咙，保证他还能够呼吸。

母亲维基见到儿子这副模样，顿时瘫倒在地。父亲躺在姐姐的怀里泣不成声。又是新的一天，几百名高中孩子来到医院，八个人一组走进病房，所有人都在为好友伤心落泪。他们的好朋友，那个喜欢踢足球、逛海滩的少年此刻就躺在眼前，一动不动。

星期一下午，主治医师把普雷斯顿的家人领进医院的一个小房间。医生看着普雷斯顿母亲、父亲还有姐姐脸上的滚滚泪水和难以置信的神情，告诉他们，就在下午3点48分，十六岁的普雷斯顿·布里奇斯走了。

······

再过一会儿，这个周末就跟平时一样结束了。罗斯、雷内、赛莱纳还有克莉丝托收拾好行囊，开车穿过大桥金色的吊塔，踏上了回家的路。罗斯要回旧金山，要回"丝绸之路"去。

罗斯回家的时候笑得无比灿烂，感觉找到了新的希望——他打开手提电脑，又一次登录那个属于自己的世界。

"我不在的时候，一切都还好吧?"罗斯向依尼戈打听情况。

"还好，没有什么大事。"

"好!"可怕的海盗罗伯茨回了一个字。

"是不是没有想到?"依尼戈回复道，"是不是感觉只要自己不在，就会出事? 是不是觉得咒语解除了?"

生活又变得充满了希望。罗斯和克莉丝托约好了再过几个星期就去波特兰看她。两个人打算找一间林中小屋住几天。要一个舒服的小屋子，可以按摩，点外卖，还能够浪漫地抱在一起，过一个长长的周末。

罗斯一想到和新恋人的美好未来就无比欢喜，甚至得意忘形到打破亲手定下的安全规矩，跟网上的好几个雇员和心腹聊起了刚刚认识的这个女孩。他也跟挪伯说了。这位从毒贩转型过来的杀手现在正四处搜寻柯蒂斯·格林呢。

"今天看起来心情不错!"挪伯写道。

"是的，"罗伯茨回答道，"是一个女孩。:) 应该说是一个女人吧。就像天使!"

一个起初糟糕透顶的周末就这样变得美好起来。当然，最重要的是"丝绸之路"从这个星期又开始正常赚钱，向全世界的人们贩卖毒品了，其中就包括害死那个十六岁澳大利亚帕斯男孩的礼包版"开心纸"。

第四部分

第四十五章
国税局的加里·阿尔福德

住纽约的人只要看一眼曼哈顿的人行道,就知道距离今年夏天到来还早得很。街道上四处堆积着成团的烂泥。泥巴和尚未完全消融的冰雪混在一起,脏兮兮的。垃圾袋像冻硬了的风滚草,被风卷着从街头一直吹到街角。这是 2013 年 2 月中旬的一天早晨,人们在杜安街过去一点的百老汇 290 号前面排起了长龙。排队的有男有女,每个人似乎都若有所思,等着通过安检,进入一栋米黄色的大楼。只要看一眼这栋大楼,想必谁都会吓一大跳。大楼的名字就写在东墙的一块金色门牌上。不管室外温度多少,只要看上一眼,你肯定会感到脊背发凉:国税局。

类似这样的政府办公大楼其实不多,里头坐的都是靠拨弄计算器谋生的人,手里的权力比起舞枪弄棒的家伙要大得多。

在这群靠计算器吃饭的人里有一位名叫加里·阿尔福德,每天都像上了发条的齿轮,准点来到这栋米黄色大楼上班。加里是一个大个子,不苟言笑,肩膀宽,下巴方,一动不动站着的时候,脸上几乎毫无表情,感觉就像地板上放了一个铁砧,谁也推不动。加里是一个非洲裔美国人,平时上班习惯穿一件白衬衣,再配一身简洁明快的西服和领带,这样的穿着搭配让他的肤色显得更加黝黑。

虽然加里看上去跟一般负责公司企业的国税局员工并无二样，却绝非常人。这个男人有一大堆稀奇古怪的惯习，足以让他在同事中显得与众不同。

　　加里的怪癖不少，其中有一件最叫人难以捉摸。这个男人对于所有的东西——是的，所有的东西——都要读上三遍。他从不在乎到底读的是什么，凡是有字的，都会先读一遍，再读一遍，接着又读一遍。收到电子邮件，会在回复前读上三遍；报上的新闻要读三遍；书、短信、研究论文，某某交上来的报税表，一切一切，统统读上三遍。加里总跟别人解释，自己之所以都要读三遍，是为了确保比旁人能够记住更多的信息。加里年轻时听人说过，人类的大脑在阅读时只能对文字保留一小部分记忆，所以他认为如果把每一条文字记录都细细嚼上三遍，就会比别人记住更多东西。

　　当然，这样就免不了重复。可是，加里做的大多数事情也就是不断重复。

　　对于加里而言，每一天早晨其实就是头一天早晨的翻版。他会沿着同样的路线去上班，在同样的时间走进国税局办公大楼，踩着同样的步点，走过同样的大理石大堂。

　　加里工作的那一层楼面没有服务台，也没有等候区，只有两扇紧锁的大门——一扇通往北面，一扇通往南面。走廊的墙上挂着一张阿尔·卡彭的海报，这位闻名全美的要犯在禁酒时期一手掌管着这个国家的酒水交易。这张印有卡彭头像的海报之所以摆在如此显眼的位置，是为了提醒在这里工作的诸位，只要一提到国税局刑事侦查科也就是加里工作的那个部门，就应该记住，1930 年代真正把卡彭拉下马的不是酒瓶和枪支，而是算账算得好。正是国税局把这个罪犯送进了靠近旧金山海岸的阿尔克特拉斯联邦监狱。

　　加里和大多数同事一样，说话带一股浓重的纽约口音。他在这里长大，在这里上大学，现在和老婆也在这里安了家，两口子养了一条毛茸茸的马尔济斯-约克杂交犬，名字叫"宝丽"。不过，有一个地方加里和同事们不大相同，其他人要么从小住高高的公寓楼，要么在长岛郊区长大，而加里来自纽约最脏最差的贫民区。

加里出生在格雷夫森德的万宝路大厦，那是 1977 年的夏天。加里出生的那个星期正值热浪来袭，一场雷暴击中发电站，结果导致纽约全城停电，一片漆黑。加里来到这个世界短短几个小时，这座城市便陷入一片混乱。抢劫、骚乱，纵火，暴力席卷了纽约城的每一个街区。（加里常跟人开玩笑说："我一生下来，就让纽约市当机了！"）在这些充斥混乱与暴力的恶行中，有一件事最为可怕。那年夏天，纽约市出现了一个连环杀手，外号山姆之子，令纽约全城上下人心惶惶。

加里并没有在贫民区住太久。1980 年代他们家搬去了更靠东面的卡纳西。搬家前，快克这种强效可卡因已经在纽约流行，去史迪威大道走上一遭，就能看见路边沟渠里丢满了用来装快克的小瓶，五颜六色。加里一家当时就住在那里。

现如今三十年过去了，加里坐在百老汇 290 号一个淡绿和白色相间的工作隔间里，检查电子邮件（每一封邮件都要读上三遍），撰写报告。他得把上次调查的报告写完，那起案件里有几个家伙企图瞒着美国政府，把钱转移到国外去。

虽然对于加里来说，今天上午和平时没有什么区别，但一切很快就将改变。加里的电话响了起来，是国税局一位上级主管打来的。主管让这位年轻上进的员工来办公室一趟。

加里慢悠悠地走进办公室，一屁股坐在椅子上——国税局都是那种淡绿色的椅子，坐得屁股不舒服的那种。上司很快开了口。"现在有一个行动小组，我们想派你加入。"主管的口气十分坚决。（这里毕竟是国税局，没有什么讨价还价的余地。）主管接着就到底是什么人，什么事，还有为什么等问题一一做了解释。他跟加里说，这案子牵涉一个网站，在上面可以买卖毒品和枪支。"这个'丝绸之路'的网站你了解多少？"（加里对"丝绸之路"一无所知，只好睁大眼睛，看着上司。）"洋葱路由器呢？"（不懂。什么都不懂。）"那好，比特币呢？"（还是一脸茫然。）"好吧，没事，"主管继续说道，"突击部队是一个缉毒小组。你主要负责调查这个案子里洗钱那一块。"（加里面露喜色。）"这次的任务大不一样，加里。"（你他妈的还真说对了。）

加里从上司那里得知，这次的行动小组不仅包括纽约市和州警察局的调查人员，还有缉毒局的警力，以及纽约南区副检察官办公室的人。单凭这个架势，就让他感觉此次行动非比寻常。最后加里得知自己会被调去切尔西，那边有一个新的办公室，就在靠北几个街区的地方。

是时候轮到带计算器的家伙出场了。

加里从上司办公室走出来的时候，不单心怀感激，甚至可以说对新任务有某种跃跃欲试的感觉。他一回到工作隔间，就登录上电脑，赶紧搜集和"丝绸之路"有关的资料。不用说，每一条都得看上三遍。

加里首先读了捆客网的那篇文章，接着又点击进入其他十几个链接，都是比较新的文章。无论文字还是视频，总之能够找到的都先收藏。他看完之后，靠在办公椅上，眼睛盯着电脑屏幕，上面闪动的页面都是和这个毒品交易网站、比特币以及洋葱路由器有关的内容。加里现在充分了解到，正像主管刚才讲的那样，多家执法部门对"丝绸之路"的创始人追查了差不多两年有余，不管走哪一条路，最终都一无所获。加里同样明白，自己如果想要找到机会把这个毒网和幕后主谋一网打尽，就得另辟蹊径。

可是，接下来该怎么做呢？这个男人陷入了沉思。

　　加里的脑海里跳出上千种不同设想，他想尽力弄清楚到底该走哪条路，来重新审视这个案子。此时，一个主意突然蹦了出来。加里一下子想到过去发生的事情。虽然那个时候的他完全没有记忆，但有关的故事可听了不少：那是 1977 年夏天，加里·阿尔福德出生那一年的事。加里回忆起有关大卫·博科维茨的事情。那个闻名全美的连环杀手在那一年的纽约市杀六人，伤七人。对于更多美国人而言，此人被叫做山姆之子。在加里的脑海中，当年警察是如何将这个冷酷无情的连环杀手抓捕归案的，如今他就要用同样的方法将"丝绸之路"的领导人绳之以法。

第四十六章
"丝绸之路"上的生死劫

"格林死了，已经处理干净了，"挪伯发来信息，"我待会给你拍一张照片，证明一下。"

"OK，辛苦了，"可怕的海盗罗伯茨回复道，"我猜他们没能让那家伙把偷走的钱吐出来吧。"

"他们给他做了一次心肺复苏。说实在的，动刑的时候人死了就不好玩了。"挪伯做了一番解释，说他们对柯蒂斯·格林，也就是偷走可怕的海盗罗伯茨价值 35 万美元比特币的那个小偷，动了水刑。格林最终心脏病突发，"死于窒息和心脏破裂"。

挪伯把杀死格林的惨状绘声绘色地描绘了一番，他见罗伯茨没有反应，又问了一句："你还好吧?"

"有点不舒服，"罗伯茨说道，"但是还好啦。"罗伯茨接着向挪伯坦白："我对这种事情还真不习惯。"

鉴酒师琼斯之前跟罗伯茨再三解释，说这样做虽然不一定对，但除了这条路，别无选择。"干这一行不是闹着玩的，"琼斯写道，"我对你的这个决定非常满意，今天晚上，我会安心睡个好觉，以后晚上都会。"

"说得好，"罗伯茨回复道，"今晚和你的女人睡个好觉。"

"会的,你也一样,"琼斯答道,"做个好梦!"

罗斯打开挪伯发来的第二封邮件,眼前出现的是柯蒂斯·格林的照片,他那张毫无生气的面孔正对着自己,下巴上的厚肉垂在一旁,嘴里喷出一摊秽物。从照片上看,柯蒂斯的 T 恤感觉湿透了,很可能是挪伯派去的杀手在他还没断气之前用了水刑。

罗斯把照片存进电脑的一个加密文件夹,接着又给挪伯发信息,问是否现在就把 4 万块打过去。"还是打到同一个账户吗?"

"是的。"

罗斯显然被自己做的这些事弄得筋疲力尽。虽然,下决心杀一个人并不轻松,可罗斯知道这种事以后没准还得再干,只有这样才能保护自己的帝国不受威胁。没有什么事比失去亲手创立的事业更可怕的。

这毕竟是罗斯的遗产,就算再过两百年,人们也会因为"丝绸之路"记住罗斯。罗斯太想在这个世界上留下自己的印记,让人知道是他创造了这一切(人们最终会知道的)。

如果说,无奈买凶杀人只是罗斯为了留下足迹必须付出的代价。那么,谁他妈的又有资格来评判?历史上的伟人哪一个没有做过这样的决定?美国总统每天都要面临这样的抉择,他按一按钮,就会有无人机飞到某个阿富汗村庄的上空展开屠杀,这样做只为了保护美利坚这个共和国。商场如战场。多位生产苹果手机的中国工人接二连三地跳楼自杀,只因工作条件实在糟糕,但史蒂夫·乔布斯只能接受这样的牺牲,因为,见他娘的鬼去吧,正是乔布斯才让这个世界起了这么大、这么大的变化。管你是谁,要想在这个世界留下足迹,就得面对这些困境。

除了杀人,还有一些事让罗斯心神不宁。这段时间,黑客又把"丝绸之路"当成了定期攻击的对象,每隔几小时就会把网站搞到掉线。虽然,罗伯茨的手下不知疲倦地加固防御,可是让黑客收手的办法只有一个，就是从今往后每个星期给他们打钱——5万！

罗斯现在需要的是休息。谢天谢地，就在罗伯茨出钱委托挪伯买凶杀人，格林显然已经不在人世的这个周末，罗斯就要去见新女友克莉丝托了。

自从几个星期前罗斯和克莉丝托一同参加了那次野营旅行，两人的关系进展神速。回想那一天，这对男女在林中仰望星空，在篝火旁促膝谈心，度过了一个美妙的夜晚，回城之后又互相约定，只要有时间就来看望对方。两个人通过电子邮件和手机短信互述衷肠，讲述各自的过往经历，分享对未来的希望——当然，每次谈到梦想，罗斯都会轻描淡写地一带而过。

过去一年罗斯经营"丝绸之路"，日子过得实在孤单。他取得了如此巨大的成就，却找不到一个人来分享。正因为如此，他才会一下子爱上克莉丝托。一个周末在一起，很快就变成每个周末都在一起。有一次，罗斯坐飞机去波特兰，飞到克莉丝托住的地方，两个人在克莉丝托的公寓里如胶似漆地待了一整天。还有一次，两个人一起去附近的营地探险，在林中小屋度过周末。整个周末，罗斯只穿了一件蓝色的浴袍和那双像手套一样的鞋子，克莉丝托穿了一件绿色的晨衣。罗斯感觉又活了过来！他给克莉丝托拍了好多照片。旅行结束后，克莉丝托会给他发信息，在信中送他飞吻。罗斯也给女友发去爱的问候。不过，罗斯从来没有跟克莉丝托提过"丝绸之路"。这件事他永远不能提起，也永远不会提起。

在没有风花雪月的日子里，罗斯继续指挥"丝绸之路"这艘巨舰劈波斩浪，一往无前，他摇身变成一位超级英雄，让毒品交易合法化，让这个世界变得更加安全。他是在暗礁险滩中奋勇前进的船长，只有拥有同样强大力量的人才有资格跟他讨价还价。对于目前的罗斯来说，没有什么比这股强大的力量更让他想要好好守护的。

现在，一个与"丝绸之路"及其创始人有密切关系的人死了，警察很快就会找到柯蒂斯·格林的尸体，这样的担心并不为过。不用多久，警察就会知道到底发生了什么。这场谋杀、这个毒网，还有不翼而飞的可卡因，一切都会将执法者引向可怕的海盗罗伯茨。所以，罗斯现在需要一帮死心塌地的手下，能够真正为"丝绸之路"保驾护航，让它成为这个星球上最伟大的事业。

一切正如罗斯跟某个雇员说的那样："我既然玩了这个游戏，就要赢。"接着他再次强调了利害关系。"在死之前，我要让这个世界变得完全不一样，这样才能毫无顾虑地讲述属于我的故事。"

罗斯非常清楚麾下需要更多士兵来达成目标。"我觉得应该多招一些人。"罗斯和琼斯谈到业务升级时提到了这一点。他们杀过人，现在运作的网站不仅走私价值数千万的毒品，还有各种非法物品。其中任何一项罪名都不轻，足以让他们俩在监牢里度过余生。

可是，罗斯真正的担心并不在此。他坚信没人能够阻止可怕的海盗罗伯茨——罗斯对此深信不疑——你怎么能够阻止一种思想！但是，罗斯同样明白趁着警察尚未来敲门之前，最好的准备就是提前知道对手的动向。

从与克莉丝托共度周末的林中小屋一回来，罗斯就决心招募更多人手，保卫自己一手统治的这个世界。不过，罗斯并不打算只招黑客和毒贩，他想让游戏升级。他现在需要一支能杀能打的队伍，以防再有人被警察抓住或胆敢向那帮蠢货出卖情报。当然最重要的是，罗斯需要在政府里找到内线，能够为他随时通报那帮蠢货的情报。这个人也许是本地的一名警察，也许是联邦调查局或缉毒局里的某位特工，甚至是司法部的某位高官。只要能找到，无论男女，无论开什么价，他都愿意。朝中无人风险太大。罗斯可不想再有其他麻烦事发生。是时候正儿八经地大干一场了。

第四十七章
加里的良机

　　加里刚去分配的缉毒局行动小组报到，就感到浑身不自在。这个新的工作地点不像他平时工作的国税局，原来那栋米黄色的办公大楼位于纽约闹市区，周围矗立着一栋栋雄伟的联邦大厦和纽约本地的法院。现在办事的地方则出了第 14 大街，还要往北，周围是一堆潮人聚集的酒吧和卖纸托蛋糕的小店，以及切尔西-伊里奥特贫民区。

　　回到国税局，每个工作隔间足足一人高，这样所有的员工和工作都有隐私可言。可是，新办公室的隔间不仅低矮，而且大敞四开。加里只要坐在办公桌前，不管往哪个方向看，都会发现对面有一双眼睛盯着自己。（加里听说这是故意安排的，目的是为了让行动小组里来自不同政府部门的人，比方说，纽约警察局、缉毒局、国税局还有市和州警察局的人能够就案子多多交流，互通有无）。人在这里完全谈不上有什么隐私。不仅如此，新办公室里的穿着打扮也不一样，人人都穿着"休闲"的便装，比如运动鞋和 T 恤衫。加里从来没穿过这些，还得让老婆陪着一起上街买鞋子和牛仔裤，感觉就像穿了别人的衣服。对于习惯把衬衣纽扣扣到领口的加里来说，这个地方完全格格不入。

　　新成立的行动小组有一点最让人无所适从——"门户开放"政

策。每个人调查到的信息都要跟其他人分享。这里的规矩是"人人为我，我为人人"，而不是为了方便某位国税局的领导独自清点钱数。

来之前加里做足功课，看了不少新文章，可怕的海盗罗伯茨的帖子，还对暗网做了一番研究，一切都是为了对即将加入的这起案件有所了解。读这些的时候，加里还看了最早发表的一份和比特币有关的白皮书。白皮书是比特币的发明者写的。此人真名不得而知，用的是化名，叫中本聪①。

加里读了一遍白皮书，毫无头绪，再读一遍，还是一头雾水。直到第三遍，才注意到文中有一节谈到了"赌徒破产问题"。该理论说的是不管一个赌徒手里有多少本钱，赌场的钱都是无限的，因此只要不停赌下去，赌场永远都是最终的赢家。加里认为这一理论也可以套用于罗伯茨和"丝绸之路"。美国政府就像一个赌场，罗伯茨就是那个赌徒。加里相信，只要可怕的海盗罗伯茨不收手，继续玩下去，最后一定会输。

如果用激动一词来形容加里接手此案的心情，那是低估了加里的职业能力，应该说是陶醉。只要他在办公室坐定下来（或者尽量平心静气地坐下来），就会有组里的新同事跟他汇报工作。正是这个时候，加里才迅速发现其他人都不像自己对"丝绸之路"这么有干劲——至少，没人比他更来劲。

参与调查的人一想到工作陷入僵局，就垂头丧气，打不起精神。在其他人看来，加里能如此干劲十足地加入调查小组，就像一个孩子8月中旬的某一天就在幻想圣诞节的早晨会在第二天来临。

①　中本聪（Satoshi Nakamoto），日裔美国人，真名不详，日本媒体多译为中本哲也，比特币协议及相关软件创始人与发明者，2008 年发表《比特币，一种点对点式的电子现金系统》(*Bitcoin: A Peer-to-peer Electronic Cash System*) 一文，翌年发布并启动比特币金融系统。——译者

同事们也很快注意到加里的与众不同。这个男人每次说话的时候，都会插上一句口头禅"你懂的?"，要么来上一声"好哦!"，听起来像是把"好"和"哦"两个音很快地连读。加里每次开口都是这样，一张嘴叽里咕噜一大串，说到中间才进入主题，然后像头熊一样大叫一声"好哦!"，紧接着来两句"你懂的?""你懂的?"，接着继续往下说，仿佛刚才什么也没有发生。

虽然说了这么多"你懂的?"和"好哦!"，行动小组的调查人员还是得跟加里如实解释清楚情况。这是 2013 年 5 月，距离掘客网发表文章正好过去两年，全球数十个国家的探员和行动小组都在想方设法侦破"丝绸之路"。巴尔的摩成立了行动小组（卡尔），芝加哥有一个探员在单干（贾里德），再加上其他国家的十多名警力，人人都在试图弄清楚可怕的海盗罗伯茨到底是谁。即便如此，案子仍然远没有头绪。

加里在听取情况汇报的中途得知一条信息。行动小组鉴于目前无法取得进展，决定采用新的对策。加里得到的指令是追查钱的动向，而非毒品来源。行动小组希望加里从"丝绸之路"上的一位买家入手，此人一直在替毒贩和"丝绸之路"的创始人买卖比特币，扮演数字货币洗钱的角色。行动小组告诉加里，让他先查出这位将比特币换成现金的人肉提款机到底是谁。然后再想办法追溯部分比特币的来源。

加里对于查找洗钱者的任务当然没有问题，不过，他自己也有一个想法，能让他们找到可怕的海盗罗伯茨。

"你打算怎么做?"一个警察将信将疑地问道。

"山姆之子。"加里答道。

关于绰号山姆之子的纽约连环杀手的故事，加里还是孩子的时候就听过不知道多少回，难以忘怀。不过，他跟其他人解释，真正让他触动的是当局如何抓捕这个杀人犯。

事情发生在 1976 年到 1977 年间，就在加里从小长大的那个地段。当时山姆之子在纽约市疯狂连杀数人，闹得纽约全城人心惶惶，简直将纽约警察局当作玩物。不管纽约市政厅投入多少警力侦探参与调查，案子依旧无法破获。纽约还为此专门成立了一支行动小组，结果同样一无所获。不过，就在 1977 年那次全城大停电后不久，一名警官尝试用一种新的意想不到的方法来抓住这个杀人狂魔。这名警官并没有从凶案现场留下的凶器或线索入手，而是决定调查案发地区有哪些车辆在凶案发生的同时被开过停车罚单。按照这位警官的推断，即使是最猖狂的杀人犯也断不会在作案中途停手，往停车计时器里投币加钱。因此，山姆之子每一次行凶杀人就可能会拿到一两张罚单。

警察们费尽千辛万苦比对成千上万张停车罚单，终于找到了一个规律。一辆 1970 年产的黄色福特银河轿车每次在凶案发生时，都会在附近街区拿到不止一张罚单，而车主却住在扬克斯市①。于是警方去车主家拜访，开门的人名叫大卫·博科维茨，年仅二十四岁，是个桀骜不驯的家伙。博科维茨见警察上门，立刻承认自己就是山姆之子。"好吧，你们总算找到我了，"博科维茨说完这句，还不忘最后挖苦警察，"你们怎么找了这么久？"

加里告诉队友这两个案子有很多地方颇为相似。人们在 1977 年用传统的刑侦技术没有抓到谋杀犯，跟 2013 年的今天用逮捕毒贩的现代程序抓不到罗伯茨是一个道理。两个人都在嘲弄警方。两个人只要一天没落网，就会更加嚣张。无论当年，还是现在，行动小组都对他们无能为力。

"我会破了这个案子，"加里对所有人说道，"我真的觉得我会抓

---

① 扬克斯市（Yonkers），美国纽约州第四大城市，位于哈得孙河东岸。——译者

到罗伯茨。"

正如 1977 年夏天警方凭借停车罚单抓住了山姆之子，加里坚信"丝绸之路"的主谋一定会在某个地方露出马脚。他相信在互联网的黑暗角落里一定隐藏着某种和停车罚单一样的数字记录，能够帮助人们摘下可怕的海盗罗伯茨的面具。加里·阿尔福德下定决心，要将这个家伙捉拿归案。

第四十八章
转入地下

是时候找个地方躲起来了。

不过，这一回被迫消失的不是可怕的海盗罗伯茨，而是罗斯·乌布里特。

自从杀了格林之后，发生了太多其他可怕的事情。有人要找罗伯茨报仇雪恨。联邦调查局、缉毒局，国土安全部，还有其他一堆部门都围着"丝绸之路"转个不停，这名"海盗"已经成为众矢之的。从目前的迹象来看，已经他妈的没有回旋余地，是时候来一次紧急着陆了。

现在是2013年6月初，罗斯别无选择，只好把几个月前东拼西凑的列表拿出来再过一遍。就是那张"万一遇到紧急情况"的计划表。"在克雷格列表网上找个住处先躲起来，只用现金交易，"这是当时罗斯写给自己的话，"创建新的身份（名字，背景经历）。"

罗斯上了克雷格列表网，上下翻看出租房源清单，突然发现了一个绝佳的藏身之处——第15大道三居室公寓里的一个单间，距离旧金山外日落区不远，还可以用现金支付每月1200美元的房租。罗斯先给房东发了一封匿名电子邮件，然后按照计划表上的第二步，"创建新的身份（名字，背景经历）"。罗斯可不会叫自己罗斯·乌布里特，他用了一个完全虚构的名字，约书亚·特里。罗斯估计用这个名字，就没有人能够找到他。

不过，要想创建新的身份并不简单。毕竟现在已经有两个人存在，一个叫罗斯，另一个叫罗伯茨。要想再记住第三个人的细节，撒起谎来就会越发麻烦。罗斯为了确保不会忘记太多约书亚的信息，给未来房东的电子邮件里从始至终使用清楚记得的情节内容。罗斯跟对方解释说自己、也就是约什（约书亚的简称）今年二十九岁，来自得克萨斯，刚刚从澳大利亚悉尼出差回来。"我是做货币交易的，也做一些自由 IT 工作，"罗斯，也就是约什在给那对出租公寓的夫妇的邮件中写道，"我大多数时候一个人住，大部分时间是忙工作。"

罗斯不用担心现实生活中的任何一位朋友，比如雷内或者赛莱纳发现他又有了一个新的自我——约什。罗斯早有计划让每一个人蒙在鼓里。他绝不会带老朋友去新的住处，也不会让新的室友见到以前的朋友。至于从波特兰过来看望自己的克莉丝托，感情这种事，总是来得快去得也快。就在两个人恋情即将升温的时候，罗斯突然没了兴致。一个人如果只能展现半个自己，又怎么可能和别人维系一段关系？正像罗斯对密友透露的那样，不管是在现实世界还是"丝绸之路"，他都希望有一天能够成个家。只是，不是现在，也不是和克莉丝托。

不过，这并无大碍——就在罗斯准备躲起来的时候，另一个特殊人物再次回到他生活当中，虽然回来得慢，却毫无悬念。一个罗斯曾发誓永远不再面对的人：茱莉亚。

罗斯的计划表上可没有这样的安排。

故事还要从罗斯决定低调隐身一段时间前说起。当时罗斯正好读了一本书，有关生产率的。书里有一条信息和他大学时代的做法相差不大。那个时候罗斯把生活中没有必要的平常琐事全抛得一干二净，比如说一个月不洗澡，或是一个星期只吃一袋米。那本书传达的信息里有一条说，读者应该"重启"自己的网上日历，开始新的生活。于是罗斯按照书中的要求，删掉了电脑中与茉莉亚有关的记录。没想到电脑自动给茉莉亚发去信息，让对方知道了这件事。

"最近还好吗?"茉莉亚给罗斯回了邮件，"我想你应该还是那么棒。"

这对旧日恋人又开始陆续给对方发电子邮件。如果说最初的那封邮件只是撩拨一下，那么接下来就是旧情重燃了。也对，就算没有其他用处，能够从当下多重世界的混乱中解脱一下也是好的。

变身为约什的罗斯去了第15大道的那栋公寓楼，简单看了一下，把钱交给安德鲁·福特也就是出租单间的那位，然后经福特介绍，同租住公寓另外两间卧室的人见了面，随后立马搬了进去。

约什的新室友只知道这位二十九岁的得州小伙来的时候只带着一台手提电脑和一小袋衣物。他们看着眼前的这个小伙子把包里为数不多的东西一件件拿出来，却不知道此人真名叫罗斯·乌布里特，也不会怀疑他还有另外一个身份——可怕的海盗罗伯茨，更不会想到这个人的手提电脑和口袋的U盘里存着价值数千万美元的比特币。对于新室友来说，约什看上去就像一个做短线的交易员，文质彬彬，压根不会是一个过去几个月里在"丝绸之路"上下令谋杀数人的凶手。

是的，死在可怕的海盗罗伯茨手上的不止格林一人。

就在罗斯派人水刑逼供、处死柯蒂斯·格林没多久，又有人企图勒索罗伯茨价值50万美元的比特币。不过，这一回有所不同。上次只是钱被偷了，这一回上门勒索的不仅窃取了"丝绸之路"上数百用户的真实姓名和住址，还威胁要把事情捅出去。勒索者告诉罗伯茨，要想不走这条路，方法只有一个：给他 50 万[1]。

不过，这一回罗斯不打算看人脸色。他招募组建了一帮新的追随者——"地狱天使"，都是在"丝绸之路"上认识的。罗斯让"地狱天使"找到勒索自己的那个家伙，把他干掉。"在我这里这种事情是不可饶恕的，"罗伯茨跟"地狱天使"说得相当明白，"尤其是在'丝绸之路'，匿名权是神圣不可侵犯的。"

这一次买凶的代价据说高达 15 万，要求做得"干净"。罗伯茨对于要价如此之高并不满意。他跟那帮"天使"们说，上次买凶的价钱只有这次的一半。

不过，跟一帮心狠手辣的杀人犯讨价还价根本就不可能轻松，再说，15 万对于今天的罗伯茨来说压根算不了什么，罗斯最后答应了报价。几天后，一张死人照片和一封电子邮件发到了罗伯茨的收件箱。"问题解决了……您可以放心，那个人再也不会勒索任何人了，永远不会。"

不巧的是，杀掉此人并不能彻底解决罗斯的心头之患。就在"地狱天使"动手杀人的时候，那个家伙居然承认把秘密告诉了另外四个合伙人，其中一位在"丝绸之路"上的化名是托尼 76。罗伯茨没有丝毫犹豫，立刻再出 50 万，叫人把其他几个统统杀了。

罗斯把这些事全都写进了日记，存在电脑里。"给'天使'打款，做掉托尼 76 和其他三个合伙人，"下一条是他当天处理网站服务器的工作日志更新，"负载太高（300/16）导致网站掉线，重构主页和目录页面会更快一些。"

---

[1] 根据罗伯茨的对话记录显示，这个勒索者的网名是友好的化学家（FriendlyChemist），真名叫布雷克·克洛科夫（Blake Krokoff），时年三十四岁，与妻子和三个孩子住在加拿大不列颠哥伦比亚省。负责谋杀行动的"地狱天使"成员网名叫红与白（Redandwhite）。按照红与白的说法，杀掉的不仅有友好的化学家，还有下面提到的托尼 76（Tony76）和他的合租房客。——译者

看来，杀人这种事就跟写代码一样，熟能生巧。

一大堆麻烦事中有一件最叫人伤脑筋。这一回罗伯茨收到了一封死亡威胁。威胁者化名死神天降，声称对于柯蒂斯·格林的死因一清二楚①。还有一次罗斯也被吓了一跳，有个家伙搞错了网络代码，结果泄漏了服务器的 IP 地址。如果联邦调查局或其他地方有人正在监视的话，就可以查出"丝绸之路"服务器的位置——罗斯一直没有让别人知道服务器的位置，瞒了两年之久。

于是，接二连三地买凶杀人，死亡威胁，"地狱天使"，还有随之而来的焦虑不安，这一切逼得罗斯没有办法，只能躲藏起来。

鉴酒师琼斯也有过同样的经历。当年他逃亡泰国，就是为了在局面难以收拾的时候躲避追捕。琼斯说他在泰国收买了几个当地的警察，如果真有人找上门来，就可以赶在那帮蠢货敲门之前轻松逃走。

虽然，可怕的海盗被一波波烦心事折腾得够呛，可进展还是有的。收买警察的不再只有琼斯，罗伯茨也成功收买了两个。

罗斯在"丝绸之路"上四处放话，让人觉得他似乎想在政府里收买线人，这样才能让可怕的海盗罗伯茨抢在抓捕者上门前得到消息。至于价钱，按照线人的说法，每次走漏情报只有 5 万美元。虽然，怎么收买线人以及怎么帮他避开联邦调查局的具体细节并不清楚。但是，试一试又有什么坏处呢？

让罗伯茨感到庆幸的是，网站的生意越做越红火。7 月底，"丝绸之路"的注册用户达到一百万，不过用了两年多一点的时间。罗斯从未想过当年在上面卖出第一袋迷幻蘑菇的"丝绸之路"竟然会成长壮大到如此地步，自己能在网站上帮助整整一百万人买卖毒品和其他

---

① 死神天降（DeathFromAbove）其实是卡尔·福斯在 2013 年 4 月 1 日创立的另外一个账户。福斯利用这个账户试图向罗斯勒索 25 万美元。——译者

违禁品。纵使前进路上遇到这么大的阻力，这一伟大成就还是让他感到惊喜。

所以，打赏一名线人5万美元，或者付"地狱天使"50万杀一两个人，都是做这门生意必须付出的成本。这点小钱比起"丝绸之路"的高额利润来说根本不算一回事。

让罗斯感到高兴的是，他终于成为"丝绸之路"的首席执行官，办事老练，充满自信。凡事只有他一个人说了算，这一点不容置疑。虽然，也有其他人辅佐支持他，可是不管哪个决定，只有罗伯茨才是最终的仲裁者，他再也不需要听命于导师鉴酒师琼斯了。

身为老板，罗斯会经常提醒某些下属，"我们所做的是为了改造人类文明"。他还会对下属发表振奋人心的长篇大论，学着如何在局势紧张时激励队伍。考虑到来自黑客和执法部门的重重压力，打气鼓劲的确是此刻手下某些人最需要的。

"我跟你讲一个小故事，"有一次可怕的海盗跟一个手下说道，"那是欧洲的中世纪……"罗斯讲起了故事：一个人走进一个建筑工地，看见一群工人在凿石头，建房子。大多数工人干活拖拖拉拉，拉长着脸，一副苦相。"你们在做什么？"这个人问道。工人们回答说："你觉得我们在做什么？我们在凿石块。"然而，此人随后看到另一名工人眼睛炯炯有神，脸上还带着微笑。这名工人干活的速度似乎是其他人的两倍，凿出来的石块也无可挑剔。于是这个人走上前去问道："你又在做什么呢？"工人回头看了看，答道："我在修一座教堂，献给伟大的神。"

"如果有人问你们在做什么，"罗伯茨继续对手下说道，"你会不会说自己是在'解决人们的困难'或者'为了解放全人类而奋斗'呢？"

这就是罗斯为什么要躲起来的原因，因为一旦被抓，损失不可估量。所以，罗斯不会再在雷内腾出来的卧室里继续工作，也不会再优哉游哉地走到拉古纳街的托比妈妈咖啡馆，躲在喜欢的咖啡店里处理"丝绸之路"上的工作。正是因为有那么多联邦特工在搜查罗伯茨的下落，还有死神天降要自己的性命，罗斯才必须更加提高警惕，小心谨慎。

于是，只要距离外日落区不远处第 15 大道的那间卧室房门一关，外面客厅里的人就会以为新搬来的室友约什要么在做股票短线交易，要么在做自由职业的网络技术工程师。

外头的人不知道，在卧室里，罗斯、约什还有罗伯茨三位一体，修建属于他们的"教堂，献给伟大的神"，他们要用亲手建造的教堂，把世人从美国政府的暴政下解放出来。

第四十九章
卡尔转队

空气中弥漫着一股咖啡味，卡尔正坐在巴尔的摩缉毒局办公室的隔间里，在手提电脑上忙活。电话铃再次响起，打破了宁静。就算不用拿起听筒，卡尔也知道是谁打来的电话。上面显示了犹他州西班牙福克市的区号。又是柯蒂斯·格林，又是这个古奇！这是格林今天第八次给自己打电话了，他妈的烦不烦啊！？

"我真的不敢相信你居然认为是我偷了罗伯茨的钱，"格林在电话那头尖着嗓子抱怨道，"我发誓没有偷他任何东西。"

卡尔压根就没有信过格林的鬼话，"你这个骗子"。卡尔在听了格林哭哭啼啼老半天后，跟对方说一定要冷静、低调，好让罗伯茨以为他真的死了。卡尔为了吓唬格林，还警告道，如果那个"丝绸之路"的首领发现他还活着，那么可以肯定这种状态不会持续太久。

"我到底还要躲多久？"格林哀声说道，"我已经好几个月没有出过门了。"格林呜呜地哭了起来，说自己跟偷钱没有任何关系。卡尔早就听够了这套鬼话，立马挂断了电话。

罗伯茨在亲眼见到万豪酒店内的那场"不太假的假戏"之后，要挪伯找杀手杀了格林。卡尔可不会花功夫再飞一趟犹他的西班牙福克市。于是他让格林装死。做法很简单：把头埋进水里，就跟淹死了一样。然后打开一罐金宝汤，就是那种番茄汤罐头，灌进嘴里，让汤流出来，感觉就像被淹死在水下，鼻涕从嘴里喷出来那样。最后再叫他老婆拿他的手机拍一张死翘翘的照片，作为凭证。

挪伯随后把这张模糊的照片发给了可怕的海盗罗伯茨，证明那个偷钱的垃圾格林被干掉了。"死于窒息和心脏破裂"，卡尔在给罗伯茨的回信中写道。

本以为事情就这样结束了。不过，就在同可怕的海盗对话后不久，卡尔注意到对方的一个变化。结果一个人的性命，或至少自以为结果了某人的性命，似乎让罗伯茨品尝到权力和控制的滋味。这是一种罗伯茨之前从未尝过的味道。这位"丝绸之路"的领导者开始变得越发难以满足，也越发充满自信。当卡尔摆出一副"我跟你是一边的"友好姿态，试图提醒罗伯茨注意网站继续下去会有潜在危险时，从来没有见过可怕的海盗回答的语气会这么狂傲不逊。

"我走这条路不是被逼的，是自己选的，"可怕的海盗一开口就摆出一副强硬的姿态，"我之所以选择走这条路，是因为充分意识到会有哪些危险。"罗伯茨接着再次表明了绝不妥协的立场，扬言"丝绸之路"会一天比一天壮大，直到有朝一日"迫使美国政府承认毒品交易合法"。所以，你再也不要质疑可怕的海盗罗伯茨，因为此人为了达到目的，什么都干得出来。

可怕的海盗在一些不太重要的小事上也变得越发强硬。有一回两个人约好时间谈业务，挪伯露面晚了一点，结果遭到罗伯茨的一顿痛骂，被好好教育了一通，说什么忠诚是多么重要，还有"做人讲话要守信用"。

"哦，船长，我的船长。"

罗伯茨从对柯蒂斯·格林的死感到灰心丧气，到开始相信格林是咎由自取，并没有花去多长时间。"我既不满意格林背叛了我，"他在给挪伯的留言中写道，"也不满意必须杀掉他。我只希望更多人能够有一点诚实。"

卡尔对此深表赞同。"诚实恐怕是（人身上）最难得的，"卡尔在回复中指出，忠诚、恐惧、贪婪，还有权力，这些是我们大多数人的品性，"但是，诚实这一点真的很少有人做到。"

对于卡尔来说，诚实似乎同样也是一种稀有品质。

过去的几个月，卡尔跟共同经手这个案子的那位特工都在做同一件事。那位特工从"丝绸之路"偷走了35万，卡尔也在想方设法从"丝绸之路"弄钱，替自己谋一点福利。在卡尔看来，这种好事一辈子就这么一回。更何况没有人查得出来，因为都是比特币，找不到痕迹的，就像数字现金一样无迹可寻。

于是卡尔想了一个计划——事实上，他的计划不止一个。

2012年夏天的某个下午，卡尔给可怕的海盗罗伯茨写了封邮件，提了一个建议。挪伯说他碰巧认识一个贪污的公务人员。说来也巧，这家伙恰好也在调查"丝绸之路"。这下可就有意思了。挪伯说这位警官叫凯文，凯文愿意给可怕的海盗罗伯茨透露一点口风，不过需要一点小小的馈赠。

可怕的海盗问挪伯是怎么认识这个坏警察的。

"是他找的我，"挪伯解释道，"跟我说上头在查我。"

"他这么做图什么呢？"罗伯茨继续问道。

"还不是为了钱？:)"挪伯答道，"凯文这个人精得很，也假得很。"

就像当初借用手头有关南美毒品走私的情报，为自己创造挪伯的虚拟身份一样，卡尔这一回如法炮制，创造了一个凯文，一个没有操守的联邦警员，专门从破坏规矩中得到刺激和快乐，现在正要越过身为执法者最神圣不可逾越的红线。卡尔打算把情报卖给被抓捕的罪犯。

直到此时，卡尔的上级一直都能看到卡尔写给罗伯茨的每一句话，他们之间的所有对话记录都将作为证据，保存在缉毒局的"调查报告"档案中。卡尔深知此中厉害，所以建议挪伯和可怕的海盗将他们的对话，尤其是从凯文那里得到情报的这些内容全部转移到"优良保密协议"程序。这是一种高度安全机密的聊天系统，对发送的每一条信息都会加密处理。如果卡尔要犯什么重罪——他马上就要犯下大罪——那么他肯定希望万无一失，确保政府无法读到这些信息，查出是自己干的。

于是，一段新的关系就此开花结果。

有了凯文这个化身，卡尔就能将调查至今的一切相关情报和高度敏感信息告诉对方，帮助罗伯茨抢在联邦政府之前采取行动。作为回报，这个坏警察提出的要求是，每次移交情报都要"捐赠"大约 5 万美元。罗伯茨当然乐意"捐赠"。这个计划简直天衣无缝，就连傻子也不会出错：首先，所有信息都是加密的，除了卡尔和罗伯茨，没有任何人能够读到这些信息。其次，付款用比特币，不会有人能查出源头所在。卡尔会把跟调查有关的情报透露给可怕的海盗罗伯茨，并将案件中的嫌疑人或"丝绸之路"上被捕招供的毒贩姓名暗中告诉对方。这些情报至关重要，足以帮助罗伯茨抢在联邦调查局前行动。作为交换，卡尔本应奉命捉拿的这位大毒枭会给他打赏。卡尔最终到手75.7 万美元。

对于可怕的海盗罗伯茨来说，这笔钱花得相当值，确保一旦执法部门真的查出真实身份，罗斯可以赶在警察敲门之前溜之大吉。

第五十章
互联网上的停车罚单

一连好几个月，加里·阿尔福德把能够找到的同"丝绸之路"有关的一切资料看了个遍——每样至少看三遍。加里对于自己一定能够抓到可怕的海盗罗伯茨的念头深信不疑。

于是，就在2013年5月的最后一个星期五，躺在床上看手提电脑的时候，加里终于得偿所愿，这股执着的信念为他带来了第一条提示。

那天和往常一样，加里结束一周漫长的工作——他和纽约市的行动小组共同追查罗伯茨的下落忙了整整一个星期——当晚回到家中，和妻子享用了一顿可口的晚餐。两口子吃完晚饭便拖着悠闲的步子，上楼进了卧室。阿尔福德太太倒头就睡，家中的小狗宝丽也蜷在床角，发出轻轻的鼾声。

阿尔福德夫妇的卧室里不少装饰都是红色的。床罩是红的，枕套是红的，就连四面墙上都像被喷了一层深红。加里就在这个红房间里，点击手提电脑的鼠标，查看"丝绸之路"有关的资料。

过去几个月来，加里对于罗伯茨到底是怎样一个人，心里大概有了一些判断。这位可怕的海盗对于美国的政治制度了如指掌，意味着很可能就在美国。此人能够建起一个如此庞大的网站，足见其对电脑知识研究颇深。

接下来还有一条线索才是最重要的。

加里看完了"丝绸之路"创始人早期发布的每一条帖子（三遍）。这位毒网创始人在帖子里说街头买卖毒品有时会被别人敲竹杠，搞不好还会遭到毒打，非常危险，而在"丝绸之路"上买卖毒品就安全得多。加里是名黑人，从小在穷人聚居区长大，读到这里一下子觉得受了冒犯。"这家伙用'别人'这个词是什么意思？"加里和妻子聊起了案子。"很明显，"加里转念一想，"此人不是和这些'别人'一起长大的，如果是——就跟我一样——就不会用'别人'来称呼他们。"这样的措辞虽然让加里好生窝火，却给了他一条最具决定意义也是最有价值的线索——罗伯茨一定是个白人，很可能在郊区长大。

不过，就算好不容易理出一丝头绪，加里的搜索范围也只是缩小到了，嗯，差不多两千万人左右。所以，仍然谈不上有什么线索。

加里同执法部门里经手这个案子的其他警员一样，收集了好多名字。他觉得这些人里说不定哪一个就是可怕的海盗罗伯茨。其中一位是程序员，自由意志主义倾向极其严重，专门做比特币；还有一位在网上有个论坛。不过，要想从这帮人中找出谁是罗伯茨，依旧机会渺茫。

于是，当天夜里，加里躺在红床上，枕着红枕头，想出了一个主意。

他想到了第一个在互联网上发表有关"丝绸之路"文章的那个人。此人现在无人不知。他叫阿德里安·陈，是掴客网的一个博主，发表了第一篇揭露"丝绸之路"的文章，可谓一石激起千层浪。加里心想，莫不成阿德里安·陈就是可怕的海盗罗伯茨？

如果真是这样，那么阿德里安·陈很有可能在掴客网发表文章前就在其他地方写过有关"丝绸之路"的东西。

于是加里登录谷歌，把捆客网那篇文章重新读了一次，还是三遍。在读最后一遍的时候他发现了一个有趣的链接，一个之前从未留意过的链接——原来"丝绸之路"的网站地址后缀不是.com，而是.onion，只有洋葱浏览器才会使用这个域名。

加里立马转回谷歌，在搜索栏里输入 Silk Road.onion，按照日期过滤，只查看 2011 年 6 月 1 日也就是捆客网发表文章之前的搜索结果。这一回只有十几个蓝色链接。加里连点了三下鼠标。不知从哪里蹦出一篇帖子。帖子发布在一个叫蘑菇房的论坛上，发布时间是2011 年 1 月 17 日星期四下午 4 点 20 分，也就是"丝绸之路"宣称正式营业的那个星期。加里点了一下链接，开始读文章。

"我今天发现了一个网站，叫'丝绸之路。'"某人在 2011 年的这一天在蘑菇房上写了这么一句话。加里在蘑菇房上继续搜索。这是一个专门教人们如何栽培迷幻蘑菇的网站。看着看着，加里突然发现对"丝绸之路"发表评论的这个人在网上自称欧脱滋。加里猛地一下从床上坐了起来。

"你去哪里？"妻子看加里站了起来，半睡半醒地问道。

"我去楼下一趟。"加里轻声说了一句。走廊里手提电脑的蓝灯一路闪烁。宝丽也跳下床，跟在后面连蹦带跳地出去了。

加里坐在客厅的沙发上，继续查找线索。他再次登录谷歌，键入 Silk Road.onion 和 Altoid，出现了更多的链接。咔嗒、咔嗒、咔嗒。加里在另一个论坛发现了一篇帖子，该论坛专门讲述如何开海洛因商店，教人们在互联网上通过洋葱路由器和比特币购买海洛因。和其他网址一样，这里也有一篇帖子署名欧脱滋。

"大家的评论太棒了。没想到你们有那么多好主意。有没有人知道'丝绸之路'？"欧脱滋写这些话基本在差不多同一时间，都是2011 年 1 月。"那家网站有点像匿名的亚马逊。"

随后几天加里和这几个论坛取得了联系，利用自己的政府身份担保，从论坛那里拿到与欧脱滋账号有关的一系列名字和电邮地址。这些电子邮箱都注册在同一个人名下，地址是 frosty@frosty.com。虽然，这不是一个真正的电子邮件账户，无法进一步查找，可是随着越挖越深，加里发现这个用户名为欧脱滋的人还有另外一个电邮地址同这个邮箱地址有关联。那个邮箱地址虽然已被删除，却仍然留在论坛的数据库里。

加里找到了这个账户链接：RossUlbricht@gmail.com。

他继续搜索一番，发现这位罗斯·乌布里特是一名白人男性，来自得克萨斯郊区，年龄三十不到，二十八九岁。不过，要想建立一份新的嫌疑人档案，有些线索似乎还不完整——罗斯·乌布里特并没有电脑科学的背景。

当然，就算是第一个在网上发帖谈及"丝绸之路"，也不能代表此人就是毒品网站的创始人。就加里所知，在欧脱滋发帖谈及"丝绸之路"之前，至少有几十甚至上百人讨论过这个网站，有的是在私聊中谈到的，还有的是在互联网上一些已经找不到的地方。但即便如此，也足以让加里把罗斯·乌布里特列入业已收集的十几个嫌疑人的名单中。不管怎样，这些人都有可能与"丝绸之路"有牵连。

虽然，此刻加里还不知晓，但他找到的实际上就相当于那张锁定山姆之子的停车罚单。只不过，罚单是一个遗留在网络论坛上的旧帖子罢了。

第五十一章
塔贝尔找出破绽

克里斯·塔贝尔急匆匆地走出位于纽约圣安德鲁斯广场1号的美国检察官办公室，一路小跑朝着一街之隔的联邦调查局总部走去，边走边伸手进口袋，将一个U盘紧紧捏在手心。这是一个足以改变世界，或者说，至少能够改变克里斯·塔贝尔世界的灰色小U盘！

只要一想到手里这个U盘存着"丝绸之路"的服务器，塔贝尔就难以掩饰内心的兴奋。U盘是冰岛政府寄过来的，当天早上刚收到。如果里头的服务器没有加密的话，那么就有可能让联邦调查局找到可怕的海盗罗伯茨。

几个月前联邦调查局刚开始对"丝绸之路"正式立案调查的时候，塔贝尔及其小组成员其实比参与调查的任何一队人马都要领先了不止千步。不管怎么说，网络犯罪调查科里个个都是在暗网追捕上有着多年经验的行家里手，抓过黑客、恋童癖、专门盗窃个人信息和身份证件的窃贼，甚至还有恐怖分子。抓来的那帮家伙里不少人早就把这些新技术玩得滚瓜烂熟。

这群联邦探员们同样知道，坏人总会出错的。哪怕有时候只是一些看上去毫不起眼的错误，总归会露出马脚。很多情况下，要想侦破一个案子，只需要在这些错误中找到一个就够了。

这段时间塔贝尔做的就是这个。

塔贝尔学过计算机取证，有这方面的背景知识，所以有能力去技术论坛搜查线索，正是那些论坛上讨论的代码让"丝绸之路"得以组建，何况他也有能力看懂别人在说什么。塔贝尔开始调查没过多久，就在网上找到了一些只有老练的程序员才能发现的东西——"丝绸之路"的服务器最近进行了一次升级，在网站登录页面留下一个漏洞。漏洞虽小，却很可能招致致命的后果。这个代码错误恐怕会泄漏服务器的 IP 地址，也就是那一串数字，有点像家庭住址，指的并非是哪一栋屋子，而是某个服务器，即便是隐藏在暗网上的服务器。

从调查结果来看，这个漏洞似乎真的能够成为线索。塔贝尔利用软件，对漏洞进行了一连好几个小时的追踪，终于发现"丝绸之路"服务器的 IP 地址位于冰岛。（就在塔贝尔发现漏洞几个小时后，可怕的海盗罗伯茨也发现了错误，马上堵上了漏洞。）[①] 虽然，案件就此取得重大突破，可仍然不清楚服务器上到底保存着什么信息。情况好的话，服务器能够告诉联邦调查局是什么人、什么东西，在什么时候和什么地方管理这个网站。可是，如果服务器是加密的——这一点很有可能——甚至等到塔贝尔他们赶到的时候就被删除，那么这条线索将毫无意义。

塔贝尔等人赶紧去了国外，先是一堆纠缠不清的法律程序，后来又和冰岛警察喝了几杯啤酒，花了好几个星期才让冰岛方面同意将服务器内的全部信息转交给美方。就这样，一份装在灰色 U 盘里的拷贝件在 6 月中旬被邮寄到美国检察官的办公室（和 U 盘一同寄来的很可能还有在"丝绸之路"上购买的一些毒品）。

[①] 塔贝尔及其团队找到的"丝绸之路"服务器不仅来自冰岛，还来自法国和德国。这里存疑的一点在于联邦调查局始终没有就如何找到服务器的问题给予正面回应。——译者

塔贝尔手里攥着 U 盘，飞快通过安检，跑进了联邦调查局大楼。他将钥匙卡嘀了一下，直接上 23 楼找托姆·基尔南，就是网络犯罪调查组共事的那位电脑专家。

"我拿到了。"塔贝尔在 1A 实验室里找到了托姆，眉飞色舞地说道。

实验室里的电脑机站是一张长长的工作台，上面四处摆放着显示器，键盘和硬盘。两个人赶紧抽了把椅子，找了台电脑，坐了下来。塔贝尔把 U 盘递给托姆，心急火燎地看托姆把 U 盘插进电脑。托姆的手指在键盘上飞快地击打，打开文件夹查看内容。两个人都迫不及待地等着看里面到底会有什么。托姆突然皱起眉头，转过头来，对着塔贝尔沮丧地说了三个字——恐怕是他俩此刻最不愿意听到的三个字——"有密码。"

两人眼前的电脑屏幕上是一连串无休止的字符、数字和字母，看上去就像红头文件一样，又臭又长。

塔贝尔立刻泄了气。他拿起话筒，拨通了检察官办公室的赛林·特纳，也就是刚刚给自己 U 盘那位的电话，留了一条语音信息："尽快回电，有大麻烦。"

"他妈的！"塔贝尔重重地挂上电话，忍不住骂了一句。"这下没戏了！"

他们又试了好几次，想要解锁文件夹，可是毫无作用（这就好像凭一根回形针就想进入诺克斯堡一样①）。塔贝尔极不情愿地慢慢走回办公桌，一脸沮丧。下午，赛林的回电来了。

"现在该怎么办？"赛林问道。

---

① 诺克斯堡（Fort Knox），美国陆军军事基地，位于肯塔基州路易斯维尔西南。——译者

"说实话，我也不知道，"塔贝尔答道，"不知道是不是还查得下去。"就目前的情况来看，两个人都知道这下是真的没戏了。塔贝尔挂上电话，瘫坐在那里。

几天后，塔贝尔又给赛林打了电话，聊了聊其他事情。挂电话之前，赛林问他"丝绸之路"服务器的事有没有进展。

"没有。"塔贝尔答道。

"难道密码不管用吗？"

"什么密码？"

"冰岛那边不是跟 U 盘一起还寄了密码吗？"赛林解释道。

"你从来没有给过我密码！"塔贝尔简直惊呆了，这是他头一回听到还有密码。几天前的那股兴奋劲一下子又回来了。

"我肯定给你了。好吧，等我再找一下。"赛林一边说，一边在桌上的文件里翻来翻去。"密码是 trytocrackthisNSA，中间不要空格。"几个月前，爱德华·斯诺登①刚刚把一系列最高机密情报透露给媒体，这个密码一看就是冰岛那边拿来刺激国家安全局的。托姆赶紧往灰色 U 盘里的文件夹输入密码，他打开了一个魔幻世界。那里，就在塔贝尔的眼前，"丝绸之路"的整个服务器完全展现在眼前，一目了然。

"他妈的！"塔贝尔吼了一嗓子。

"这他妈的就对了。"

"开了，开了，全部打开了。"塔贝尔对着电话那头的赛林大声喊道。

----

① 爱德华·斯诺登（Edward Snowden），美国前中央情报局技术分析员，因向公共媒介透露美国政府机构内部情报而名噪一时。这里指的是 2013 年 6 月斯诺登将国家安全局监听秘密文档透露给《卫报》和《华盛顿邮报》一事。斯诺登事发后遭美国政府通缉，随后逃亡俄罗斯。——译者

"他奶奶的，好家伙！"赛林尖声叫了起来，"他奶奶的，太好了！"

这边，托姆立马动手和其他探员一起开始重建数据库，创立一台虚拟电脑作为"丝绸之路"的主机。那边，克里斯·塔贝尔走进后面的房间，从一台绘图仪的打印机里抽出长长一条打印纸，足足有8英尺。他把一长条打印纸贴在1A实验室的墙上，接着拿出一支黑色油性笔，在最上面横着写下几个字："丝绸之路"，然后在下方画了一连串方框和数字。

塔贝尔的方法跟几十年前一模一样。那时候的联邦调查局有组织犯罪调查科还没在"坑"里查案，就会在同一面墙上画上图表，把要追查的犯罪团伙中每一位成员的坐标位置标出来。现在塔贝尔同样要绘制一幅图表，在上面列出数字和IP地址，把属于"丝绸之路"服务器的隐藏位置清楚地标出来。一切就像联邦调查局办案那样，只要肯花时间，就能够从底下的小混混顺藤摸瓜，把上面的主使头目揪出来，塔贝尔同样希望只要有一台服务器取得突破，就能够帮助他们直接找到可怕的海盗罗伯茨。

第五十二章
伪造的身份证件，第一部

2013 年 7 月 10 日，旧金山国际机场的风特别大。强风一阵阵吹来，湾区上空的一架架飞机在风中起落摇晃。一些客机行李舱里的行李被挤成一堆，邮运飞机里的邮包信件也被摇得东倒西歪。不过，就在一架来自加拿大的邮运航班快要降落时，风好像突然暂停了，轮胎也顺利地触到了跑道。

飞机停了下来，舱内的纸箱里装满了各种邮包，这些邮件将被送到旧金山国际机场的海关邮件中心。检查员会把箱子一个个搬下来，把里头的东西全部倒出来，分门别类地倒在不同的传送带上，所有这些都将被送往美国各地的大小城市。

当天值班的邮件分拣员打开一个箱子，伸手进去，拿出一沓正方形包裹。这些邮包虽然是从加拿大运来的，可还是紧紧贴在一起，没有散开。单看的话，并无让人怀疑之处，可是放在一起拿出来看，就感觉有些不大对劲了。

引起分拣员注意的是这些邮包全都同样大小，一个模样，包裹上的名字是手写的，也一模一样。字写得相当潦草，一看就是匆忙写在贴条上的。不过有意思的是，包裹上的回信地址和名字略微有些不同，叫人心生疑虑。

其中一个包裹是科尔·哈里斯寄来的，此人住在温哥华。另一个寄件人叫阿诺德·哈里斯，也在温哥华，只是地址不同。还有一个是伯特·哈里斯，同样住在温哥华，只是区不一样。三个哈里斯，从温哥华三个不同的区寄过来，三个包裹一样大小，上面的签名字迹一模一样，怎能叫人不产生疑问？一定有鬼。最蹊跷的是，邮包寄给美国不同地方的人，其中一个寄给安德鲁·福特，此人住在第 15 大道 2260 号，就在旧金山市。

分拣员拿出查扣表，填好信息，然后用刀划开包裹，看看里面到底藏着什么。

······

这段日子罗斯一直没日没夜地围着网站转，努力将不断出现的新问题——解决。有的是客户投诉，有的是下属办事不力，有的涉及黑客，有的是某个毒贩被警察抓了，还有的是包裹在邮寄路上被人扣押或偷了。同时罗斯不忘收集情报，好跟执法部门对着干。为他提供情报的人叫凯文，刚刚告诉他联邦调查局正在策划行动，抓捕一批"丝绸之路"上最大的毒贩。

幸运的是，这些麻烦对罗斯毫发无伤。他正躲在外日落区附近某个租来的房间里，扮演约什的角色，这样既能二十四小时连轴转，也不用担心室友怀疑。不过，罗斯还是忙里偷闲，休息了一小会儿。他抽空看了看路易斯①的脱口秀，把电影《V 字仇杀队》又看了一遍，还读了几本书，书中的自由意志主义信条足以提醒他牢记使命。

罗斯现在信心爆棚，对手下的人也越发严厉，时不时地教育手下

---

① 路易斯（Louis C. K.），美国编剧，导演，著名脱口秀演员。——译者

做事要更加勤快。"我会做得更好的。"有一回一名手下接受完罗斯的教育后，紧张得不得了，赶紧低头认怂。

罗斯的回答是："我相信你会的。"

罗斯就这样躲在可怕的海盗罗伯茨的面具背后，让人摸不清行踪，探不出深浅。他还做了另一个决定，人生的首次采访。他找了一个《福布斯》杂志的记者，为自己开一场问答会。这个名叫安迪·格林伯格的记者胆子不小。他问了罗伯茨一些同"丝绸之路"以及人生使命有关的问题。罗斯决定以书面问答的形式做这场记者会，这样他能同时和鉴酒师琼斯商量，两个人合计好了再回答。这可是罗斯传播自由意志主义理念的一次绝佳机会，更加重要的是，这样做也能给琼斯一个机会实现他的计划，让他明白可怕的海盗罗伯茨不止一个。

格林伯格向罗斯发问："是什么让你产生这样的想法，创立'丝绸之路'？"罗斯的回答非常聪明："我并没有创立'丝绸之路'，在我之前已经有人创立了这个网站。"罗斯接着又说："一切早就准备好了，我只是把平台搭起来而已。"

"哦，不好意思，我不知道你还有前任，"格林伯格答道，"那么，你是什么时候开始从前任手中接过'丝绸之路'的？是在宣布自己是可怕的海盗罗伯茨之前吗？"

罗斯继续绕圈子。"这样说吧，"罗斯回复道，"这是我第一次公开谈论这些事情。"罗斯接着告诉格林伯格，"丝绸之路"最早的创始人"得到了补偿，对于达成的协定感到非常满意"，而且"事实上是他的主意，才把火炬传到我手中"。整场采访持续四个小时，给了罗伯茨绝佳的机会高调宣扬他的神圣使命[1]。

---

[1] 安迪·格林伯格在采访之前和可怕的海盗罗伯茨进行了八个月的网上接触。格林伯格此后一直对罗伯茨和"丝绸之路"跟踪关注，发表过不止一篇相关文章。——译者

罗斯如果不是窝在家里摆弄电脑，给下属发号施令，分配任务，一般会去周围的公园里走上一阵，要么就找几个在奥斯汀认识的旧友，或是在旧金山新结交的朋友一起出门逛逛。对于罗斯来说，这是在另一个世界中的一种放松，蛮不错的。

······

探员拉米雷斯在旧金山国土安全部工作了十多年，是一个久经沙场的老兵。拉米雷斯一向注重细节，对于碰到的恶徒，知道该问什么样的问题才对。

2013 年 7 月，拉米雷斯同时忙着处理好几个案子。他刚刚收到一封电子邮件，是从旧金山国际机场海关和边境保护局发来的，说查获了一批从加拿大过来的正方形邮包。电子邮件说，这批邮包里的全都是伪造的身份证件，或者说得准确一些，至少看上去不像是真的。

拉米雷斯知道，旧金山国际机场的海关官员绝大多数时候会直接销毁装有毒品或伪造文件的包裹邮件，这要比甩手丢给国土安全部门处理简单得多。不过，这一次查到的包裹里有一个居然装了九个——九个伪造的身份证件！这可不是一件小事。到底是什么人需要九个假身份证件？如果只有一个，当然正常。两个，也能够理解。可是，九个？包裹上的收件人也就是应该收到这批假证件的人名叫"安德烈·福特"，此人看起来应该住在旧金山市第 15 大道的 2260 号。

虽然，这批伪造的身份证件全是窃取复制纽约、加州、科罗拉多以及英国的驾照，简直以假乱真，但是假证上的头像看上去是同一个人，都是一名白人男子，褐色眼睛，身高大约在 6.2 英尺①，出生日

---

① 6.2 英尺约等于 188 厘米。——译者

期是 1984 年 3 月 27 日。有几张照片上，这个男人留着浓密的络腮胡，胡子显然是用 photoshop 贴上去的，另外几张上则是一脸干净。

拉米雷斯心想，这可是一件极其少见的稀罕事。他仔细检查了这些假证件，决定亲自去一趟第 15 大道的那个地址，看能不能找到这个安德鲁·福特，问问他有关伪造证件的事情。

......

虽然早在几个月前罗斯就下定决心不再联系茱莉亚，发誓再也不会跟她说起向艾丽卡泄密这件事，可还是无法否认他其实一直爱着茱莉亚。于是，就在两人旧情复燃后不久，罗斯向茱莉亚发出邀请——罗斯也需要一个浪漫多彩的周末让自己从琐碎的杂事中解脱出来。现在离茱莉亚坐飞机来旧金山至少还有一个月，有大把时间考虑到底该怎么安排。不过，也不可能把茱莉亚带到现在合租的地方来。

罗斯在第 15 大道合租的这间房子不太让人看得上眼。整栋房子的建筑风格混合了一些西班牙元素，白色的外墙，棕色的陶瓷屋顶，屋子正面有五扇窗户，是那种"不管这个星期家得宝有什么，买就完事了"的款式①。前门开了一扇玻璃门，院子里种了几棵绿植，6 英尺高，巴掌大的一块绿地，光秃秃的。

罗斯之所以是罗斯，在于他对外表根本就不在乎。对他而言，唯一重视的是住的地方足够隐蔽，不但靠近市区边缘，离海滩也不远。

......

---

① 家得宝（the Home Depot），即美国家得宝公司，全球领先的家居建材零售商，在全球连锁分店超过 2 000 家。作者此处调侃那些窗户非常廉价。——译者

探员拉米雷斯再次看了一眼手机上的地图，把车慢慢开到旧金山市第 15 大街 2260 号。他靠边停车，扫了一眼眼前的这栋房子，心想不知道安德鲁·福特在不在家。

房子坐落在杜博切三角区，正好位于市中心。整栋屋子呈长方形，蓝灰色外墙。前面没有院子，有一扇厚厚的木门。拉米雷斯花了好几个小时才把这个地方摸了一遍。他在等，等着假证件上的那个男人正好走出来查看邮箱，这样就可以上去跟他聊一聊。不巧的是，那个人并没有出现。

拉米雷斯只好下车，从兰德酷路泽里走出来。他扬起一只手，在浅蓝色的门上轻轻敲了几下，另一只手里拿着一沓假证件的照片。

......

罗斯一直在等的包裹前几天就应该到了，可是现在还没收到。他每天都会顺着橙色的砖头台阶拾级而下，检查邮箱，可是里头空空如也。罗斯要找的邮件上写的并非自己的名字，而是寄给安德鲁·福特的，也就是把房间转租给他的那个人，从温哥华来的。

加拿大邮政网的官网好像也帮不上什么忙。罗斯输入包裹查找号码——包裹里装着他买的假证件——唯一的显示结果是邮包还在"寄运当中"。

......

拉米雷斯等了好几分钟，第 15 大街 2260 号的门终于开了，一个上了年纪的亚裔男人走了出来。

"你好，我是联邦探员拉米雷斯，安德鲁·福特在不在家？"

年纪偏大的亚裔男人看了拉米雷斯一眼，心想这家伙莫不是要跟自己推销什么，得赶紧想法子推掉。"不在!"男人提高嗓门，显得怒气冲冲，"不在! 这里没这个人!"

拉米雷斯又问了一遍："安德鲁·福特不在吗?"这一回他手里举着那九张假证件的照片，每张上面印的都是罗斯·乌布里特的头像。"这里没有一个叫安德鲁·福特的吗?"

"没有!"亚裔男人口气强硬，很快当着拉米雷斯的面关上了门，"走吧!"

......

就像从来不跟室友聊天一样，罗斯也从不跟邻居多说什么。他只是待在自己的房间，在手提电脑上工作。不过，罗斯要是和住在第15大道隔壁的邻居聊聊天，恐怕就会听到某些可怕的故事，知道邮包在邮寄过程中常常会被弄错。没准还会知道现在住的这条街道的历史：那是1909年仲春时节的一段陈年往事。旧金山市的街道名非常相近，极易混淆，分不清哪个是大道，哪个是大街。经过多年混乱之后，市长决定成立一个委员会，对全市住宅和街道重新编号。成立委员会虽然目标远大，却引发了全市各区的一场内乱，旧金山市的居民们在哪条大街要重新编号，哪条大道又不需要的问题上互不相让，争得不可开交。

结果，大街也好，大道也好，凡是之前编过号的一律照旧，仍然沿用以前的号码。

于是，寄到第15大道的包裹往往被送到第15大街，而寄给住在第15大街的人的信又常常被送到第15大道。

2013年7月中旬的这一天，一名来自国土安全部的特工就栽在这个容易弄混的地址上。他去第 15 大街 2260 号找买了九张假证件的人，而不是包裹上的地址：第 15 大道 2260 号——这才是罗斯·乌布里特住的地方。

第五十三章
消除分歧大会

每年差不多这个时候，加里都会请一天假，纪念 1977 年纽约市全城大停电的那个星期，以及自己的生日。不过，就在过生日的前几天，加里接到了一项任务，要去华盛顿特区一趟，去一个保密的地点参加一场会议。会议高度机密，重要性超乎想象，没准是加里这辈子参加的最重要的一场会议。

加里听说这次要去参加的是一场消除分歧的会议，内容和"丝绸之路"有关。美国司法部也就是美国法律体制顶层机构的最高级别的官员也将与会。司法部之所以召开这样一场会议，显然是看到参与调查"丝绸之路"的各个部门（这场调查几乎把所有部门都卷了进来）合作得并不愉快。各单位并未做到证据共享。政府资源也就是纳税人的钱在调查中被白白浪费。哪怕是同一个单位的人之间也缺乏交流。巴尔的摩的缉毒警就不同纽约缉毒局的人分享调查结果；旧金山国土安全部的人也不跟芝加哥或巴尔的摩的同事沟通。

不仅如此，各单位间的互斗极其严重。虽说类似的扯皮在任何一场大案调查中都属司空见惯，可是在"丝绸之路"此案中尤其严重。人人都想抓到这条大鱼，借此一炮走红，扬名立万。

正因如此，才有了这场消除分歧的大会。

今天是加里的生日。他一早醒来，吻别妻子，就钻进那辆福特探险者，踏上了征程。加里得开五个小时才能到华盛顿。到了那里他要把目前取得的成果做一番陈述。

路边的指示牌飞速闪过，天边渐渐阴云密布。加里只要一想到能够站上这样一场大会的讲坛，面对这么多重量级的大人物，就感觉有一些晕乎。他要告诉大家目前已经找到了一些目标，其中有几位很可能从一开始就参与了"丝绸之路"。虽然，现在并不清楚到底哪一个才是可怕的海盗罗伯茨，可是手里至少有牌，可以一张张分析。这些线索里，加里最想讲的就是欧脱滋。他从几张传票中推断，这个化名应该属于一个名叫罗斯·乌布里特的人。

······

克里斯·塔贝尔打定主意，他可不会劳神费力去参加司法部召开的这场消除分歧大会。塔贝尔当然知道自己向来恃才傲物，可他更加清楚"现在可没有时间去干这种屁事"。

这段日子"坑"里的联邦探员们一直抽不出时间。不管怎么说，他们现在得筛选出点什么，要知道这一回可是拿到了这个案子想象得到的最大一份厚礼——"丝绸之路"的服务器。

"我们会在纽约通过视频连线开会，"塔贝尔跟纽约南区的副检察官赛林·特纳表明了态度，"还有，届时请您也务必到场。"塔贝尔决心已定，这么说可不是什么商量的口气。不过，为了确保不会惹恼司法部的那帮人，他们还是决定派另外两名探员去华盛顿谈一谈这个案子。

······

这里是位于华盛顿特区市中心的希尔顿酒店。贾里德咔嗒一声关上身后的酒店房门，慢悠悠地穿过酒店大堂，朝电梯走去，一路上脑子飞快地转着，想着待会在司法部召开的消除分歧大会上到底要说些什么。

在来华盛顿之前贾里德已经得到巴尔的摩行动小组的再三告诫，要他管好嘴巴，什么都不要说。至于原因，是因为巴尔的摩的人告诉他，最近有传言说联邦调查局的人也会参加会议，"所有人都知道联邦调查局那帮狗娘养的有多么阴险"。如果贾里德说出某个嫌疑人的名字，而真的有调查局的人在会议室里，那帮家伙就会私下单干，利用这个名字自己调查。"调查局那帮鬼是这个世界上最阴险的家伙，"巴尔的摩行动小组的人跟贾里德煞有其事地说道，"你在会上什么都不要说。"

不过，贾里德并不确定是否真的这样。要想取得进展，也许最好的办法就是通力合作。巴尔的摩虽然根本就帮不了什么忙，可是到了会场，应该能够找到其他单位的人，大家分享一下资源。虽然，贾里德靠这种单枪匹马的办事作风取得了不小的进展，可能否一直这样单干下去，他心里也没底。

贾里德开车去华盛顿特区开会的秘密地点，一路上也没有想好到底该怎么做。他不知道该不该告诉大家最近发现的线索，或是在"丝绸之路"上查到的其他账户，难不成要提一提 3 500 个被扣押的邮包，那些包裹在他的办公室从地板一直堆到了天花板，连个下脚的地方都找不到。

"妈的，"贾里德心里想着，"到底该怎么办？"

......

会议室相当大，座椅足够坐下超过三十五人。加里坐在角落里，盯着眼前的一大群人，大多数面孔从未见过。另一旁的角落里，贾里德端详着墙上的大屏幕。屏幕上的两张面孔此时身在他处，居高临下地看着屋里的每一个人。至于塔贝尔，他正通过电视屏幕看一大群公务人员一个个地找位置坐下来。

"哇，开个会来这么多人，"塔贝尔心里嘀咕，"公家的钱也太好花了。"

"OK，我们开始吧，"有人开了口，会议室里的声音渐渐小了下去，"首先请大家轮流自我介绍。我先来吧，我是司法部的卢克·德姆博斯基。"话音未落，屋内霎时安静下来，感觉就像有人按了静音键。卢克·德姆博斯基是美国政府的一位高官。这种人平时你想要打个照面，聊上几句，根本不可能。对此人人心知肚明。

德姆博斯基接着做了一番说明，声明本次会议的基本原则是人人务必开诚布公，好好说说各自的调查目前进展到什么程度。等下司法部会决定由谁来牵头，负责继续调查这个案子。

"我们可以开始了吗？"德姆博斯基说完，将目光直接投向屋内来自巴尔的摩的调查人员。

来自巴尔的摩的一名女警站了起来，先是做了自我介绍，然后把马可·波罗行动小组这一年半以来收集到的证据一一做了说明。女警很快念了一遍几个重点要点，大部分是说他们小组抓了几个线人，如何如何，都是些不值一提的事。跟开头一样，女警讲完便匆匆结束了发言。

"你们那个卧底账户怎么样了？"卢克·德姆博斯基问道。他指的是化名挪伯的卧底毒品走私犯。缉毒局的卡尔·福斯（奇怪的是，福斯竟然没有到场）经手已有半年多，这件事司法部里无人不知。

"这个我们不能说，"女警答道，紧接着又补充了一句，"属于 6E

条款。"

会议室里的人面面相觑，都对女警这么说感到惊讶。大家都知道"6E条款"指的是用于大陪审团听证会的调查保密的方法。可是，跟司法部的人开会时把"6E"拿出来做挡箭牌，简直莫名其妙。

"这次开会的目的就是要大家把牌都摊出来，摆到桌面上。"德姆博斯基听到这里也不由得提高了嗓门。

"这属于6E条款。"女警又说了一遍，虽然有些紧张，态度倒是强硬。她之所以不想谈这个案子，可不是为了保护到场的各路专家，而是不想让在座的其他人窃取巴尔的摩小组的工作成果，一点也不想。

几分钟后，会议室里开始了一场激烈的争论，声调一个比一个高。司法部的检察官要求巴尔的摩方面公开调查得到的情报，巴尔的摩行动小组却只是一遍又一遍地强调"这个属于6E条款"。

德姆博斯基渐渐失去了耐心，提出暂时休会。

等到所有人重新回到会议室，这次轮到贾里德开口了。贾里德非常紧张。当天早上他刚走进会议室的时候，曾决定不向其他人透露太多跟自己调查有关的信息，担心联邦调查局会偷走自己取得的成绩。可是，此刻贾里德改变了主意。他刚刚目睹了这场闹剧，听到卢克·德姆博斯基告诫巴尔的摩行动小组，说他们的行为"完全不合时宜"。于是贾里德决定争取这个机会，向屋里的人说出一切。

贾里德站起身，一个人讲了足足四十多分钟。他告诉大家自己查扣了将近3 500包毒品，还同与会人员分享了自己开发的技术，利用这种技术能准确定位问题邮件，通过比对包裹内容物与网上的图片及地址，就可以知道哪些毒品是从"丝绸之路"买来的。贾里德还谈到抓捕和审讯过的一些毒贩，有些是从荷兰来的，其余的来自美国各地。他跟大家说自己在"丝绸之路"上接管了一些卖家账户，解释

"丝绸之路"的内部运作机制，还用图表和插图标明谁是谁，让人一目了然。贾里德最后谈到最近接管的一个账户，隶属于"丝绸之路"的一个高级员工。他跟大家解释，有了这个账户，他就能够像趴在墙上的苍蝇一样，将罗伯茨和下属开会的动静听得清清楚楚。

贾里德继续陈述，身在纽约的塔贝尔看着坐在身边的检察官，喃喃道："我要和这个人合作。"检察官点了点头，表示完全认同。

贾里德的发言结束了，每个人都为这个小伙的成绩感到钦佩。贾里德选择了大胆说出取得的进展，也为自己赢得了机会。相形之下，巴尔的摩几位警员们的脸色比四十分钟前还要难看。

不过，最后的大戏才刚刚开始。

接下来轮到联邦调查局发言。之前塔贝尔和组员商量好了，由纽约副检察官代为介绍联邦调查局目前的调查工作。即便如此，当副检察官在会议室里站起身准备发言时，没有人猜得到接下来将会听到什么。

"我们拿到了服务器。"赛林·特纳突然蹦出这么一句话。

会议室一下子变得鸦雀无声。没有人说话。塔贝尔坐在纽约的会议室里看着大屏幕，咧着大嘴，脸上露出了满意的笑容。

几秒钟后，满屋子的人才意识到刚刚听到的这个消息意味着什么。各路人马开始交头接耳，争相询问什么时候可以看一看服务器。

"我们还不清楚里面到底有什么信息，"赛林说道，"要先看一看才知道。"赛林不忘指出他们在一两个星期前才刚刚拿到服务器，纽约的计算机技术专家正在重建服务器，这样就能够搜出里面的内容。

能够取得如此重大的突破，不能不说让人欣喜振奋。经过一番热议，卢克·德姆博斯基宣布会议差不多到此结束，他会同与会各方保持个人联系，探讨下一步该如何深入行动。德姆博斯基同时指示与会的各位警员务必在各自的案件调查上继续努力。

"还有没有人想说什么?"德姆博斯基环视会议室里的诸位,问道。

包括国税局的加里·阿尔福德在内,没有人出声。

"那好,谢谢大家到场,谢谢,"德姆博斯基说道,"我们会就下一步行动保持联系。"

……

雨淅淅沥沥地下了起来,小小的雨滴落在加里的车窗玻璃上,这里几滴,那里几滴,雨刮器一刮就消失了,接着又出现,而且越来越多,成百上千,成千上万。挡风玻璃上的刮雨器不停刮拭,但没什么用,他妈的完全没什么用。高速公路上的车全都停了下来,前方就连几英尺远也看不清楚。加里把 SUV 停在了路边。

"加里,祝你该死的生日快乐!"加里心里默默念叨,看着窗外,想着刚刚结束的那场消除分歧大会,那是一场让他泄气的会议。

当初被分配"丝绸之路"一案时,加里以为是自己年轻有为,上头才会派他参与侦破这个网上毒品王国。直到这次司法部开会,他才意识到原来明星另有其人,简直是群星荟萃。诚然,他早就知道芝加哥和巴尔的摩成立了行动小组,可是没有人跟他说联邦调查局也在其中——就是那个和自己办公室隔了几个街区的联邦调查局。听到赛林·特纳站起身来说"我们拿到了服务器"的时候,加里感觉胸口被狠狠打了一拳。从来没有人跟他说过,这原来不是一次合作,而是一场竞赛。

既然如此,我加里· 阿尔福德为什么还要浪费时间去读那些网站论坛上的文章(每一篇还要读三遍),为什么还要去琢磨可怕的海盗罗伯茨写的那些话(也是读三遍),为什么还要赶在生日当天——

加里一年才有这一个机会让这座城市全城停电——千里迢迢跑去华盛顿参加这么一个会议？

"原来如此，"雨水打在车窗上啪啪作响，加里心想，"我完了。联邦调查局拿到了服务器，他们肯定知道有哪些嫌疑人参与了这个案子，知道那些人叫什么。既然这样，还要找我过去干吗？"

又过了好几分钟，天空渐渐放晴，露出雨水洗刷过后的蓝天。加里重新上路，直接往北，朝纽约开去。他决定继续前进。他要把注意力集中在那些网上洗钱的人身上，这本来就是分配给他的任务。至于之前的想法？管他呢。让一个长于数字计算的黑人、一个来自政府各犯罪调查部门里最不受尊重的部门的人、一个对于电脑代码和毒品交易一无所知的人去捣毁这个时代最臭名昭著的毒品犯罪集团？见他娘的鬼去吧！加里在高速公路上越开越快，暗自下定决心，就算找到了可怕的海盗罗伯茨，也不会再继续下去。

第五十四章
贾里德变身希露丝

那个时候贾里德·德耶吉安还是一名刚进高中的新生。数学老师每天走进教室，手里都会拿一个魔方。年少的贾里德目不转睛地看老师把这个彩色的正方体在全班传来传去，让每一个同学尽量拧乱。"如果我在一分钟内把魔方复原，大家就要做作业，"老师每天都会对全班同学说这句话，"要是没复原，就不用做作业。"当然，每次下课的时候，全班同学都会带着一大堆难解的数学题回家。

在看过好几次老师的神奇表演后，贾里德像着了魔，一心想要找出老师到底怎样才能每次都把魔方复原。他跑到外面，拿出自己的魔方，每个星期都在琢磨如何解开这个谜团。凭着坚忍不拔的毅力，再加上老师的一点点拨，终于贾里德也能够做到和老师一模一样。这些年来贾里德收集的魔方有好几十种，各不相同，家里和办公室里，摆的全是这些宝贝。有的吊在钥匙链上，有的不知什么时候就从背包中突然跑了出来。到现在，从来没有哪个魔方是贾里德一分钟内解决不了的。

贾里德早就清楚"丝绸之路"的案子是另一种完全不同的挑战，他也知道自己并非一个人在战斗，只是不知道究竟该和谁合作。幸运的是，自从在华盛顿参加了消除分歧大会后，这种孤军奋战的状况很快就将得到改变。贾里德的现场陈述让所有人看到了他目前为止为这个案子所付出的一切，给司法部的高层留下了极其深刻的印象，就连纽约联邦调查局都主动要求与他合作，共同捉拿可怕的海盗罗伯茨。（鉴于联邦调查局从来不屑于同任何"不是联邦调查局"的人合作，单凭这一点，就是对贾里德十足的褒奖。）

贾里德飞回芝加哥，抽空看了看老婆孩子。跟往常一样，他又一次在看《古董巡回秀》的时候睡着了。不过，现在每次只要在沙发上昏昏睡去，儿子泰勒斯就会蜷起身子，挨在身边一起睡。孩子这么长时间见不到父亲，确实可怜。不过，贾里德跟儿子说了，这只是暂时的，因为这次的任务非常重要，"爸爸要抓一个干坏事的海盗"。（泰勒斯听到这里，也就接受了爸爸的要求。不管怎么说，海盗在他的故事书中永远都是坏蛋，是坏蛋就要被抓起来。）不过，泰勒斯有一个要求，要爸爸在他每天晚上睡觉前用 Skype 同他在线聊天。

"当然好了。"贾里德对儿子说道，父子俩就这样蜷在沙发上一起睡着了。

第二天一大早，贾里德起床，离家上班。他把车开进芝加哥国土安全部的停车场，慢慢停了下来。就在这时，电话突然响了起来。上面显示是纽约的号码。

"我是国安部的德耶吉安。"

"嘿，贾里德，"一个声音说道，"我是纽约南区检察官办公室的赛林·特纳，克里斯·塔贝尔也在这里，他是联邦调查局'丝绸之路'案件的总负责人。"

贾里德立刻挺直腰杆，从座位上坐了起来，语气中充满对两个人的敬意。

"昨天开会你表现得非常坦诚，我们非常感动。"这声音一听就是克里斯·塔贝尔的。塔贝尔接过电话，告诉贾里德联邦调查局掌握了大量的证据——塔贝尔在提到服务器时，居然用了"圆梦"这样的字眼——考虑到联邦调查局接手这个案子时间不长，还不确定该从哪里入手。"我们想请你过来和我们一起查案。"

贾里德有些受宠若惊，开起了玩笑："我已经在路上了！"随后他换了一副严肃的口吻，解释说手头这个案子有一些新的事情等着收尾，挺重要的，说他一周内就会做好安排，飞往纽约。

双方互致问候，挂了电话。贾里德满心欢喜地坐在车里。回想几年前，这个没有大学文凭的小子想去联邦调查局工作，连门槛都进不去，现在居然有人专门来电，邀请他一同调查这辈子最重大的网络犯罪案件，而且合作的几位都是执法圈响当当的头牌。

不过，贾里德首先得处理完"新的挺重要的事情"，就是刚刚在电话里跟塔贝尔说起的那些。他只是还不知道这些事情到底有多么重要。

距离双方互通电话过去了好几天，贾里德开着那辆"变态"汽车又去了芝加哥奥黑尔国际机场。这条路他已经跑了成千上万个来回，只不过这一次去机场不是拿装有毒品的邮包，而是接一位乘客。这个人乘坐从得克萨斯来的航班，飞机刚刚落地。

"借过一下。"贾里德手里举着国土安全部的警徽，在机场的人流中挤来挤去，快到廊桥的时候终于看见了等他的人。那是一个女人，从得克萨斯来，年纪很轻，脸上带着几分腼腆，留一头黑发。谁能想到，就在几个星期前，这个女人还在贾里德的枪口威胁之下。女人是"丝绸之路"上的志愿版主。贾里德花了好几个星期，终于和对方在网上套上近乎，说想给她寄一份礼物，就这样敲开了女人在得克萨斯的家门。那次行动可是拔了枪的，一同参与的还有巴尔的摩的几名警察。贾里德给了女人两条路，要么同他合作，要么去找政府的其他人好好谈一谈，那帮人可没有他这么好说话。

两个人认识后一直保持电话联系。这名得州女人同意贾里德接管她在"丝绸之路"上的账户。差不多同一时间，她还告诉贾里德可怕的海盗罗伯茨联系过自己，说会给她酬劳，问她愿不愿意做论坛版主，给罗伯茨打点一些杂事，相当于助理，报酬是每周 1 000 美元。女人希望贾里德能够接手，用她的身份。

贾里德开车把女人送到酒店，路上不停抱歉说车里太乱，告诉对方他们上午会在国土安全部的办公大楼碰面，开始工作。"别忘了把电脑带上哦。"贾里德开起了玩笑。

国土安全部芝加哥总部的会议室和贾里德的那间办公室一样死气沉沉。屋里没有窗户，地毯老旧，上面还有沙子。室内摆的绿植全是假的，塑料的。贾里德看见得州女人到了，领她进去，递了一个中杯咖啡，让她先喝点。两个人接着坐下谈了起来。

"是这样的，"贾里德一边说一边翻开记事本，取下笔套，"我要你把所有事情原原本本地告诉我：论坛的事，你每天的工作，什么时候上线？什么时候下线？一般在网上多长时间？在哪里发帖子？什么内容？"

贾里德既然要变身成这个女人，按照他强迫症的办事风格，肯定要确保万无一失。他必须知道对方账户的所有细节，以免"丝绸之路"上的其他人疑心。接下来的两天，贾里德学着用这个女人的方式写东西，比如说词根词缀要大写，重要的事情说两遍，就连表情包和笑脸符号都得一模一样。

女人给了贾里德几十张截图，都是她之前和罗伯茨以及三名副手同中有异、利伯塔斯[①]、依尼戈的聊天记录。女人提醒贾里德要小心

[①] 利伯塔斯（Libertas），本名加里·戴维斯（Gary Davis），爱尔兰人，2013 年 5 月 2 日在"丝绸之路"上注册账户，两天后即成为网站全局管理员（即论坛版主）。"丝绸之路"被捣毁后与依尼戈和同中有异三人共同策划成立"丝绸之路 2.0"，2013 年 12 月 19 日在爱尔兰被捕。2016 年 8 月 12 日，爱尔兰法院裁决将其引渡至美国受审，加里·戴维斯随后提出上诉，拒绝引渡，上诉于 2017 年 2 月遭到爱尔兰高级法院驳回。加里·戴维斯于 2018 年 7 月 13 日被正式引渡美国，同年 10 月 6 日承认有罪。——译者

提防这三位副手，他们在网站上的权力相当大，大到超乎想象，千万不能乱来。

贾里德买了一台和得州女人一模一样的苹果手提电脑，第二天两个人花了整整一天下载女人登录"丝绸之路"所需的应用程序，确保贾里德这个替身和真身一模一样（得州女人在"丝绸之路"上的头像是一个吃墨西哥卷饼的蜘蛛侠），两个人使用的程序版本也要让人难以分辨。贾里德还把用户名改成了那个女人的，叫希露丝。

就这样，两天很快就将过去，临走之前得州女人告诉贾里德"丝绸之路"的登录密码。她一边在电脑上输入用户名和密码，一边说自己十分担心，生怕万一出现什么差错，后果不堪设想。

"我真的很怕罗伯茨会来找我，"女人说"丝绸之路"上到处都在传说可怕的海盗罗伯茨做事心狠手辣，最近接连干掉了好几个人。得州女人最怕有人跑来敲门，然后……好吧，不说了。一想到这个，女人就心神不宁，坐立不安。

贾里德让对方放心，没什么值得害怕的，并且告诉她如果有事发生，不管白天还是晚上，随时都可以跟他联系。"这个网站上的大多数人都是键盘侠，"贾里德说道，"不是什么杀人不眨眼的大毒枭。"调查了这么久，在贾里德看来，"丝绸之路"与其说像《教父》，倒不如说更像《蝇王》。就凭那帮家伙，能干出什么心狠手辣的坏事？根本就不可能！不过，贾里德也提出告诫：网上不少人只会躲在键盘后面干坏事。"我的建议，"贾里德对得州女人说道，"就是先避避风头。不要用社交媒体，也不要上'丝绸之路'。保持低调。"

当然，"丝绸之路"上的人还是能够看到这个女人上线，名字仍然是希露丝。只有联邦政府里为数不多的几个人才知道希露丝其实是贾里德扮演的卧底。

罗伯茨之前跟希露丝说过，想要替他办事，就得提供一张驾照。

于是贾里德让国土安全部的卧底组伪造了一份驾照，上面贴了一名女警的照片，然后发给可怕的海盗。

"嘿，网上有什么事情需要帮忙的，我都可以，"贾里德开始和可怕的海盗罗伯茨第一次聊天——为了这个人他苦苦追查了两年，"我想出点力，做点事。"

罗伯茨在回复里列出了一长串待做事项，都是一些平常的工作。他告诉希露丝赶快动手，这里不允许私聊。

"这幅拼图也许就快要拼完了。"贾里德心里想着。

贾里德开车把得州女人送到奥黑尔国际机场，路上只要一想到自己不再只是国土安全部的员工就感到来劲，他还是给"丝绸之路"打工的卧底。老板可不是网站上的小喽啰，而是最让人闻风丧胆的海盗头子。

第五十五章
茱莉亚得救了！赞美主！

"上帝要我为你祈祷，"西班牙妇人一边说一边把咖啡杯放在桌上，杯子旁摆着一沓女人的照片，基本上都没怎么穿衣服，"所以，我来为你祈祷，是上帝要我来为你祈祷的。"茱莉亚回头看着西班牙女人，呜呜哭了起来。她用手捂着脸，黑色的睫毛膏随着泪水顺脸颊滑了下来。

对于好久没有见过茱莉亚的人而言，她看上去比平时瘦了不少，眼睛又红又肿，充满忧郁。过去这一年，茱莉亚的日子并不轻松，先是患上抑郁症，接着酗酒，后来有一个年纪比她大的男人，拿着钱，说会好好照顾她。男人喜欢瘦瘦的女孩，所以茱莉亚变得越来越瘦，居然为了取悦新男友，发展到厌食症的地步。她后来才发现这个口口声声要保护自己的男人酗酒成瘾，很快就在一次酒后发作中把她狠狠推倒在墙上。

就在这件事后没过多久，一个西班牙女人正巧到茱莉亚的摄影工作室拿几本书，见此情形，跟茱莉亚讲起为什么来这里。"是上帝告诉我，要我来为你祈祷。"

茱莉亚忍不住失声痛哭。

茱莉亚的人生目标根本就没有那么远大。她从来没有想过要改变世界；只想有人改变她的世界。嫁一个好男人，生一两个孩子，拥有一栋有白色篱笆的房子，最重要的是看着孩子们长大成人，成为和自己不一样的人，这一切真的就这么难吗？茱莉亚的脑海里曾经有一个梦想，梦想这个好男人就是罗斯·乌布里特，梦想两个人能够开开心心地一起过下去，直到永远。

让人难过的是，童话从来就没有成为现实。

那天西班牙女人来摄影室后没过多久，就友好地邀请茱莉亚去教堂。

这一天将近中午，茱莉亚坐在礼拜者的最后一排，听天使在耳边吟唱。她被这个地方深深吸引了。阳光从窗户漏进来，每个人的心中似乎都有答案。教堂的长椅上摆满了《圣经》。人们在诵读《圣经》，齐声高唱献给主的赞美诗。茱莉亚听着教堂内牧师的布道，感觉这里就是心中白色的尖顶篱笆，上帝才是她一直找寻的好男人。当天下午，茱莉亚取消原定的客户会议，又去了教堂。

不过，这次和上午不大一样。上午去教堂的时候茱莉亚心中充满忧伤和难过，现在她变得神采奕奕。下午的教堂座无虚席，聚集了超过一百五十多名信众。茱莉亚站在一旁听牧师布道，只见信徒们高举双手，一边挥舞，一边对上天高声唱道："赞美主！""上帝，阿门！"就在这时，几个人朝茱莉亚走了过来，问道："你有没有受洗？"

"没有，我也可以吗？你们愿意？最近上帝派了一个人来为我祈祷。"

几个人面色和蔼，亲切可掬，把茱莉亚领到教堂中间的一个大桶跟前。他们给她裹上一件黑色长袍，所有参加礼拜的人齐声唱了起来。"你经历死亡，进入永生。"谁知出现了一个小问题。教堂中间的这个大桶是破的，没有一滴圣水。周围的人仍在放声高歌。茱莉亚几个站在那里，不知如何是好。人群中突然有人喊了起来，说应该把这个女孩带到附近的一栋公寓楼，用浴缸给她洗礼。

一大群人又喊又叫地拥出宽敞的前门，领着茱莉亚在奥斯汀市的大街小巷穿梭。一袭黑袍的茱莉亚被带到附近的一幢小公寓楼前，歌声也变得越发响亮。

"以我主耶稣基督的名义，你将获得永生！"所有人齐声高喊起来，大家跟着茱莉亚穿过一个又黑又脏的客厅，进入一间更小的浴室。

浴缸里灌满了水，茱莉亚一脸茫然地从几十个唱歌的信众中挤了过去。一群人围在茱莉亚身边，把只能容下一人的小浴室塞得水泄不通。大家让茱莉亚躺倒在浴缸里，水像潮汐一样涨了上来。

"以我主耶稣基督的名义……"

人们推着茱莉亚向后倒下。茱莉亚的头没入水中，水淹过她的面庞，布道的声音仿佛被蒙住了似的，变得模糊起来。

"……你将获得永生！"

一只手把茱莉亚的头从水里抬了起来，她得救了。她有一种如释重负的感觉，以前从未有过。她开始渴望未来，一个与过去截然不同的未来。茱莉亚感到了喜悦。

洗礼结束，茱莉亚走到屋外，抬头看着天空，一望无际，心旷神怡。她心想自己是否还有机会再见罗斯一面。如果有，是不是意味着罗斯也有机会得到救赎？

第五十六章
伪造的身份证件，第二部

一辆灰色的吉普大指挥官沿着旧金山的加州大街一路疾行，在滚滚车流中穿梭。硕大的 SUV 里，一个男人把着方向盘，另一个一边研究手机上的地图，一边下着指令：这里左拐，那里往右。

这一天是 2013 年 7 月 26 日，下午大概五六点的样子。迪伦·克里滕是国土安全部的一名警员，他开到旧金山市第 15 大道 2260 号，缓缓停了下来，伸手把包和一张加州驾照的打印件拿了过来。

迪伦天生一副当差的模样，留着警察式的寸头，膀阔腰圆，脸庞轮廓分明，感觉就像块水泥砖，一锤子下去砸出来似的。迪伦下车，抬头看了看眼前的房子。这个地方带一点西班牙风格，外墙涂得粉白，上头是棕色的陶瓷屋顶。

就在前一天，迪伦在国土安全部的老朋友拉米雷斯来找他，说有一条线索，托他帮忙跟进一下。拉米雷斯说他发现了九张伪造的身份证件，都是旧金山国际机场邮政中心的海关人员送过来的，可他查不到这些假证件的来路，差点就要放弃，突然想起原来自己两周前上门查案找错了地方，他去的是第 15 大街 2260 号，而不是第 15 大道 2260 号。

现在轮到迪伦找对地方了。搭档就跟在身边，迪伦三步两步上了台阶，透过玻璃屋门往里瞅，只看见里面一条长长的门廊。迪伦正想举起拳头捶门，突然看见一个男人出现在眼前的门廊上。男人除了一条短裤，什么也没有穿。迪伦不由得呆住，就要砸在玻璃门上的拳头在几英寸远的地方停住了，悬在空中一动不动。

罗斯·乌布里特也呆住了。

迪伦低头看了一眼手里的打印件，又抬头看了看门廊上那个半裸的男人。毫无疑问，跟照片上是同一个人。九张假证件上的男人正朝着前门走来，转动把手拉开了门。罗斯就站在那里，既没有穿衬衣，也没有穿皮鞋，只是套了一条脏兮兮的卡其布短裤，看着眼前这个陌生人，好像在想——或者在希望——你是不是找错人了？

"你好，我是国土安全部的克里滕，"迪伦一边自我介绍，一边回头看了看身边的搭档，"这位是国土安全部的泰勒。"罗斯的表情开始紧张起来。"我们是国土安全部的。"这句话刚一出口，三人之间的气氛瞬间有些凝固。罗斯的脸上显出一些畏惧的神色。"你能出来一下吗？有些事情想和你谈谈。"迪伦说道。

"啊，上帝啊。终于来了。这下完了！"

罗斯往外走了几步，迪伦举起假证的打印件，好让罗斯看清楚。"我们来是找你谈谈这些伪造证件的，应该是寄到你这里的吧？"迪伦边说边看着对方。罗斯眉头紧缩的脸因为恐惧变得苍白起来。

"完蛋了。切！"

迪伦等着罗斯回答，没想到罗斯竟然把头扭了过去——他早已吓得不知如何是好。明显看得出双手在微微发抖。两名警员见罗斯如此紧张，于是一前一后，七嘴八舌地扮演起好警察的角色，想让罗斯放松下来——对于警察而言，最不愿意见到的就是有人不配合工作。"我们来这里不是因为伪造证件来抓你的，"二人开口说道，"只是想和你谈一谈假证件的事情。"罗斯听到他们给自己吃定心丸，再三保证只是了解情况而已，手慢慢不那么抖了，脸色也渐渐恢复正常。

"这么说，你们不是来抓我的？"罗斯支支吾吾地低声说道。

"不是，不是，"两位警员齐声说道，"但是，我们需要看一看你的真实证件，好知道你是谁。"

虽然有些犹豫，可罗斯知道别无选择，于是进入卧室，拿着得州驾照走了出来，接着又问了一句："所以，你们不是来抓我的？"

"不是，"迪伦边说边把写有罗斯·乌布里特名字的驾照仔细看了一遍，"我们来是想跟你谈一谈伪造证件的事情，确认一下你跟你说的是同一个人，这样才知道你不是逃犯。"迪伦还跟罗斯解释了一通，说他们身为警察，抓住伪造证件的人才是本职工作，买假证件的不一定非得要抓。

罗斯听到这里才明白过来，原来最不应该害怕的就是害怕。两位警察根本就不知道他们面前站的到底是谁。一旦意识到这一点，罗斯就从容自信起来。

"我非常理解你不想承认这些假证件是你的，因为可能会给你招惹麻烦。"迪伦这么说其实是给罗斯一个台阶下，这样才好继续提问。"这么说吧，假如我也想买假证件，应该去哪里买？你就当是个假设，可以告诉我吗？"

"你是说我们现在只是在假设？"

"是的，"迪伦说道，"就是假设。"

那天站在门廊上的三个人中，罗斯显然是最聪明的。面对迪伦的问题，罗斯的回答证明了他同样是三个人当中最有本事的。"这样的话，所有人，"罗斯开始了表演，"我是说假如，都可以利用洋葱路由器，上一个名叫'丝绸之路'的网站，那上面想买什么，就能买到什么。"罗斯停了一下，接着又说："可以买枪，买毒品，也可以买假证件。"

两位警员互相看了一眼，双双皱起了眉头，两个人都不知道"丝绸之路"是什么。

　　现在罗斯这个几分钟前还吓得双腿发软的家伙却开始要起警察来，话也说得越来越玄乎。当然，此时两名警员对于这一切一无所知。在他们看来，眼前的这个男人一没有穿鞋，二没有穿上衣，只是在给警察提供点线索而已。这个来自得克萨斯的小伙子说不定还能成为警方的情报来源呢。

　　从警之初迪伦就懂得要想顺利破案，得有人帮忙，得学会培养某种关系。

　　"以后怎么联系你？"迪伦问道。

　　"这个啊，我没有电话。"罗斯答道。

　　"电子邮箱有吗？"

　　"有。"罗斯说道。迪伦递来一支笔和一张纸，罗斯在上面写了 fractalform@tormail.org。罗斯原本以为到此结束，没想到两名警员又问了他最后一个问题。

　　"我们马上就走，"迪伦说道，"不过，我们觉得像你这么机灵聪明的人，一次买九张假证件，有点说不过去。一般人就算是想要搞点名堂的，也不会一次买九张伪造的驾照。我们只是觉得你这样做有点怪。"罗斯听着，没有接话。"所以，我们想和你的室友还有邻居谈一谈，"迪伦的搭档接过话来，"落实一下，看看屋里有没有藏尸体。"

　　罗斯的脸色又一次不自然起来，恐惧感又回来了。"这个，"罗斯回答道，"有一点麻烦。"

　　"为什么？"

　　"因为室友只知道我叫约什。"罗斯答道。他跟两位警察解释自己有一些难言之隐，很快打消了警察对这个不正常现象的怀疑，还用肢体语言表达了希望对方赶紧离开的意愿。

对于迪伦来说罗斯又名约什不一定是什么特别的信号。迪伦在硅谷见过不少类似的，这些人都信奉所谓的自由意志主义哲学，对于个人隐私总是特别敏感，生怕受到侵犯。不过，迪伦还是希望能够把罗斯发展成信源。两位警员怀着誓要将伪造证件的主谋绳之以法的最终目标，如愿以偿地收集了罗斯室友的信息。

"多保重。"迪伦礼貌地说了一句，转身和搭档下了台阶。罗斯看着两个警察走上车道，在他们身后关上了门。

两名警察坐进吉普车，开始在国土安全部的数据库里查找罗斯·乌布里特的名字，结果显示查无此人。"这家伙挺鬼的。"迪伦对搭档说道。搭档点了点头。迪伦发动了汽车："'丝绸之路'肯定有什么来头，我看还得好好查一查。"

第 15 大道的那间屋子里，罗斯三步并作两步，赶紧从门廊跑进了卧室。他知道必须抓紧时间行动，趁着那两个警察还没有意识到自己刚刚给的电子邮件地址是假的，趁着国土安全部还没有给安德鲁·福特也就是转租房子的那个人打电话，趁着还没有告诉福特这个名叫约什的租客的真实姓名其实叫罗斯，不单在一个专门买卖毒品、枪支、黑客工具和伪造证件的网站上非法购买了假证件，还冒用安德鲁·福特的大名，让这些假证件寄到了第 15 大道 2260 号。

第五十七章
朝着联邦广场进发

从酒店房间的窗户朝外望去，贾里德一眼就能看到地上两个巨大的正方形印记，那里曾经矗立着两幢巨塔。现在，围在两个深坑周围的是一台台起重机，卡车和成堆的建筑垃圾。差不多十年前，2 606条生命在这里化为乌有。

贾里德看着窗外物是人非，万千思绪涌上心头。他回想起两架飞机一头扎进两座巨塔的那一幕。猛烈的爆炸，升腾的烈焰，还有那些走投无路、从高塔上纵身跳下的人们。他想起那些消防员和警察，为了救出每一个能救出的人，他们不惜爬入塔内。就在贾里德此刻追思遐想这个地方的脚下，他们统统化作了尘埃。贾里德还想起那一天有多少家庭就这样失去了母亲、父亲、儿子和女儿。想着想着，泪水模糊了贾里德的双眼。他伸手拿过手机，接通视频，和儿子泰勒斯聊了起来，他要告诉儿子爸爸有多么爱他，还要告诉儿子那个抓坏海盗的故事讲到哪儿了。

贾里德在纽约的酒店房间里给远在芝加哥家中卧室里的儿子送上一个飞吻，然后挂断了视频。他又要回到手提电脑前，扮演卧底，为罗伯茨办事。贾里德希望自己能够阻止一场对美国的进攻。只不过，这次的进攻可不是一架波音747飞机以时速600英里撞向一幢大楼，这次的进攻动作要慢得多，是通过一个网站来颠覆这个国家的民主根基。

贾里德几乎每天都在担心基地组织安插的奸细以合法的身份大摇大摆地进入美国，他们不需要带什么武器，只要在美国国内就能够买到大笔炸药、枪支和毒品，只需要一些比特币和一个洋葱路由器就能在"丝绸之路"上统统实现。从个人角度而言，贾里德想到了儿子，他担心一个十几岁的少年在"丝绸之路"上买到枪械，冲进芝加哥的幼儿园来一场疯狂扫射。不管是哪一种情况，他都下定决心，要竭尽全力阻止这样的恶行成为现实。

第二天一早，贾里德沿着教堂街，经过百老汇，走到联邦广场26号——头一天晚上他为了给罗伯茨打点网站，处理一些管理员的事情，忙活了大半夜——那幢高耸的黑色大楼就是联邦调查局网络犯罪调查科的所在地。

这是2013年8月初，贾里德来到纽约同克里斯·塔贝尔展开合作。他们要仔细搜查服务器，看看能否利用贾里德的电脑知识和希露丝的卧底账户，完成拼图，摸清这个罗伯茨到底是何方神圣。

塔贝尔在大堂见到了贾里德，好说歹说帮贾里德把手提电脑和电话带进了联邦调查局的办公大楼。一般情况下，负责大楼安保的警员绝不允许任何人将私人设备带进楼内，哪怕是政府内部的公务人员也不行，这是为了防止病毒或某些监视软件趁人不备被植入联邦调查局的办公网络。不过，塔贝尔再三强调贾里德可不是一般的公务人员，他现在是卧底，私人电脑二十四小时不得离身。安保只好让步作罢。

过去几个星期，贾里德基本保持二十四小时在线，这样才能尽可能地保证和那个女人的行动一样。毕竟这个身份是他自己选的。不管是和家人外出，还是参加生日聚会，哪怕陪儿子参加每周一次的游泳比赛，贾里德也得带着手提电脑。（其他家长搞不懂这个男人为什么只顾盯着手提电脑，完全不管儿子在泳池里游了一圈又一圈。）

上了23楼，塔贝尔先领着贾里德在网络犯罪调查科转了一圈，经过那个"坑"，接着进入1A实验室。

"电脑就放在这里吧，"塔贝尔指着实验室正中央的一张台子说道，那里是探员们平时吃午饭的地方，"这台电脑里就有'丝绸之路'的服务器。"

贾里德把背包里的东西都拿了出来。他注意到墙上贴了一张纸，是那种不透水的打印纸，差不多有8英尺长。有人用黑色马克笔在最上面横着写了"丝绸之路"几个字。纸上面写满了各种IP地址，下面还标有解释，说明每一个序列号代表什么意思。有一个是"丝绸之路"聊天客户端的服务器序列号，另一个代表服务器里存了价值上亿美元的比特币，还有一个叫幕后主谋，属于网站管理员的。听塔贝尔解释，这些都是从服务器里清理出来的信息。（一同查案的警员还在"丝绸之路"的图旁画了一张模拟图，上面写着《公主新娘》里的所有人物，包括金凤花公主、维斯特雷、胡姆普丁克王子，还标了一些箭头，弄得塔贝尔一头雾水。）

贾里德仔细观察这张"丝绸之路"示意图，突然发现了旧金山一家咖啡馆的名字，托比妈妈咖啡馆。贾里德赶紧问塔贝尔，为什么这家咖啡馆会出现在图上。塔贝尔解释道，查获的服务器里有一项被删除了。有些诸如杀人现场之类的证据被人清理掉了。不过，清理磁盘的某人下线时不小心留了尾巴，忘了删除清理服务器时登录地点的IP地址。换句话说，可怕的海盗罗伯茨的确把犯罪现场清理干净，却在离开现场的那一刻，在前门留下了一小截指纹。

正是这截数字指纹让联邦调查局的探员们找到了旧金山市拉古纳街上的一家小咖啡馆，找到了那家像小餐厅似的名叫托比妈妈咖啡馆。由此判断，不管可怕的海盗罗伯茨是谁，此人要么住旧金山，要么就在旧金山待过一段时间。不过，能够找到的仅此而已。这毕竟只是一条极小的线索，仅仅意味着可怕的海盗罗伯茨可能的藏身之处。"单凭这个，其实查不出太多东西，"塔贝尔对贾里德坦白道，"我能做什么？难道要我派联邦调查局的探员去旧金山的那家咖啡馆，帮忙找一个用手提电脑上网的人？不过，旧金山那边一直在查从那家咖啡馆发出的网上流量，看能不能找到其他线索。"

贾里德跟这里的每个人都打了招呼，又听了几个"你是愿意……还是……"塔贝尔式的笑话，接着在一台电脑旁坐了下来。这台电脑现在相当于处于离线状态的"丝绸之路"。贾里德开始查看电脑。他看到聊天日志，上面记录了罗伯茨怎样出钱雇用"地狱天使"买凶杀人。他还看到了罗伯茨和卡尔（化名挪伯）的其他聊天记录。让人好奇的是，对话都被加了密，无法读取。

"这有点奇怪，"贾里德对塔贝尔说，"你认为卡尔·福斯想阻挠我们调查吗？"

"现在还没有证据，但有些地方感觉不大对头。"

不过，贾里德和塔贝尔还有更重要的大事考虑，这个可比处理巴尔的摩一个任性妄为甚至时不时耍无赖的缉毒警察重要得多。接下来一连几天贾里德都在和联邦调查局的同事合作，一边听塔贝尔一个接一个的笑话，一边在1A实验室里忙着对服务器信息筛查，晚上下了班后会去几个街区外的威士忌酒馆坐一坐。在那里贾里德知道了什么叫腌黄瓜汁，廉价威士忌又是什么滋味。这样的夜晚最后总是以酒干人散结束，随着大伙各回各家，贾里德也会拖着沉重的步子回酒店，在房间里看一看世贸中心留下的神圣遗迹。这个时候，他就会化身为希露丝、"丝绸之路"上的那个论坛版主，以网站管理员的身份在上面工作。

就这样一连过去了好几天。有一天，塔贝尔告诉贾里德："待会儿国税局有个人要过来一趟……叫加里·阿尔福德还是什么来着……想过来看一看服务器。"

"听起来是好事。"贾里德说完转过头，继续盯着电脑——继续用希露丝的身份和可怕的海盗罗伯茨交谈。

几个小时后，塔贝尔走进实验室，身后跟着一个黑人。"贾里德，这位是国税局的加里·阿尔福德，"塔贝尔介绍道，"加里，这位是芝加哥国土安全部的特工德耶吉安。"

贾里德抬起头，看着眼前这个大块头男人，还没来得及说声"你好"，就发现加里看他的眼神一下子充满了疑惑和郁闷。

"凭什么他可以把电脑带上来，我的要留在楼下？"加里问塔贝尔。

塔贝尔可没兴趣解释贾里德现在是卧底身份，需要电脑。他随便搪塞了一句："不同的人，不同的规矩嘛。"这个回答加里可不喜欢，他看上去比几秒钟前更加恼火了。

接着贾里德看到加里开始研究贴在墙上的那张打印纸，以及最上面横着写的"丝绸之路"几个字。加里仔细研究，他注意到角落里写着和《公主新娘》有关的笑话，以及四处胡乱记录的 IP 地址。加里看到这个，火气似乎更大了，感觉就像聚会已经开始，却没有一个人前来邀请自己。

塔贝尔把加里介绍给托姆·基尔南。托姆是电脑取证方面的专家，表示会帮助加里彻底查一遍"丝绸之路"的服务器。接着塔贝尔坐回到实验室中央的那张桌子旁，根本就没有意识到，或者说得更加实在一点，压根就懒得搭理情绪低落的加里，后者因为没有受邀参与调查，一副垂头丧气的样子。

加里一脸愠色，开始了工作。他要查出到底有哪些人在"丝绸之路"上洗钱和比特币。他一边工作，一边偷看贾里德和塔贝尔，还有那张用打印纸做的大表格。过了一会儿，加里终于又开口说话了。他也注意到旧金山拉古纳街的托比妈妈咖啡馆，就写在一个 IP 地址的下面。他问这是什么来着。

塔贝尔头也不抬地答了一句，说这是一个地方，可怕的海盗罗伯茨就是在这里登录了服务器。现在他们手头就这么一个能和罗伯茨联系起来的具体地点。

"哈，"加里说了一句，"我在旧金山倒认识这么一个人。"

"哦，真的?"塔贝尔不冷不热地说道，"那你得把那个人的信息告诉我们。"加里似乎对这个回答也不满意。贾里德在一旁看两个人斗嘴，替加里感到有些难过。他看得出来加里心里不舒服。不过，贾里德同样清楚塔贝尔在想什么，因为贾里德也在想着同一件事——在旧金山认识某人根本毫无意义。现在全美警方手中有超过二十人被怀疑是可怕的海盗罗伯茨，里头有一半人就在旧金山湾区。

加里听到塔贝尔这样顶自己，于是扭过头去，继续盯着服务器，整个下午再也没有搭理塔贝尔和贾里德。又过了几个小时，加里站起身，直接走了出去。此时，他早已明白这个案子只能由塔贝尔说了算，自己根本不可能有机会参与其中。加里想着刚刚看到服务器里的如山证据，墙上那张写满 IP 地址的打印纸，以及贾里德的卧底账户，自己也做出了决定——绝无半点理由把旧金山认识的"那个人"的名字透露给联邦调查局。

第五十八章
茱莉亚来到旧金山

车厢门开了，茱莉亚踏上月台，进入另一个世界。茱莉亚不确定是否下对了站，直到看见站牌上写着"格伦公园"才放下心来，朝出口方向走去，身后拖着一个大大的拉杆箱。

今天的旧金山阳光灿烂，茱莉亚刚走出车站，就看见那个男人站在街边等着自己。虽然男人看上去变了一点儿，可头发还像上次见面时那样蓬乱。他是比以前老了一点，还是懂事了一点？或是坚强了一点？虽然并不知道答案，茱莉亚却能感觉到那个男人有了些变化。茱莉亚没能控制住自己，跑了过去把罗斯紧紧抱在怀里，长长地说了一声"啊哈"，接着站直身子，把罗斯上上下下打量了一番，脱口就是一句："不会吧？"边说边哈哈笑了起来。"你还穿着我五年前给你买的牛仔裤！"

罗斯低头看了看裤子，也露出了笑容。他伸手一把接过行李箱。"我们得赶快先回公寓。"说完两个人沿着钻石街快步朝前走去，路上到处都是美甲店和咖啡馆。"今天要收货，有几件新家具要送过来，"罗斯边走边解释道，"前几天才刚刚搬到这个新地方来，还有……"没等罗斯说完，茱莉亚就打断了他。

"让我猜猜，"茱莉亚说道，"你住的地方连家具都没有，对不对?"茱莉亚没等罗斯开口回答，就在他胸口打了一拳——用这种方式示爱的人可不多——"你可真够抠门的。"

两个人一路走着，茱莉亚眼中似乎放出了兴奋的光芒，她在期待即将到来的周末。罗斯虽然有一点儿紧张，可还是耐心听茱莉亚问他和旧金山有关的各种问题，听茱莉亚说他肯定非常喜欢这里。"我也不知道搬到旧金山是不是最好的选择。"罗斯叹了一声，后头的话没说完就吞回肚子了。

两个人走了好几个街区，来到一幢三层楼的板房面前，罗斯就住在这里。他俩爬上了顶楼，罗斯跟茱莉亚稍微解释了两句。于是茱莉亚坐在顶楼，看罗斯和他的新室友前后忙活了差不多半个小时，他们往罗斯的卧室搬了一个旧梳妆台，一张书桌，还有一个床架。这些家具都是罗斯几个小时前刚从街边的某人那里买来的。等到搬完家，罗斯谢过室友，关上门，和茱莉亚在刚刚买来的床上卿卿我我起来。

一番激情之后，两人双双躺倒在床上。茱莉亚虽然觉得罗斯有点疏远，可她觉得罗斯一定是累坏了，要么就是旧情重燃让他想起了过去。"我饿了。"茱莉亚边说边从床上坐起来，穿上了衣服。

"要不吃寿司?"罗斯问道。

"好主意。"

两个人去了餐馆。那地方装饰得花里胡哨，闪着霓虹灯，橱窗里还放着一只亚洲人喜欢的招财猫。他俩挑了一张靠里的小桌，坐了下来。茱莉亚点了一盘手卷。两个人一边吃，罗斯一边跟茱莉亚讲故事。这一次是茱莉亚从来没有听过的故事。罗斯说他小时候常常跟家里人一起出去钓鱼。有一次在水里网捕了整整一天，吃了好多鱼，把肚子都吃坏了。可他根本停不下来，还是一直吃啊吃，因为实在是太好吃了。

茱莉亚哈哈大笑。接下来（一如大多数时候）轮到茱莉亚滔滔不绝地主讲，罗斯当起了听众。茱莉亚跟罗斯讲了这一年多来的生活，讲了自己的闺房生意怎样越做越红火。她还告诉罗斯最近戒酒了。

"你长大了好多，"罗斯说道，"也比以前懂事了好多。"

"这个嘛，"茱莉亚把一大块寿司塞进嘴里，"是因为我得到了救赎。"

罗斯当然知道茱莉亚的意思。他俩还在大学的时候就讨论过宗教。那个时候罗斯告诉茱莉亚，虽然自己早就抛弃了信仰，可小时候也得到过救赎。

两个人坐在寿司店里，有一阵一句话也没说。还是茱莉亚打破了沉默："我能问你个事吗？"

"当然了。"罗斯回答道。

"星期天陪我去教堂好不好？"

"好啊，"罗斯说道，"我非常愿意。"

说完这些，茱莉亚暗示差不多该回去休息了。两个人回屋又做了一次，然后躺在彼此的臂弯里昏昏睡去——一切就像从前那样——罗斯紧紧贴着茱莉亚的后背，耳边是旧金山的城市喧嚣。

第二天一早，两个人一觉醒来，先洗了个澡，接着开始新的一天。他们往回走过茱莉亚头一天坐车来的火车站，然后往北拐，去十字路口角上的一家小餐厅。

两个人等着侍者端上早餐，茱莉亚怔怔地看着窗外入神。这个街区住的主要是蓝领工人，是个小地方，在市区边上，周围有一家爱尔兰酒吧，也能看见不少中产阶级家庭。窗外人来人往，有的赶去上班，有的去往附近的一家咖啡馆，茱莉亚发现有不少人像是搞技术的，有的穿着卫衣，有的穿着谷歌的 T 恤，看来这里的中产阶级还在慢慢发展当中。

“我们今天做什么？”茱莉亚边问边抿了口咖啡——这家餐厅的咖啡真够烂的，有一股明显的煳味。

“嗯，”罗斯说道，“我还有点事情要忙，要不你先出去逛一下周围的商店，晚一点再碰头？”

“也好，我正好要买点东西。”

两个人吃完早餐，罗斯给了茱莉亚一组钥匙，然后朝着蒙特雷大道的公寓那边走去。茱莉亚掉头去了另一边，米申区。

茱莉亚原本打算整个上午都在外面逛，挑几件新裙子或是性感内衣。她没料到旧金山会这么冷，自己穿的似乎少了点。每次只要一走出店门，就会被寒风裹挟，吹回来时的方向。被寒风吹了个把小时后，茱莉亚实在受不了，放弃了购物计划，掉头往回走去。

茱莉亚回到公寓时差不多是上午 11 点。她把罗斯给的钥匙插进锁孔，轻轻一扭，慢慢打开了门。

茱莉亚一脸不悦地上了楼。她一边搓手让身子暖和起来，一边拐弯走进罗斯的卧室。刚一进屋内，她就看见罗斯背对自己站着，手提电脑摆在站立式的办公桌上。这一刻，茱莉亚仿佛看见了什么，让她一瞬间又回到两个人当年在奥斯汀的那段日子——罗斯的电脑屏幕上开着十几个黑白窗口界面，有的显示着聊天记录，有的写着代码，还有一个网站，角上有一头绿色骆驼的标记。只需要千分之一秒，茱莉亚就意识到罗斯在干什么。

“嗨。”茱莉亚在身后轻轻喊了罗斯一声。

罗斯吃了一惊，很快按了电脑上的一个按钮，屏幕一下变黑了。罗斯转过身来。

“你在做什么？”茱莉亚问道。

“没什么，”罗斯的声音有些慌乱，“就是干点活儿。”

两个人站在那里，一句话也没说。可是，茱莉亚知道答案。罗斯也知道答案。罗斯从来没有像他说的那样放弃网站，他还在"丝绸之路"上。此刻，茱莉亚知道自己只剩下两条路：要么留下，接受罗斯的一切，要么转过身，就此离开。

也许，还有第三条路呢。

第五十九章
我就是上帝

"这件看起来怎么样？"茱莉亚穿着一件黄色的花裙子，在罗斯面前转了一圈。

"真性感——你看起来永远都那么性感！"

茱莉亚赶紧套上运动鞋，让罗斯快一点。"我们去教堂要迟到了。"她催促道。

"会按时到的。"罗斯让茱莉亚不用着急。

这是一个礼拜天的早晨。茱莉亚和罗斯朝着公共汽车站走去。一路上茱莉亚想着是不是应该跟罗斯谈一谈"丝绸之路"。她原本以为来了旧金山，罗斯就不再做这家网站了——这可是罗斯一再保证过的。没想到两个人刚刚在一起短短几个钟头，居然发现了这么多问题：罗斯处处谨小慎微，一谈到电脑就格外紧张；面对工作的问题回答总是支支吾吾；自己亲眼看到罗斯在电脑上……是的，罗斯还是过得像乞丐一样，租廉价的房子，住市区边缘，家具是从街头买来的，就连衣服都是大学时穿过的。可这就是罗斯。他再抠门，也不能证明或否定什么。

坐公车去教堂的路上，茱莉亚跟罗斯说这次参加的集会，所有信众都有一个共同信仰，相信人人都能跟上帝对话。所以，并不只有牧师一个人宣讲，而是所有人轮流布道，每个人都会朗诵一篇文章，大概两分钟，然后管风琴声响起，另外一个人起身站到讲坛上去。"是有一点儿非主流，"茉莉亚打趣地说道，"但是真的很不错。"

从外面看这座教堂更像是一幢1980年代的办公楼，就像神秘的间谍机构，而不是一个敬拜上帝的地方。教堂有两层楼高，外墙涂了石灰绿，有些少见。几十个白色的摄像头从四面八方往下监视着。只有一个标志让人看得出这是一个拜神的地方，就是教堂顶上的一行黑字，"旧金山教堂会场"。

茉莉亚和罗斯匆匆赶到的时候，礼拜已经开始了。茉莉亚领着罗斯坐在后面的一排长椅上。两个人刚刚在木头长椅上坐下，人们就唱起了祷告曲，今天来的大多数都是亚裔信徒。"哦，主啊！""耶稣，赞美主！"的歌声在宽敞的大厅里回荡。几乎同一时间，有人要求信徒们"全体起立"。

"我们从'生命之树'开始读起。"领读的信徒说完便开始朗读《圣经》中亚当和夏娃被蛇欺骗的那一段。

教堂里的每个人都听过这个故事。罗斯听这个故事的时候还是个孩子，茉莉亚也是。故事里，上帝告诫亚当和夏娃不要偷吃伊甸园中树上的果实，如果偷吃了，就会死掉。可是，一条蛇来了，说法完全不一样。

"耶和华神所造的，唯有蛇比田野一切的活物更狡猾。"信徒大声朗读道。"你们不会死的，"蛇对女人说，"因为上帝知道你们吃了这树的果子后，眼睛就会明亮，像他一样懂得分辨善恶。"

管风琴发出一声长音，另一位信徒走上讲坛。

"哦，主啊！"

"哈里路亚！"

故事还在继续——一个关于明辨善恶的故事——茉莉亚知道没必

要和罗斯提"丝绸之路",那样会让罗斯不自在。茱莉亚只是觉得此刻的布道并非是说给几十位来教堂礼拜的信徒们听的,因为他们早就赞美过主,也不是说给她听的。这些话是上帝的讯息,是直接说给罗斯听的。茱莉亚伸出手,紧紧握住罗斯的手,两个人听大家把故事讲完。上帝后来对亚当说,你要为你的行为吞下恶果。

"我不准你伸手再去摘生命之树上的果子吃,那样你就会永生。"叮!又一声长音响彻大厅。"哦,主啊!"

礼拜结束,罗斯和茱莉亚走出教堂,等下一班公车。"你在想什么?"茱莉亚问罗斯,"刚刚的那些诗,你喜欢吗?"

"喜欢,"罗斯说道,"道理我懂。我知道对于有些人来说,这些十分重要。道理我真的都懂。不过,对我来说,不需要这些。"

"嗯,那你怎么知道什么是对,什么是错?"茱莉亚问道。

"我会思考,"罗斯说完停了一小会儿,"我会自己思考。"

茱莉亚看到公车远远地开了过来。她回头看了看罗斯,想接着问下去。"可要是没有参照,你又怎么知道哪个是好,哪个是坏呢?对我来说,耶稣能够帮助我决定这辈子是不是做个好人。"

"我相信一个人只要成为自己的上帝,就懂得自行判断,明辨是非,"罗斯说道,"生而为人,我的事情我做主。"

茱莉亚听着罗斯的话,心里明白罗斯把自己视为一盏指路明灯,听不进其他人的意见。在罗斯眼中,只有他自己才是上帝。

汽车到站了,两个人一语不发地上了车。茱莉亚阵阵难过,她知道那些布道词罗斯并没有听进去。不过,茱莉亚还是希望这一天以及周末剩下的时间能够过得开心。于是她决定换一个话题,拿出照相机,两个人玩起自拍——茱莉亚拍下的这一刻将成为她一生难忘的瞬间。两个人商量了一下,在不远处的一个公园下了车,朝着金门大桥走去。悬崖边立着一块告示牌,上面写着"禁止入内"。

"过来。"罗斯对茱莉亚轻轻喊了一声，两个人连蹦带跳地越过栅栏。茱莉亚无比兴奋，咯咯地笑个不停。她把照相机递给罗斯，罗斯眼睛对着取景框，一连拍了好几张照片。他的手指不停地按着快门，只见茱莉亚把黄色的裙子轻轻褪下肩膀。裙子落在草地上，皱成一团。短短几秒，茱莉亚脱得一丝不挂。罗斯把照相机丢在地上，两个人在悬崖边疯狂地做爱。

当晚回家时，某种异样的感觉在两人心中滋生。茱莉亚想听的其实只有一句，那就是罗斯告别以往，愿意和她一起生活。可是，罗斯显然有其他的想法。当晚两个人躺在床上的时候，茱莉亚想最后再试一次，让罗斯改变主意。

"你有没有想过结婚？"茱莉亚问道。

罗斯笑了起来。"我们俩好久没有见面了，一年多了吧。"

"那又怎么样？我们之前不是交往了很久吗？"

"没有，我还没打算结婚，"罗斯说道，"我还有事情要做。"

茱莉亚非常清楚罗斯说的事情到底是什么，她也知道自己无力阻止罗斯去做。他只会不停地吃啊吃……

换作平常，罗斯会把茱莉亚搂在怀里。可是今晚，罗斯转过背去，若有所思地看着墙上发呆。这一次茱莉亚把罗斯抱在怀里，她在后面紧紧抱着罗斯，默默地哭了。

第二天一早，两个人都醒了。茱莉亚收拾好行李，准备动身去机场。罗斯帮她提包，一起朝着车站走去。

两个人站在那里，就像周末刚开始时见面那样。罗斯吻了一吻茱莉亚，一阵寒雾从身边拂过。

"我爱你。"茱莉亚说道。

"我也爱你。"

"你会来奥斯汀看我吗？"

"也许下个月吧。"罗斯回答道。

两个人又再次亲吻对方，然后各自回头，朝不同的方向走去。茱莉亚匆匆跑向车站入口。她回头看了罗斯一眼，泪水顷刻掉落——她看见罗斯站在原地不动，正静静地看着自己。那个男人终于露出笑容，把手插进口袋——外面的风实在太冷了——然后转过身，迈开轻快的步子，沿着钻石街朝前走去，走向"丝绸之路"。

第六十章
一通电话

加里一声不吭地坐在工作隔间里，隔壁传来的谈话让他越听越不舒服。他仿佛又回到那个改变一生命运的早晨，距离今天正好过去了十二年差一天。从那一天起，这个世界不再一样。

那时候加里还是巴鲁克学院①的一名学生，他亲眼看到了最早做出反应头一批冲往世贸中心的人们。当天上午 10 点左右，就在加里经过布鲁克林大桥走路回家的时候，身后的世贸中心轰然倒塌，夺走了 2 606 条生命。

"9·11"恐怖袭击发生后的那几天，人们逐渐意识到纽约市以及整个美国到底经历了一场怎样的劫难，加里也开始试着记住那些在灾难中丧生的人们，记住他们的名字和面孔。每天早上加里去往学校，经过列克星敦大道时都要路过一幢大楼。当地人管那幢楼叫"军械库"。那里贴满了成百上千张照片，都是灾难中的失踪人员。加里看着照片，上面的人仿佛在向自己无助地求援，他很快就会明白这些人中没有一个能回家和亲人团圆。

加里和所有纽约人一样，每每谈起那一天发生的故事，总会有所触动。可是，没有任何一个故事像此刻耳旁听到的对话那样真实。就在十年过去后的今天，2013 年 9 月 10 日，行动小组的两个男人在隔壁的隔间里聊得起劲。听上去两个人都在那一天冲向了世贸双塔，接下来的几个星期里都在尘土和废墟中挖掘搜寻幸存者的踪迹，可惜找到的绝大多数人都已去世。

"你是明天做体检，对吧？"加里听到其中一个说道。说话的是纽约市警察局的一名警察，正坐在前面的隔间里跟纽约克拉克斯顿警察局的另一名警察聊天。加里在一旁听着，两个人好像说各自的肺部出了点问题，还有其他一些病，过去了十二年还没好。他们还提到了其他几个人，都是认识的，当年头一批赶往世贸中心，后来也得了重病，有的早就死了。加里听到这里，想起 2001 年恐怖分子对美国犯下的罪行，再想到 2013 年可怕的海盗罗伯茨可能对美国造成的伤害，心里的那口闷气就越来越大。

加里把罗伯茨写的东西全部看了一轮（三遍），他看到可怕的海盗罗伯茨对属下言之凿凿地宣称美国政府的统治"已经到头了"，国家是人民的"敌人"，人民应该完全彻底地鄙视摈弃联邦政府，包括此刻和加里坐在同一间屋子里的所有人，还有 9 月 11 日当天第一时间冲向世贸中心的那些男女，以及那些因为曾经的英雄举动明天要去医院体检的人们，所有这些人，统统都要彻底地鄙视和摈弃。

这些想法一个接一个压在心头，让加里透不过气来。他唰地一下站起身，屁股底下的转椅滴溜溜地打转。加里直盯盯地看着行动小组的另外一名警察，愤愤说道："我想我是对的。你知道吗？我想就是他！"

"你在说什么？"

---

① 巴鲁克学院（Baruch College），即纽约城市大学下的巴鲁克学院。学院位于曼哈顿，是全美最好的商科院校，拥有"神校"之美誉。校名中的巴鲁克是为了纪念荣誉校友、华尔街投资大师伯纳德·巴鲁克 1965 年捐赠母校 900 万巨资而特意加上去的。——译者

"就是他。罗斯·乌布里特!"加里说道。

"你不会真的认为用谷歌搜索就能找到那个人吧?"一个同事说道。

加里一直怀疑罗斯·乌布里特可能在某些方面和"丝绸之路"有联系。几个月前他跟同事提过这个想法,可惜查着查着断了线索。警方毕竟不能仅仅依据某人在互联网上发表了几篇和"丝绸之路"有关的帖子,就把此人定为本案追查的主犯。不过,那天加里在联邦调查局办公室的墙上看到旧金山一家咖啡馆的 IP 地址,这正是罗斯·乌布里特恰好待过的城市。他顿时有了预感,相信罗斯即便不是可怕的海盗罗伯茨,至少也参与了这起犯罪。

"是的!"加里一边说着一边挥舞着双手,嗓门也越来越大,"我是对的。我跟你说,我是对的!"

加里又花了好几分钟把事实原委重新说了一遍。他站在那里向所有人大声宣布,自己要把整个案子重新过一遍,从头到尾再过一遍。就像之前把所有的电子邮件、微博文章、新闻报道,还有论坛帖子统统看了三遍,他打算把做过的研究调查重新看上三遍,从头到尾,再看三遍。他总觉得也许有哪个地方看漏了。

加里慢慢走出工作隔间,朝屋角走去。角落里坐着一名女警,是给国土安全部办事的。"请你把罗斯·乌布里特的名字输进去,再查一下。"加里从一旁抽过一把椅子,坐了下来。他现在要做的和几个月前做的其实是同一回事,都是调查罗斯的背景。加里并不指望女警能有什么新的发现。他只是想看看是不是有些小细节没有注意,就这样错过了。哪怕是遗留的一点 DNA,一张违章停车罚单,都好。

过了一分钟,记录载入完毕,显示在女警的电脑屏幕上。女警首先查看了罗斯的旅行记录,注意到罗斯曾经去过多米尼克。加里之前也知道这个信息,他认为这是一个疑点,因为犯罪分子通常会把钱转移到加勒比海国家。女警继续搜索罗斯的档案，突然停了下来。"你知道这家伙最近榜上有名了吗？"女警问道。

"什么？"加里有点不大明白。

"上榜啊，这家伙前几个星期上了一回榜。"

加里听到"上榜"两个字，一下呆住了。他竭尽全力把"上"和"榜"连起来反复默念了三遍。

"要不要我念给你听？"女警问道。

"要！"

女警大声念了起来，她告诉加里海关和边境保护局刚刚"查获了一批伪造的身份证件"。国土安全部一位名叫迪伦·克里滕的警察还造访了罗斯·乌布里特在旧金山市第 15 大道的住处。根据女警朗读的这份档案显示，他的室友说罗斯的名字叫约什，不叫罗斯，还说约什用现金支付了房租。女警停下，转头看了看加里，问道："还要我继续念吗？这些有用吗？"

加里紧缩眉头，刚刚听到的这些太不可思议了。"要！"加里脱口就是一句，"继续！继续！"

女警转过头看着电脑，继续念了起来。除了第 15 大道的住址，罗斯好像在位于旧金山市中心的山核桃街也有一个住处。接着女警开始一个字一个字地读迪伦写的报告。"对于凡是涉及购买伪造证件的问题，乌布里特基本一律选择拒绝回答。"接下来女警读的这句话听起来就像某人的一个恶作剧："不过，乌布里特主动承认，说理论上任何人都可以利用洋葱路由器登录一个叫'丝绸之路'的网站，购买毒品或身份证件。"

加里似乎听见了自己心脏怦怦跳动的声音。这怎么都说不过去。如果只是巧合，那也太巧了。加里朝主管办公室猛冲过去，箭一般地冲进屋内，激动得血管要爆裂似的。

"是他!"加里大声叫着,"就是他!"

主管让加里先冷静下来,接着听他把原因前前后后说了一遍。主管提醒加里注意,虽然还有许多细节需要求证,但案子比之前更有眉目了。不管怎样,主管都要加里先做一个深呼吸,冷静下来,然后给美国检察官办公室打电话,说明情况。

······

赛林·特纳拿起听筒的那一刻,完全没有料到另一头是一位义愤填膺的国税局工作人员。"慢点,慢点,"特纳让加里不要那么连珠炮似的,"你说的是哪个人?"

"是我认为经营网站的那个人。"加里说道。

"那个人怎么了?"

接着加里开始了一番长篇大论,把从最开始用谷歌搜索找到端倪,到后来发现罗斯去了多米尼克,整个来龙去脉说了一遍。说的都是几周前他把一些嫌疑人过了一遍之后跟赛林说过的那一套,只不过这回加上了国土安全部报告里的一些细节,重点谈到了伪造身份证件,罗斯的假名约什,还有罗斯提到了"丝绸之路"网站。

赛林虽然对于加里说的这些证据并不买账,但也有了一丝兴趣。"你是说这个人住在旧金山?"赛林问道,"地址在哪里?"

加里读了一遍国土安全部报告里的地址,赛林输入谷歌地图。电脑屏幕上的地图一下子飞越美国,跳到旧金山市一块突出来的地方,接着放大拉近到山核桃街,差不多就在这座7平方英里城市的中心位置。赛林一边听着加里在电话那头絮叨,一边点了一下地图上的地址,点进了旧金山市拉古纳街的托比妈妈咖啡馆,这是目前能够把"丝绸之路"和某个人或某个地点联系起来的唯一证据。

"见他娘的鬼!"赛林说了一句,"你找的这个 IP 地址在托比妈妈咖啡馆的角上。"

加里一下靠在椅背上,赛林却从椅子上坐直身子,眼睛凑到电脑跟前。

在赛林看来,罗斯羽翼未丰,对于电脑编程一无所知,脸书上贴的大部分照片是和一帮乡下朋友露宿野营、风筝冲浪时拍的,要不就是和妈妈抱在一起的幸福时刻,就凭这样一个毛头小子竟然能够创建一个毒品帝国——根据官方推算,这个帝国的毒资现已高达数十亿美元——这完全说不过去。更不合情理的是这小子居然能够招募五六个冷血杀手。这绝对不可能,根本就说不通。不过,也有说得通的地方。毕竟这小子就住在距离托比妈妈咖啡馆几个街区的地方,而且是在互联网上第一个发帖谈"丝绸之路"的人,更何况还被发现买了九张伪造的身份证件。

"我会给贾里德和塔贝尔发一封电子邮件,"赛林说道,"把大家召集起来,开个电话会议。"

……

贾里德坐在迪尔克森联邦大厦的办公室里。房间空空如也,什么也没有。不单没有电脑,就连一本书也找不着,只摆了一张又大又重的橡木办公桌,再加上一台电话。此时贾里德正要伸手拿起电话。

贾里德看了一眼几分钟前刚刚收到的赛林的电子邮件,拨通了电话会议的号码。电话铃响了,贾里德靠在椅子上,一副无精打采的样子,双眼失神地看着窗外芝加哥的风景。

……

塔贝尔回到纽约家中，先跟妻子萨布丽娜还有孩子们打个招呼，接着说马上有个电话会议要开。他径直进入卧室，先完成每晚回家必做的一套常规操作：蹬掉皮鞋，脱掉西装，换上一条沾着污渍的阿迪达斯短裤，再套上一件T恤，然后肚皮朝下砰的一声重重倒在床上。塔贝尔实在太累了，一秒就可以闭上眼睛，睡上整整一个月。可是没办法，他只好筋疲力尽地长吁一口气，把手伸进包里拿要用的东西。

塔贝尔像赌场发牌的荷官一样，把手提电脑、iPad还有手机一个个摊在跟前，接着拨通了赛林邮件里的那个会议号码。他目光呆滞地看着平板电脑，平板就摆在另外两台电子设备中间，上面显示着赛林一个小时前发来的地图。

"我是加里。"

"我是赛林。"

"塔贝尔。"

"我是贾里德。"

"人都齐了吗?"

"都齐了。"

赛林开始发话。他首先跟贾里德以及塔贝尔把几分钟前和加里讲过的话又简单扼要地重复了一遍，接着让加里告诉另外两位发现了什么。

加里的声音听起来有一些迫不及待。他跟大家解释了自己用谷歌搜索的事情，还说网上和"丝绸之路"有关的第一篇帖子出现在2011年1月下旬一个名叫蘑菇房的网站论坛评论区，发帖的用户名叫欧脱滋。

塔贝尔和贾里德似乎对于加里的这些证据不太感兴趣。欧脱滋也许只是某个早期的网上用户。查案时类似的巧合实在太平常，天知道还有多少人这么巧就碰上了。警方经过反复推敲，早就推断"丝绸之路"的主谋要么是一个深谙比特币交易的首席执行官，要么是一名谷歌电脑工程师，甚至可能是一位在美国某所大学任教的教授。也有人认为此人可能是一个活跃在内城区的毒贩，或是墨西哥的某个卡特尔商业联盟，同一帮程序员串通合作。还有人推测此人应该是俄国的黑客或是来自中国的网络罪犯。只有加里·阿尔福德认为这个冷漠残酷、嘲弄权威，富可敌国的可怕的海盗罗伯茨是一个来自得州奥斯汀的二十九岁的毛头小子，是一个对于编程一无所知的电脑菜鸟，是一个在旧金山租住着每月1 200美元公寓楼的穷小子。

贾里德不买账，塔贝尔也不买账。赛林知道如果他们两个都不买账，自己当然也不会买账。不管怎么说，贾里德才是同罗伯茨接触时间最多的，他以卧底身份为罗伯茨工作了好几个月，和罗伯茨在网上简直无话不谈。再说，贾里德有整整一办公室的伪造身份证件，这些人全都承认在"丝绸之路"上买了假证，可他们显然都不是罗伯茨。

不过，加里可不管这些，他继续说着。

"后来，我在缓冲区溢出网上查到一个问题，提问的用户名字叫罗斯·乌布里特，是询问和洋葱路由器有关代码求助问题的。你懂的，"加里说道，"他在缓冲区溢出网发帖提问过了一分钟后，就上去把用户名从罗斯·乌布里特改成了霜冻，接着……"

"你刚才说什么来着？"塔贝尔一下子从床上坐了起来，赶紧问道。

加里没想到塔贝尔会冷不防来这么一个问题，不过还是简单答了几句。"就是缓冲区溢出网。是一个网站，你可以在上面发帖问编程的问题……"

"不，不，不，我不是问这个，"塔贝尔的声音听着有些急，"这个后面，你刚刚说什么来着？"

加里解释，罗斯·乌布里特在缓冲区溢出网站上用真实的电子邮箱注册了一个账户，接着在问完问题一分钟后又把用户名改成了霜冻①。

　　一旁贾里德和赛林听着，默不吱声。两个人都不知道是怎么回事。

　　"霜冻？"塔贝尔的声音开始激动起来。"你确定是这个词吗？"塔贝尔接着迫不及待地一个个字母拼了一遍："你是说 F - R - O - S - T - Y，霜冻这个词吗？"

　　"没错，就是这个词！"加里回答道。他对塔贝尔说话这么冲，有点不耐烦了。"罗斯后面又把邮箱地址改成了 frosty@frosty.com。你到底怎么回事？老问这个是什么意思？"

　　"这是因为……"克里斯·塔贝尔先做了一个深呼吸，然后说道，"我们从冰岛方面拿到服务器的时候"——听上去塔贝尔好像又深吸了一口气——"看到可怕的海盗罗伯茨的服务器和电脑，名字都叫霜冻。"

　　电话里一片沉寂，只听见四个人的呼吸声。四个男人坐在那里，想着刚刚听到的这段话到底有多么重要。

　　终于有人开口打破了沉默。"很好，"赛林说道，"有意思。"

　　会议结束。贾里德在网上输入罗斯·乌布里特，搜索起来。他进入罗斯在 YouTube 上的主页。上面贴着十几个和自由意志主义有关的视频。其中有一个标题，是罗斯给 YouTube 账户起的名字，叫做OhYeaRoss。就是他！——罗伯茨和希露丝聊天的时候，从头到尾用的都是这个 yea。

　　后面没有加 h，就是一个 yea！

---

① 罗斯在缓冲区溢出网上以霜冻为用户名注册账户是在 2012 年 3 月 5 日，注册邮箱为 "rossulbricht@gmail.com"。——译者

第六十一章
告别聚会

海滩上一片漆黑，鸦雀无声，显得有几分怪异。一辆白色的皮卡缓缓驶进停车区。街灯微弱的黄光悬在空中，仿佛要拼尽全力刺破这旧金山的浓雾。海浪有节奏地一遍遍拍打着沙滩。罗斯从皮卡里钻出来，紧了紧厚厚的黑夹克，好让身子暖和一点。空气中带点咸味，感觉湿漉漉的。

罗斯看着远处黑压压的地平线，虽然看不大清，却知道那是沙滩，很漂亮。

要是时间能在这一刻停下来该有多好，这样，接下来的几个小时将成为永恒。可惜，这是不可能的。时间的流逝，一如万有引力定律，没有半点讨价还价的余地。对于罗斯来说，留给他的时间不多了。

即便这样，旧金山的夜晚还是带给罗斯一些特别的慰藉，让他最后欢呼一次[①]。这是一个狂欢之夜。身后的夜色中传来朋友们的呼声："大家动手，把篝火生起来吧！"

一群人从皮卡上七手八脚地把东西搬下来。罗斯也帮着把枯干的木头和木片堆成两层。这些都是从格伦峡谷公园捡来的，那里距罗斯的住所只有几个街区。

罗斯的新室友亚历克斯来了。雷内和赛莱纳来了，其他住在奥斯汀城里的朋友们也来了，一共有十几个人。篝火点着了，很快熊熊燃烧起来。啪！大家打开了香槟，还有啤酒。有人开始递起了大麻卷。罗斯拿过带来的非洲手鼓，用手在高脚酒杯一样的鼓面上拍打着，空中回荡起隆隆的鼓声。

　　鼓声让罗斯想起了大学的日子。那个时候他是宾州大学诺姆鼓俱乐部的一员。要不是那次围在一起看手鼓表演，他也许永远不会在学校那个平淡无奇的地下室里和茱莉亚相识相知；要不是加入了自由意志主义者的社团，他也许永远不会变成今天这个样子。

　　从那时起，罗斯走过数百万英里的旅程，一路帮助过数以百万计的人们。那个时候罗斯是一个迷失在理想主义中的灵魂，今天罗斯却让这个世界今非昔比。那个时候罗斯怀里揣着区区几百美元，今天罗斯却拥有上亿身家。那个时候罗斯还在读自由意志主义大家罗斯巴德、米塞斯和布洛克留下的鸿篇巨制，今天罗斯·乌布里特却像一个影子，为全体自由意志主义者最杰出的代表捉刀代笔，他名字就叫可怕的海盗罗伯茨。

　　也许，正在书写这种历史的只有罗斯一人。很多方面，罗斯也好，罗伯茨也好，人们已经很难将两者区分开来。不过，那个可爱听话的罗斯并未消失，他还在某处。前几天罗斯看见公园的一棵树上挂着一个垃圾袋，于是爬上枝丫，越爬越高，直到把危险的塑料袋拿了下来。可是，罗斯的善举却为他招致了恶果。"全身从头到脚都起了毒橡树皮疹，"他在几天后给茱莉亚的邮件里写道，"好想你在身边，抱抱我。:("

---

① 这一天是 2013 年 9 月 28 日，距离罗斯被捕只有三天。此时正值秋老虎开始的第一个周末，旧金山的不少市民都会选择在晚上出外休闲纳凉，罗斯和朋友们当晚去的是有名的"海洋沙滩"（Ocean Beach）。——译者

不过，等罗斯再次见到茱莉亚的时候，止痛的药膏想必很快也要寄到了。罗斯订好了飞往奥斯汀的航班，他打算再过几个星期就出发。旧金山的一切已经结束。他还能有什么选择呢？这座城市对他太熟悉了。他会先回一趟奥斯汀，重新找一个地方躲起来。也许会躲在一个很远很远的地方，躲在一个能够看清未来的地方。也许一切都会是新的开始。

　　网站赚的钱已经多到罗斯不知道怎么花的地步。U盘东一个西一个，散落在公寓里，里面装着数千万美元的财富。问题虽然层出不穷，可是对于罗斯来说，一切只是日常工作中的困难而已。他会在日记里记录下来，比如说哪天借给一个毒贩50万美元，又比如说哪天要鉴酒师琼斯派一名士兵去处理另一个问题，或者给某个黑客和线人各打赏了10万美元，这些都只是罗斯一天的工作而已。买凶杀人、敲诈勒索、报复打击，一切都是工作。当然，这些会时不时带来压力，但在罗斯的另一个世界里，他就是国王。

　　海滩上的篝火熊熊燃烧，远处放起了焰火，场面颇为壮观，仿佛天上下起了魔幻的彩雨。砰！砰！砰！沉闷的鼓点与焰火在头顶炸开的响声混杂在一起，尚未燃尽的灰烬从空中落下，洒在海里，星星点点。

　　快到午夜12点了，狂欢的人群中又加入两位客人。不过，来的却不是罗斯希望见到的类型——两名旧金山市的警察走了过来，问大家在闹什么。好在，警察过来不是为了罗斯。两名警察礼貌地跟众人解释，说时间差不多了，要大伙儿把火给灭了，海滩马上就要关闭。前一分钟，红色的火焰直冲云霄，下一分钟，几个人用脚踢着沙子，盖住尚未燃尽的灰烬，海滩上又恢复了一片漆黑。

　　一大群好朋友各自收拾东西，朝停车区走去，朝着那辆白色皮卡停着的方向走去。

聚会看来到此为止①。

罗斯又套上那件黑色的夹克，看着远处的一片漆黑发呆。他完全没有意识到此刻联邦调查局的一队便衣正暗中盯着自己，过去两个星期以来他的一举一动早已全部暴露在对方的眼皮底下。

---

① 聚会其实并未结束，罗斯和亚历克斯等人重新回到位于格伦公园的公寓，先是在阳台上和隔壁房间的一群人开怀痛饮，接着回到屋中载歌载舞。亚历克斯弹起了钢琴，罗斯则打起了心爱的手鼓。心情并不畅快的罗斯当晚喝得烂醉如泥，这是亚历克斯第一次，也是最后一次见到室友喝醉。——译者

第五部分

第六十二章
粉红的日落

粉红。

粉红就是粉红。一望无际，一片粉红，无边无尽。

一道粉红的日落盖住了旧金山的整个天际，犹如一幕超现实的画卷，美轮美奂，贾里德的眼睛一刻也舍不得离开。贾里德隔着飞机的舷窗，凝神朝下望去，脑海里一下子想起凡夫俗子有时是多么无足轻重，碌碌一生，辛苦度日，人活一世，不过如此——然而，倘若换一个角度，我们就会看到，其实每一个人都很重要。

机身开始向左倾斜，飞机要准备着陆了。贾里德拿出手机，抓拍了一张照片，想把这一刻保存下来。这个名叫贾里德·德耶吉安的男人要在抓到可怕的海盗罗伯茨之前——当然，前提是他们真的能够抓住那个海盗——先抓住这粉红的天空，留作纪念。听塔贝尔的口气，又有了一个问题。贾里德得赶紧到酒店，同在地面上等着自己的联邦调查局小分队好好谈一谈。

这架美国联合航空公司航班的机轮刚刚接触跑道，贾里德就伸手拿出手提电脑和Wi‑Fi集线器，登录"丝绸之路"。贾里德可不打算冒险，看自己在天上飞的时候，罗伯茨会不会联系希露丝。于是他让芝加哥国土安全部的另外一名警察假扮自己，也就是那个得州女人，而真正的贾里德则飞到了旧金山。这样做虽然麻烦，不过落地的那一刻，谢天谢地，这次交接传球就这样神不知鬼不觉地顺利完成了。

卧底账户看起来要比贾里德预想的管用得多，足以让人确定罗斯·乌布里特就是罗伯茨。要知道，发现一个嫌疑对象是一码事，找到足够证据来证明嫌疑对象确实有罪，就完全是另外一码事了。

就在加里、塔贝尔、贾里德和赛林四人电话会议后不久，联邦调查局成立了一个行动小队。小队由便衣特工组成，专门负责跟踪调查罗斯。过去两周，罗斯若是去公园散步，小队成员就尾随其后，吊线跟踪。罗斯若是去米申区的某家餐厅和女孩约会，或是和朋友出去喝上一杯，他们就会坐在一旁，暗中监视。不过，只有当罗斯没有上述行动时，贾里德的账户才体现出无可估量的价值。

贾里德只要一发现可怕的海盗罗伯茨登录"丝绸之路"，就会立刻通知地面的联邦调查局便衣小队，小队会确认罗斯正在同一时刻使用手提电脑。同样，只要罗伯茨一下线，便衣小分队也会确认罗斯的电脑已关机。因此，贾里德二十四小时确保在线对于调查成败至关重要。

贾里德从旧金山国际机场走了出来，一只手拿着手提电脑，另一只手提着背包，虽然早已筋疲力尽，还是立刻赶往了酒店。自从三周前的那次电话会议以来，贾里德几乎没有一天完整的睡过几个钟头，他也看不到任何迹象，预示目前这种状况会有所改善。

贾里德办理完入住登记手续，进入酒店房间，立即同塔贝尔约好在酒店大堂的牛扒餐厅碰头，先把接下来几天的后勤工作过一遍。塔贝尔向贾里德介绍了同来的一位大个子警员。这是一名退伍海军陆战队军人，名叫布罗菲，在纽约联邦调查局里可是出了名的"坏脾气"，此次专程前来旧金山协助抓捕。纽约联邦调查局的电脑专家托姆也来了，贾里德上次去纽约时和他打过照面。托姆有一个任务——如果抓捕罗斯的时候,他的双手正好在键盘上,务必确保罗斯的电脑正开机,而且罗斯本人处于登录上线状态。不过,麻烦就麻烦在这里。几个人点了几瓶啤酒,塔贝尔首先做了一个说明,告诉大家抓捕行动将由旧金山市联邦调查局行动小组负责,因为这属于他们的管辖范围(也符合联邦调查局的标准程序),旧金山调查局打算派遣特警队冲进罗斯·乌布里特的住处,直接抓人。

"靠!这不是乱来吗?"

"就是乱来。"

上一回塔贝尔突击抓捕黑客六人组的时候就犯了这种错误。他知道警方完全可以抓罗斯·乌布里特一万次,可是除非实施抓捕的那一刻,罗斯的手正好在手提电脑的键盘上,否则无法证明这个人就是可怕的海盗罗伯茨。罗斯只要瞅见联邦调查局的人冲进去,或者听到脚步声,就可以轻轻点击键盘,把所有的证据加密锁在电脑里,这样一来就将前功尽弃。当然,警方大可拿出在托比妈妈咖啡馆登录上网的记录,还有联邦调查局和贾里德保留的监控数据,把罗斯和"丝绸之路"联系起来。但是,对方只要请到一个好律师,便足以以一切纯属巧合为由当庭翻案。

"那你打算怎么做?"贾里德问道。

"我明天会跑一趟旧金山的联邦调查局,看能不能说服他们,不要动用特警队。"塔贝尔回答道。

"你觉得这招管用吗?"

"没办法,只能试一试。"

不过,塔贝尔深知这事没那么容易办成。联邦调查局的通气会报告着重点明,可怕的海盗罗伯茨属于危险人物。从塔贝尔和组里同事从服务器查到的资料来看,罗伯茨曾经买凶杀人,而且不止一个,并且和地狱天使等职业杀手有牵连。警方就目前掌握的情况分析,罗伯茨很可能殊死反抗，甚至不惜鱼死网破。如果一切属实，局里可没有哪位高层甘冒风险，牺牲任何一名警员的生命。不仅如此，联邦调查局局长还向白宫汇报了引蛇出洞的行动计划，这意味着此次行动成功与否，都将引起美利坚合众国总统的关注。

就在这时，一直板着脸的布罗菲开口插了一句："早知道是这样，我今天就应该把那家伙抓起来的。"

"这话什么意思？"贾里德问道。

布罗菲解释道，就在当天早些时候，便衣小队跟踪罗斯进入附近一家小咖啡馆。罗斯在电脑前坐了好几个钟头。布罗菲走进咖啡馆，就坐在罗斯旁边。不过，虽然布罗菲身材魁梧，完全可以当场拿下罗斯，但他也有可能当时并未登录"丝绸之路"。那样的话，即便抓到罗斯，也只能检查他的电子邮件。如果贾里德当时不在飞机上，警方很可能可以查出罗伯茨是否在线，如果在线，就能立即逮捕他。可是，警方不敢冒这个险，布罗菲只好眼睁睁看着罗斯从眼前大摇大摆地走了。

"真他妈的气人！"

"确实气人。"

"好吧，"贾里德叹了一口气，看了看手提电脑，"他上线了。"贾里德接着问道："现在我们怎么办？"

"我也不确定。还是明天先看看主管怎么说。"塔贝尔指的是旧金山当地负责的助理特工主管。塔贝尔拿起啤酒瓶，像吃生蚝一样闷了一口，酒刚下肚，就想起还有一件事忘了告诉贾里德。"你肯定不会相信，今天出来之前，谁他妈的给我打电话了！"

"谁？"贾里德咬了一口汉堡，一脸狐疑。

"是卡尔·福斯！他坚持要看服务器；态度非常强硬，硬得像个鸡巴。我把话挑明了，你要是想看，就得先过主管那一关。"

"巴尔的摩的那帮家伙真他妈不专业，"贾里德摇了摇脑袋，"我敢肯定卡尔有问题，总感觉有些地方不对劲。"

接下来的四十五分钟塔贝尔和贾里德一直在聊卡尔还有巴尔的摩的那帮人在调查过程中对他们俩是多么不专业。布罗菲和托姆听得一愣一愣。不过，两个人听到最后，也没弄明白卡尔那帮人到底有多么不专业。

"我得去给罗伯茨干活了。"贾里德边说边站起身，准备离开酒吧。他知道接下来还有一个漫长的夜晚在等着自己。塔贝尔也有任务在身，第二天他还得登门拜访旧金山联邦调查局，怎么说也得碰碰运气，看能不能说服对方不要动用特警队直接闯入罗斯·乌布里特的家中。

第六十三章
卡拉·索菲亚

卡尔正在读巴尔的摩行动小组组长发来的电子邮件。

"巴尔的摩行动小组将等待纽约联邦调查局下周行动的结果，在此期间暂停手头与'丝绸之路'有关的一切调查行动。"邮件开头是这样写的。接下来的几条指令读起来更加严厉。"就目前而言，当务之急是我们切勿轻举妄动，以免干扰抓捕罗伯茨和调查过程中的证据收集工作。特要求全体人员停止一切调查行动，不再登录'丝绸之路'及网站论坛，中止一切统一通讯联系。"

大事不妙，实在是太太太糟了！

其实风声早就从纽约经过华盛顿，传到了卡尔在巴尔的摩淡紫色工作隔间里的那张小小办公桌上——联邦调查局和其他部门可能查到了谁是可怕的海盗罗伯茨。眼前这封电子邮件证明了这一切。这是卡尔能够想到的最坏的消息。这下遭殃的不仅仅是罗伯茨，还有卡尔和他不为人知的网上身份，谁叫这个男人一直给他本应抓捕的人输送情报呢。

其实，直到此时，卡尔的计划一直进展得天衣无缝。白天，他用挪伯的身份上网聊天，聊天记录被保存录入缉毒局的调查报告中。卡尔接着会把报告原原本本地发给尼克和马可·波罗行动小组的其他警员。

"干得不错。漂亮，卡尔!"

可是每当天近黄昏，夜幕降临，卡尔就会利用自己的电脑重新登录，这一次他的名字叫凯文，是一名政府公务人员，而且办事要收费。他偷偷地给可怕的海盗发消息，这些信息从来不会被记录，也不会被写入报告。

每当两条线交叉重叠，可怕的海盗罗伯茨（海盗并不知道对话框的另一头到底藏着什么秘密）同自己就情报讨价还价时，卡尔会大声呵斥可怕的海盗，提醒对方"使用保密协议!"，也就是那个高级安全信息平台。罗伯茨出错的情况其实不多，只有几次。不过一旦出错，卡尔就会在当天的报告中写上一句，假装技术上出了点小问题："警员报告：由于和'丝绸之路'之间出现技术故障，特工福斯未能对上述聊天记录进行录音保存。"

卡尔把一切都做得天衣无缝，直到谎言越来越多，就连他自己都开始犯了迷糊，分不清到底应该扮演哪个角色，什么时候又该扮演哪个角色。可是，他并没有就此放慢速度，也丝毫没有收手，不再越线。相反，他决定把底线划得再靠前一点，变着法子创立更多假账户，要更多花招，只为骗取更多钱财。

就在收到电子邮件指示停止行动之前，卡尔做了一个决定——他要再创造一个虚拟的网上人物，既不是毒贩挪伯，也不是司法部的贪官凯文，而是一个全新的角色，名叫法国女佣。卡尔利用新的伪装，给罗伯茨发去信息，声称可以出卖更多与"丝绸之路"案件调查有关的情报信息。"我刚刚收到一条重要情报，我想你一定想尽快知道。告诉我你保密协议的公共密码。"卡尔发的每一条信息都锁在脑子里，这是他的谎言难以被查出的关键所在。也正因为如此，他才会犯下一个难以回头的弥天大错。

有一次卡尔以法国女佣的身份给罗伯茨发了一条信息，结果不小心在信息下写了自己的真名——卡尔。

　　过了一会儿卡尔才意识到错误，于是紧接着又给可怕的海盗发去一条信息，写道："哦！不好意思发错了！我的名字叫卡拉·索菲亚，在交易区上有很多朋友，男女都有。我的故事罗伯茨也会感兴趣吧。;）xoxoxo"

　　卡尔运气不错。可怕的海盗罗伯茨根本就不在乎卡尔是谁，卡拉又是谁。可怕的海盗只想知道对方能卖给自己什么情报，他非常爽快地给法国女佣打了10多万美元，买到了更多情报。只有掌握这些情报，他才能把联邦调查局的人玩弄于股掌之间。

　　卡尔满以为这样就可以神不知鬼不觉地卷走赃款，没想等到2013年9月中旬居然听到消息，联邦调查局已经锁定罗伯茨，紧接着便收到了上司发来的电子邮件，要求所有人暂停行动。卡尔顿时慌了手脚。只要联邦调查局在可怕的海盗操作电脑的时候人赃并获，就有可能找到这个欺世瞒人缉毒警察和可怕的海盗罗伯茨之间更多的谈话记录。

　　于是卡尔以挪伯的身份给罗伯茨发去信息，告诉对方："线人（凯文）那边已经确认，你很快就会被人发现逮捕。虽然，对我来说你就像亲人一样，可还是得警告你一件事，我以前就找人杀过好几个人，都是关进去的。在里头干这个很简单，也很便宜。"在威胁的最后卡尔还加了一句："我相信你应该已经删掉了我们之间的所有信息和聊天记录。"

　　可是，万一可怕的海盗没有删除这些信息呢？卡尔前思后想，明白如果要想知道联邦调查局到底掌握了哪些情报，要想知道他们到底是不是抓住了可怕的海盗，只有一条路，就是亲眼看一看联邦调查局找到的服务器里到底藏了什么。于是卡尔想了一个主意——另一条谎言——他拨通了联邦调查局克里斯·塔贝尔的电话。他之前从未跟此人打过交道。

"你好，我是巴尔的摩缉毒局的特工卡尔·福斯，"卡尔一开口就表现得咄咄逼人，"我什么时候可以过来一趟，看一看服务器？"

"你是哪位？"塔贝尔反问道。

"我是特工卡尔·福斯，我这里是……听着，你知道，我真的需要过来看一下服务器。"

卡尔的话一下子激起了塔贝尔的好斗心："你从助理特工主管那里拿到许可了吗？"

"有有有，拿到了，"卡尔吞吞吐吐，一听就知道是假话，"我什么时候过来？你那边哪一天有空？"

"我这边没空。要想看服务器，先通过助理特工主管再说。"塔贝尔说完，啪的一下挂断了电话。

经过这番交锋，卡尔没了主意。此时，他只剩下唯一的希望，希望罗伯茨听了挪伯的话后，把电脑里所有信息都给删了。还有一种可能，就是他们两个都能得到上天眷顾。可怕的海盗罗伯茨最终能够逃之夭夭，一起带走的还有卡尔的秘密。

第六十四章
血·毒·泪

今天是罗斯身为自由人的最后一天。一开始这一天和往常并无不同。罗斯在位于蒙特雷大道的公寓里一早醒来，套上蓝色牛仔裤和红色长袖T恤，便登录上网，在"丝绸之路"上忙活起来。此时他全然没有料到，会在当天下午3点16分时坐进一辆警车的后排，手上还戴着手铐。

这几天罗斯有些闷闷不乐，事情并没有按照希望的那样发展。首先是政府的那个线人、就是化名法国女佣的家伙说联邦调查局的名单上又新增了几个名字，其中一个很可能就是可怕的海盗罗伯茨。法国女佣（此人声称真名叫卡拉·索菲亚）开价10万美元交换名单。接着，另一个雇员突然消失不见，亏得罗斯还给了他50万①。当然，最令罗斯郁闷的是，身上的橡树皮疹还没有消失。

不过，总算还有一些事值得高兴。

很快罗斯就要去奥斯汀见茱莉亚了。茱莉亚发来电子邮件，告诉罗斯会来机场接他，还要罗斯和她一起住。一切就像回到从前的旧时光。两个人通过Skype卿卿我我，还一来一往地发了好多电子邮件，全是说不完的情话和让人脸红的词语。这个周末罗斯对人生又多了一些感悟。经过海洋沙滩的那场篝火晚会，看过焰火之后，罗斯在日记里写了一段话（他还写在"丝绸之路"上工作有多么辛苦，以及自己是怎样染上橡树皮疹的），说他需要"吃好，睡好，好好冥想，这样才能保持积极向上的状态"。

中午 12 点 15 分

蒙特雷大街的房子大多是两三层的木质结构，涂成各种各样的颜色，有的是白色，有的是蓝色，还有的是绿色。罗斯·乌布里特住的公寓是一栋米黄色的三层楼，就在街区正中央。每隔一阵就有一辆雪佛兰萨博班从这里驶过。这是一辆大型 SUV，车窗玻璃是黑色的，车子先右拐进入巴登街，然后右转，接着再右转，直到重新开回蒙特雷大街那栋米黄色的公寓楼前。

就算当天早上有人注意到这辆 SUV 在绕着街区兜圈子，也没人能猜出车里坐的到底是谁。

下午 2 点 42 分

塔贝尔在钻石街的一家咖啡馆前一边来回踱步，一边低头盯着手机，寻思下一步到底该怎么办。他刚刚去了旧金山的联邦调查局，希望对方不要动用特警队。当地调查局主管的答复十分干脆："不!"主管的话相当明白，他可不会为了一台打开的手提电脑，牺牲任何一名警员的生命。显然，这位主管并不清楚这台电脑究竟有多重要。塔贝尔给政府里的所有熟人都打了电话，希望能够说服旧金山联邦调查局不要带着撞门的重槌和上膛的机枪，冲入罗斯的屋内。不过，塔贝

---

① 这个消失的雇员就是罗伯茨雇凶杀人的"红与白"。"红与白"于 2018 年 11 月 29 日在加拿大温哥华被捕。——译者

尔费尽口舌，从旧金山联邦调查局得到的答复也只是同意将特警队的突击行动推迟一天。

贾里德、托姆和布罗菲三人站在离罗斯家不远的咖啡馆前，听塔贝尔说明情况。四个人谁也不知道下一步该怎么走，只知道罗斯现在就在家中，用手提电脑上网——联邦调查局派了一辆 SUV 在街区附近兜圈，监控罗斯的无线流量。警方的系统可以监测到罗斯电脑发出的无线信号强度，利用绕行街区时从三个不同地点捕捉到的数据，通过三角定位测算出罗斯的具体位置——这个时候罗斯应该就在蒙特雷大街这幢公寓楼的三楼，就在他的卧室里。

三名警员站在咖啡馆外，讨论该如何解开这个谜题，贾里德看了一眼电脑，检查电量。电量显示已成红色，很快就要跌到 18% 以下。这时，贾里德看到可怕的海盗罗伯茨边上的头像从对话窗口消失了。"罗伯茨刚刚下线了，"贾里德说道，"我去一趟贝洛咖啡，给这个鬼东西充电，再喝杯咖啡。"

托姆也跟着贾里德去了咖啡馆，把布罗菲和塔贝尔丢在外头。

咖啡馆里人头攒动，每张椅子上的人都带着手提电脑。几位妈妈们小口抿茶，手搭在推车上。其余的人各自盯着手机。贾里德在靠墙的位置找到一个插孔，插上电脑电线，然后点了一杯咖啡。

过去两年他们几个累死累活，好不容易走到这一步，距离罗伯茨近到几乎能听见对方的呼吸，没想到还是会失去这个到手的目标——特警队马上就要破门而入了。这样是拿不到处于开机状态的手提电脑，也抓不到正在登录上网的罗斯·乌布里特的。

下午 2 点 46 分

罗斯拿起手提电脑，塞进双肩包，转身下楼，来到蒙特雷大街上。今天的天气热得有点反常，旧金山的风只剩下些许凉意。

罗斯在屋里闷了一整天，需要换个地方。他也想找一个无线连接更快的地方，好下载一部关于《绝命毒师》制片人的访谈节目①。电视台头一天晚上刚刚播放了这部电视剧的大结局"血·毒·泪"②，剧中主人公沃尔特·怀特连同其另一个身份海森堡一起死了。

罗斯出门不会待太久，也就是一两个钟头左右，先去附近找家咖啡馆蹭蹭无线，上网下载那个访谈节目，再在"丝绸之路"上干点活儿。

下午 2 点 50 分

塔贝尔看着大街入神，身上的电话突然振动起来。他收到一条短信，是一直监视罗斯的联邦调查局便衣发来的。"他出来了。"短信写道。

塔贝尔立刻躲进咖啡馆，给贾里德和托姆报信。

"老朋友现在要出来逛街了！"塔贝尔兴冲冲地朝着贾里德嚷嚷，

---

① 这里所说的访谈节目是《科尔伯特报告》（*The Colbert Report*），又译《扣扣熊报告》。这是一档政治讽刺类脱口秀节目，主持人斯蒂芬·科尔伯特（Stephen Colbert）为人风趣幽默，妙语连珠，使得该节目自 2005 年首播以来收视率始终居高不下，一度被《纽约时报》誉为"年度最佳"，"每周必看"。文中提到的这一期是科尔伯特就《绝命毒师》大结局采访该剧制片人、美国著名导演文斯·吉里根（Vince Giligan）。——译者

② "血·毒·泪"（FeLiNa）既是本章的标题，也是《绝命毒师》大结局的标题。这是一个富有多重寓意的名字。根据《绝命毒师》制片人文斯·吉里根在采访中的解释，这个名字本出自歌手马提·罗宾斯在 1959 年创作的一首乡村歌曲《埃尔帕索》（*El Paso*）。"菲丽娜"（Felina）是歌中一个墨西哥女孩的名字，整首歌的歌词与绝命毒师的命运不谋而合。此外，Felina 也可被视为 Finale（大结局）一词的异序表达，二者字母完全相同，但顺序不同。当然，这个名字还有另外一层更加深奥的含义。FeLiNa 可以拆分为三个不同的字母组合：Fe, Li, Na, 分别代表了三种不同的元素。其中 Fe 意味着铁，这是血液中不可缺少的元素；Li——锂是制造冰毒的主要元素；而 Na 则代表着金属钠，这是泪水中含有的元素。考虑到本章标题 FeLiNa 的独特写法，我将其译为"血·毒·泪"，以求更好契合原著内容及主旨。——译者

虽然嗓门大了点，却很形象。贾里德回头看了一眼塔贝尔，看来早就厌倦了对方的这种说话方式，每次都让人摸不着头脑。"哪个老朋友？"贾里德以为塔贝尔又在开玩笑。

"我们的，那个，老朋友，"塔贝尔一板一眼地说道，"现在，要，出来了！"——你总不能要塔贝尔直接说罗斯·乌布里特或可怕的海盗罗伯茨，或是"你他妈的追了两年的那个犯罪头子"吧。

贾里德猛地回过神来。"见他娘的鬼！的确是老朋友！"

贾里德一把端起咖啡和手提电脑，朝咖啡馆外冲了出去。他和托姆一溜烟跑到马路对面的公园，在长椅上坐了下来。两个人得先把思路理一理，搞清楚目前到底是什么状况。

下午 2 点 51 分

塔贝尔也从咖啡馆里跑了出来。"长什么模样？往哪边走？"他用黑莓手机给守在那边的便衣发去信息。组里的人迅速四下分散。布罗菲往右一拐，转身进了一家图书馆。图书馆只隔了几户人家远。布罗菲进去时看见托姆匆匆忙忙地跑到了街对面，在一家披萨餐厅前面找了一把长椅，坐了下来。贾里德就在托姆身后不远处。塔贝尔没有其他地方可去，只好左转，沿着钻石街直走下去，那里正好是罗斯·乌布里特的必经之路。

塔贝尔其实知道联邦调查局的便衣会尾随在罗斯身后，可他也想亲眼见识见识罗斯到底长什么样。

塔贝尔马上快要走到十字路口，车和人也从四面八方跟了上来。世界的一切都在正常运转，只是对于塔贝尔来说，时间能够过得再快一点就好了。塔贝尔的心在胸膛里怦怦跳个不停。他知道自己马上就要和可怕的海盗罗伯茨迎面相遇。

塔贝尔真的见到了。

塔贝尔穿过马路，朝着街对面走去。脚下的每一步都很慢，好像慢动作——他在观察周围的动向：鸟儿在空中拍打着翅膀，路边停着各色汽车，人行横道线上的黄色油漆掉了一小块，还有一个男人正朝着自己迎面走来：他穿着蓝色牛仔裤和红色长袖 T 恤，肩膀上挎着一个棕色的电脑包。塔贝尔往前迈了一大步，走到马路中间，直直地看着男人的眼睛，那个男人也正在看他。

下午 3 点 02 分

罗斯穿过人行横道，朝贝洛咖啡馆走去。咖啡馆里人声鼎沸，座无虚席，每张椅子上都坐着人，有的在用手提电脑，有的是推着推车的妈妈们。罗斯一直跟手下强调咖啡馆是一个安全的地方。还记得有一次他跟依尼戈讲过："带上你的手提电脑，去咖啡馆找一个地方，找个别人看不到电脑屏幕的地方。点一份大杯的咖啡，坐下来，除非伸懒腰，否则千万不要起身。"不过，考虑到今天没有空地方坐，无法按照行动守则行事，罗斯只好转身走出咖啡馆。

罗斯想的东西很多——他向来想的就多。今晚他还计划要和茱莉亚视频通话。

"我们今晚能不能 Skype？"茱莉亚在电子邮件里问道。

"当然，几点钟？"

"我这边 8 点好不好？"

"没问题，到时候聊。"罗斯在回复后面接了一个:）。他知道两个人只要一上了 Skype，就会做什么。

屋外的风静了下来，罗斯想接下来该去哪里。他得找个能够无线上网的地方，可是考虑到现在是下午 3 点，在旧金山这个没什么人气的地段，没有什么地方可去。罗斯朝左边刚刚过来的方向看了看。一个小时前"一杯咖啡"就已经关门了，这一点他早就知道。正前方是川流不息的汽车，一辆接着一辆，一个女人牵着女儿走在街上，还有两个男人坐在公园的木头长椅上，一个盯着手提电脑，另一个在看手机。罗斯继续扫视街道，先是看到那家煎饼店，接着是当地的酒吧。他把头转向右边，眼光停在格伦公园的公共图书馆。

下午 3 点 03 分

贾里德和托姆坐在长椅上，两个人好像在比赛"看谁先眨眼"，四只眼睛直瞪瞪地盯着正前方的咖啡馆。贾里德的手提电脑盖子是翻开的，托姆手里拿着手机。两个人都看见罗斯从咖啡馆走了出来，手里拎着电脑包。罗斯先是四处张望，接着直接朝贾里德和托姆的方向看了过来。两个人赶紧将目光移开，尽量让自己看起来不那么显眼。

"我打赌那小子在找地方上网。"贾里德屏息静气，低声对托姆说道。两个人用余光瞄见罗斯朝右边的公共图书馆走去。

几乎同一时刻，塔贝尔出现了。他手里拿着手机，正在看跟踪罗斯的便衣发来的实时情报。

"那小子去哪里了？"塔贝尔问道。贾里德朝着图书馆的方向点了点头。

就在此时，塔贝尔这个一辈子照章办事的男人打定主意，想好了该怎么做。他几乎每时每刻，事无巨细，都会反复研究和操练，却在这一刻感到迷茫，不知道该按规矩办事，还是破一回例。塔贝尔完全明白，如果旧金山联邦调查局知道自己打算在特警队没有到场的情况下逮捕罗斯·乌布里特，一定会大发雷霆。可是，只要他还想趁着可怕的海盗罗伯茨上网的时候将其抓捕，就没有别的选择。塔贝尔低头看了看贾里德，转过头又看了托姆一眼，接着望向图书馆。一个想法立刻从脑袋里冒了出来：就他妈的这么干！

"大家去图书馆，各就各位。"塔贝尔对托姆说了一句。先什么也不做，什么也不说，就装作去看书。

塔贝尔低头看了一眼手机，完全明白就在所在位置以南几英里的地方，此时此刻，十几名特警队员正挤在旧金山联邦调查局的办公室里开会，准备为明天荷枪实弹抓捕罗斯·乌布里特进行演习。塔贝尔点了点手机，给组员发了一封电子邮件，告诉大家计划安排——全体人员各就各位，准备进入图书馆逮捕罗斯·乌布里特。这样做意味着正在开会的特警队员们也会看到这条信息。几分钟后他们就会冲向各自的酷路泽，一路拉响警笛，闪着警灯，沿着 101 高速公路经过旧金山机场，朝着平静的格伦公园的这座小小的图书馆飞速赶来。

下午 3 点 06 分

书架的右手边有两个小孩，坐在小椅子上，围着一张小桌安静地翻着小小的童话书。书架中间有几个人在前后走来走去。这是一间非常小的图书馆，小到足以让人想起流动书车的仓库。那里大部分藏书区都只有一到两排书架。

罗斯朝一张米黄色的圆桌走了过去，桌子的左边是科幻类图书，右边是言情小说，桌子就夹在中间。罗斯坐了下来，从包里拿出手提电脑，看着屏幕慢慢亮了起来。

下午 3 点 08 分

布罗菲走到阅览室的角落，掏出黑莓手机，给其他几名联邦特工发去短信:"目标西北角。"

此时塔贝尔正在图书馆外的公园长椅前来回走着。罗伯茨还没有上线。贾里德抬头看了一眼塔贝尔,又低下头去,继续看着电脑。现在的电量显示是 20%。

"给我个机会,跟他聊几句。"贾里德说道。

塔贝尔又给小分队发去一封电子邮件,手心微微冒汗。"还未上线。"塔贝尔写了几个字,接着指出"丝绸之路"上的卧底警探(贾里德)会将可怕的海盗罗伯茨引到网上交易区,这样这家伙被捕时手头就会有数字毒品和虚拟货币。如果没有在罗斯开着手提电脑并且登录上网的时候抓住他,而是让对手成功关上电脑,或是按了硬盘加密键,那么整个案子就会嗖地一下前功尽弃。塔贝尔最后不忘提醒所有人,听到自己命令"冲上去"的时候,切记:"先把手提电脑拉到一旁,再抓人!"

贾里德看见可怕的海盗出现在聊天窗口的那一刻,脑子里第一时间想到的只有一句——"靠!终于来了。"这个男人只要一把精力集中到眼前的工作上,刚刚还在体内奔涌的肾上腺素就会马上平静下来。贾里德知道成败都取决于这一刻——此时,一队联邦特警正在高速公路上风驰电掣般地赶来,塔贝尔正站在一旁看着自己。所有的人,缉毒局的,国土安全部的,海关和边境保护局的,司法部的,国税局的,烟酒枪支与爆炸物管理局的,美国检察官办公室的,还有参议员、州长,甚至就连美利坚合众国的总统先生,都在这一刻盼着听到好消息——这次行动不容有失。

贾里德敲了敲键盘,在"丝绸之路"的聊天窗口打了一个字:"嘿。"对方没有回应。贾里德等了一分钟,又打了一次:"嘿。"这一回他多加了几个字,给罗伯茨发去一条问话:"能不能帮我查一封标记过的邮件?"

贾里德知道这样问会让罗伯茨登录"丝绸之路"的系统管理员账户。如果现在坐在100英尺开外图书馆内的那个人真的是可怕的海盗罗伯茨，那么当他们把手提电脑抢到手的时候，他就应该登录了"丝绸之路"的管理员区。接下来的几分钟，时间仿佛陷入了停滞。终于贾里德的电脑传来叮的一声，一条回复出现在屏幕上。

"当然可以，"回信的正是罗伯茨，"等我先上线。"对方接着又问了一个古怪的问题。"你在为我工作之前，做过比特币交易，"可怕的海盗问道，"对吧？"

罗伯茨在考验自己。贾里德的脑子开始发懵，犯难。难道罗伯茨意识到有事要发生？贾里德的脑子飞快地运转，思考着哪一个才是正确答案。

下午 3 点 13 分

一个年轻的亚裔女子在图书馆里四处走动，边走边在书架上挑想看的书。不一会儿这个女人走到一排书架边上，科幻小说和言情小说区的前面，在罗斯坐着的米黄色圆桌前抽了一把椅子，坐了下来。罗斯的背包就靠着身边，手提电脑的指示灯一闪一闪，他的手指敲击着键盘。罗斯瞟了一眼电脑对面的年轻女人。一个皮肤白皙的女人，正在仔细翻看眼前的一摞书，罗斯见女人看上去没什么危险，于是将目光转回电脑，手指不紧不慢地上下敲击着键盘。

下午 3 点 14 分

贾里德尽力回忆8月份接管账户时得州女人跟他说过的话。她到底有没有做过比特币买卖？贾里德深吸了一口气，决定碰碰运气，回了一句："是啊，不过只做了一下子。"

"就没有别的什么了？"罗伯茨还在钓鱼，等待答复。这的确是一场考验。

"没有其他的了，"贾里德回复道，"后来不做了，因为有报告要求。"

贾里德的话估计起了作用。罗伯茨很快发问："OK，你要找哪个帖子？"此刻，罗伯茨肯定已经登录了"丝绸之路"上的三个系统管理员专区。贾里德抬头看着塔贝尔，伸出一根手指，在空中转着圈，好像一架准备起飞的直升机。"冲，冲，冲，"贾里德像连珠炮一样地说道，"这下冲咯！"

塔贝尔用手指重重地按着手机，他要尽可能快地把信息发出去。"他上网了，"塔贝尔紧接着又加了一句，"记得手提电脑，开始行动！"接着便朝街对面的图书馆跌跌撞撞地跑去。

贾里德跟在塔贝尔身后拔腿就跑。这时候玩的就是心跳！两个人冲到图书馆门口的台阶前。塔贝尔突然一个急刹车，张开双臂拦住贾里德，轻轻说了一句："让他们安心办事。"

差不多有十秒，贾里德和塔贝尔一句话也没有说。两个人就这样站在原地，在图书馆的水泥台阶上一动不动。接着两个人听到了一些声响，人们的叫喊声和骚动的声音，从钻石街这座原本安安静静的图书馆里传来。

第六十五章
罗斯被捕

下午3点15分

前一分钟，图书馆里鸦雀无声。下一分钟，只听见一个亚洲女人的怒吼——她正朝着站在身旁的一个男人大声咆哮："滚！"

所有人都被这突如其来的变故吓了一跳，纷纷抬头。只见那个被骂的男人挥起拳头，看起来想要打向女人的脑门。罗斯眼看男人紧握的拳头高举在空中，不禁吓了一跳，赶紧从椅子上转过身，看着眼前的这场骚动。

就在此时，贾里德和塔贝尔还站在图书馆台阶底下的时候，那个原本坐在罗斯对面，中间隔了一张桌子的白皮肤亚裔女子却突然伸过手，一把将罗斯的三星手提电脑轻轻拉了过去。罗斯转过身，似乎还没有弄明白到底发生了什么。他试图夺回手提电脑，可惜为时已晚，因为有人从后面扭住了他的胳膊。

"联邦调查局！联邦调查局！"刚刚还在互相咆哮的那对男女冲着罗斯怒吼，一把将罗斯按倒在桌上。布罗菲冲了过来，铐住罗斯的双手，把他抓了起来。托姆显然被如此激烈的场面吓了一跳，微微发抖，赶紧跑上去，先把手提电脑控制起来。电脑的翻盖还是打开的，多亏了贾里德，上面显示"丝绸之路"的三个管理员专区全部登录在线，其中的"策划"页面，只有可怕的海盗罗伯茨和罗斯·乌布里特进得去。

塔贝尔和贾里德走进图书馆二楼，一眼看见布罗菲正扭着一个年轻人的胳膊。小伙子被铐了起来，满脸的惊恐。

"我给你们带来了一位新朋友，一位你们最想见到的朋友。"布罗菲一边说，一边把罗斯·乌布里特交给了塔贝尔和贾里德。

图书馆里的人朝布罗菲和其他几名警官喊了起来。"这孩子犯了什么罪？"有人喊着，"放开那孩子！"对于围观的人们而言，这个戴着手铐的年轻人不过在忙活自己的事情，用手提电脑上网而已。

塔贝尔和贾里德带着罗斯走下水泥台阶，来到街上。塔贝尔将罗斯转过身，轻轻压在墙上，上下拍打，开始搜身。罗斯的口袋里只有两张1美元纸钞，一点零钱和一串房门钥匙。

"我是联邦调查局的特工克里斯·塔贝尔，"塔贝尔一边说，一边让戴着手铐的罗斯转过身来，把手放在他的胸口，确保对方没有心脏疾病或其他突发症状，"你有没有什么病？需不需要医疗帮助？"

"没有，我没事。"罗斯回答道。刚才的惊吓已经渐渐消失，此时的他显得若无其事，就像在路上颠了一下。"我犯了什么罪？"罗斯问道。他完全清楚这帮警察抓自己，原因很可能不止一个。也许是上次买假证件，要不就是一些和"丝绸之路"有关的琐事，应该没什么大不了的。

"这个我们待会去车里谈，"塔贝尔回答道，"我们先带你离开这里。"

此时，联邦调查局的车辆，以及旧金山联邦调查局特警队的几台面包车拉着刺耳的警笛，从各个方向赶到了钻石街，三十来名警察一拥而上。塔贝尔带着罗斯朝着一辆便衣用的面包车走去。车就停在马路中间。贾里德转身回头，往台阶上走去。他要检查刚刚抓捕行动中扣押的那台电脑。

图书馆又恢复了平静，贾里德找了把椅子，挨着托姆坐下。托姆正在拍照，待会他还要写逮捕报告。贾里德扫了一眼屏幕，看到了想要看的东西——几分钟前他和罗伯茨聊天窗口的另一端。电脑使用洋葱路由器，还挂在"丝绸之路"上，一个名叫"策划"的工具面板打开着，上面显示了价值数百万美元的比特币。面板右边开了一个对话窗口，里面的对话才进行到一半。聊天的一个叫希露丝，也就是贾里德的卧底账户，另一个就是和贾里德对话的男人——可怕的海盗。电脑的主机名叫霜冻。

"真他妈的神了！"贾里德大吼了一句。

楼下，塔贝尔帮助罗斯坐进那辆便衣用面包车的后排。"你刚才问我为什么抓你？"塔贝尔开口了。车的前排坐了一名女警，穿着联邦调查局的夹克，女警身后的后排座位上只安了一张儿童安全座椅。罗斯就稳稳坐在安全座椅旁，两手铐着，背在身后。塔贝尔拿起一张纸，举到罗斯面前，让他好好看看。罗斯看了一眼，最上面写了几行字：

美利坚合众国

抓捕

罗斯·威廉·乌布里特

又名：可怕的海盗罗伯茨

又名：罗伯茨

又名："丝绸之路"

罗斯眯着眼睛，看着塔贝尔，嘴里慢慢蹦出五个字："我要找律师。"①

---

① 乔西·比尔曼和约书亚·戴维斯在《连线》杂志上的专题特写中，记录了罗斯在车中一度用半开玩笑半当真的语气，提出用 2 000 万美元贿赂塔贝尔放过自己，遭到了塔贝尔的严词拒绝。——译者

第六十六章
手提电脑

这里是韩国某工业园区的一角，园区内烟雾弥漫，晨光穿透朝露，成千上万的男女早上醒来，纷纷朝着一座座高耸的厂房走去。每个人都穿一模一样的制服——粉红色的连衫裤，配上玫瑰红的帽子，颜色十分搭调。工人们从未有过一刻休息，所有人夜以继日地不停劳作，交接班，就像时钟上的齿轮，即便换下一个也不会阻止时针继续转动。一小时接一小时，一天接一天，所有人都在为三星电子有限公司组装电脑。

每分钟会有成千上万台三星笔记本电脑从工人们的手中组装出来。工人们将液晶显示屏装上底座，将固态硬盘放进铝制机身中，再将芯片焊接在绿色的线路板上。机械臂将保证手提电脑翻盖开合自如。不久前这一切还不过是一堆金属、硅片和塑料，却在这一刻有了生命。电脑的指示灯亮起，接着载入软件，入盒装箱，装车运出厂房大楼，汇入遍布全球运输系统的庞大物流渠道中。

2012 年 4 月，这样一台三星手提电脑，在网上以 1 149 美元的价格被人买下，从韩国工厂漂洋过海 69 896 英里，来到得克萨斯州奥斯汀市郊区一栋古色古香的屋子。除了罗斯·乌布里特和可怕的海盗罗伯茨，没有人碰过这台三星 700Z。不过，一切终将在 2013 年 10 月

1 日下午改变。就在塔贝尔将罗斯迅速押解到附近拘留所的时候，联邦调查局的托姆·基尔南把这台银色的三星手提电脑抱在怀里，从图书馆的台阶上走了下来。他来到街上，一头钻进布罗菲开的那辆没有标志的警车后座。

托姆抱着电脑，每一步都小心翼翼，仿佛手里拿着一个勺子运鸡蛋。他进到车里，挨着贾里德坐在后排。他紧张地用手指上下滑动鼠标，保证电脑一直处于开机状态，随着车子朝着几个街区外罗斯·乌布里特的住处驶去。屋外有一个移动计算机取证实验室正等着他们。

负责取证的卡车就像一头白色巨兽，足有一条小游艇那么长。车子后面没有窗户。车内，一条长长的灰色工作台从车头一直伸到车尾，上面四处摆放着各种电脑设备。好几台电脑的显示屏同时闪烁着，周围的数据线缠作一团，像蛇一样盘在那里，一长列电源插头早就全部插好。旧金山联邦调查局派来的一位计算机取证专家正等着他们把手提电脑送过来。

首先托姆和另外几名特工检查了一番手提电脑，看有没有设置陷阱，防止万一将电脑接上外置硬盘，把所有文件数据导出来的时候，突然死机。就在这时，托姆看到了一个文件夹，文件名"脚本"。文件夹里藏的正是罗斯编写的代码，用于极端情况下保护电脑。

一群联邦调查局特警冲进了几英尺开外的罗斯住所，搜查能够将罗斯和"丝绸之路"联系起来的证据和线索。警察在垃圾筒中找到了一条手写记录。记录写在一张皱巴巴的纸上，可以看出罗斯正打算为"丝绸之路"新建一个文件系统。警方还在罗斯床边的桌子上发现了两个 U 盘。不过，此时联邦调查局还不知道 U 盘里到底装了什么。

接下来的十个小时，警方用五六种方法对这台三星手提电脑进行反复拷贝，甚至连备份都被备份了。特工们进进出出，一边啃着手里的麦当劳，一边抓紧时间工作。街灯亮了起来，计算机取证车开到附近一个联邦调查局的安全地点。把罗斯送到中央拘留所之后塔贝尔也匆匆赶了过来。赶到的时候，托姆和负责计算机取证工作的同事正在想办法深入电脑内部，希望能够从手提电脑的内存中挖出罗斯的密码，这样就能进入这台机器的另一个分区，也就是属于罗斯·乌布里特的那个天地。谁知道几个人一直忙活到差不多凌晨2点，就在试图进入另一个分区时，电脑居然死机了。

虽然警方已经拿到电脑的全部备份，但要想搞清楚到手的证据是什么，还得花上好几天的工夫。

距此几英里远的地方，旧金山第七大街的一座石头监狱里，罗斯正坐着盯着水泥墙壁发呆。虽然因为被关起来而感到害怕，罗斯却并不担心会关太久。毕竟，为了这一幕他早就排练过成百上千次。虽然，自己被警方抓住时手正好在手提电脑上，而且是用罗伯茨的身份登录了"丝绸之路"，可是这并不能说明他就是掌管"丝绸之路"的罗伯茨。可怕的海盗罗伯茨可能不止一个，就像《公主新娘》里演的那样。

罗斯同样相信警察永远都不可能从自己的电脑里套出密码。他把所有最重要的机密文件加密锁了起来，安全代码是：purpleorangebeach。就算是联邦调查局，也没有人能够破解密码。罗斯相信，警方顶多只能证明他被抓的时候正好在登录上网。即便如此，也说明不了任何问题。最坏的打算，罗斯也就顶多承认自己曾参与过"丝绸之路"，可是早在几年前就把网站转手卖给了别人。假如联邦调查局问罗斯卖给了谁，他只需要简单回答一句："我也不知道那些人到底是谁。我只知道那些人管自己叫可怕的海盗罗伯茨。"

第六十七章
罗斯入狱

被捕后的头两个星期，编号 ULW981 的这名犯人一直被单独关押在加利福尼亚州奥克兰市的一座监狱里。平日穿的衣服被人收走，换成囚徒穿的红色连衫裤，背上横写着"阿拉米达县监狱"。鞋子也被换成一双袜子和拖鞋。手腕上锁着长长的铁链，锁链的另一头缠在腰上。被押解转移到纽约之前，罗斯获准每天有一个小时的时间放风——他将在纽约接受指控和审判。

罗斯被捕的消息犹如一枚原子弹，瞬间引爆了整个互联网。成千上万的博客、报纸和电视媒体对这个秘密操纵暗网的小童军进行了铺天盖地的连番报道。据联邦调查局称，过去短短几年里这小子走私的毒品、武器和毒药案值高达 12 亿美元。

对于认识罗斯的人而言，这样的故事以及罗斯被捕一事完全说不过去。罗斯的朋友和家人一致认为这一定是个天大的错误。

有位记者找到罗斯的好友雷内，也就是和罗斯一同住在旧金山市山核桃街的那位，问他是否知道罗斯卷入"丝绸之路"一案，雷内莫名吃惊，连忙说道："我不知道他们怎么乱搞一气，我也不知道他们怎么嫁祸罗斯，但我敢肯定这件事一定不是罗斯干的。"记者找到罗斯的家人时，后者也是同样反应，认为罗斯绝不可能卷入这样的案子。罗斯的表亲、姨妈舅舅，以及兄弟姐妹，全都认为罗斯一定是遭到了陷害，等到真相大白的那一天，就能够重获自由。脸书上，罗斯的小学玩伴，高中好友，还有以前的老邻居也纷纷表示难以置信。大家对于听到这样的消息感到震惊："这根本就不可能"，"永远不可能"，"绝对不会是罗斯"。

旧金山，一位曾经和罗斯一同住在第 15 大道的男子正在上班路上走着，突然停下脚步，拿起一份《旧金山观察者报》。报纸头版、折页的正上方刊登了一张照片。照片上的罗斯露出微笑，旁边是一张"丝绸之路"的截屏。这个和罗斯曾经同住一个屋檐下的男人拿出智能手机，拍下头版，发给了第 15 大道公寓的另一位租客。"有意思，"男子在短信里写道，"这人看起来有点像那个转租客约什。"

"不是看起来像，"另一位室友回复道，"就是他。"

"真他娘的见鬼了……"

当然，感到意外的还有一个人，茱莉亚。茱莉亚原本打算在罗斯被捕当晚和他视频。她脱下性感的内衣，登录 Skype，等着自己的英俊少年通过手提电脑的摄像头好好欣赏自己。可是，当晚罗斯从始至终没有出现。茱莉亚不停地打电话，打啊打，希望能够找到罗斯，却一直无人应答。茱莉亚本想着在小小摄像头前为这个男人奉上一段香艳的表演，却没有想到他正戴着手铐，坐在牢房里，而他的手提电脑正在联邦调查局的计算机取证车里接受两位联邦特工的仔细检查。那天晚上茱莉亚最后放弃了继续拨打电话，她以为罗斯忘了两人的网上约定，于是一个人上床睡了。

第二天一早，一位客人来到茱莉亚的办公室。两个人正坐着挑选照片，茱莉亚的手机突然响了起来，打断了谈话。电话是奥斯汀的一个朋友打来的。对方只说了几个字："用谷歌搜罗斯·乌布里特。"

"什么啊？"茱莉亚起了疑虑。

"让你做，你就做，"朋友急切地说道，"快用谷歌搜罗斯·乌布里特的名字。"

茉莉亚转过身，对着电脑，输入那个写过上万遍的名字，等待搜索结果出现在屏幕上。看到新闻的第一眼，茉莉亚差一点晕了过去。她颤抖着瘫倒在地，号啕大哭起来。

......

两周后。罗斯登上了一架空中监狱航班（这个绰号送给专门押运犯人的监狱飞机），飞往纽约。飞机在美国各地起降，这里接一名犯人，那里又下一名犯人，路上好一番辗转。落地之后罗斯随即被押往布鲁克林监狱，成为一名在押人员。他将被关押在那里，直到审判开始。

罗斯的父母难掩巨大的悲痛，赶忙从奥斯汀飞来看儿子，好友们也纷纷联名请愿，发动声援。罗斯见到了新聘请的律师约书亚·德拉特尔。这是一位具有坚定信念的律师，曾在美国为好几位恶名远扬的罪犯辩护，其中有两名嫌犯参与制造了美国驻肯尼亚和坦桑尼亚大使馆爆炸案，这两场惨剧一共导致 224 人丧生。罗斯之所以选择德拉特尔替自己辩护，是因为看重对方身为一名律师，相信一个人的信仰不应被视为犯罪，法律应该给予每个人、哪怕是别人口中的恐怖分子公正的审判。

联邦调查局试图找到"丝绸之路"上被害的，也就是被罗伯茨买凶杀害者的尸首下落，却没有在数据库里找到与之匹配的数据。如此看来，要么是地狱天使在处理尸体上做得天衣无缝，要么更有可能的是事实上并没有人被杀，反倒是可怕的海盗罗伯茨被人骗走了好几十万美元。

联邦政府并非没有给罗斯机会，他们答应罗斯，如果同意辩诉交易①，只用入狱十年。不过，罗斯不愿冒险把命运交给法官，任由对方主宰。直到此时他还认为自己能够全身而退，于是拒绝了建议。美国检察官办公室对此深感失望，别无他法，只好全力以赴起诉罗斯，以儆效尤。

这时候的罗斯并不知道，联邦调查局从他手中成功抢走的那台手提电脑并非如他想象般牢不可破。他精心设置的死机陷阱已被识破，加之联邦调查局的取证小组从电脑内存中成功找到隐藏的电脑密码，整台机器的密匙（purpleorangebeach）也被一并破解。取证小组还找到了一大堆数码证据，包括罗斯的日记条目，"丝绸之路"的财务电子报表，以及一些对罗斯最为不利的证据。恐怕连罗斯自己都不知道这些文件存在了电脑里，其中包括好几百万字的聊天记录，有些是罗伯茨和同党挪伯以及史沫特莱的，还有不少是和鉴酒师琼斯的。

联邦政府在罗斯拒绝辩诉交易后，对其提出了多项重罪指控。指控的头一项罪名是毒品交易，仅此一项便可判入狱十年。第二项罪名是利用互联网买卖毒品，若指控成立，同样可判入狱十年。第三项密谋毒品交易，刑期同样是十年。最可怕的是第四项指控，罪名就连罗斯也闻之色变——他被指控长期经营犯罪产业。这就是俗称的"主谋法令"，专门针对有组织犯罪集团的主犯。一旦指控成立，主犯少则入狱二十年，重则终身监禁。如果犯罪主谋被证实犯有谋杀罪，最终判决可以升至死刑。最后的第五、六、七项罪名分别是黑客入侵计算机，洗钱，以及买卖伪造身份证明文件。罪名成立的话，将在前述判

---

① 辩诉交易（plea deal）是美国的一项司法制度，意指法院在开庭审理之前，由代表控诉方的检察官与代表被告人的辩护律师进行协商，以控方撤销，降格指控或者要求法官从轻发落为条件，换取被告人的有罪答辩，进而达成双方均可接受的协议。这一制度就控方而言，可以节约法律资源，提高司法效率，对于被告而言，则能够争取相对较轻的刑事惩罚，从而达成某种"双赢"的局面。——译者

决上增加四十年刑期。罪名如此之多，超出想象，令人震惊。虽然，德拉特尔让罗斯放心，说他们会制订一个方案为其辩护，但形势之严峻，超出了罗斯的意料。

值得庆幸的是，这么多坏消息里总算有一条让人稍稍感到慰藉——茱莉亚马上就要飞来纽约探望罗斯。

第一眼见到对方时，罗斯和茱莉亚不禁相对而泣。"我早就跟你说过，罗斯，"茱莉亚哭着说道，"我早就跟你说过的……"即便茱莉亚没有说出后面的话，罗斯也清楚她要说什么。接着茱莉亚问罗斯愿不愿意和她一起念诵主祷文。回想几年前，自己围在手鼓表演旁结识了这个不修边幅的男孩，现在他却一身囚服坐在眼前，跟自己说愿意——罗斯知道他需要得到能够得到的所有帮助。

茱莉亚把纸摊开，诵读起来。"我们在天上的父，愿人都尊你的名为圣。"罗斯仍然记得小时候在教堂听过的祷辞，跟着读了起来。茱莉亚每读完一句，罗斯就跟着读一句。终于两个人读到祷文最后，罗斯大声把最后一句念了出来："不要让我们陷入诱惑，但救我们免于凶恶。"茱莉亚读完，递给罗斯两张纸钞，让他去汽水机买瓶汽水。她把写着主祷文的纸夹在纸钞中间，放入罗斯的手心——茱莉亚知道罗斯再也不能拯救自己了，可她还想努力挽救他。

第六十八章
美利坚合众国起诉罗斯·威廉·乌布里特

"全体起立！"书记员大声说道，"现在开庭。本次审判由凯瑟琳·福瑞斯特法官主持。"罗斯双手撑在身前的橡木桌上，站了起来。身旁的律师团队和身后的两名联邦法警也齐齐站了起来。罗斯看着法官，那是一个身形瘦削，脸色冷峻的女人，感觉再多开几次庭，多审理几桩案子，就要五十岁了。

罗斯前面站着一群来自美国检察官办公室的律师，见到法官出现，人人都说了一句"法官大人"，庭审就此开始。福瑞斯特法官说话简明扼要，深知美国下曼哈顿法院第 15A 审判庭里的每一分每一秒都在耗费纳税人辛苦工作换来的金钱。福瑞斯特法官宣布了挑选陪审团的日期和日程安排，强调如果安排没有冲突的话，将允许专家证人到庭，某些参与侦破罗斯案件的联邦警员，包括贾里德、加里和托姆都将被传唤作证。

福瑞斯特法官向来以对毒品犯罪判罚严厉而享有威名。不过，罗斯的律师团队在约书亚·德拉特尔的带领下，做好了打一场硬仗的准备。

罗斯被羁押在布鲁克林监狱已有好几个月。秋天渐渐过去，冬天来临，树上的叶子纷纷落下，罗斯被转移到一桥之隔的曼哈顿大都会惩戒中心。他将在这个新的住所迎来审判。

人们一般管这里叫大都会监狱，这是一座由水泥和钢筋筑起的冰冷高塔，距离世贸中心只隔了几个街区，距离联邦调查局和国税局总部甚至更近。监狱历经岁月变迁，自然也关过不少有来头的大人物，其中就包括甘比诺犯罪家族的教父约翰·戈迪①，还有好几名基地组织的恐怖分子。罗斯刚来的时候，高墙内人人风传，说监狱里又来了一位声名显赫的新人。此人名叫海盗。

罗斯在一心等着开庭，大都会监狱的日子和布鲁克林监狱一样单调乏味。罗斯交了不少朋友。他给一些狱友上瑜伽课，帮其他人补习高中学历考试，如果有需要还会给狱警临时讲解物理学、哲学甚至是自由意志主义理论。

开庭是在圣诞节过后不久。

每天都以同样的方式开始，这一天也不例外。天蒙蒙亮，睡在囚室里的罗斯就被狱警唤醒。还是那一身囚服，戴着脚镣，手腕和腰上系着锁链。两名法警跟在身旁，一左一右。18870-111号囚犯拖着沉重的脚步，沿着走廊的水泥地，朝联邦法院走去。门锁在罗斯进出时会发出嗡嗡的蜂鸣声。罗斯被关在囚室的铁栏后，等着有人告诉他下一间囚室准备好了，就带他过去，关进铁栏。

开庭那几天的气氛有时让人感觉沉闷，有时让人心惊肉跳。公诉人出示了从罗斯电脑中找到的所有聊天日志和日记记录。控辩双方的争论围绕售卖可卡因和海洛因，枪支和其他非法物品，以及罗伯茨攫取的庞大利益展开。公诉人当庭展示了聊天日志，显示鉴酒师琼斯曾

---

① 甘比诺犯罪家族（the Gambino crime family），美国纽约历史上最悠久的黑帮家族，1923年创立，后在卡罗·甘比诺（Cario Gambino，1902—1976）领导下一跃成为纽约最大的黑手党。约翰·戈迪（John Gotti，1940—2002）于1980年代成为该犯罪集团的领袖，1991年锒铛入狱，翌年被判终身监禁，2002年因喉癌不治。——译者

经许诺一旦罗伯茨被那帮蠢货抓住，就会劫狱，把他救出来。"记得要是有一天你在监狱操场上放风时，看见一架直升机在低空盘旋，记住飞机上的那个人一定是我，我向你保证，"公诉人大声读道，"就凭咱俩现在赚的这些钱，我雇一个小国的军队把你救出来都没问题。"接着公诉人还展示了和杀人指控有关的聊天记录。

从公诉人当庭展示的财务报表不难看出，"丝绸之路"的扩张是多么迅速，销售额已达亿计，进入罗斯·乌布里特口袋的利润据信已超过 8 000 万美元。陪审团最感兴趣的部分在于公诉人解释比特币区块链是如何运作的，服务器加密，验证码和 IP 地址为什么如此重要，以及如果在三星 700Z 手提电脑上运行 Ubuntu Linux 操作系统会有什么后果。只要一听到这些，陪审员就双眼放光。

接下来轮到辩方发言。

德拉特尔辩护时旁征博引，口若悬河。他申辩道，诚然罗斯被捕时双手放在键盘上，可他并非可怕的海盗罗伯茨。不管是谁，这个人物都可能不止一个，而是好几十个。德拉特尔甚至承认罗斯的确在几年前创立了"丝绸之路"（审判庭内一片哗然），那时候甚至还不存在可怕的海盗罗伯茨，但是这个网站很快就像一个数码怪物般失去控制。罗斯不堪重压，无力继续经营，只好转卖他人。德拉特尔旨在将矛头转移，暗示参与比特币交易的另有其人，强调这些人很可能才是可怕的海盗罗伯茨。德拉特尔认为可怕的海盗罗伯茨显然不止一个人，而罗斯并不在其中。

罗斯的辩护律师出示了贾里德和其他联邦警员的电子邮件记录。这些人在抓到罗斯·乌布里特之前，相当长的一段时间里多多少少相信罗伯茨另有其人。德拉特尔接着申辩道，罗斯是被真正的罗伯茨设计陷害的。

审判庭的后面每天座无虚席，人满为患。审判庭右边的长椅上挤满了各路记者和博主，都想报道这一盛况。左边的几排椅子则是一派完全不同更加忧郁的氛围。安排坐在这一边的都是罗斯·乌布里特的亲人和拥趸。罗斯在全国各地的支持者们也纷纷到场声援，他们在法庭前的台阶上高声抗议，声称罗斯是英雄，只是做了一个网站，如果连做网站也算犯法，那么易贝网和克雷格列表网的老板们都应该出来受审才对，因为他们的网站上也兜售非法物品。

罗斯的母亲琳每天都会来庭审现场。这个女人用一件厚厚的黑色夹克把自己裹了起来，脖子上系一条小巧的黑色围巾，脸上写满了黯然神伤，仿佛眼前发生的这一切都不是真的。哪怕是最可怕的噩梦，她也想不到如此劫难竟然会降临到儿子头上。我年轻的罗斯，可爱的宝贝儿子，你是那么善良、体贴、可爱、聪明，你去研究生院读书，一心想成为一名分子物理学家，现在却坐在距离自己 10 英尺开外的地方，即将面对比死刑还要残忍的宣判。

每次看到母亲，罗斯眼神中总会透出自信、无惧与坚定，他在告诉妈妈不要担心，自己没事。

辩方律师深知对罗斯不利的证据不胜枚举——伪造的身份证件，罗斯在奥斯汀的旧友理查德·贝茨的到场指控，还有手提电脑里的数千万美元，再加上贾里德出庭作证，声称以卧底身份替罗斯办事。审判庭里人人都看得出来，在这场美利坚合众国起诉罗斯·威廉·乌布里特的案件中，一方胜局已定。

经过长达三个星期的审判后，结案陈词的日子终于到来。

"被告的行为严重违反了法律。被告从始至终都对自己的作为有着清醒的认识，"公诉人赛林·特纳一边在陪审团跟前踱步，一边朗声说道，"是被告一手建立了这个网站。也是被告一手发展了这个网站。从头到尾，被告都一手操纵着这个网站！"说着说着赛林突然提高了声调，他对罗斯的辩护理由感到愤怒。

"被告以为能够让你们替他甩锅！"赛林对着陪审团正色说道。

"反对！"罗斯的律师试图打断赛林。

"……不仅如此，被告面对从电脑里找到的如山铁证，竟然还敢狡辩，"赛林全然无视辩方律师，继续说道，"他是一个黑客！"

"我反对！！"

"他是一个病毒，"赛林开始嘲讽道，"他是一个骗子！被告电脑里的那些证据可不是什么小精灵偷偷放进去的。"公诉人看了一眼陪审团的男女，开始结案陈词："被告从始至终都对自己的作为有着清醒的认识。无论如何，你们都应该判定被告有罪。"

接下来轮到辩方律师发言，德拉特尔站起身来。赛林刚才的话让他有些恼火。

"本案的一个基本原则是罗伯茨和乌布里特先生不可能是同一个人，"德拉特尔开始总结发言，"把聊天记录保存下来，这难道是罗伯茨的做事风格吗？你得找人才能保存记录吧。"德拉特尔指出可怕的海盗罗伯茨绝不会犯下如此低级的错误："把这样的对话日志保留下来，存在自己的手提电脑里？这么做是不是有点太方便别人了呢？"

德拉特尔将矛头对准电脑里找到的证据，声称这些证据一定是被其他人放进去的。那个人才是可怕的海盗罗伯茨，得知联邦调查局要收网抓人。是真正的罗伯茨趁着罗斯在图书馆里下载电视剧的时候，把聊天日志和其他证据放入了罗斯的电脑。"本案漏洞太多，破绽百出，一眼就能看得出来，一切都是为了设计陷害乌布里特先生，"德拉特尔喊了起来，"他们根本就不是同一个人！"

德拉特尔的辩论相当有技巧。他声称罗斯早在2011年11月就将网站转卖给了别人。对于创建这个网站罗斯深感后悔，随后去了澳大利亚，希望开始新的生活，摆脱自己创造的这个怪物。"网络并非你亲眼所见的那样，你可以创造一个完全虚拟的世界。"德拉特尔最后强调，联邦政府找不到任何办法，通过合理的证据证明罗斯·乌布里特就是可怕的海盗罗伯茨。"我坚信……在座的诸位经过深思熟虑后，一定会得出唯一的结论：本案起诉的任何一项罪名都不成立，罗斯·乌布里特无罪！"

第六十九章
为了抓到海盗

"全体起立，"书记员再次高声喊道，"现在暂时休庭。"罗斯被法警带着从审判庭的一扇门走了出去，回到关押室。贾里德也从相距几英尺远的另外一扇门走了出去。他经过几名法庭官员，走进 15 楼的大理石大堂。他需要找个地方好好想一想，贾里德清楚自己现在最想要去哪里——"归零之地"，世贸双塔轰然倒下的地方。

刚刚贾里德在证人席上遭到连番拷问。罗斯的辩护律师指责贾里德才是罪魁祸首，是他一手搞砸了这个案子。按照辩护律师的描述，贾里德不过是一个初出茅庐的菜鸟警员，因为抓不到可怕的海盗罗伯茨，压力巨大，所以才和联邦调查局的那帮家伙错抓了好人。由于辩方针对贾里德的提问太过争议，每次都会遭到公诉人怒不可遏的大声"反对"。

这样的好戏媒体自然照单全收，他们把德拉特尔的说辞公之于众，指出贾里德在这场案件调查中发现了不止一个"替代犯"。经过辩方律师一连数日的攻击指责后，贾里德终于听到了那句让自己轻松下来的话："我没有其他问题了，法官大人。"

此刻，贾里德正朝着"归零之地"走去，脑海里回放着过去几年经历的点点滴滴。这到底是一个怎样的国家啊！贾里德一边想，一边沿着百老汇走，法院在身后越来越远。想当年，他只是一个亚美尼亚移民的儿子，屁都不是，在电影院里打零工，一遍遍地跑上跑下，想在政府部门谋一个饭碗，却处处碰壁。人们说他没有学历，说他为人粗鲁，说他回答问题的方式不对。总之，这也不行，那也不行。就这样反反复复折腾了好几年，直到最后终于找到一份活儿，在护照上盖戳子。努力，努力，再努力，最后终于进入国土安全部，当上了一名警察。接着他接到一个电话，打电话来的那家伙从来不说谢谢，就在机场那幢巨大的联邦政府邮件中心上班，说发现了一颗粉红色的小药片。然后，就这样一路走到了今天。

贾里德走到世贸中心遗址里，身旁的工程机械发出嘟嘟的喇叭声，挖来挖去；建筑工人戴着安全帽，大声吆喝；巨大的卡车和起重机阵阵轰鸣；到此一游的观光客们透过手机和照相机看着眼前的一切，争相捕捉即将竣工的新世贸大厦的奇景。此时，贾里德突然想起了"丝绸之路"；想起自己曾尝试着凭借一己之力，阻止一场在他看来有朝一日会破坏这个国家建制基础的灾难；想起自己最后真的成功了，得到了那么多人的帮助，是他们最终拼成了这幅巨大的拼图。

贾里德继续走在混乱的建筑工地中，他想着一颗小小的药片到底能够拯救多少生命，每往前一步就越发思绪难平。他想着个体到底能够对这个世界产生多么广泛而巨大的影响。只不过，有的选择为善，有的选择作恶，还有的善恶不分。不过，在绝大多数人看来，他们在这个大大的世界里扮演的角色并没有什么意义，只是一份工作而已。

贾里德一边想着，一边朝新世贸大厦建筑工地的一名保安走去。保安身材魁梧，一副无精打采的样子。贾里德看着对方的眼睛，说了一句："谢谢你的付出。"保安看了看贾里德，显然没明白是什么意思。在他看来，眼前这个男人——贾里德——一定是疯了。保安满脸疑惑地打量着这个奇怪的男人，看着他走开。贾里德眼中泛着泪水，走向另一名保安。"谢谢你的付出。"贾里德的脸上露出了微笑。"谢谢你的付出。"他又说了一遍，泪水从面颊上滚落。他走到见到的每一个保安跟前，不管他们是年长还是年轻，是男还是女，是大块头还是小个子，都对每个人说了同样的一句话："谢谢你的付出。"贾里德知道这让他听起来像个疯子，可他控制不住，他想让所有人都知道。

"谢谢你的付出！"

......

第二天一早①，全体人员重新回到审判庭，法官告诉陪审团下一步该怎么做。罗斯的母亲琳和父亲科克都来到法庭。塔贝尔和加里也在现场。到场的记者多达几十人，罗斯的支持者数量更多。法庭内缺席的只有一个人——贾里德。

就在十二名陪审员在房间里思考讨论的时候，贾里德登上美联航的航班，飞回了芝加哥。这个男人为了抓捕可怕的海盗罗伯茨耗去了多少年，多少个月，多少个星期，多少个日日夜夜，在这场追捕中他与家人分离得太久太久。从此贾里德不再需要远离妻子和孩子。坦白地说，他也无须关注最后的判决结果，因为他已经履行了自己的职责。

飞机稳稳降落在芝加哥的奥黑尔国际机场，这里正是四年前那颗红色小药片落地的地方。贾里德收到一条短信，是塔贝尔发来的。短信上说，陪审团在考虑了整整三个半小时之后得出结论。

"所有罪名全部成立。"

贾里德的脸上露出了笑容，他走向那辆"变态"汽车，朝家里开

---

① 这一天是 2015 年 2 月 4 日，陪审团裁定罗斯七项指控罪名全部成立的日子。——译者

去，走进家门的第一眼，就看到儿子迎来的笑脸。"爸爸，抓到海盗了吗?"

"是的，我们抓到了，"父子俩靠在沙发上一起玩起了游戏机。贾里德边玩边对孩子说："我们抓到海盗了。"

第七十章
判　决

凯瑟琳·福瑞斯特法官先在休息室里坐了一会儿，然后把黑色长袍重新披在肩上，朝 15A 号审判庭走去。陪审团刚刚裁定罗斯·乌布里特有罪，现在轮到她来宣布判决。

在判决宣布前的几个星期，控辩双方各自对法官提出了这样那样的请求。罗斯的家人和朋友纷纷写来发人深省的长信，请求法官对罗斯网开一面，无罪释放，或者至少尽量减少刑期。琳给福瑞斯特法官写了一封信，以母亲的身份乞求法官开恩："求求您不要重判，给罗斯一个机会改过自新，弥补过错吧。"

就连罗斯也给法官写了一封信。他在信中袒露自己已经明白监狱这地方待起来并不舒服，失去个人自由固然痛苦，可是带给家人的伤痛才叫人难受。他只怪自己太天真，虽然知道为自己的所作所为感到后悔，可在创立"丝绸之路"时并没有想这么多。在信的末尾罗斯请求法官轻判，写道："我已经失去了青春，我知道您也一定会夺走我的中年，但请您留给我时间老去。"

2015 年 5 月 29 日，第 15A 审判庭内座无虚席，由于人数太多，法院甚至在另外一间审判庭里架起摄像机，对庭审现场直播。法庭为了加强安保，还在审判庭外专门设置了金属检测机。之所以如此，是因为有名激进分子把福瑞斯特法官的个人信息公布在网上，连私人住址也一并透露，还在附言中威胁道："你妈的蠢婆娘，就是你封了'丝绸之路'，老子要让那些亏钱的毒枭杀了你这个女人和你全家！"

公诉人在阐述观点时希望判处被告二十年以上的刑期。控方同时请来好几位家长到庭，他们的孩子有的还是少年，有的已经成人，都因为在"丝绸之路"上购买毒品并吸食过量而死去，其中就包括普雷斯顿·布里奇斯的母亲。这位来自澳大利亚帕斯的母亲声泪俱下地讲述了孩子那天晚上参加12年级毕业舞会的经历，那也是她最后一次看见亲爱的儿子。

轮到辩方反驳，辩方请来了好几位"以名誉人格担保的证人"。这些人都是看着罗斯从小长大的，他们当庭讲述了罗斯是多么乐于助人。接着轮到罗斯起身为自己辩护。"我想我对于法律终于明白了一点，那就是大自然的法则和人世间的法律非常相似。就像万有引力不会因为你的好恶有任何改变，你只要从悬崖上跳下去，就会受伤。"罗斯最后做了一番诚恳的道歉。

"谢谢，乌布里特先生。"法官说完，罗斯坐回位子。福瑞斯特法官接着告诉到庭的所有人，休庭一刻钟。

······

福瑞斯特法官刚开始宣读罗斯的判决书时语气平静，态度坚决。她向大家解释，希望罗斯和到场的所有人能够理解自己的想法，理解她经过了怎样一番深思熟虑，才做出如下判决。

福瑞斯特法官首先解释道，"丝绸之路"网站显然是罗斯一手创立的，他这样做并不只是为了实验，这不是爱迪生发明电灯泡的故事，而是一个在兑现前经过了一年多精心策划的阴谋。这是一场针对这个国家民主制度的蓄意攻击，而她的职责就是保护这一制度不受侵犯。"你是这艘大船的船长，叫可怕的海盗罗伯茨。你制定了属于你的法律，并且用你认为合适的方式付诸实践，"法官边说边紧紧注视着罗斯，"事实上这是一项精心策划的终身事业。这是你的成就。你希望这能成为留给世人的遗产——你也的确做到了。"

法官同时谈到辩方提供的研究论文。这些论文声称毒品销量的增加有可能减少暴力，鼓励买卖质量更好、更安全的毒品，从而可能有助于提高整个社会的道德水准。对于这样的论调福瑞斯特法官感到愤怒。这就好像罗斯狡辩说自己只是躲在电脑后面买卖毒品，就应该区别对待一样的荒唐可笑。

"迄今为止，还没有任何一个在布朗克斯区兜售冰毒、海洛因或快克的毒贩敢当庭说出如此胆大妄为的诡辩之词，"福瑞斯特法官正色道，"这是一种高高在上的特权论调。被告和其他毒贩没有什么区别，被告接受的高等教育绝不意味着能在我国刑事司法制度中享有任何特权。"

随后福瑞斯特法官谈到了毒品造成的附带伤害。罗斯在辩护时曾经说过，使用毒品完全是个人行为，除了吸毒者本身，不会对其他人造成任何伤害。可是在法官眼中，罗斯的这套说辞完全就是一派胡言。法官认为，在"丝绸之路"上售卖的有毒物质对于并未吸食的他人同样造成了伤害。有人因此丧命，有人吸毒成瘾。整个社会同样为此付出了代价。不少案例中，吸毒成瘾者最终丧失看护抚养孩子的能力，从而导致下一代成长教育的缺失。

接着福瑞斯特谈到了买凶杀人，指出虽然没有找到尸体，但在她看来，找到与否并无区别。"你是不是买凶杀人了？杀了五个？对吧？"法官叱责道。"你是不是出了钱？是的。你是不是拿到了照片，让你以为这些人死了？是的！"

在陈述最后法官看了罗斯一眼，接着说道："毫无疑问，人性是极其复杂的。乌布里特先生，同样生而为人，你内心有善良的一面，对此我没有任何怀疑。但是，你也有邪恶的一面。你与'丝绸之路'有关的所作所为对于我们的社会建制而言是一场毁灭性的灾难。"

审判庭内安静无声，福瑞斯特法官要求罗斯起立。

这个三十岁的男人站了起来，微微向前弯着脖子，目视法官，心想她接下来到底会说什么。罗斯的母亲和父亲坐在审判庭后面，看着罗斯和法官，听法官开口宣判。

"乌布里特先生，下面我代表我的国家，做出判决如下。根据第二及第四项罪名，判处被告终身监禁。"福瑞斯特法官宣布道。接着福瑞斯特又以其他罪名，在判决上增加了四十年刑期。罗斯站在那里，对于耳边的话无动于衷。在他的身后，审判庭一排排长椅上，唯一听到的是此起彼伏的啜泣声。"按照联邦法律，"法官接着说道，"被告不得假释，将在监狱里度过一生。"

第七十一章
獴的复数

最后一名替"丝绸之路"卖命的员工被抓捕归案时，距离审判已经过了一年有余。毫无疑问，此人堪称毒网上最有影响力的幕后黑手。他不仅位居毒网最高顾问，也是赚得最多的毒贩之一，此人有一个奇怪的化名——鉴酒师琼斯。

有那么一阵琼斯眼看就要逍遥法外。他在泰国的一座海边小镇躲藏了两年多，还在当地买通了几名警察，一有危险靠近，就能立即逃脱当局的抓捕。

琼斯一直猫在亚洲某地的酒店房间内，平时看看新闻，没想到居然发现老朋友兼老板可怕的海盗罗伯茨被捕了。"乖乖，这下我可有点惨了！"琼斯看着电视上罗斯·乌布里特的画面，心里默默念叨。

鉴酒师和每一个同"丝绸之路"有关的人一样，一场不落、场场准时地看完了罗斯的审判，对这位昔日的童军少年兼物理学爱好者渐渐有了更多的了解，毕竟这么多年来，是他亲自为罗斯出谋划策，把对方一步步打造成可怕的海盗罗伯茨。不过，琼斯和其他人不一样。随着罗斯电脑里的日志被作为呈堂证物带上法庭，他要亲眼看一看自己对这位毒网领导者的影响力到底有多大。"他是我目前为止在网上见过最有野心，也是意志最坚强的人，"罗斯对于身兼好友加顾问的鉴酒师琼斯如此评价道，"他帮助我和'丝绸之路'上的人更好地沟通交流，发表声明，处理招惹麻烦的角色，打理交易，帮我更改用户名，制定规矩，好多好多……他是一位真正的导师。"

另一件证物也在开庭时被用来当庭对质：联邦调查局从罗斯的手提电脑中找到了一个文件夹，里面存着所有替罗斯办事的人的身份证件，其中有一张护照照片属于一个四十五岁的加拿大人，此人的真实姓名叫罗杰·托马斯·克拉克。警方很快发现他正藏在亚洲某地。

2015年12月的一天早晨，美国联邦调查局联合国土安全部、缉毒局和泰国当地警方发起联合行动，在泰国的一个小房间里将鉴酒师抓捕归案①。当警察们冲进琼斯的藏身之地把他铐起来的时候，克拉克开口的第一句话是"叫我獴"。这句话的意思是他在其他毒品网站上有一个更广为人知的绰号，獴的复数。

不过，虽然警方成功抓捕了这个躲在鉴酒师琼斯背后的男人，可要摸透此人的过去却费了不少周折，这也让人看到一幅矛盾而复杂的画面。诚然，种种迹象显示克拉克是一名真正危险的犯罪分子，甚至比罗伯茨想象的要危险得多。不过，网上的其他线索也让人看到一个潦倒之徒的形象，这个落魄男人隐藏在电脑后的目的只有一个——捉弄全世界。

或者，只有互联网才让他能够同时做到这两点。

有关克拉克及其多重身份的故事在网上早已流传了好几十年。有人声称克拉克曾是欧洲最有势力的大麻贩子。还有人说，倘若有人妨碍了克拉克，就会被他设局陷害，送进监狱。有人说克拉克其实有好

---

① 泰国警方于2015年12月3日对鉴酒师琼斯在泰国象岛的住所进行了突击搜索，逮捕了琼斯。不过，此次行动远不如联邦调查局抓捕罗斯的行动成功。琼斯的三台手提电脑均已关机，且设有密码保护，电脑中的证据无从获取。此外，泰国警方此次行动是在没有搜查令的情况下完成的。这也给了琼斯更多底气和资本与警方讨价还价，在引渡回美的问题上采取拖延战术。琼斯为了尽可能拖延引渡期限，甚至不惜铤而走险，贿赂泰国政府与军方的内部人士。——译者

几个替身，真正的罗杰·托马斯·克拉克早在好几年前就死了。关于克拉克和他早年同伙的故事无一不充斥着盗窃、凶杀，毒品、枪战和跨国阴谋。

至于克拉克本人，或者说，克拉克的真身之一很早以前就宣称自己患有多发性硬化症，肌肉逐渐退化，长年遭受抽筋、抽搐、痉挛的折磨，"任何一名在操场上玩耍的七岁孩子连手中的冰激凌都不用放下，就可以把他好好地揍一顿"。据说克拉克的家人身居海外，有的住英格兰和加拿大，还有几个住苏格兰。他和亲人们多年未曾联系。

不管怎样，克拉克都是一个值得小心提防的人。

2006年，《鼎盛时期》月刊的一名记者写了篇报道——这是一本专门致敬大麻文化的杂志——报道里写了好几个人，都是以前在网站论坛上卖过大麻的。该记者参访了好几个人，唯独没有采访克拉克。因为在他看来，此人惯于操控他人，极其险恶。这个现在叫鉴酒师琼斯的家伙据说经常利用病毒侵入他人电脑，还喜欢长篇大论讲一些大道理，嘴里的故事也难辨真假——当然，除了罗杰·托马斯·克拉克以外。

克拉克在泰国被捕时，警方用手机拍了一张照片，通过彩信发给远在美国的同行。那张模糊的低像素照片上，只见一个蓬头垢面、精神颓唐的男人睁着一双下垂的眼睛看着照相机。男人身形瘦削，一看就是鬼门关走过一遭又回来的，此人对于经受如此摧残与折磨乐此不疲。

此刻，这个男人被关在曼谷的还押监狱里[①]。一群律师正在泰国争取将其引渡回美国，接受审判，罪名包括毒品交易和洗钱，等待这个男人的将是终身监禁。

[①] 2018年6月15日，美国纽约南区检察官杰弗里·S.贝尔曼宣布，美国警方在经过长达两年半的交涉后，于当日将化名鉴酒师琼斯的罗杰·托马斯·克拉克成功引渡回美国接受审判。克拉克面临包括阴谋走私毒品、走私毒品、通过互联网贩卖毒品、电脑黑客、伪造身份证件以及洗钱在内的多项指控。该案一审法官为区法官威廉·保利。2020年1月，克拉克最终承认有罪。——译者

第七十二章
博物馆

沿着华盛顿特区的宾夕法尼亚大道走一遭，你会看见十几座博物馆，每一座都在讲述这个国家的历史。博物馆内有些古迹历史可以追溯到好几百年前，比如说那面残破的旗帜，正是在这面旗帜的感召下，有人写下了《星条旗永不落》的灿烂诗篇，还有那把用来杀害林肯总统的手枪。有些藏品的年代虽然没有那么久远，其恶名却会在今后数百年一直流传下去。有些并没那么古老的藏品就在位于宾夕法尼亚大道 555 号当代新闻博物馆的哈伯德大厅里展出，这家博物馆距离白宫只有几个街区。

新闻博物馆里的有些藏品出自美国历史上几桩最大的刑事犯罪案件。展厅一角有一间老旧的小木屋，大小仅能容下一人，属于大名鼎鼎的"大学炸弹客"泰德·卡辛斯基。木屋的旁边放着一双黑色运动鞋，鞋子又厚又重，鞋底破烂裂开。鞋子的主人名叫理查德·雷德，2001 年这位鞋子炸弹客曾经企图炸毁一架美国航空公司的飞机。沿着展厅继续往前走，远远可以看见一个玻璃箱子，展品编号为 2015.6008.3a，里面放着一台银色的三星手提电脑。

"罪犯借用了《公主新娘》里的角色名，自称可怕的海盗罗伯茨，"电脑旁的介绍上写着这样一行文字。接下来的文字进一步说明，这台电脑的主人名叫罗斯·乌布里特，"此人经营着一个价值12亿美元、名为'丝绸之路'的黑市"。不过，文字中并没有提到这台手提电脑是怎样来到这里的，也没有讲清楚电脑硬盘里到底藏了什么。

在罗斯被捕后的几个星期里，塔贝尔、托姆和贾里德为了找出与"丝绸之路"有关的证据，把电脑上上下下查了个遍。联邦调查局的计算机取证小组成功进入了罗斯电脑中属于可怕的海盗罗伯茨的那部分，里头存储着数百万字的聊天日志，记录了罗伯茨和"丝绸之路"上的雇员、黑客、杀手以及枪支毒品贩子之间的谈话内容。不过，联邦调查局的计算机专家们无法进入这台电脑的另一部分，那一半是罗斯只有想以罗斯·乌布里特的身份登录才会进入的，在那里他可以给朋友发信息，与家人聊天，过完全不同的另一种生活。

计算机专家们试图破解密码，进入这台机器的另一半，可是要想让计算机算出正确的密码，恐怕得等上一百年。所以，这台电脑的另一半、属于罗斯的那一半就被永远关在里面了。

被永远关起来的还有这台手提电脑的主人。

现在罗斯每天的生活都是从天还没亮就听到钥匙和囚室开门的声音开始的。他住单人牢房，长不过几英尺，宽只有一半。监牢的外墙大都是厚厚的橙色混凝土块砌成的，给人一种压抑骇人的感觉。每天醒来，罗斯先穿上囚服，然后出去和其他犯人汇合。每天的安排极其枯燥乏味：早餐时间一小时，午餐半小时，晚餐也是半小时。食物被装在塑料托盘上，托盘两边摆着塑料叉子或勺子，塑料杯和几片人造黄油。你可以去狱中的杂货商店买零食、饮料，还有衣服。有时罗斯会用妈妈给自己账户上存的钱买一些饼干和苏打水，有时也会买新的运动鞋或运动裤。

罗斯在里面挺守规矩的。像他这样老实的犯人每天会有一小时的奖励外出放风，在监狱的屋顶上绕绕圈子，走一走，总好过关在里面密不透风。快到傍晚的时候，罗斯会被带回囚室，门上的插销一插，锁的死死的。再一关灯，整间水泥屋子陷入一片漆黑之中。

罗斯被捕后，"丝绸之路"网站随即迅速关闭。不过，没过几个星期，一个新的 2.0 版本的"丝绸之路"重新开张营业了，掌管这艘大船的是一个新的可怕的海盗罗伯茨①。虽然联邦调查局后来查封了这个网站，但又出现了其他的"丝绸之路"，还有好几百个网站都在匿名售卖毒品②。这些网站的经营者们都将自己视为这场运动的一分子，相信他们的作为让世界变得更加安全。这也许只是借口，也许不是。

2015 年，也就是罗斯被判终身监禁的那一年，一群大学研究人员结束了一场时长 67 000 小时的调查研究。研究者们就毒品使用情况进行采访，受访者超过十万，来自世界各地。调查问卷中有一个问题，问人们通过什么渠道获得毒品。通过数据分析研究者指出，就在"丝绸之路"开张的第二年，将近 20% 的受访者开始在网上购买毒品。当研究人员询问受访者为何选择互联网而非街头购买毒品时，吸毒者的回答显示，街头购买毒品造成身体伤害的可能性要高六倍。显而易见，罗斯完成了当年促使他创立"丝绸之路"的目标，对于能够在网上买到毒品成千上万人感到更加安全和放心。

不过，但凡科技进步，总有正反两面。同样在 2015 年，另一项研究结果被公之于众。这项由疾病控制与预防中心进行的研究表明，

---

① 2013 年 11 月 6 日，"丝绸之路 2.0"正式上线。管理员和版主分别由依尼戈，利伯塔斯和同中有异等人担任。新的可怕的海盗罗伯茨（DPR2）真名叫托马斯·怀特（Thomas White）。联邦调查局于 2014 年 11 月 6 日对"丝绸之路 2.0"进行了查封。怀特亦于当月在英国被捕，2019 年 4 月 12 日被判入狱五年。——译者

② 2014 年 11 月 6 日，美国联邦调查局与国土安全部牵手欧洲刑警组织，联合发起了一场代号"匿名行动"的国际联合暗网执法行动。此次行动一共查获暗网网站 27个，暗网域名 414 个，逮捕嫌犯 17 人。——译者

有史以来美国因吸食海洛因或鸦片类药物致死的人数首次超过死于枪击伤害的人数。正如新闻报道以及报道中用手机拍摄的令人不寒而栗的视频显示的那样，因吸食毒品过量导致的悲剧成百上千，这些悲剧中的孩子无一例外成了孤儿。吸毒致死人数之所以上升，一个原因就是人们有更加简便的渠道获得合成类鸦片药物。例如芬太尼，其毒性要比传统海洛因强劲五十倍甚至上百倍，吸食者常常误判注射剂量，导致因吸毒过量而丧生。疾病控制与预防中心还连同报告发布了一份图表，图表显示死于合成类鸦片毒品的人数变化与"丝绸之路"的利润及收入增长并无明显差异，图上的曲线同样急速向上蹿升，一路高走伸向右边。

人们在撰写与网购毒品研究有关的新闻报道时，多将罗斯·乌布里特描绘成这个新世界的拓荒先驱。若是循着这些故事链接点击，你最后多半会看到一个网络视频，视频画质有点模糊不清，是几年前在旧金山当代犹太人博物馆录制的。视频中的罗斯正和高中好友雷内畅谈对未来人生的看法。画面有些对焦不准。两位好友像是在就同一个话题进行交流，罗斯口中的那个人似乎不是他自己，而是另外一个人。

"你有没有想过永生？"雷内问道。

罗斯·乌布里特想了想，看着摄像头，大声答道："我觉得有这个可能，我是真的这么觉得，我想我可能会以某种形式永远活下去。"

第七十三章
其他人

罗斯被捕几天后，联邦调查局的各路人马离开旧金山，飞回纽约，开始收集证据，并且对那台三星手提电脑展开取证工作。克里斯·塔贝尔相信这场抓捕行动已经结束，他们抓到的这个人就是可怕的海盗罗伯茨。

塔贝尔回到办公室，重新坐在"坑"里。这时，电话响了起来。"你的东西全被放到网上了！"贾里德在另一头对话筒大声喊着。

"什么意思？"塔贝尔一头雾水，"你在说什么？"

贾里德解释，自从这个网上毒品集市土崩瓦解，主谋被捕，群龙无首的手下纷纷要求报仇雪恨。他们把目标对准了罗斯·乌布里特逮捕报告底下的那个名字："联邦调查局特工克里斯托弗·塔贝尔。"

塔贝尔查看贾里德发来的链接，上面详细列出了罗伯茨的爪从们贴在网上的具体信息。塔贝尔不单看到了自己的名字，还看到了孩子的学校地址，以及岳父岳母也就是萨布丽娜父母的家庭住址，下面还有一行文字，号召大家找到塔贝尔，干掉他的家人。

塔贝尔的脑袋嗡地一下蒙了。他对着身旁的同事大叫："他们要找我家里人的麻烦！"接着慌慌张张地拿起电话打给萨布丽娜，嘴里不停念叨着夫妻俩约定的密码："流沙！流沙！"

联邦调查局立即紧急动员。华盛顿的中央指挥部专门负责保护受到人身威胁的警员立刻展开了部署。纽约市警察局也接到通知，几辆警车迅速朝着塔贝尔的家、孩子的学校以及塔贝尔的岳父母家飞驰过去。警车一路拉着警笛，把塔贝尔和家人迅速转移到新泽西州的一家酒店。一家人将在那里隐藏起来，度过这个漫长的周末。

几天后，联邦调查局和纽约市警察局宣布塔贝尔一家可以平安回家了。塔贝尔和家人沿着原路打道回府，他们的住宅处于实时视频监控之下，并由联邦监护小组二十四小时监视。当晚，塔贝尔和萨布丽娜将孩子们送上床，亲了亲孩子道声晚安，然后走进厨房，一人一头在餐桌旁坐了下来。夫妻俩随身带着手枪，以防有人破门而入。两个人吃晚饭的样子就像两个士兵。

家里的氛围渐渐起了变化。孩子们可能遭遇危险，唤醒了萨布丽娜的母性本能。她看着丈夫，谈起处境的危险，语气中充满了关爱，却异常坚决。"我这一生十六年都给了你，"萨布丽娜说道，"现在该轮到你为这个家庭做出牺牲了。"

塔贝尔十分清楚萨布丽娜在说什么。整个人生，克里斯·塔贝尔整个人追求的就是当一名警察。他根本不在乎自己到底是给乱穿马路的人开罚单，还是追捕互联网上的头号通缉犯。这些都是他干警察这行的意义所在。可是，他也一直渴望拥有一个家庭。在联邦调查局和萨布丽娜还有孩子们之间，到底选哪一个，根本就不是什么难题。

塔贝尔交出了配枪和警徽——这位"网络空间的埃利奥特·内斯"辞去了联邦调查局的职务。

塔贝尔目前在纽约市一家大型网络咨询公司工作，协助公司和政府部门处理与计算机有关的犯罪活动。这个男人还在开"你是更愿意……"的玩笑。虽然妻子萨布丽娜现在感觉安全多了，但身在家中，仍然枪不离身，哪怕洗衣服的时候，也会把枪放在篮子里的干净毛巾上。

......

可怕的海盗罗伯茨被捕后的几个月，卡尔·福斯和肖恩·布里奇斯看似成功逃脱了处罚——他们不仅参与伪造谋杀现场，还窃取了价值数百万美元的比特币。两人利用伪造的商业名，把大部分的不义之财巧妙地藏在海外户头中。他俩都以为数字货币永远都不会让人查到自己头上。在他们看来，比特币就像现金一样，无名无姓。

卡尔志得意满，竟然联系了纽约市的出版社和好莱坞的电影公司，希望把自己假扮卧底，帮助成功捣毁"丝绸之路"的故事卖个好价钱。卡尔在缉毒局俨然成了英雄，甚至因为立此大功受到嘉奖。卡尔觉得似乎没有人对自己的违法举动产生怀疑，于是悄无声息地卖了一些手头的比特币，用来偿还那套殖民地风格旧宅子的贷款，顺便再买几个玩具。

然而，随着联邦调查局和国税局开始追查"丝绸之路"上比特币的进出去向——他们设计一个非常复杂的计算方法，以弄清这些钱在哪里少了，又在哪里补了回来——有些一看就说不过去的地方浮出水面。大部分账还是算得清的，罗斯的电脑里有好几千万，更多的给了工作人员、黑客和线人，只是还有一大笔比特币转给了卡尔·福斯和肖恩·布里奇斯，这让人不得不产生怀疑。一开始联邦调查局认为这也许只是反常现象。毕竟从来没有同一个小组的两名警察从同一个案子中偷钱。

可是，万一他们俩真的都偷了呢？

于是联邦调查局暗中展开调查，看是否确有此事。随着调查深入，越来越多的蹊跷浮出水面，让人把怀疑的目光对准了肖恩和卡尔。

其中有这么一件事，联邦调查局在"丝绸之路"的服务器里找到一条信息，是可怕的海盗罗伯茨发给某个自称线人的家伙的，这是一条隐藏在政府内部的蛀虫。这个化名法国女佣的内奸通过向罗伯茨出卖情报，赚取了大量钱财。可是，随着进一步深挖，联邦调查局发现这个法国女佣发送的信息中有一条署名竟然是卡尔，真是叫人奇怪。此人随后很快又发了一条信息，解释了一番说："哦！实在抱歉！我的名字叫卡拉·索菲亚，在交易区上有很多朋友，男的女的都有。"

情况相当明显：卡尔露出了马脚，他在用其他身份向罗伯茨兜售情报时不小心写下了自己的真名。联邦调查局后来才知道卡尔创立了好几个伪造账户，用于对可怕的海盗罗伯茨威胁、胁迫和索贿。随着谜团一个个揭开，联邦调查局收集掌握了几十条线索，足以证明卡尔卷走了高达 75.7 万美元的比特币。

面对眼前的如山铁证，卡尔·福斯知道自己很可能将在安保最森严的监狱中度过数十年铁窗生涯，最终选择了向警方自首认罪，罪名包括盗窃政府财产、利用计算机远程诈骗，洗钱以及侵害公共利益。卡尔·福斯最终被判入狱七十八个月①。

肖恩·布里奇斯并不打算束手就擒。肖恩一发现联邦政府调查自己洗钱和阻碍司法公正等违法行为，就企图彻底清除工作用的手提电脑，因为他知道电脑里藏有大量对他不利的证据。随后肖恩还企图更改姓名和社保号码，不过没成功。当一切伎俩宣告徒劳无用后，肖恩选择认罪。他被指控与"丝绸之路"上被卷走的 82 万美元有关，被

---

① 卡尔·福斯于 2015 年 7 月 1 日承认有罪，同年 10 月 19 日被判入狱七十八个月。——译者

判入狱七十一个月，罚金 50 万。肖恩和卡尔不同，卡尔选择了自首服刑，肖恩则是带着电脑试图逃出国门时被当场逮住，他被捕时随身携带电脑，穿了一件防弹背心，身上还有一本护照和一部手机[①]。现在肖恩与卡尔都在联邦监狱服刑，两人将于 2022 年刑满释放。

……

在罗斯被捕后，茉莉亚鼓起勇气去纽约的监狱探望他，见过罗斯好几回。每隔几个星期两个人就会通一次电话。有时候说着说着，茉莉亚会忍不住哭起来。茉莉亚总是在祈求上帝保佑。直到 2015 年 6 月的一天，她终于不再接罗斯打来的电话。茉莉亚还爱罗斯，可她明白是时候把注意力转移集中到自己和事业上了。一年后，薇薇安的缪斯跻身全美最出名的女性私照摄影工作室之列。茉莉亚依然希望有一天能够找一个好男人嫁了，这个男人能够和她生一两个孩子，有一幢大房子，屋外围着白色的尖桩篱笆墙，在那里她将永远幸福地生活下去。

……

在犹他州西班牙福克市被捕时，柯蒂斯·格林（古奇）身上搜出来的可卡因重达 1 公斤，差一点为此面临最高入狱四十年的重判。不过，鉴于格林遭到两位联邦探员（卡尔和肖恩）虐待并伪造被人杀害，属于联邦探员违法在先，巴尔的摩的一位法官决定网开一面，判

---

① 肖恩·布里奇斯于 2015 年 3 月 18 日从旧金山特工处电子犯罪小组辞职，8 月 31 日承认有罪，同年 12 月 7 日被判入狱七十一个月，重新被捕是在 2016 年 1 月 28 日。——译者

处"刑期已服"①。

审判结束后格林在网上售卖和"丝绸之路"有关的纪念品，包括"丝绸之路"的帽子、T 恤以及亲笔签名的回忆录——回忆录格林还在写，里面详细讲述了他替"丝绸之路"办事那几年的点点滴滴②。

......

加里·阿尔福德仍然在纽约市国税局上班，专门调查财务犯罪。因在破获"丝绸之路"一案中的杰出贡献，加里得到了政府表彰。他的办公桌上放了一快金色的匾牌，上面写着一句表彰词："网络空间的夏洛克·福尔摩斯。"这个男人现在不管读什么，还是三遍。

......

"丝绸之路"关闭后一年多的时间内，贾里德继续以希露丝的卧底身份活跃在暗网上，帮助塔贝尔、加里以及其他执法人员通过联合行动，将可怕的海盗罗伯茨依仗的大部分仆从顾问抓捕归案。

二十四岁的依尼戈是网站管理员里年纪最轻的，被捕时正在弗吉尼亚州查尔斯城的一条船上，该船就是他居住和上网工作的据点③。依尼戈年迈的双亲将房子和退休金变现，交纳了 100 万美元的保释金，换取儿子的自由。一开始史沫特莱企图和鉴酒师琼斯一起逃亡泰

---

① 2013 年 5 月 8 日，美国盐湖县法院受理柯蒂斯·格林一案。9 月 12 日，公诉人与格林达成辩诉交易，该案于 9 月 16 日宣布结案。——译者
② 柯蒂斯·格林的回忆录名为《捣毁丝绸之路》（*Silk Road Takedown*），已于 2018 年 8 月 13 日出版。——译者
③ 依尼戈和同中有异以及利伯塔斯三人于 2013 年 12 月 19 日分别在美国、澳大利亚和爱尔兰三地被同时逮捕。——译者

国，后来在入境美国时被当局抓获归案。同中有异在澳大利亚被深入腹地的澳洲联邦警察抓获。被捕时警察在他口袋里搜出一枚订婚戒指——这个男人正在去向女友求婚的路上。同中有异四十来岁，是所有管理员中年纪最大的，除了给"丝绸之路"干活，还有一份全职工作，专门帮助智力和身体残障人士。

一共有来自全球四十三个不同国家的数百人被查出在"丝绸之路"上买卖毒品，工作办事，这些人随后被警方一一逮捕。全部抓捕行动以鉴酒师琼斯的最终落网宣告结束。

琼斯被捕的第二天，贾里德又出现在芝加哥奥黑尔国际机场的邮政中心。他要察看证物柜，检查头一天晚上查扣的包裹和毒品。贾里德把背包挎在肩上，包里装着心爱的魔方，沿着长长的走廊朝着证物室慢慢走去。这个男人难掩内心的激动，他知道几年前开始着手调查的这个案子，这个由一小颗粉色摇头丸牵出的案子——那颗小小的摇头丸就来自脚下的这栋大楼——终于结案了。

就在贾里德过拐角经过一个门口的时候，听到有人在喊自己的名字："贾里德！给你看样东西。"

"什么东西？"贾里德停下脚步，转过身，朝坐在附近隔间里的一名海关工作人员走去。

"我们在昨天晚上的邮件里查到了这个。"那名工作人员一边说，一边用手指着桌上，桌上放了一个蓬松的棕色邮包，里头是查获的一堆蓝色摇头丸。

"这里面有多少？"贾里德问道。

"我看得有 200 颗。"

"200 颗？"

"200 颗。"

报道说明

　　每一天，每一刻，当我们游走在这个真实的世界，会在身后留下数以亿计的细微痕迹。无论是触碰过的门把手，按过的屏幕，还是打过交道的人，都会捕捉我们留存的痕迹，证明我们曾经来过。同样互联网也会留下这般证明的痕迹。我们在社交网络上分享照片和视频，在新闻报道下发表评论，每天和成百上千的人通过电子邮件，短信和聊天软件交流沟通。

　　如果说有谁比绝大多数人在网上留下的痕迹更多，那么此人一定非罗斯·乌布里特莫属。这么多年来，罗斯靠电脑度日，无论对方好坏，都通过电脑与之交流。

　　在撰写本书的调查过程中，我有幸读到可怕的海盗罗伯茨及其几十名雇员之间超过200万字的聊天记录和短信。这些文字深刻记录了这些人在创立和运营"丝绸之路"的过程中经历的每一个时刻和每一个决定。文字披露的细节令人咋舌，让人知道他们是如何决定销售毒品、枪支、人体器官和毒药的，也让人看到这些人是如何管理"丝绸之路"的。同样我读了好几十页罗斯的私人日记，以及上千份和罗斯有关的照片和影音资料，这些素材有的来自罗斯的朋友，有的来自罗斯的私人电脑和手机。

　　我和另一位研究者尼科尔·布兰科共同合作，把过去十年来网络上有关罗斯的记录统统搜索了一遍，找到的社交媒体资料数不胜数。这些记录有的来自推特、谷歌、脸书、Youtube 和领英，有的来自罗斯本人写过或评论过的文章和帖子。我从罗斯的朋友还有另一些人那里拿到了不少罗斯的照片。照片讲述的故事远比照片上的画面更加丰富。这些照片的后台数据，也就是图像文件数据不仅能告诉我们照片拍摄的时间，由于其中不少带有 GPS 数据，因此还能让我们知道照片拍摄的地点。

接下来我还查看了控辩双方在三个星期的庭审过程中提供的证词和证言，以及数百份证物证据。

通过 Excel 数据库，我和尼科尔整合所有信息。我们对 2006 年至 2013 年间的每一个关键时间点都建立了交叉印证，不少情况下甚至精确到秒。有了这个，就能够将罗斯的行动轨迹完美匹配。举个例子，当可怕的海盗罗伯茨告诉"丝绸之路"上的手下，说他周末要放一个短假外出旅行，在那个周末罗斯·乌布里特和朋友们就会发帖晒野营的照片。又比如，罗斯订好了飞往多米尼克的航班，那么可怕的海盗罗伯茨在飞机起飞的那一刻就无法登录上网，他只有到了另一个时区，也就是罗斯着陆的时间才能重新上线。这样的重叠吻合在我们的数据库里出现了好几百回。

我尽己所能，造访了不少罗斯工作过的地方。我去过格伦公园图书馆，坐的是罗斯当年坐过的同一把椅子；我去罗斯去过的寿司店吃寿司；就连躺的那块草坪也是罗斯当年在阿拉莫广场拍照时躺过的。接受过我采访的有好几百人，他们在罗斯一生中的不同阶段出现，从小学同学到大学同学，从一起跳舞的舞伴到最好的死党，从昔日恋人到一夜风流的对象。我还在泰国通过一名翻译，得到了那个自称鉴酒师琼斯的人更多的信息资料。

至于书中出现的执法者，我采访了不少参与抓捕可怕的海盗罗伯茨的联邦警员，采访总时长超过两百五十个小时。他们来自联邦调查局、国土安全部、国税局、海关与边境保护局以及司法部。我去过他们的单位和办公室，工作的机场，还有发现毒品的邮政部门。（我甚至见到了书中提到的一条缉毒犬，不过狗狗对我可没有什么话说。）此外，乔西·比尔曼和约书亚·戴维斯花了五十个钟头采访缉毒局，并且对一名"丝绸之路"的雇员进行了长达几十个小时的专访，他们在《连线》杂志上发表了一篇关于"丝绸之路"的特稿，一并成为本书的报道素材。

对于最旁枝末节的细节，我会利用网上的气象年历推断某一天的具体温度与风向，通过海浪报告推算海浪的高度，并且利用航班的详细记录判断飞机在飞行过程中是否遭遇气流颠簸，再加上克雷格列表网上的往期广告，通话记录，旅行日志以及其他几种数码工具，总之一切都是为了用叙事性非虚构的方式讲述这个故事。

我拿到了罗斯被捕的那一天起格伦公园图书馆前监控摄像头的拍摄记录。这些镜头记录了罗斯还是自由之身的最后时刻。

虽然因为写作本书，通过罗斯的家人和律师我和那么多人谈过，可是罗斯·乌布里特本人拒绝了我的采访。

致 谢

我首先要对你们、我的读者们大声说一句"谢谢"。感谢大家花时间读这本书。真的，非常感谢大家。

我还要感谢罗斯的父母琳和科克。虽然他们并没有因为我要写作此书而接受采访，但在罗斯受审期间我和他们交流过好几次。我对他们夫妇承受的痛苦感到非常难过。

接下来的名字对于读到这个故事的绝大多数人来说也许毫无意义。但是，我十分肯定地告诉大家，没有这些人，我绝对写不成这本书。

首先要感谢本书的主编尼基·帕帕多普洛斯。尼基堪称出版界最有名望的图书编辑。（我还得谢谢尼基起了个好名字，非得逼着我查谷歌才能保证没有拼写错误。）我要对企鹅出版集团旗下 Portfolio 出版社负责本书的编辑团队成员表示深深的感谢，谢谢阿德里安、威尔、丽娅、薇薇安、斯蒂芬妮、塔拉、布鲁斯和希拉里，谢谢你们。

我要感谢我的经纪人卡廷卡·梅森以及布罗克曼公司的全体工作人员，感谢他们的出色工作。感谢创新精英文化经纪有限公司的布里安·斯贝瑞尔和布莱恩·卢德，感谢布里滕纳姆公司的埃里克·谢尔曼。你们的工作真的非常出色，能和诸位共事，我感到无比荣幸。

我要感谢我的研究伙伴尼科尔·布兰科。尼科尔为人耐心，充满热情，对我帮助甚多，恕我无法一一记录在书中。我要特别感谢这个时代两位最好的讲故事的人——约书亚·戴维斯和乔西·比尔曼——以及《史诗》杂志的创作团队，感谢他们为本书提供了翔实丰富的报道材料。

我知道人们总习惯说一些套话，说如果没有这位那位的帮助，就不会怎样怎样。可是真的，如果没有贾里德·德耶吉安和他的妻子金以及孩子的帮助；没有克里斯·塔贝尔和他的妻子萨布丽娜，还有他们的孩子；没有加里·阿尔福德；没有茱莉亚·薇薇安；没有托马斯·基尔南；没有尹日焕；没有普雷斯顿·布里奇斯的家人，如果没有他们的帮助，我真的无法完成这本书。还有各个执法部门的好几十人，恕我无法一一列举他们的名字。加上罗斯的旧友、熟人，甚至包括他曾经共事过的人，感谢所有人花了多到数不清的时间来不厌其烦地回答我一个个单调乏味的问题。我对你们的感激，就算说一千遍谢谢也远远不够。

我要对我在《名利场》杂志的两位编辑乔恩·凯利和格雷顿·卡特，还有跟我一起工作的同事们大声说一句"谢谢"。你们太有才华了，你们给我的支持和关心让人难以置信。（我要大声喊出在《纽约时报》工作时的编辑和同事的名字，尤其是斯图亚特·埃默里希，达蒙·达尔林，迪恩·巴奎特，吉尔·阿布拉姆森，还有所有叫舒尔茨博格的人。）最重要的是，我最应该感谢的是你——拉里·英格拉西亚。那么多年过去了，记得那个时候我们在聊中华美食，我只是不经意地随口一句，很想试试看能不能做一名记者。谢谢你给了我这个机会。

我知道姐姐们读到这一页的时候一定在想她们的名字在哪儿。所以，接下来该轮到感谢我的家人了。我要感谢你们。虽然，从小到大我带来了那么多麻烦和苦恼，可你们还是对我那么关怀体贴，支持有加。谢谢你，爸爸（还有玛吉）；谢谢你，埃布（还有维特和罗曼）；谢谢你，利安娜（还有迈克尔、卢卡和维罗）。谢谢黛博拉和凯特琳，阿曼达和斯蒂芬，本和约什，马特和山姆，还有皮克赛尔、格拉西耶、洛蒂和哈米。诚然，这本书还有那么多人需要感谢，可在这里我只能说一句："谢谢你们所有人，亲爱的朋友们"——你们知道我说的是谁。

当然，我最要感谢的是你们仨——克丽斯塔、萨默塞特和埃莫森。谢谢你们让我找到了答案，明白我们为什么会在一起。我是那么那么那么爱你们。无论我在这里写什么，都无法表达对你们的爱意。克丽斯塔，你是我最好的朋友，也是这个世界上最棒的妻子和妈妈。（啊，对了。你是对的，永远都是对的。）

我爱你！

在写这个故事的日子里，我没有一天不会想起两个人。他们是我作为一名新闻记者和作家，对我一生影响最大的两个人。一位是我的好友兼人生导师戴维·卡尔，还有一位是我的母亲桑德拉，一个嗜书如命的爱书人。

戴维教会了我那么多和做新闻、讲故事、写小说有关的知识。（"你得不停地敲击键盘，直到能够敲出像样的东西。"）我永远感激和戴维一起度过的那些时光。

至于母亲，虽然已经不在人世，但我希望她就算去到那个高高在上的世界，也能看到儿子为她写的这些话。如果真的看到了，我知道她一定会先从这一页看起。妈妈，现在您可以翻到这本书的开头了。我爱你，想你。

参考书目

Bauer, Alex. "My Roommate, the Darknet Drug Lord." *Motherboard* (*Vice*), March 12, 2015.

Bearman, Joshua. "The Untold Story of the Silk Road." *Wired*, April and May 2015.

Chen, Adrian. "The Underground Website Where You Can Buy Any Drug Imaginable." *Gawker*, June 1, 2011.

Greenberg, Andy. "An Interview with a Digital Drug Lord: The Silk Road's Dread Pirate Roberts." Security, *Forbes*, August 14, 2013.

Hofmockel, Mandy. "Students Debate Current Issues." *Daily Collegian*, December 4, 2008. http://www.collegian.psu.edu/archives/article_1cb3e5e4-6ed2-5bb8-b980-1df989c663f9.html.

Lamoustache. "Silk Road Tales and Archives." Antilop.cc.

Mac, Ryan. "Living with Ross Ulbricht." Tech, *Forbes*, October 9, 2013.

Mullin, Joe. "Judge in Silk Road Case Gets Threatened on Darknet." Law & Disorder, *Ars Technica*, October 22, 2014.

Smiley, Lauren. "A Jail Visit with the Alleged Dread Pirate Roberts." *San Francisco Magazine*, October 18, 2013.

译后记

2020 年 6 月 8 日晚上我在微信朋友圈里写了这么一句话：First Draft Finished，纪念本书的"初稿完成"。字虽然不多，只有三个单词，背后的原因和感受却不止于此。

原因首先和我本人有关。坦白说来，我从 2017 年开始就没有再正儿八经地翻过书了，18、19 年出版的作品都是之前的文字，都是"过去时"。我有很长一段时间，也曾纠结于是否就此远离译书这条道路，直到这一次重操旧业，才又找回了某种"久违了的快感"，才明白自己其实还是蛮喜欢这种独对电脑，同文字"搏斗"的感觉——这也许并非一个让我轻易言退的"战场"。完成初稿时那种如释重负的轻松感觉也确实值得写几个字，发一个圈，留作纪念。

第二个原因和原著作者在书末的那篇"致谢"有关。原著作者尼克·比尔顿是在英国利兹长大的一名新闻记者和作家，曾在《纽约时报》工作了十三年，主要负责新闻室的设计和技术研发等工作，写的东西也多和技术报告有关，2016 年他离职之后去了《名利场》杂志，成为专栏写手，同时还替美国消费者和商业频道（CNBC）执笔。尼克一共出过三本书，本书是他的第三本作品，出版于 2017 年，也是当年《纽约时报》畅销书排行榜排名第九的佳作。这个男人在开篇表示将本书献给他的妻子和两个儿子。不过，倘若你从头到尾看完，尤其是看了开头的"作者说明"和最后的"致谢",想必能够体会作者的另一番心意——这同样是一本献给妈妈的思念寄语。必须承认,作者在"致谢"中最后的那句话确实在初稿搁笔的那一刻触动了我,关于这一点我也写在了朋友圈里。

本书的故事讲述了一场震动全美的惊天大案,案情错综复杂,扑朔迷离。当事双方各执一词,莫衷一是。剧中最大的"反派"人物以化名出现,只手遮天,逍遥法外,待到落入法网,摘下"面具",发现竟然如近在身旁的邻家男孩一般亲切可掬,其"真身"究竟是谁,叫人真假莫辨。你完全可以认为这是一个发生在虚拟世界的真实故事,亦可将之视作一出虚幻的剧目,只不过将舞台设在真实的生活当中。这种亦真亦假的感觉对于我这个做了一点背景研究的译者来说尤为深刻,甚至在结束初稿后的校订过程中越发强烈起来。

原著的英文书名是 American Kingpin。Kingpin 这个词在漫威的漫画作品中出现过,是一个大反派的名字,"金并"。不过,这样的音译对于本书作用不大。所谓 kingpin,本意是指马车或者火车上起转向枢纽作用的主轴,亦可称作 head pin,引申为某个组织或者事业中的主要人物,作为一种非正式说法,多用于指称某个犯罪团伙的主犯、主谋或总头目。原著书名字面翻译过来应该叫"美国主犯"。不过,我没有直译,我拟定的译名是"暗网毒枭"。之所以这样翻,在于我认为这个译名能够更好地体现出故事的两大要素——毒品和暗网。

是的,这是一个和毒品销售和暗网犯罪有关的故事,毒网的名字叫"丝绸之路"。毒品这东西据说很多美国人在荷尔蒙分泌最旺盛的年纪或多或少都接触过。要不借用美国同事的说法,至少年轻时抽一抽大麻是常有的事,这种事情克林顿年轻的时候干过,奥巴马也干过。可是,我没有干过,年轻的时候没有,人到中年没有,以后老了也不会有。所以，我不了解毒品，不了解毒品的名称，种类，性状以及到底会有什么样的身体感受，更不了解毒品背后代表的社会思潮与文化。面对书中出现的与毒品有关的术语和描写时，多少有些捉襟见肘，就算从别处挖来一个对应的中文解释贴上去，很多时候仍感觉不大踏实。

暗网是这个故事的第二大元素。今天的我们虽然无时无刻不生活在网络世界，可这只是一个"明网"。在互联网的至深至暗之处还隐藏着另外一个世界，那里才是本书主角大展身手的天地。可是，见鬼！这同样是一个我从未接触过的世界，更是一个我想进也进不去的世界。我曾向高手请教一二，可惜这种"电脑小白"的烦恼临到交稿最后一刻犹在。所以，无论是毒品，还是暗网，读者诸君倘若发现我在这两方面翻得不够准确，不够地道，还请海涵，多多指正。

为了更好地了解作品，过去三个月我做了一件和作者同样的事情，搜寻与"丝绸之路"有关的更多资料。我看了约书亚·戴维斯和乔西·比尔曼2015年在《连线》杂志上的特稿，看了《福布斯》杂志记者安迪·格林伯格2013年对毒网主谋可怕的海盗罗伯茨的专访，看了阿德里安·陈2011年在捆客网上将这个毒网最早公之于众的那篇博文，还看了多位媒体和新闻界人士的相关文章、访谈，甚至包括纪录片。与此同时，我将更多目光投向了一个个与之有关的书中人物，在力所能及的范围内找到了不少有关他们的文字、图片、音频和视频资料。我看到了书中三位主要执法者贾里德·德耶吉安、克里斯·塔贝尔和加里·阿尔福德的音容笑貌，也看到了另外两位"幕后英雄"尹日焕（音）和托姆·基尔南的样子。我见识了为毒网"保驾护航"的几大副手鉴酒师琼斯、依尼戈、利伯塔斯还有同中有异的真容，也欣赏了那个懦弱无能的"古奇"柯蒂斯·格林无罪释放后上电台做节目时的开心劲头。当然，我更看到了本书的主人公罗斯·乌布里特——如果他真的就是那个可怕的海盗的话——看到了罗斯的父母科克和琳还有姐姐凯莉，看到了罗斯的女友茱莉亚·薇薇安。我登录"释放罗斯"签名请愿网站，看了上面保存的相当一部分资料和不少（节选）庭审记录以及最后的判决书，听了几段庭审录音，也看了听了一审法官凯瑟琳·福瑞斯特和罗斯辩护律师约书亚·德拉特尔的文字与录音采访。此外，我还做了一件有点傻的事情——我想争取把《绝命毒师》看完——罗斯也追了这部美剧。遗憾的是，即便跳着看，也真的没有时间从头到尾追完全部五季——罗斯也没有追完这部剧的大结局。

我写这段话的目的不是为了证明什么，而是希望告诉大家，正是这样的信息让书中的每一个人物不再是纸面上冰冷的文字与符号，而在我听到看到的那一瞬间变得鲜活起来，变成一个个有血有肉有感情的人。我身为本书的译者，有责任，也有能力走近这些书中人，将这样的亲身体验传达给读者，让读者明白这个故事中的每一个人都是真实的。我们读到的是他们共同写就的一段故事。无论这个故事是正，是邪，是喜，是悲，是希望，还是绝望，他们中的每个人都是真实的活着的存在，今天仍然在书写属于各自的新的故事。

让我先从破获"丝绸之路"大案的三位主要执法者塔贝尔、贾里德和阿尔福德说起。必须承认，这个案子成为三人各自人生当中一段新的开始。塔贝尔是将罗斯最终逮捕归案的"首功之人"。这个身材高大，体格壮硕的男人天生好学好胜。虽然，塔贝尔的父母希望儿子长大能够成为一名医生，可骨子里的"警察"特质还是让这位詹姆斯麦迪逊大学的举重好手在大学毕业之际下定决心，攻读计算机科学硕士学位，为今后的职业发展规划筹谋。塔贝尔在数码世界里找到了用武之地，在长达四年的时间里一直担任纽约联邦调查局的编外电脑取证专家，并且在三十一岁做出了正式加入联邦调查局的决定——这样的人生转型并不容易，因为他的妻子当时已经怀有八个月的身孕。塔贝尔没有辜负妻子的理解与支持。他为了保护家人，在破获"丝绸之路"之后选择离开心爱的警察工作，今天已是世界知名战略咨询与顾问公司"伯克利研究集团"的战略顾问总监。贾里德是书中最早出现的人物。这位"菜鸟新人"在将罗斯绳之以法之后一跃成为芝加哥国土安全部打击网络及毒品犯罪的领军人物，作为联络官负责协调美国与欧洲刑警组织网络犯罪中心合作事宜，在 2014 年破获"丝绸之路2.0"，2015 年荣获"美国总检察官杰出贡献奖"和"芝加哥国土安全部特工主管奖"。2020 年 6 月，这个留着腼腆笑容的亚美尼亚裔男人结束了在国土安全部长达十六年的职业生涯，加盟"伯克利研究集团"，名正言顺地成为塔贝尔的同事。第三位执法者加里·阿尔福德其实是将嫌疑对象与罗斯·乌布里特联系起来的第一人。换句话说，如果没有他的努力，这个案子可能永远无法结案。这位身材高大的黑人由此成为纽约国税局闻名全美的英雄人物。加里随后将注意力转向了比特币，现在是纽约国税局打击网络犯罪及反比特币洗钱的协调专家。

　　书中出现的另外两位执法者我也想在此多说几句，因为我总觉得他们是被作者有意无意忽略的关键人物。两位都是塔贝尔的同事，一位叫做尹日焕，另一位叫做托姆·基尔南。尹日焕在书中的"戏份"最少，却是塔贝尔麾下的一员爱将，被塔贝尔亲切地称为"工作伴侣"（work wife）。这个韩裔美国人自幼从韩国移居纽约长岛，从小酷爱电子游戏，读大学时曾是电竞选手，日后成为联邦调查局的比特币专家，还参加了 2011 年 8 月在纽约召开的首届比特币大会。尹聪明善思，被塔贝尔称为"思想者"（thinker）。塔贝尔率队逮捕罗斯的当天，尹正在冰岛的"雷神数据中心"与当地警方合作破解"丝绸之路"服务器中与比特币有关的重要部分。他还在审判时出庭作证，演示了罗斯是如何从"丝绸之路"上获得比特币佣金的。和年轻的尹日焕不同，托姆·基尔南是纽约联邦调查局网络侦查犯罪科资历最老的一员。这个男人对机器天生敏感，从 DOS 时代就开始摆弄电脑，最早帮助联邦调查局维修打印机，十七年来一步一个脚印，对联邦调查局接手的所有网络犯罪案件了如指掌。正因为如此，塔贝尔才对基尔南委以重任，不仅要他负责重建"丝绸之路"的服务器，还在最后时刻将"保护罗斯手提电脑"的重任全权委托给了他。

接下来我想说一说罗斯的家人。罗斯的父母科克和琳在刚刚得知罗斯被捕消息之后的第一反应与其说是悲伤，还不如说是费解与愤怒。这一点从夫妇二人最早接受采访的谈话语气中便足以听得出来。比起说话轻声细气的父亲科克，母亲琳显然更能代表这个家庭的存在与努力。琳将罗斯视为未来，对儿子充满了无限的爱与希望。2013年 10 月，罗斯在被捕入狱之后首次接受采访时曾向记者劳伦·斯麦莉说起这么一件事情——那个时候的罗斯还被关在奥克兰的格伦戴尔监狱。刚刚入狱的罗斯收到了母亲寄来的一本小说。小说的名字叫做《怒海争锋》(*Master and Commander*)，是爱尔兰作家帕特里克·奥布莱恩的名作。琳的本意是为了让儿子在狱中"打发时间，早点出来"，殊不知这本书只是奥布莱恩 20 集系列作品中的一本。可叹一语成谶，琳永远没有想到最终的判决竟像这部系列作品一样"太长太长"，自己的儿子竟要用一生的时间在狱中读完这整个系列。我每次看到琳面对媒体镜头侃侃而谈的时候，总感觉很难看出悲伤与痛苦在这位母亲脸上留下的痕迹。我猜她应该是把这一切都深深地藏了起来。这是唯一合理的解释，因为琳是那样地爱着罗斯。她曾经对记者说过："如果罗斯能够放出来，他一定知道痛改前非，再也不会做这样的事情。"只可惜，这位母亲等不到这样的"如果"——2017 年 5月 31 日，第二巡回上诉法院驳回了罗斯的上诉请求。琳与罗斯母子二人失去了最后的机会，余生恐怕都只能隔着监狱的铁栏遥望彼此。今天的琳仍然在为了罗斯的释放多方奔走，她的确是一位"了不起的母亲"！

我在谈罗斯本人之前还想说一说这个男人生命中另外一个重要的女人。那就是罗斯的（前）女友茉莉亚·薇薇安。茉莉亚和罗斯最早相识是在 2008 年。那一年，茉莉亚才十八岁，正处于一个起伏不定的时期。茉莉亚和罗斯在一起其实一直争争吵吵，分分合合（两个人闹分手的次数要远比书中描写的多得多）。争吵的原因一个在于政治意见相左——罗斯是一个"自由意志主义"的死忠，而茉莉亚是民主党的支持者。一个在于对钱的看法不同——罗斯推崇的"节俭"到了茉莉亚的口中往往就变成了"抠门"。茉莉亚的那句口头禅"你可真够抠门的"在书中也不止出现过一次。还有一个原因在于两人的社交生活大相径庭。茉莉亚对于抛头露面，参加聚会的兴趣要远远大过男友。当然，有一件事情总能在最关键的时刻把这对小情侣给重新拉回来，黏在一起，借用茉莉亚的话来说，那便是"很多很多美妙的性生活"。由此看来，两个人最终没有一直走下去也是一件自然而然的事情——年少青涩的爱情最终会随着彼此心智的成熟成为过去，这样的故事书里书外早已见证得太多太多。我看到了照片上茉莉亚昔日小鸟依人般靠在罗斯身上的幸福画面，也去了薇薇安的缪斯的官方网站，一窥这位"准女主角"的今日芳容：大大的嘴巴，厚厚的嘴唇，褐色的皮肤，蓬松的头发一边扎着一个大尾巴，再加上曼妙的身材，诱人的躯体，的确是一位性感的女子。今天的茉莉亚一如作者所言，已经有了一份蒸蒸日上的事业。至于那个她曾经一心想嫁的男人，或许还留在心底，只是已经不再谈起。

接下来，还是让我说一说本书的主人公罗斯·乌布里特吧。如果你看过罗斯的照片或者视频，听过罗斯的声音，我想你也会和我一样承认这的确是一个非常帅气温柔的小伙子。一头浅棕色的头发微卷，大大的眼睛笑起来总是弯弯的，眯眯的，再加上将近一米八八的身高，身材修长挺拔。我把书中描述的那一段罗斯和好友雷内在旧金山犹太人博物馆录音的视频反复看过好几遍。那一天的罗斯留着一脸络腮胡子，说起话来显得颇有几分腼腆。雷内是搞电影的，与罗斯从七年级就相知相识，长得也很帅气，戴着一副眼镜，可能是因为刮了胡子的缘故，脸上干干净净，显得更加开朗俊秀，文质彬彬。两个小伙子一眼看上去都是那种非常阳光健康的美国青年。雷内在罗斯入狱之后每个月都会和好友通话一次。当记者问其感受时，雷内用了"心碎"一词来形容。的确，一如作者所言，罗斯是那样温柔善良，甚至可以用"和蔼可亲"来形容，难怪那么多人永远也不会相信是罗斯一手主导了这场阴谋。

可惜，人真的是非常难以捉摸的生物。塔贝尔和基尔南在分析完"丝绸之路"服务器的代码之后都对这个网名可怕的海盗罗伯茨的对手——让我们姑且相信这就是罗斯吧——发出过由衷赞叹："这真是一个天才！"的确，一个完全没有接受过任何计算机编程教育的人凭借一己之力一手打造出这样一个庞大的网站，着实令人不可思议。罗斯也是一个天才。他成长在一个完整和睦、家教良好的家庭，小小年纪便成为"雄鹰童子军"——这是美国童子军的最高级别，小时候放了暑假跟着父母去哥斯达黎加，看着父亲在那里一手建起美丽休闲的竹屋子，还学会了冲浪。罗斯的初高中都是在得克萨斯的奥斯汀度过的。高中时代的他成了朋友们口中的"罗斯侠"，常常开着一辆老旧的沃尔沃，和一帮死党抽着大麻，四处晃荡。即便如此，这个天赋过人的青年仍然在有着"美国高考"之称的SAT考试中拿到了1 460分的高分（满分1 600），顺利拿到全额奖学金，进入达拉斯的得克萨斯大学，2006年毕业，获物理学学士学位，随后进入宾夕法尼亚州立大学攻读硕士学位，研究材料科学和工程学。

正是在宾州大学，罗斯第一次谈到了人生的"转型"。奥地利学派经济学大师路德维希·冯·米塞斯的思想理论对这个年轻人产生的影响不可谓不大。米塞斯曾经说过，一个公民要想在政治或者道德上获得自由，就必须首先在经济上获得自由。罗斯也在自己的领英主页上写过希望"利用经济理论作为手段，彻底废除人类之间的压迫与侵略"，"要创立一种虚拟的经济体制，让人们亲身体验，感受一下生活在一个没有制度强力威权之下的世界到底是怎样的感觉"。正是在这样的思想指导下，罗斯走上了一条截然不同的人生道路。关于这一段具体过程，我不想赘述，一切尽在书中。我在此更想探讨的是某种关乎"人性"和"制度"的东西。

我阅读了海盗罗伯茨（罗斯）在"丝绸之路"上发表的大量言论以及对话节选。必须承认，罗斯的很多话并非没有道理。这是一种极具理想主义与自由主义情怀的思想，放在美国这样的自由国度更是如熊熊烈焰，顷刻燎原。若非如此，这个年轻人断不会在创立"丝绸之路"的过程中一呼百应，赢得山呼海啸般的万千支持，更不会在被捕入狱之后赢得一片同情，以至于有多达三十万人联名请愿，要求无罪释放。然而，随着我们将一切复盘，就会发现一个事实——这个真相之"冷酷"，足以熄灭所有"乌托邦"式的热情。罗斯口口声声创立"丝绸之路"的目的在于让（美国）人民摆脱（美国）政府与法律的控制与压迫，赢得个人的自由，为此将"丝绸之路"视为一场"运动"、一场"革命"。然而，他自己在网站上扮演的却是一个恰恰相反的角色——他自命为这艘"巨舰"的"船长"，说一不二，唯我独尊，不仅不能与任何人分享权力与地位，甚至在发现有人离经叛道之际，可以痛下杀手，买凶杀人，最终走上了属于"独裁者"的不归路。诚然，罗斯并未杀人，但这并不重要，重要之处在于他从未将"杀人"

视为"犯罪"，而是将此堂而皇之地定义为一种"正义"，一种符合自己一手创立的"法律"与"体制"的"正义"。试问，一个挑战"司法"的人最终成为捍卫"私法"的"凶手"；一个一心打破旧制度（美国法律）禁锢的"理想主义倡导者"最终成为新制度（"丝绸之路"）背后的"意识形态卫道士"，为所谓的"革命理想"反噬，这样的矛盾与冲突何其令人唏嘘！

回望历史长河，多少高呼"为了人民"伟大口号的人们却在最关键的时刻做出了最保守、最可怕、最残忍、最没有"人性"的选择——以"人民"的名义"杀人"。罗斯并非他们中的第一个，也不会是最后一个，他只是其中之一。当然，这样的故事不仅关乎人性，同样关乎制度。一切制度、一切自成建制的东西最终都将不可避免地面临腐败的侵蚀，从而终有一天垮掉。罗斯和他创立的"丝绸之路"只不过用短短两年的时间让人们看到了这幕无数次上演历史长剧的"浓缩"与"精华"罢了。

也正因为如此，我才不会对罗斯最终受到的判决感到过于震惊。我想在此首先复盘一下罗斯律师团队的辩护思路。罗斯聘请的律师德拉特尔堪称全美最好的法律斗士，其争取胜利的最大砝码在于让陪审团相信"不是我"。易言之，"丝绸之路"的主谋不是罗斯，而是另有其人。除此之外，辩护团队还提出了"执法者渎职犯罪在先"，"非法搜查，违反第四宪法修正案"以及"执法当局恐对罗斯电脑做过手脚"等一系列质疑与反驳。必须承认，这一系列"组合拳"不能不说具有足够的分量。然而，罗斯及其律师团队似乎并未完全意识到这样一个事实（他们即便意识到了，恐怕也无能为力）——公诉方从始至终保持了极其强硬的态度与决心。罗斯自 2013 年 10 月 1 日被捕当天就再也没有获得过一天人身自由。美国联邦法院在第一时间（2013年 11 月 21 日）以"危害公共安全"的名义驳回了辩方提出的保释要求。看一看其他嫌犯被捕之后的待遇，个中意味似乎不言自明——联邦政府不打算给对手一丝一毫的机会。此外，罗斯本人也似乎错误的预判了形势。这个年轻人居然自信到联邦调查局永远解不开自己的电脑密码，进而拒绝了联邦政府提出的辩诉交易要求。除非他真的是无辜的，否则这无异于亲手给自己关上了最后一扇门。

罗斯的审判过程应该说是极其迅速的。自 2015 年 1 月 13 日开庭，至 2 月 4 日陪审团经过三个小时讨论，做出全部七项指控罪名成立的最终决定，仅仅只有二十天时间。事实上，审判之所以结束得如此之快，一个重要原因在于法庭拒绝了罗斯律师提出的多项要求，打乱了辩方的既定策略，迫使对手陷入无计可施的绝境。法庭如此强势回应，同样表明了联邦政府"严惩不贷"、"以儆效尤"的决心。让我们看一眼罗斯的最后判决吧：两个终身监禁，外加四十年刑期，永远不得假释。这样一纸"彻底将牢底坐穿"的判决，其严厉程度远远超乎几乎所有人想象之外，可以说不是死刑，胜似死刑，令人心惊肉跳，毛骨悚然，堪称美国司法史上前所未有的重判。我看了该案的判决和庭审记录——由于记录太过冗长（多达数百页），我只能选取其中一些重要部分浏览——坦白而言，如果抛开其中与"毒品"有关的字眼，很难让人相信这是对于毒品犯罪或者"非暴力犯罪"的判决，这个结果让我更多想到的是"危害国家安全罪"抑或"叛国罪"的严厉惩罚。

我想我的这句话可能多少说到了点子上。让我们将时间推回到2010 年代初期。请不要忘记，彼时的美国距离"9·11"恐怖袭击刚刚过去十年，加之 2013 年斯诺登变节事发，华盛顿的国家安全意识空前加强。看一看贾里德和加里·阿尔福德在书中的内心独白，你就会明白执法者的坚定立场：不管是在现实的世界，还是虚拟的世界当中，美国都必须捍卫自己一手创立的秩序。互联网是美国人发明的，

"暗网"也是美国人发明的，美国人不可能坐视任何人（哪怕是一个地地道道的美国人）利用美国的发明来颠覆美国的权力与社会架构，美国绝不能重蹈覆辙！罗斯踩中的恐怕正是这枚"地雷"——"丝绸之路"与其说是一个销售毒品等违禁品的暗网，还不如说更像一个"政治引擎"。这个最初只是想着"要自由"，"要赚钱"的毛头小子竟然成了一个醉心于建立"帝国"，发动"革命"，推翻"政府"，废除"体制"的"人民领袖"，在言行中将越来越多的矛头直接对准了美国政府和社会制度。难怪美国参议员"查克"•舒默一发现苗头不对，便向司法部和缉毒局大声疾呼，一定要迅速果断的查封捣毁"丝绸之路"。以至于美国媒体将针对"丝绸之路"的缉毒战争揶揄为"'查克'•舒默的斗争"。易言之，这是一场权力的斗争，是一场关乎社会建制稳定的斗争。面对这样的对手，美国政府怎能不会"从速""从重""从严"处理呢？

当然，罗斯之所以如此自信，在于他手中拥有两大利器——以洋葱路由器为代表的暗网和"虚拟货币"比特币。这两种新科技的确让执法者在某种程度上无计可施。就此而言，这同样是一场科技的斗争。回到那个暗网技术和比特币技术刚刚兴起的年代，联邦政府和各执法部门对于类似的网络犯罪无论在技术上，还是心理上并没有完全成熟的应对之策。这是一条新的"战线"，这是一个属于新的数码时代的"蛮荒西部"。所以，正如塔贝尔所言，互联网的辽阔"草原"上不单有"纵马扬鞭"的自由主义者，还有难以估摸的政治力量，这里同样需要一位"警长"的存在。难怪，联邦调查局会史无前例地启动首个暗网追查计划，计划的名字就叫做"剥洋葱"。诚然，罗斯最终输了。可是，他并非输在"技不如人"，而是一如历史上众多"革命领袖"一样输在了缺乏远见——他在"革命事业"的早期没有意识到自己能够如此"有所作为"，结果留下了最早的痕迹，被人抓住了尾巴，最终露出了真容。

罗斯也好，可怕的海盗罗伯茨也好——如果他们真的是同一个人的话——虽然输了，却成为这个崇尚"自由""自我"国度不少人心目中的"英雄"。罗斯的助手们在"丝绸之路"被查封之后不久便成立了另外一个一模一样的毒网："丝绸之路2.0"。罗斯被捕之后，来自全美各地的拥趸纷纷为他奔走呼吁，呐喊助威。罗斯的家人为此专门成立了网站，积极筹措资金，寻求法律援助，争取无罪释放。这场与互联网犯罪有关的大案也演变成了一场席卷美国的全民大讨论。在所有与罗斯和"丝绸之路"有关的社交媒体和网络论坛上，我看到的是完全倒向罗斯一边的支持与理解——一个"网站经营者"（罗斯）遭到如此"空前残酷"的重刑处罚，执法者渎职犯罪，执法过程不透明，案件存有太多尚未解开的谜团，司法机关对于个人隐私权利的碾压，涉嫌违宪，法庭对陪审团的"误导"和"施压"，加之司法过程中的程序失当，凡此种种，在这个向来对政府持怀疑态度的国家引发了人们（阴谋论者）的众多质疑与愤怒。2015年，美国导演亚历克斯·温特（Alex Winter）以罗斯和"丝绸之路"为蓝本拍摄了纪录片《深网》（*Deep Web*）。亚历克斯在随后的多次采访中一再表达了对于"暗网""网络自由"和"个人隐私"等方面的积极看法。至于尼克·比尔顿，他是站在比较正统的立场来撰写本书的，尼克为此也招到了罗斯母亲琳以及部分媒体的批评与质疑。当然，尼克同样在多个场合捍卫了自己对于"自由意志主义"与"网络安全"的观点。关于这一些，我想有兴趣的读者自然懂得去探求了解，在此就不一一展开尽述了。

无论如何，本书为我们展示了发生在遥远大洋彼岸一段跌宕起伏、扑朔迷离的要案追踪全过程。这个案子在过去十年里虽然已经结案，但影响依旧尘埃未定，引发的思考与辩论犹在。"自由"的界限到底在哪里？"法律"的界限又到底在哪里？"个人的自由"与"制度的权力"到底该如何权衡？政府是否真的有权监视和左右人民生活的一切方面，甚至连虚拟的网络世界也不放过？"隐私"作为我们生而为人的一项基本权利，究竟该如何保护？一个人又是否真的应该拥有完全属于自己支配的自由，而不去考虑是否对他人产生影响？这些问题无疑都是值得我们每一个人去深思与反思的。

关于故事的意义，容我暂且搁笔。接下来我想就本书的翻译略述一二。我在文字上一如既往地坚持了我的翻译风格。我不喜欢那些冗长的前置定语，也不喜欢过于频繁的代词"他"。我理想中优美的（中文）译文是看似结构松散、却衔接紧凑，表述自然流畅，读来一气呵成的，一本优秀的译著不应带着生硬的"翻译腔"，应该更像一本"自己写的书"。这是我在翻译上追求的美学目标，我希望本书同样能够为读者带去这样的观感。此外，书中的注释都是我加上去的。其中一部分是为了解释书中出现的某些外国公司和机构。我在此特意避免使用英语缩写，以求更好满足国内各层次读者的理解水平。另外一部分则是作为"丝绸之路"一案的有益补充。考虑到本书的出版时间，作者立场与故事内容的局限，不管是这篇长序，还是书中的译者注，都只有一个目的——希望能够更好帮助读者了解这个复杂故事的全貌。

此番能够重执译笔，翻译本书，我想对三位重要的人物说一声谢谢。这是我第一次和上海译文出版社合作，在此我首先要感谢远在上海的友人、《城市中国》杂志的编辑佟鑫。佟鑫与我因《日本足球史》而结缘，也是上海译文的忠实读者与媒体友人，我此前也曾向他表示过与上海译文合作的意愿。感谢佟鑫的牵线搭桥，才有了今天的这场交集。其次，我要感谢上海译文出版社的张吉人先生，感谢他将本书托付于我。对于这些年来一直以译者自居的我来说，能够牵手上海译文，我将之视为一种认可。希望我的文笔能够不负所托，为读者带来一段绘声绘色的精彩体验，也为上海译文增添一本有看头、有价值的好书。此外，我还要感谢我的美国同事托马斯·威廉·莫兰（Thomas William Moran Ⅳ）。回想起来，这早已不是我第一次向汤姆请教了。过去几年翻过的好几本书都要感谢汤姆对我的释疑与指点。这种帮助不仅来自语言文字本身，还有文化和思想。这些跨文化的对谈和交流每每总能让略显单调的翻译过程变得生动起来，想来也是一件有趣的事情，在此一并谢过。

最后，我想回到罗斯的故事上再说两句。罗斯的母亲曾经对记者说过，"罗斯是一个坚强的孩子。他总跟妈妈说：'只要活着，就会有希望的'"。是的，生而为人，"只要活着，就会有希望的"。以此与诸君共勉！谢谢！

符金宇

2020 年 7 月

广州

罗斯·乌布里特
（照片恢复还原自乌布里特的手提电脑）

童军时代的罗斯
（照片恢复还原自乌布里特的手提电脑）

在得克萨斯州奥斯汀就读小学时的少年罗斯（后排左上）
（照片来自乌布里特的 FACEBOOK 主页）

罗斯与母亲琳和父亲科克·乌布里特在毕业典礼上
（照片恢复还原自乌布里特的手提电脑）

罗斯在宾州大学诺姆鼓俱乐部练习非洲手鼓
（感谢茉莉亚·薇提供照片）

罗斯在高中毕业舞会上,当晚罗斯最后一身
盛装地躺在了游泳池里
(感谢黛博拉·霍维茨提供照片)

热恋中的罗斯·乌布里特与茱莉亚·薇
(感谢茱莉亚·薇提供照片)

"丝绸之路"网站,上面有超过 6 625 种不同毒品供人挑选。

国税局的加里·阿尔福德
（科尔·威尔逊摄影）

国土安全局的贾里德·
德耶吉安
（感谢贾里德·德耶吉安
提供照片）

卡尔·福斯正坐在位于马里兰州巴尔的摩缉毒局自己的办公桌前
（感谢《史诗》杂志提供照片）

福斯的化身挪伯——这是他在"丝绸之路"上的另一个自我
（照片被美国政府用作呈堂证供）

这张罗杰·托马斯·克拉克的头像是在乌布里特的手提电脑中发现的，和其他"丝绸之路"雇员的照片放在一起。此人据信就是鉴酒师琼斯
（照片恢复还原自乌布里特的手提电脑）

联邦调查局的克里斯·塔贝尔
（感谢塔贝尔的家人提供照片）

```
03/26/2013
private guard nodes are working ok.  still buying more servers so I
can set up a more modular and redundant server cluster.  redid login
page.

03/27/2013
set up servers

03/28/2013
being blackmailed with user info.  talking with large distributor
(hell's angels).

03/29/2013
commissioned hit on blackmailer with angels

04/01/2013
got word that blackmailer was excuted
created file upload script
```

截图为罗斯·乌布里特电脑中日志具体内容。罗斯在日志当中详细描述了他是如何雇凶"修理"胆敢敲诈威胁可怕的海盗罗伯茨的人的
（照片恢复还原自乌布里特的手提电脑）

柯蒂斯·格林，"丝绸之路"上又名慢性疼痛，与他的爱犬在犹他州福克市
（感谢《史诗》杂志提供照片）

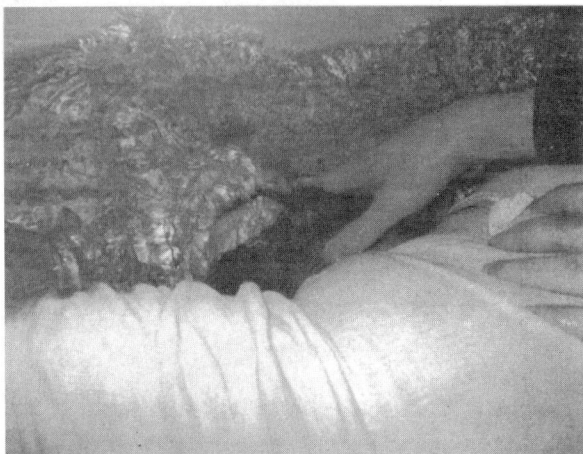

柯蒂斯·格林在万豪酒店被马可·波罗行动小组假装虐待了一顿
（照片被美国政府用作呈堂证供）

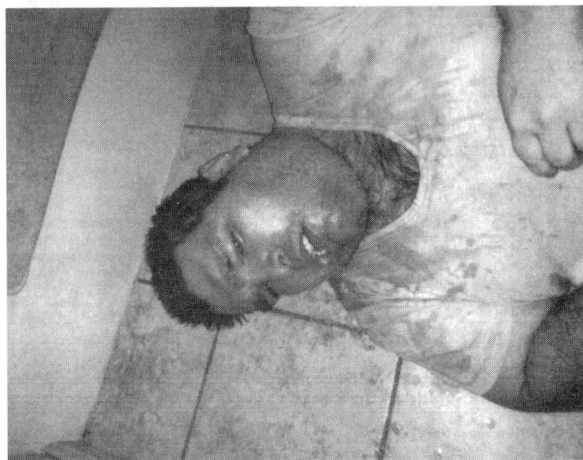

柯蒂斯·格林上演的一出凶杀剧。这张照片事后被发给了可怕的海盗罗伯茨
（照片被美国政府用作呈堂证供）

罗斯正是用这张照片从"丝绸之路"上的一位卖家那里弄来了伪造的身份证
（照片恢复还原自乌布里特的手提电脑）

Nick Bilton

AMERICAN KINGPIN

copyright © 2017 by Nick Bilton

ALL RIGHTS RESERVED

图字：09 - 2021 - 0061 号

图书在版编目(CIP)数据

暗网毒枭 / （美）尼克·比尔顿（Nick Bilton）著；
符金宇译. —上海：上海译文出版社，2021.12
（译文纪实）
书名原文：AMERICAN KINGPIN
ISBN 978 - 7 - 5327 - 8875 - 0

Ⅰ.①暗… Ⅱ.①尼… ②符… Ⅲ.①纪实文学–美
国–现代 Ⅳ.①I712.55

中国国家版本馆 CIP 数据核字（2023）第 152269 号

暗网毒枭

［美］尼克·比尔顿 著 符金宇 译
责任编辑/张吉人 装帧设计/邵旻 观止堂_未氓

上海译文出版社有限公司出版、发行
网址：www.yiwen.com.cn
201101 上海市闵行区号景路 159 弄 B 座
上海市崇明县裕安印刷厂印刷

开本 890×1240 1/32 印张 14 插页 2 字数 244,000
2023 年 9 月第 1 版 2023 年 9 月第 1 次印刷
印数：00,001—10,000 册

ISBN 978 - 7 - 5327 - 8875 - 0/I·5491
定价：68.00 元